INMA AGUILERA (Málaga, 1991) es doctora en Educación y Comunicación social. Se licenció en Periodismo por la Universidad de Málaga y cursó el máster de Radio de RTVE en la Universidad Complutense de Madrid. De regreso a su ciudad natal se especializó en locución y doblaje, poniendo voz a documentales y audiolibros. Actualmente compagina la docencia y la investigación con la escritura. En 2016 recibió el XXI Premio de Novela Ateneo Joven de Sevilla por la obra *El aleteo de la mariposa* y, cuatro años más tarde, una mención especial en el VIII Premio Internacional HQÑ por *El excéntrico señor Dennet*. Con *La dama de La Cartuja* inauguró una nueva etapa en su carrera literaria que le mereció el reconocimiento al mejor libro revelación en los premios Un año de libros 2024. Con *La pintora de la luz*, la continuación de esta apasionante saga histórica, se confirma como uno de los nombres más prometedores del panorama editorial en nuestro país.

Papel certificado por el Forest Stewardship Council®

Primera edición en B de Bolsillo: marzo de 2026

© 2025, Inma Aguilera
Los derechos de esta obra han sido cedidos a través de Bookbank Agencia Literaria
© 2025, 2026, Penguin Random House Grupo Editorial, S. A. U.
Travessera de Gràcia, 47-49. 08021 Barcelona
Diseño de la cubierta: Penguin Random House Grupo Editorial / Sergi Bautista
Imagen de la cubierta: © Alex de Marcos

Printed in Spain – Impreso en España

ISBN: 979-13-87652-80-7
Depósito legal: B-1.079-2026

Compuesto en Llibresimes
Impreso en Black Print CPI Ibérica
Sant Andreu de la Barca (Barcelona)

BB 5 2 8 0 7

La pintora de la luz

INMA AGUILERA

A la ciudad de Sevilla,
que llevaré siempre en mi corazón

El amor no tiene término medio: o pierde o salva. El destino humano está encerrado en este dilema.

Victor Hugo, *Los miserables*

Prólogo

Taller Laredo, Cheshire, Inglaterra
Marzo de 1911

Trinidad era pura inquietud. Siempre lo había sido, pero cualquiera que la viese en aquellos momentos se hubiera dado cuenta de que estaba ante una Trinidad insólita. Estaba fuera de sí. Tenía la mirada perdida más allá del lienzo, cambiaba el peso de un pie al otro para no perder el ritmo de sus intenciones, confusas hasta para ella misma, y movía sin descanso la mano tratando de darles forma. Los colores saltaban desquiciados de su mesa a la superficie del dibujo. Un azul sosegado se mezcló con el rojo de rabia de su mejilla. Trinidad limpió aquellas gotas despreocupadamente con los nudillos. Fruncía el ceño, contenía las emociones y, a la vez, las dejaba fluir de la manera que mejor dominaba.

Algunos describían la inspiración como una mezcla de exaltación e incertidumbre. A Trinidad se le había agazapado en el alma en los últimos años y había enraizado en lo más profundo de su ser, hasta ese instante en que parecía haber eclosionado. De haberla visto, más de uno la habría tomado por demente; Trinidad se desahogaba así de su frustración, encontraba la paz en el descontrol. Cuando pareció que ya tenía suficiente, inspiró muy profundo y soltó lentamente el aire, satisfecha con el desfogue. Ni siquiera miró su obra, sabía de antemano que el resultado no la complacería; jamás lo hacía.

Se derrumbó sobre el taburete más cercano, se giró hacia la izquierda y tomó un papel plegado que descansaba sobre la mesita de noche junto a un sobre abierto. Lo sostuvo como si le quemara. Hacía demasiado tiempo que Trinidad había dejado de ser una chica dubitativa. O eso creía ella. Cuando releyó la última carta de su amiga María de las Cuevas Pickman, sintió el pecho pesado. También pensaba que el corazón no le funcionaba como antes. Acababa de cumplir veintisiete años, ya no era la cría que era cuando se plantó en Sevilla por primera vez con dieciocho, ni mucho menos aquella atolondrada que la abandonó antes de cumplir los veinte. Fueron muchas las razones por las que Trinidad renunció a su idilio sevillano para regresar a su hogar en Ellesmere Port. Algunas, muy cobardes; tal vez por eso el ruego de María de las Cuevas había despertado algo en ella.

La joven escondió el rostro bajo su largo cabello oscuro, reacia a reconocerse que la superaban las emociones. Observó su habitación, que había devenido en una involuntaria prolongación del taller Laredo.

Trinidad y su hermano Fernando tenían unos cincuenta empleados a su cargo y lo mismo se desenvolvían como líderes inflexibles que se sentaban entre ellos para moldear arcilla, repasar filos o introducir piezas en los hornos. No obstante, a diferencia de ella, Fernando sabía dejar el oficio en el taller y dedicarse a su mujer y a su hijo cuando regresaba a casa. Trinidad ya no entendía la vida sin trabajar, su existencia giraba alrededor de la mesa de trabajo y frente al caballete con el lienzo en blanco, y a pesar de ello, ninguno de los bocetos que la rodeaban la convencían ni aplacaban sus inquietudes. Trinidad tenía una sed insaciable de retos que fueran más allá de sí misma, y no lograba calmarla.

Había varios pinceles y lapiceros desparramados en la mesa de madera. Los libros de consulta tirados de cualquier manera por el suelo y la cama, los rollos de papel serpenteando indecisos, piezas de arcilla planas, cuadradas y rectangulares, con o sin relieve, empezadas o a medio hacer, nunca terminadas. La rana y el naranjo, motivos emblemáticos de los Laredo, estaban inmortalizados en muchas de las piezas. La impaciencia y el hartazgo danzaban con el polvo en suspensión iluminado por la luz que se colaba por la ventana a esas horas de la mañana. Trinidad releyó la carta de María de las Cuevas por séptima vez deseando que las palabras de su amiga se hubiesen suavizado. No fue el caso. Al contrario, percibió un requerimiento más apremiante.

Sus ojos, de esa tonalidad verdosa característica de su familia, se posaron sobre un objeto muy concreto, la única pieza de loza que colgaba en la pared de la estancia pese a estar quebrada en tres partes.

Aquella dama pintada en el centro del plato la miraba con una expresión desafiante. Trinidad se la devolvió indignada y dolida por que ella también le estuviese reprochando su cobardía.

Un fuerte resoplido se coló entre sus dientes. Como siempre que consideraba la viabilidad de una idea, Trinidad cerró los párpados para ver con más claridad. Su corazón era el juez de su balanza interior, la que valoraba los pros y los contras de la viabilidad de una idea. A veces le parecía que también ejercía como verdugo. Instigada por esa vocecilla molesta que solía aconsejarla, la balanza se inclinó hacia el lado que más la aterrorizaba.

Así, temblorosa pero decidida, Trinidad se levantó, se limpió los dedos con un paño húmedo, recogió su melena con el primer pincel que encontró y tomó la puerta para salir. Titubeó en el último instante y se volvió para coger la carta, por eso se sobresaltó al encontrarse a su hermano Fernando al otro lado de la puerta, en el pasillo.

Por un momento, ambos se miraron, él más divertido que ella por el susto que se había llevado su hermana; sin embargo, enseguida mutó la sonrisa por un gesto intranquilo.

—Estaba preocupado porque las doncellas me han dicho que no has bajado a desayunar. Cualquiera diría que te he interrumpido en mitad de un crimen, ¿te encuentras bien?

Trinidad guardó silencio incómoda y sorteó a Fernando en un intento inútil por aparentar normalidad.

—Esa cara… —comenzó a decir él en español. No lo tranquilizó comprobar que su hermana sostenía en la mano una carta cuya remitente dedujo al instante—. Por Dios, Trinity, dime que no vas a volver a Sevilla.

Ella arrugó el gesto. Fernando la observaba exasperado. Conocía a su hermana pequeña, Trinidad había encontrado el equilibrio siendo un desastre permanente. Todo lo que tenía de virtuosa, lo tenía también de impulsiva y testaruda. Llevaba años comportándose como un torbellino, especialmente desde que volvió de Sevilla, a donde Trinidad había viajado para recomponer la historia familiar, algo que consiguió y que pudo compartir con Fernando llena de orgullo. No sucedió lo mismo con lo que vivió durante su estancia en Sevilla. Su hermana permaneció un año en la ciudad andaluza y le ocurrió algo que nunca le quiso contar. Lo único que Fernando sabía era que Trinidad se marchó a España siendo una muchacha y regresó convertida en una mujer con el alma destrozada. Por esa razón se lo llevaban los demonios. Antes muerto que dejarla ir de nuevo.

Trinidad captó la batalla interior en la mirada cristalina de su hermano y, al no saber qué decir, optó por tenderle la misiva de su amiga. Él la cogió reacio y entró en la habitación de su hermana para sentarse a leerla detenidamente.

Mientras Fernando leía, Trinidad fue al despacho principal de la casa para coger el pasaporte y algo de dinero; luego regresó a su alcoba para hacer la maleta. Apenas iba por la mitad cuando dirigió una mirada de soslayo a la mesita de noche. Trinidad terminó por ceder y abrió el cajón. Rebuscó hasta que dio con una libretita de cuero gastado. Le dedicó un gesto altivo de barbilla alzada, y tuvo la sensación de que el cuaderno le replicaba con la misma o más arrogancia mientras lo colocaba entre sus camisas blancas. El suspiro de derrota de Fernando la devolvió a la realidad, esa donde eran las personas y no los objetos las que ponían pegas o dudaban de sus intenciones.

Los dos hermanos mantuvieron un diálogo silencioso con la mirada. Fernando se abstuvo de hacer las muchas preguntas que hubieran sido procedentes en ese instante: ¿por qué quieres volver?, ¿en serio te marchas ahora mismo?, ¿cuánto tiempo vas a estar allí?… Al llegar a la última línea, dejó caer la carta en su regazo, dándose por vencido antes de luchar. La batalla estaba más que perdida.

Compadeciéndolo, Trinidad se sentó en la cama y lo rodeó por detrás; luego apoyó la mejilla sobre su hombro, como siempre había hecho con las personas a las que quería.

Dado que conocía bien a su hermana pequeña e imaginaba a grandes rasgos la respuesta para cada interrogante que le asaltaba, Fernando se limitó a preguntar en voz alta lo único que le quedaba por esclarecer:

—¿Qué es la Exposición Hispanoamericana de Sevilla?

PRIMERA PARTE

SEVILLA

Un pasado de claroscuros
y un presente que iluminar

1

Febrero de 1902

«Polvo blanco».

Trinidad pasó los dedos por las extrañas muescas de la fachada de los Pickman que daba a la plaza de Alfaro de Sevilla. Le desconcertó ver esas marcas en las paredes exteriores, como si algo hubiese impactado contra ellas. Palpó con las yemas el fino material que habían dejado esas violentas huellas. No tenía ninguna duda de que era caolín, una arcilla que se usaba para blanquear la loza. Sin embargo, y por mucho que la vivienda perteneciera a una familia que se dedicaba a la cerámica, los muros de una casa aristocrática eran el último lugar donde se hubiera esperado encontrar ese polvo pálido, de textura suave como la harina.

A sus dieciocho años, por aquel entonces, Trinidad era una joven tímida e insegura, aunque sentía que había madurado mucho en el mes escaso que llevaba en la ciudad hispalense tratando de esclarecer el mar de dudas que rodeaba sus orígenes familiares. Estaba especialmente orgullosa de que sus hallazgos hubieran sido de gran utilidad para la familia Pickman, la estirpe de empresarios que fundó la famosa fábrica de La Cartuja de Sevilla.

Aquel día, doña María de las Cuevas, nieta del fundador y heredera del título nobiliario que la convertía en la tercera marquesa de la casa Pickman, la había invitado al hogar familiar. Trinidad se había dado cuenta enseguida de que la señora era peculiar, y cada conversación y momento que compartían confirmaba su impresión y aumentaba su curiosidad.

Puesto que no era la primera vez que visitaba el barrio de Santa Cruz ni el impresionante palacio de los Pickman, Trinidad sabía que aquellas incisiones de polvo blanco eran recientes, pero la joven no tuvo tiempo para elucubrar sobre su causa.

—Trinidad, qué alegría que haya vuelto a visitarme tan pronto —dijo la mujer, tomando sus manos cuando accedió al saloncito de recepciones de la vivienda de los Pickman, después de que Winston, el mayordomo, anunciase su llegada.

La señora se había acercado a la muchacha con un gesto comedido, lo suficientemente afectuoso para transmitir gratitud honesta y a la vez escueto para no exceder la corrección en las formas.

—Cuando me enteré de que se quedaría en la ciudad no dudé en mandar a uno de mis criados para invitarla a visitarnos cuanto antes. Por favor, póngase cómoda y cuénteme sus novedades.

—Agradezco mucho su invitación y su interés por mi

persona —respondió Trinidad con una sonrisa para corresponder sus muestras de aprecio, y respetó las distancias marcadas tomando asiento en el sillón de enfrente en lugar de a su lado en el sofá principal—. En primer lugar, escribí a mi hermano para informarle de mis propósitos de alargar mi estancia y valoré la posibilidad de permanecer un tiempo más en la posada de Lola la Alegrías, donde, como ya sabe usted, me alojé desde mi llegada, pero doña Milagros Campos y su marido me ofrecieron alojamiento en el taller Montalván y acepté encantada.

La marquesa asintió conforme, no deseaba cuestionar los hábitos y decisiones de Trinidad en cuanto a sus relaciones sociales e idas y venidas en Sevilla. María de las Cuevas Pickman era una noble; en cambio, aunque Trinidad vistiese prendas dignas de las señoritas más distinguidas y perteneciese a la burguesía británica, estaba ligada a la clase trabajadora, por lo que podía moverse entre los distintos estratos de la sociedad como estimara más oportuno. Los aristócratas no debían permitirse tanta libertad, lo cual no los aislaba de la realidad necesariamente. La marquesa misma era el ejemplo perfecto de que una elegante mujer de clase podía estar al tanto de todo lo que sucedía en su entorno.

—¿Cómo se encuentran doña Milagros y don Eleuterio? —preguntó la mujer para romper el hielo al percibir la timidez de Trinidad—. Fueron ellos quienes me informaron de que estaba usted alojándose en el taller. También me hablaron de sus proyectos de futuro y de que contarán con la ayuda del nieto del fundador del taller Montalván, don Manuel García Montalván, que es el actual propietario del taller de cerámica artística Nuestra Señora de la O, también en Triana; de hecho, en la puerta de al lado.

—Vaya, yo ni siquiera había oído hablar hasta hoy de ese miembro de la familia García Montalván. Usted parece conocerlo muy bien.

—Trinidad, la loza es todo un universo desde el punto de vista artístico y empresarial, pero en Sevilla es un mundo muy reducido —repuso con una sonrisa María de las Cuevas—. Nos conocemos todos muy bien. Don Manuel es un viejo amigo de la familia y a menudo contamos con su presencia y asesoría en La Cartuja. En ocasiones también le hemos encargado diseños.

Trinidad devolvió a su sitio el mechón que se le había escapado del recogido y dudó si formular la pregunta que le había suscitado aquel comentario. Venció la curiosidad.

—¿Y eso no les da problemas? Ya sabe, con la clientela.

—¡Qué va! —exclamó riendo la marquesa—. En los orígenes de la fábrica, cuando mi abuelo Carlos acabó de fundar el negocio, todavía, pero en la actualidad la competencia está muy acotada porque La Cartuja se dedica casi en exclusiva a la loza y Triana, al azulejo.

—Creía que ustedes también producían azulejo y que los trianeros trabajaban la cerámica para uso doméstico.

—Por eso he dicho «casi en exclusiva» —subrayó María de las Cuevas con un guiño pícaro.

A Trinidad le desconcertó la respuesta. Agradeció la taza de té que le trajo una de las doncellas de la marquesa y contempló fascinada la elaborada greca del filo, el diseño con el viejo molino en el lateral. Alzó la vista para admirar la belleza del saloncito de recepciones; en muchos de los muebles se exhibían hermosas piezas de cerámica cartujana. Trinidad pensó en lo felices que debían de sentirse ahora que podrían reencauzar la situación de la fábrica. Sin embargo, la joven percibió que la marquesa no estaba tan entusiasmada como la última vez que se vieron.

—Doña María de las Cuevas, ¿ha ocurrido algo?

—¿Cómo? —preguntó la mujer, distraída, sin levantar la mirada de su taza.

—Cuando nos despedimos, me dio la sensación de que estaba exultante por haber hallado aquellos diseños para sus nuevas colecciones de vajilla; sin embargo, ahora no parece usted muy animada.

La señora Pickman tenía diez años más que Trinidad, pero en esos momentos la indefensión que se desprendía de su expresión la hizo parecer mucho más joven.

—No se le escapa una, querida. Ocurrir, no ha ocurrido nada con los diseños. Quizá ese sea el problema.

—¿A qué se refiere?

—El otoño pasado cerramos la fábrica a causa de una huelga organizada por los trabajadores, que a su vez se debió a los despidos que nos vimos obligados a hacer por la crisis que siguió al desastre de Cuba; nuestra intención era que los nuevos bocetos animaran a nuestros empleados, que les invitaran a regresar a La Cartuja con ilusión.

—Y no ha sido así —concluyó Trinidad por ella en inglés.

Trinidad y María de las Cuevas eran bilingües por sus circunstancias familiares. La primera había nacido en Cheshire y aprendió el español de sus padres, mientras que el caso de la marquesa era el contrario: era de Sevilla y aprendió inglés de su abuelo y sus familiares, puesto que era la lengua que hablaban en la intimidad. Ambas mujeres alternaban los dos idiomas en función de su estado de ánimo y de la compañía. María de las Cuevas se encogió de hombros y prefirió mantener el castellano de acento sevillano que manifestaba el genio tan propio de su personalidad.

—Digamos que las cosas no están saliendo exactamente como esperábamos.

Justo entonces las interrumpió un poderoso estruendo. Una ventana acababa de estallar. Le siguió otro sonido más descorazonador: el de la loza haciéndose añicos.

Las mujeres se sobresaltaron, igual que las doncellas. No habían salido de su espanto cuando comprendieron lo que había ocurrido. Un bulto parecido a un saco había irrumpido con fuerza por uno de los balcones, llevándose por delante los cristales y todo lo que encontró a su paso. El mueble que se llevó la peor parte fue la estantería sobre la que descansaba una preciosa colección de vajilla del modelo Yedra verde. Trinidad y María de las Cuevas se levantaron horrorizadas. La marquesa olvidó las formas que había mantenido hasta entonces y corrió hasta la cristalera destrozada. Evitó cortarse los dedos, pero no las palabras:

—¡Esta vez avisaré a la Guardia Civil, ingratos!

En lugar de recrearse en el inesperado arrebato de la aristócrata o en analizar los matices que presentó su cambio de registro, Trinidad no pudo evitar que su atención se centrara en el fardo que había provocado semejante estropicio. Al instante descubrió que se trataba de un pequeño saco de polvo blanco de caolín, material que aparecía por segunda vez de una forma incluso más insólita que la primera, y además llevaba una inscripción con caligrafía precaria: SI EL RESULTADO ES TAN FINO PARA LOS FINOS, QUE EL FINO POLVO ESTÉ IGUALMENTE EN SUS CASAS.

—Cielo santo. Entiendo que esto va más allá de una broma de mal gusto —dijo Trinidad, horrorizada—. ¿Por eso su fachada está también manchada de caolín? No sabía que la tensión con sus empleados fuera tan grave, señora. Este material es bastante tóxico. Toda una declaración de intenciones.

María de las Cuevas intentó recuperar la compostura, aunque su semblante delataba la incomodidad que sentía. Con un gesto de la mano indicó a Winston que se encargase del fardo blanco y de la ventana. El mayordomo le preguntó si debía llamar a la Guardia Civil, haciéndose eco de las amenazas de su señora. Ella lo desestimó con la cabeza y procedió a ordenar a las doncellas que limpiaran los cristales y los fragmentos de loza rota. Trinidad miró el suelo con pesar, aunque le duraba el susto; siempre le resultaba doloroso contemplar una joya destrozada. Percibiendo su malestar, María de las Cuevas la invitó a que volviera a tomar asiento.

—No han pasado ni un par de semanas desde que hicimos públicos los nuevos diseños —resopló la marquesa, atribulada—. Sin contar los sustos puntuales —dijo señalando el desorden del salón con un leve temblor que trató de controlar cerrando la mano en un puño—, no debería quejarme, puesto que hemos podido reanudar la actividad de la fábrica. La gran mayoría de nuestros empleados se han reincorporado al trabajo con naturalidad, pero...

—Pero tiran sacos de polvo de caolín a su casa como si fuesen piedras.

La aristócrata le clavó una mirada intensa a Trinidad.

—Si solo fuera eso... —La mujer se concedió un instante para sosegarse—. Hay algo en el ambiente que no termina de convencerme, Trinidad. Da la impresión de que en realidad no hay ningún entusiasmo y de que todo va a saltar por los aires en cualquier momento. Para colmo, en mi casa la metáfora se vuelve muy real.

La británica sopesó lo que iba a decir sin apartar la mirada de su interlocutora. Todavía no había despertado el carácter impulsivo que la caracterizaría en el futuro, pero su arrojo ya estaba ahí.

—¿Puedo hacer algo para ayudar?

—¿Como qué, querida? —preguntó la marquesa, enternecida por el candor de la joven.

—No lo sé. Podría acompañarla en las instalaciones, por ejemplo, tratar de identificar ese «algo en el ambiente» que me mencionaba. A lo mejor podría ayudarles a encontrar alguna solución. ¿Qué le parece? Deberíamos priorizar salvaguardar la paz de su hogar, hacer lo que sea por calmar estas aguas revueltas.

La marquesa la estudió admirada. Trinidad ya había hecho más que de sobra por los Pickman a pesar de que tampoco se conocían tanto. Qué derecho tenía de pedirle algo más. Sin embargo, la parte de María de las Cuevas que se negaba a conformarse con la situación la obligó a valorar en serio su ofrecimiento.

—Ay, Trinidad, no sabe cómo le agradezco su buena disposición. Ojalá bastara con eso. Aunque, pensándolo bien, es cierto que al no ser miembro de la familia Pickman y pudiendo valerse de sus conocimientos de primera mano del oficio, usted podría ser una buena observadora externa, incluso hacer las veces de puente entre ambas partes. —La marquesa acabó por dibujar una sonrisa comedida—. En verdad, me haría mucha ilusión que visitara la fábrica, querida. A tío Guillermo también le encantaría. ¿Qué tal mañana mismo?

Trinidad aceptó la invitación. No pudo evitar sonreír mientras se despedía de la señora rememorando lo mucho que le había costado semanas atrás acceder a La Cartuja con el beneplácito de su familia, sobre todo de don Guillermo, el cuarto hijo de Carlos Pickman.

Precisamente por ese motivo, el único testigo de aquella lucha prorrumpió en una larga carcajada en cuanto se enteró del plan.

—¡Quién lo hubiera dicho, señorita Trinidad! —exclamó Baldomero a las riendas del coche de caballos donde iba sentada la joven de regreso a Triana—. El mes pasado estábamos usted y yo dando tumbos por Sevilla para mendigar la atención de la señora marquesa, ¡y mañana va a ser recibida en su fábrica con todos los honores! De verdad que tiene usted un trato de favor con mi santa María Magdalena.

La chica negó con la cabeza, divertida una vez más por las ocurrencias de su cochero, al que ya consideraba un amigo. Rubia, la preciosa yegua que tiraba del carro, se alborotó igualmente, como si ella también estuviera protestando por el trajín que se llevó en sus propias carnes para que Trinidad coincidiera con doña María de las Cuevas Pickman.

—Bien está lo que bien acaba, Baldomero. No sea rencoroso.

—Esa palabra no existe en Sevilla, niña. Lo que sea que nos fastidie a los sevillanos se nos olvida con un par de coplas y un buen chato de vino. Pero la reputación… —Hizo un sonido similar al relincho de un caballo—. ¡La reputación te puede perseguir hasta las puertas de san Pedro! Y los Pickman tienen fama de mirar por lo suyo y punto, aunque de eso puede decirle más doña Milagros que yo.

Trinidad meditó las sabias palabras de Baldomero, que nunca abandonaba su natural desparpajo ni carecía de tino. Se inclinó hacia delante y se cruzó de brazos sobre el respaldo buscándole los ojos. El cochero se echó a reír al darse cuenta de que la joven le miraba de lado, sagaz y a la vez sarcástica, por la exageración de sus palabras. Ambos se apreciaban mucho. Baldomero se encogió de hombros y le dijo sin maldad:

—Ya verá usted por sí misma que no miento.

Dado su alto porcentaje de aciertos, Trinidad tuvo la tentación de santiguarse.

Ella sabía que sería imposible averiguar si Baldomero estaba en lo cierto o no por doña Milagros Campos. La ceramista era una mujer sencilla, en absoluto chismosa.

En cuanto la muchacha y el cochero entraron por la puerta izquierda del taller Montalván, una hermosa cancela de hierro verde con las paredes cubiertas de azulejos de querubines de colores, lo primero que hizo Milagros fue invitarles a sentarse a la mesa para comer. Al enterarse de que había lentejas y que llevaban una buena ración de chorizo, Baldomero aceptó encantado. Pasaron muchos minutos entre risas y anécdotas sobre el mar y los peces, hasta que la artesana trianera cambió de tercio y se le ocurrió preguntarle a Trinidad cómo le había ido en casa de doña María de las Cuevas.

—Dichosos Pickman. Se creen que saben más de la cerámica que los propios alfareros.

Trinidad, Milagros y Baldomero giraron raudos la cabeza hacia el lado de la mesa donde estaba sentada la única comensal que no había participado en la conversación hasta ese momento. Sonrieron al toparse con el gesto hosco de doña Justa, que hurgaba con saña en sus lentejas, despedazando el chorizo como si fuera un miembro más de la familia de aristócratas. Se le había marcado la vena de la frente por el calor del arrebato. Justa contaba ochenta y un años y la edad había nublado su entendimiento; la mujer ya no era capaz de mantener una conversación coherente. No obstante, parecía atenta a todo y en los momentos más insospechados soltaba un comentario de lo más oportuno que reflejaba la inteligencia y el temperamento de sus épocas de lucidez. La anciana había sido discípula directa del maestro Saturnino y dirigió durante muchos años el taller Montalván con doña Sagrario, su socia que había sido como una hermana, fallecida cinco años atrás.

Trinidad sentía un cariño innato por doña Justa. Su estado mental le despertaba ternura, pero lo que realmente la había conquistado en el poco tiempo que llevaba en la ciudad eran esas apostillas aleatorias y, al mismo tiempo, tan acertadas. Trinidad, que estaba sentada a su lado, se inclinó hacia ella para asegurarse de que la servilleta estaba bien colocada sobre su regazo. Justa se dio cuenta, y su entrecejo arrugado se relajó al tiempo que le dedicaba una sonrisa agradecida.

—Sabes que tengo razón, mi niña —dijo la anciana—, no sé por qué insistes en relacionarte con esos malditos británicos. Seguro que pisas esa fábrica y acabas ardiendo en el infierno.

Trinidad puso los ojos en blanco, divertida por las maldiciones e invectivas de la mujer. Sabía que cuando Justa se dirigía a ella de esa manera era porque la confundía con su madre. Eso la hacía feliz, le revelaba cosas que nunca había tenido oportunidad de saber. Baldomero se carcajeó y Milagros negó con la cabeza.

—Está obviando los orígenes de Trinidad, doña Justa. Además, el único Pickman británico que había en Sevilla era don Carlos y lleva años enterrado, Dios lo tenga en su gloria —le recordó la mujer persignándose, diciéndose a sí misma que no debía tomarla en serio—. Ya son dos las generaciones de Pickman sevillanos que han estado al frente de La Cartuja. A Trinidad no va a pasarle nada por ir a esa fábrica, por los clavos de nuestro Señor Jesucristo. Mucho menos chamuscarse en el fuego infernal.

—Ese sitio está lleno de traidores —masculló Justa con la mirada aún perdida en su plato y la mandíbula a pleno rendimiento, rumiando el rencor como una ovejilla.

Trinidad parpadeó perpleja, Baldomero se atragantó de la risa y Milagros decidió que lo mejor era no entrar al trapo.

—Si eso fuese así, hasta mi Eleuterio sería un renegado: hoy mismo ha acudido a la fábrica para asesorar sobre las nuevas colecciones de loza que planifican producir con los diseños que hallamos en el taller.

La curiosidad de Trinidad pudo más que su prudencia.

—Eso es algo que también ha mencionado doña María de las Cuevas —intervino—. No sabía que los artesanos de Triana también realizaban trabajos puntuales en la fábrica a pesar de tener sus propios negocios. De hecho, hemos hablado del mismo modo de don Manuel, con el que todavía no he tenido la oportunidad de coincidir.

—No me extraña ninguna de las dos cosas —replicó Milagros con una sonrisa algo contrahecha—. Incluso con su carácter autónomo, el maestro Manuel García Montalván se lleva muy bien con los Pickman, y no es raro que los artesanos de Triana trabajemos de vez en cuando para La Cartuja. Ya le dije a usted que yo no tenía el gusto de conocer personalmente a los Pickman, pero que mi Eleuterio trabajó allí algunos años, y ahora han recurrido a él para el desarrollo de las nuevas vajillas. Siempre ha habido movimiento de artesanos entre La Cartuja y Triana. En el mundo de la alfarería, todos somos iguales.

—No somos iguales —corrigió Justa, más tajante que nunca—. Siempre habrá quien sepa verlo por los que no.

La anciana levantó la mirada con severidad al decir esas palabras y provocó un silencio en la mesa que, en esa ocasión, no fue roto por ninguna burla de Baldomero. Hasta él se quedó pensando en la observación de Justa. Las palabras de Milagros hicieron igualmente reflexionar a Trinidad. En primer lugar, estaba sorprendida por lo similar que era el discurso de la alfarera al de María de las Cuevas: ambas habían hablado con toda naturalidad del trasiego de artistas entre La Cartuja y los talleres de Triana. Precisamente por eso, también saltaban a la vista las diferencias: bastaba observar el ambiente y la posición social de cada mujer. María de las Cuevas era marquesa, futura heredera de un imperio cerámico, vivía en un opulento palacio y tenía en sus manos el destino de cientos de personas. Milagros, por su parte, era una humilde artesana, oriunda de Triana, uno de los barrios más humildes de Sevilla, y a pesar de la belleza de cada azulejo que cubría las paredes del taller Montalván, no había comparación posible con las comodidades y lujos del hogar de la aristócrata. Milagros y su marido se habían ocupado del taller y de los artesanos que trabajaban allí cuando el deterioro de doña Justa le hizo imposible continuar con sus labores. Los trabajadores del taller Montalván eran como una familia y sus destinos estaban unidos por sus lazos afectivos. La reapertura de la fábrica de los Pickman era una buena noticia porque mucha gente necesitaba los salarios y los extras que llegaban a Triana gracias a La Cartuja.

Trinidad no pasaba por alto la gran responsabilidad de ambas mujeres en sus respectivas situaciones. No obstante, estaba de acuerdo con doña Justa: los Pickman y los maestros artesanos de Triana no eran iguales.

Sumida en esas cavilaciones, la joven estuvo tentada de preguntar por las huelgas y por los actos violentos de los obreros, que tan de cabeza traían a la familia aristócrata. Estaba convencida de que Milagros debía estar al tanto, incluso podía ser que hasta Baldomero supiese del asunto, pero tuvo el pálpito de que era mejor callar.

La joven ardía en deseos de que llegase el día siguiente para ir a la fábrica y valorar la situación con sus propios ojos.

Como era de esperar, no hubo ninguna señal divina de que la británica se condenara a arder en el fuego del averno al pisar los terrenos de La Cartuja. No había ocurrido las dos ocasiones que había visitado la fábrica cuando estaba clausurada, ni sucedió ese día en que el humo de los hornos ascendía en regueros que se fundían con las nubes del cielo azul sevillano. Baldomero se burló con cariño de la expresión de asombro de Trinidad cuando la joven divisó a lo lejos la enorme cantidad de hornos botella de piedra en pleno fulgor. A medida que se acercaban a los muros de La Cartuja, atrajo su mirada el movimiento de personas entrando y saliendo sin parar, cargadas de sacos o cubiertas del polvo de la loza. De nuevo se encontraba con ese polvo blanco tan perjudicial para la salud que hasta ese momento nunca había ensuciado a los Pickman.

Luego le abrumó el ruido. La chica creyó escuchar el silencio la última vez que había estado allí. Las conversaciones simultáneas y los tarareos le recordaron al zumbido de las abejas en su panal. Era la melodía del esfuerzo. La joven permaneció muda, su atención estaba volcada en el ambiente. Miró confusa a Baldomero.

—Lo sé, se ha quedado sin palabras —dijo el cochero—. A todos nos pasa la primera vez que lo vemos. —La ayudó a bajar del carruaje y la acompañó hasta la puerta principal—. Parece una ciudad aparte.

Trinidad le dio la razón. Las dos veces que había paseado por sus instalaciones y jardines le había parecido un templo fantasmagórico erigido sobre los vestigios del monasterio centenario en honor a la Virgen de las Cuevas cuya imagen hallaron en el siglo XIII en una de las cavidades rocosas de la isla cartujana, según contaba la tradición popular. Un arco blanco con filos de color burdeos coronaba la entrada de la Puerta del Río, y unas letras en azulejo anunciaban: LA CARTUJA. MANUFACTURA DE PRODUCTOS CERÁMICOS. En lo más alto había una veleta de hierro fundido en forma de cruz.

—Trinidad, querida —se oyó decir a una mujer.

La joven salió de su ensimismamiento, doña María de las Cuevas la saludaba desde la entrada principal de la vivienda del guarda. Igual que el día anterior, la marquesa esperó a que fuese Trinidad la que se acercara, como marcaba el protocolo. En esa ocasión no tomó sus manos, pero la joven británica descubriría pronto que no era una muestra de indiferencia.

—Tenía previsto recibirla en la sala de reuniones, pero era incapaz de aguardar quieta, así que he preferido venir a casa de don Anselmo y supervisar la llegada de los proveedores mientras la esperaba. Gracias por acompañarla, Baldomero, ya me hago yo cargo de ella.

—Un placer, como siempre, señora marquesa —dijo el cochero, inclinándose cortés; luego se giró a la que se había convertido en su más asidua clienta y le recordó—: Volveré para recogerla a la hora del almuerzo, señorita Trinidad.

La muchacha se despidió de él en un gesto afectuoso y siguió a María de las Cuevas hacia el interior de los terrenos de La Cartuja. Si desde fuera le había impresionado lo que había apenas entrevisto, el interior del recinto de la fábrica la deslumbró. Era como si unas ruinas históricas hubieran cobrado vida. O, más bien, como si la hubiesen recuperado. La zona principal de la fábrica se componía de dos extensas edificaciones, una a cada lado del camino adoquinado. El edificio de la derecha era de color crema y el de la izquierda estaba engalanado con filos borgoña idénticos a los del acceso principal. Tras los enormes ventanales que Trinidad había visto a oscuras y vacíos en su anterior visita, ahora bullía la actividad. Una miríada de personas iba y venía de un lado a otro, por aquí y por allá se escapaba algún que otro comentario o reproche, se apremiaban unos a otros para que el ritmo de trabajo no decayese. No obstante, muchos dejaron sus labores unos instantes al percatarse de la presencia de María de las Cuevas y de su acompañante para saludarlas cortésmente o darles la bienvenida, deseándoles todos un buen día. Trinidad respondía encandilada. El taller Laredo de Cheshire era grande, pero no había punto de comparación. No pudo evitar detenerse en la entrada de los terrenos de labrado y de elaboración de ladrillo. En sus visitas a la fábrica cerrada, esa zona fue la que le pasó más inadvertida, pues se encontraba al aire libre y parecía un simple jardín. Ese día estaba repleta de gente arando los huertos o llevando fardos.

María de las Cuevas apremió a Trinidad para que la siguiera. Antes de marcharse, la chica se fijó en el muchacho que estaba más cerca de ella. Ataviado con una boina y ropa de faena muy rudimentaria, acababa de echarse al hombro un costal de material arcilloso. Cuando se incorporó, Trinidad se dio cuenta de lo joven que era y, sin pensar, le sonrió admirada. El gesto hizo que él le mantuviese la mirada. Trinidad le dio la espalda sin más y salió deprisa tras los pasos de la marquesa de Pickman. El joven obrero continuó inmóvil observándola hasta que ella desapareció en el interior de las instalaciones de La Cartuja.

2

Abril de 1911

—¡Trinidad, amiga mía!

En cuanto cruzó la puerta principal del palacio de los Pickman, María de las Cuevas se abalanzó sobre Trinidad y la estrechó con fuerza. La inglesa pensó en lo diferente que era ese gesto al de la primera vez que se vieron en su casa. O al de la última. Por ese motivo, le devolvió el abrazo de forma más comedida, aunque bien era cierto que tuvo la tentación de rodearla con los brazos con el mismo cariño que la marquesa le había mostrado. Al final pudo más el corazón que la cabeza. La intimidad que existía entre ambas también venció a los límites que ponía la educación y Trinidad se permitió apoyar la mejilla en el hombro de su amiga, agradecida por volver a verla.

Al sentir la avalancha de emociones de la recién llegada, la marquesa se apartó ligeramente y tomó su rostro con las manos para mirarla con atención.

—Pero qué bien te encuentro. ¡Estás bellísima! ¿Acaso

estás usando una de esas cremas para el rostro que están ahora tan de moda? Estás diferente.

—Qué cosas tienes, Cuevas —replicó Trinidad con una amplia sonrisa.

Con los años habían cultivado la confianza suficiente para tutearse, para que la marquesa dijera lo primero que se le pasaba por la cabeza o para que Trinidad acortase el nombre de su amiga a un sencillo «Cuevas». Primaba, por encima de todo, la admiración mutua: las dos mujeres se observaron atentas, encantadas de descubrir que ninguna había cambiado tanto en ocho años. Si acaso, el tiempo les había otorgado mayor presencia, por fuera y por dentro.

María de las Cuevas Pickman mantenía su recogido alto habitual, tan característico de las mujeres de clase alta, así como su atuendo de camisa blanca de grandes mangas trocadas a juego con su falda de tubo carmesí. Trinidad, en cambio, sí había modificado algunos detalles de su estilo personal; Cuevas no había errado. Ya no usaba aquellos vestidos remilgados de su primera juventud; prefería los conjuntos con chaqueta larga y liviana, asociados a la informalidad. Llevaba el largo cabello peinado como correspondía a una mujer soltera de su edad, en un recogido un poco rebelde, como sus pensamientos. La verdadera personalidad de los artistas afloraba con el despertar de su talento, lo cual a menudo sucedía de forma salvaje y abrupta, como la erupción de un volcán. Ya hacía más de un lustro que Trinidad se conocía lo suficiente para saber a quién deseaba encontrar cuando se mirara a un espejo. Saltaba a la vista que no era una burguesa corriente, lo cual satisfizo y enorgulleció a

María de las Cuevas, quien la animó a tomar asiento en el sofá de la sala principal de recepciones y no dudó en acomodarse lo más pegada posible a ella.

A la marquesa no le pasó desapercibido que semejante proximidad incomodaba a Trinidad. La aristócrata despachó a las tres doncellas presentes y le encomendó al criado que se hiciese cargo de la maleta de su invitada, después de acordar con ella que se alojaría en el palacio de los Pickman. Trinidad siguió su equipaje con la vista, recordando el objeto de papel y cuero que había guardado entre sus camisas, pero se giró hacia su anfitriona cuando esta tomó sus manos.

—Qué maravilla, querida. Me cuesta creer que estés aquí y, al mismo tiempo, siento como si no nos hubiéramos dejado de ver en todo este tiempo.

—Bueno, hemos intercambiado correspondencia con bastante frecuencia.

—No la suficiente, Trinidad —la riñó la marquesa con más humor que reproche—. ¿O es que he de recordarte las rachas en que me abandonas sin respuesta cuando te da por inventar alguna colección nueva o cuando tenéis campañas de mucha venta en el taller? ¿Acaso crees que nosotros no estamos también muy ocupados? Eso sin contar que cuando regresaste a Cheshire te tiraste meses sin dar señales de vida. ¡Oh, sí, mejor que no tenga que recordártelo! —La aristócrata se rio ácidamente, pero la mirada esquiva de su interlocutora la obligó a suavizar su actitud y a tomarle la barbilla con delicadeza—. Trinidad, cielo, sabes que estoy de chanza. Hace ya muchos años de aquello, no me digas que sigues dándole vueltas.

La joven mantuvo su expresión hermética, negándose a revelar lo que pensaba. Por supuesto, era más que consciente de que el tiempo había pasado. Se había dado cuenta nada más llegar a Sevilla.

Esa mañana había salido de la estación de tren buscando entre los cocheros a Baldomero, o alguna cara conocida entre sus compañeros de entonces. La respiración se le cortó cuando vio a Rubia, la ilusión se abrió hueco en su pecho junto a las ganas desbordantes por ver de nuevo a su amigo. Entonces descubrió un rostro desconocido a las riendas de la yegua. Primero sintió desconcierto, luego angustia. Corrió hacia el hombre en cuestión, quien se excusó muy sentido con ella cuando le preguntó por el viejo cochero de Triana.

—Lo siento, señorita, el pobre hombre falleció hace algo más de un año. Dios le reserve un buen asiento a su lado que le permita chivarnos las mejores rutas desde allí arriba.

La joven pestañeó incrédula, tomándose su tiempo para recuperar la compostura. Mientras acariciaba la quijada de Rubia, Trinidad se dio cuenta de que el afecto que sentía por Baldomero le ascendía desde el corazón por el esófago hasta constreñirle la garganta. Solicitó a aquel cochero que la llevara solo por refugiarse cuanto antes en algún espacio que le concediera unos instantes de intimidad. Se pasó todo el trayecto de la estación a casa de los Pickman conteniendo las lágrimas. En su ausencia, Baldomero había ascendido a los cielos. Solo por eso, Sevilla ya no era la misma, ni lo sería jamás. Trinidad conocía bien esa tristeza, la impotencia ante lo inexorable.

La británica notó que le ardían los ojos, comprendió que

esa noticia era demasiado dolorosa y reciente para pensar en ella justo en esos momentos, en pleno reencuentro con su amiga. Precisamente por ser tan consciente de la ausencia de Baldomero, valoró aún más encontrarse allí con la marquesa. De nuevo conmovida, optó por cambiar de tema para evitar las lágrimas:

—¿Por qué no nos centramos mejor en el presente y me cuentas un poco más toda esa historia que me adelantaste por carta? Más que nada, para entender por qué requeriste mi presencia con tanta urgencia.

María de las Cuevas Pickman ladeó la cabeza y le dedicó una mirada socarrona a su invitada.

—Querida, no te hagas la tonta; si estás aquí es porque comprendiste enseguida la magnitud de la noticia que te di.

Trinidad carraspeó contrariada. A pesar de que tenía su parte de razón, a veces le exasperaba la actitud engreída de su amiga aristócrata. En su última misiva, María de las Cuevas le comunicó que el ayuntamiento de Sevilla había conseguido por fin que la Casa Real y la presidencia del Consejo de Ministros permitiesen organizar una exposición internacional para promocionar la ciudad en el extranjero. Después de cincuenta años de crecimiento industrial y demográfico, el principio de siglo había traído un notable estancamiento para Sevilla, que luchaba por definir un plan urbanístico en beneficio de todos.

María de las Cuevas le venía anunciando a Trinidad el proyecto de remodelación y promoción de la ciudad hispalense desde hacía dos veranos. El plan en cuestión consistía en celebrar un evento por todo lo alto en honor de las ciudades españolas y de las antiguas colonias. Una propuesta que al parecer no se había consolidado hasta hacía muy poco, pensó Trinidad.

—De acuerdo, reconozco que «Exposición Hispanoamericana» es un concepto que suena sugerente por su espíritu internacional, pero no me diste detalles de en qué consistirá. ¿Tal vez os proponéis construir vuestra propia Trafalgar Square? ¿O una Fontana di Trevi? —se burló Trinidad sin malicia—. Solo mencionaste que sería un evento que requeriría el trabajo de decenas de operarios y artistas alfareros para una serie de edificios que, supuestamente, será necesario levantar. Lo que sí me contaste es que estaría implicado aquel arquitecto, ¿cómo se llamaba?

—Aníbal González —respondió María de las Cuevas con una sonrisa.

—Por supuesto, don Aníbal, ¡cómo olvidarlo! Solo hablaste de él unas cien veces en tus últimas cartas —ironizó Trinidad—. Me explicaste que el ayuntamiento quería convocar un concurso público para seleccionar al arquitecto que se encargaría de construir los emplazamientos de la Exposición. Doy por sentado que apuestas por tu admirado señor González, así que no entiendo entonces qué pinto yo en este asunto.

—Todo —respondió la marquesa con rotundidad—. Trinidad, tú harás que él y solo él sea el ganador del certamen.

—En tus últimas cartas me aseguraste que es un genio, Cuevas —dijo Trinidad, alzando las cejas—. Si no llega a ser porque dijiste que era sevillano, hubiese creído que me estabas hablando de don Antoni Gaudí.

—Precisamente, algunos lo llaman ya el «Gaudí sevillano» —la interrumpió María de las Cuevas—. Aunque, en mi opinión, don Aníbal puede llegar aún más lejos que ningún otro arquitecto español que haya existido hasta la fecha.

—Entonces la pregunta vuelve a ser para qué iba a necesitar mi ayuda semejante virtuoso.

—Resulta que, si bien don Aníbal es un hombre extraordinario, también es tan modesto que pasa completamente desapercibido. Carece por completo de ambición pública y no le interesan los grandes reconocimientos, motivo por el cual es un completo desconocido. El talento de los demás no le llega ni a la suela de los zapatos, pero tienen el espíritu competitivo y los contactos que son imprescindibles para ganar los concursos públicos.

—¿Y quieres que yo le infunda ánimos o qué?

—Disimular no es tu fuerte, querida. Tú eres la persona perfecta para ayudarle porque tienes el talento, la experiencia y la personalidad que don Aníbal y su equipo necesitan para afrontar un proyecto de esta envergadura. Y en otro orden de cosas, para mí es importante que estés al lado de don Aníbal porque eres una persona de mi entera confianza.

Trinidad miró fijamente a María de las Cuevas. La británica era consciente de que su amiga siempre conseguía lo que quería porque no daba puntada sin hilo. Estaba segura de que, tan pronto le mencionó por primera vez que se estaba fraguando un proyecto de gran envergadura en la ciudad, su propósito era seducirla desde la distancia, atraerla como un insecto a la luz. Y a pesar de que Sevilla era ese faro para ella, no era capaz de ignorar el canto de sirena de la ciudad del azulejo. Se le encogió el estómago al recordar cómo se había estrellado en las rocas la última vez que se dejó guiar por su melodía.

María de las Cuevas Pickman había sufrido no pocos reveses en los últimos años, experiencias que la habían hecho fuerte y más decidida de lo que lo fue en el pasado, pero que también le habían impuesto una terrible soledad. Por ese motivo, Trinidad no se sentía capaz de negarle su ayuda. De algún modo, consideraba que le debía ese esfuerzo.

—Deja que lo piense un poco, Cuevas. De entrada, habrá que ver si don Aníbal desea mi ayuda.

—La querrá, descuida —repuso ella, muy satisfecha—. Le fascinan los talentos inusuales. Estos días se está entrevistando con constructores, artesanos y ceramistas de toda la ciudad para tantear opciones, presupuestos, e ir componiendo el equipo de personas que le ayudaría a llevar a cabo su propuesta.

Sin previo aviso, la marquesa se levantó y la instó a acompañarla a la recepción de la vivienda. Trinidad la siguió por pura inercia y no pudo evitar la cara de desconcierto cuando su amiga le pasó la chaqueta y se puso la suya.

—Ahora vamos a buscar un vestido de noche para ti. Seguro que no has traído nada apropiado para la ocasión.

—¿Qué ocasión, Cuevas?

Su amiga le dedicó su sonrisa ladina antes de responder:

—Verás, dentro de dos noches tendrá lugar una recepción organizada por su majestad Alfonso XIII. Han invitado en el Real Alcázar a gran parte de la nobleza y la burguesía sevillanas, a los miembros del comité de la Exposición y a los candidatos al concurso. El objetivo es celebrar que el proyecto ya es oficial. Cuando me convidaron, solicité que te incluyeran en la lista para presentarte a don Aníbal y a todos los demás. Cielos, querida, qué pálida te has puesto. ¡No puedes negarte! —María de las Cuevas contuvo la risa, tapándose la boca—. Llevo anunciando tu presencia desde que te escribí la última carta.

Cuando por fin pudo reaccionar, Trinidad exclamó perpleja:

—¡Cuevas! ¿Y si no hubiera venido?

La marquesa de Pickman se sintió un poco culpable por la encerrona que le había hecho. Al final sonrió dulce y volvió a tomarle el rostro con ambas manos.

—Estaba segura de que lo harías.

3

Febrero de 1902

La familia Pickman recibió con alegría a Trinidad en La Cartuja. Cuando la joven apareció junto a María de las Cuevas esa mañana en las instalaciones, don Guillermo y don Lorenzo también se volcaron en su recibimiento. Don Guillermo Pickman Pickman, único varón de la familia tras el fallecimiento de don Ricardo, el primogénito de Charles Pickman y padre de María de las Cuevas, había sido designado administrador de las propiedades de su padre. Esto quería decir que se ocupaba de la casa palacio familiar y que ostentaba varios cargos de responsabilidad en la fábrica. Pero tanto tío como sobrina llevaban tiempo delegando tareas en don Lorenzo, el marido de Susana de la Viesca, la prima de María de las Cuevas. Lorenzo López de Carrizosa y Giles era un hombre de grandes habilidades y estaba destinado al marquesado de Salobral y a la presidencia de La Cartuja. Cuando Trinidad lo saludó, pensó que una pose tan distinguida solo podría corresponder a un caballero con un porvenir tan prometedor.

Don Guillermo, don Lorenzo y María de las Cuevas habían dispuesto que una de las paradas obligadas de la visita de Trinidad sería el taller de diseños. Allí se dedicaban a la elaboración de las ilustraciones que se estampaban en las vajillas, tanto en los filos como en los centros. En ese espacio se realizaban los bocetos y se llevaban a cabo las pruebas de color y la elaboración de las planchas de cobre o zinc que servían para producir las calcas en serie.

La belleza embriagadora de la sala, con cientos de esbozos fijados por las paredes de azulejo, junto a las pruebas de colores y las piezas en las distintas fases de la loza distribuidas por las diferentes mesas de trabajo, cautivó a la joven. Trinidad sonrió al descubrir los nuevos diseños de la dama ocupando una buena sección de pared. Estaba segura de que nadie hubiese sospechado nunca que aquella ilustración terminaría convirtiéndose en vajillas de La Cartuja, su propia autora menos que nadie.

Consciente de que sus orígenes familiares estaban ligados a aquel espacio, Trinidad les pidió permiso a sus anfitriones para curiosear las planchas de cobre almacenadas en una esquina. La británica las fue pasando con cuidado hasta que descubrió en una de ellas el apellido Urquijo. Trinidad notó que le arrollaba una ola de sentimientos enfrentados.

«Bien está lo que bien acaba», se repitió recordando lo que le había dicho a Baldomero el día antes.

Mientras la comitiva oficial le mostraba el taller de diseño a Trinidad, aparecieron dos hombres y dos mujeres, ceramistas y artistas dedicados a cincelar. La joven no pudo evitar sonreír cuando don Guillermo le informó de sus ocupaciones. Carlos Pickman fue famoso por valorar la mano de obra femenina, aunque al principio las mujeres se limitaban a las tareas de estampación. Con el tiempo, fueron accediendo a puestos en el resto de las áreas de acuerdo con sus intereses y aptitudes. Tras las presentaciones y comentarios cordiales, las expresiones de inquietud de los artesanos preocuparon a los responsables de la fábrica.

—¿Qué os pasa, Carmen? —le preguntó María de las Cuevas a una de las pintoras.

—Qué va a pasar, señora marquesa, lo de todos los días.

—Más bien lo de «los de siempre» —intervino uno de los ceramistas con claras muestras de enfado—. Que viene uno a cumplir con sus obligaciones y el resto no parece tomárselo en serio.

—Tampoco seas así, Manolete —intervino apurada la otra mujer—, que los muchachos se esfuerzan en sus tareas igualmente.

—Yo también tengo bastante de lo que quejarme —dijo el cuarto trabajador que había estado callado hasta ese momento—. De entrada, de una mujer exigente y de varios hijos caprichosos a los que mantener.

—Parad, parad, que no nos estamos enterando de nada —dijo don Guillermo—, ¿a qué o a quiénes os referís?

—Pues eso, don Guillermo, a «los de siempre» —insistió Manolo—: Enrique el Burgués y compañía, los responsables de la discordia. Valoro su talento artístico como el que más, pero hace tiempo que le habría dicho un par de cosas a ese agitador.

Trinidad miró a María de las Cuevas buscando las respuestas que los artistas no parecían terminar de dar, pero la marquesa se limitó a bajar la cabeza y masajearse las sienes.

—El maestro Soto y dos de sus discípulos azulejeros se han quedado discutiendo con ellos en el patio de los hornos de barniz, señor —informó Carmen con mucho tiento tras un breve instante de silencio.

—¡¿Cómo?! —exclamó don Lorenzo de malas maneras; a continuación, se dirigió a la puerta del taller de bosquejos y salió hecho un basilisco.

María de las Cuevas tomó del brazo a Trinidad para instarla a que lo siguieran.

—Tiene pinta de que va a ser testigo de un incidente desagradable, querida.

—¡Lorenzo, por el amor de Dios! —llamó don Guillermo al marido de su sobrina Susana, apretando el paso para darle alcance—. Haga el favor de no perder usted también las formas.

Pero el caballero no atendía a razones. El patio de barniz se situaba justo en el centro de las instalaciones de la fábrica, era más abierto y espacioso que el de los hornos de bizcocho, que estaba ubicado en lo que fue el claustrón del monasterio de Santa María de las Cuevas. Trinidad apenas había tenido tiempo para apreciarlo cuando habían pasado la primera vez porque iba conversando con sus tres anfitriones; sin embargo, sí se había dado cuenta de que había muchísima gente cargando y descargando fardos, ocupándose de los terrenos y de los hornos, curiosamente más de su limpieza y mantenimiento que introduciendo o sacando piezas de ellos.

La joven inglesa supuso que habrían llegado justo cuando estaban en la etapa de cocción, aunque llevaban bastante rato paseando por la fábrica y se encontró el mismo panorama al entrar al patio de los hornos de barniz: un montón de gente en movimiento y apenas piezas de cerámica a la vista. Trinidad se concentró y analizó cada operario, cada gesto, cada expresión extenuada. «Qué de trabajo y qué poca producción», pensó preocupada.

Abandonó sus conjeturas cuando vislumbraron a don Lorenzo abriéndose hueco entre un corrillo de diez trabajadores, todos hombres. Tres vestían trajes de chaqueta modestos que contrastaban con el atuendo de los demás: camisas, tirantes y pantalones de trabajo, muy estropeados por la faena diaria. Trinidad creyó distinguir entre los más jóvenes al muchacho que había visto en los terrenos de ladrillo al llegar esa mañana, pero el chico evitó su mirada agachando la cabeza y escondiéndose bajo la visera de su boina. El gesto no pasó desapercibido al sonriente pelirrojo de hoyuelos marcados que lo acompañaba. Los demás labriegos estaban visiblemente molestos con los tres caballeros trajeados, a pesar de que eran estos últimos los que parecían al borde de perder los nervios.

—¿Qué está pasando aquí, maestro Soto? —preguntó don Lorenzo al hombre que se veía más alterado.

María de las Cuevas le explicó a Trinidad al oído que Manuel Soto y Tello era un veterano ceramista y socio activo del taller del maestro José Mensaque de Triana, que también trabajaba esporádicamente para La Cartuja en la sección de azulejos. Era toda una autoridad en la cerámica sevillana, como ratificaban las miradas de veneración de los dos hombres jóvenes de modesto traje que lo acompañaban.

—¡Ah, llega justo a tiempo, señor! —respondió exasperado Soto, que sacudió su llamativo cabello canoso con nerviosismo—. A ver si usted es capaz de hacer entrar en razón a estos caballeros, que no entienden que ningún artista que se precie es capaz de trabajar sin los materiales necesarios para sus producciones. Podemos adelantar mucho bocetando o marcando las piezas, pero sin la levadura, de poco sirve que los ceramistas tengamos óxidos con los que colorear las obras.

En Triana se llamaba «levadura» al estado primigenio del esmalte vidriado de los azulejos, el cual se empleaba para cubrir las piezas antes de ser pintadas. Pero eso no lo sabría Trinidad hasta mucho después, cuando descubriera que cada azulejo era como una bella charca petrificada, donde la arcilla hacía las veces de fondo, el esmalte, de agua, y la decoración, del hermoso paraíso singular que cobraba vida en su superficie.

Los obreros se quedaron en silencio y los que acababan de llegar no entendieron lo que Soto estaba diciendo, así que el maestro ceramista procedió a explicar la situación. Al parecer, llevaban varias jornadas de retraso en sus producciones porque todavía no les habían llegado los sacos de material que habían solicitado. Viendo esa mañana que tampoco habían aparecido los suministros por el taller, decidieron reclamarlos y les comunicaron que habían entregado los talegos en cuestión dos días atrás, pero que los operarios que debían transportarlos a la zona de azulejo todavía no se habían ocupado de ellos. Lo mismo ocurría con las mezclas de loza y las pastas que se empleaban en las vajillas pintadas a mano. Soto pidió los nombres de los responsables y fue a buscarlos a los hornos de barniz, donde se hallaban cargando y descargando materiales.

—Y no contentos con perder el tiempo en tareas menores, tienen los arrestos de decirme que prefieren hacer todos juntos las faenas para acabar antes y no permanecer tanto tiempo en el mismo sitio. Don Guillermo, ¿para esto dejo yo mis labores en el taller de Triana? ¿Para quedarme de brazos cruzados en las instalaciones de los Pickman? —preguntó Soto, levantado las cejas con los ojos muy abiertos.

—Si tanta prisa tiene, a lo mejor debería usted aprender del Burgués, señor Soto —intervino el chavalillo de las pecas—, que, además de pintar los mejores azulejos, no le preocupa doblar el espinazo para cargar un saco.

Un chasquido de lengua del hombre que estaba más cerca de Manuel Soto y de don Lorenzo acalló las risas maliciosas de los obreros; por el poder que ejercía sobre el resto, parecía el portavoz de todos. Amedrentó al joven con un solo movimiento de mano dirigido a él. Luego se giró hacia don Guillermo, con una expresión sombría en sus ojos oscuros y los labios apretados; más que desafiarle, le rogaba que le concediera la oportunidad de defenderse.

—¿Es cierto lo que está diciendo el maestro Soto? —quiso saber don Guillermo—, ¿se han negado ustedes a llevar los costales de levadura al taller de azulejos?

—Cada decisión que tomamos vela por nuestra seguridad, señor —contestó el líder del grupo de obreros con un cerrado acento sevillano y un tono de voz que, aunque era grave y orgulloso, reveló su juventud—. Durante el cierre de la fábrica se ha acumulado mucha faena, y no solo en la producción. Nosotros nos ocupamos de las labores de mantenimiento, arado, carpintería y albañilería de La Cartuja. También de la carga y descarga de materiales, algunos de ellos peligrosos, como el polvo blanco. —El joven inspiró profundamente por la nariz—. De hecho, aprovecho para recordarles que siguen sin cumplir con dos de nuestras principales reivindicaciones: guantes para protegernos las manos y buenos paños para cubrirnos la nariz y la boca, que nos permitan manipular los sacos de polvo sin riesgo a enfermar. Mientras no sea seguro, no nos queda más remedio que evitar la exposición continua a algunas sustancias. Ya hemos enterrado a demasiados compañeros por el mal de pecho.

—¿Y qué culpa tengo yo? —arremetió impaciente Soto.

Esa fue la gota que colmó el vaso. Un segundo después, uno de los trabajadores arrojó con saña un puñado de polvo blanco al traje oscuro del maestro Soto, que acabó cubierto de caolín. Ninguno de los presentes daba crédito a lo que acababa de suceder. Soto tosió indignado, apretando los dientes. Trinidad lucía la misma expresión de espanto que María de las Cuevas, y ambas se encogieron cuando vieron que el obrero y el ceramista se abalanzaban el uno sobre el otro.

—¡Maldito labriego!

—¡¿Ya no le da igual el polvo, señor ceramista?! ¡Ustedes, los estirados de la calle Alfarería, son peores que los burgueses!

El resto de los hombres se interpusieron entre ellos para

separarlos, aunque un par dieron muestra de querer unírse-
les cuando repitieron el lema que Trinidad había leído en el
hogar de los Pickman: «Si el resultado es tan fino para los
finos, que el fino polvo esté igualmente en sus casas». Trinidad observó a los hombres en ropa de faena que tenía delante y dedujo que debieron de formar parte del grupo
de empleados que había convocado la huelga meses atrás. Le
conmovió que los más jóvenes pusieran todo su empeño en
evitar que la discusión fuese a más y que en medio de la trifulca, uno de ellos, el chico de la boina que rehuía su mirada,
las apartara a ella y a la marquesa de Pickman para que no
recibieran ninguna guantada o puñetazo perdido. Trinidad
tampoco pudo ver bien el rostro del muchacho en ese momento, pero sintió la protección que le brindaba su cuerpo
al interponerse entre ella y los demás. Se aferró a su espalda,
y el joven volvió la cabeza hacia atrás, preocupado. Incluso
de soslayo, Trinidad sintió la fuerza de su mirada.

Al tomar conciencia de la situación, la británica soltó al
joven y retrocedió unos pasos. Buscó a María de las Cuevas
y le rogó sin palabras que hiciera algo. La marquesa se encogió de hombros, agobiada. Trinidad entendió que ese era el
famoso ambiente tenso del que le había hablado.

Cuando los caballeros más sensatos de ambas partes consiguieron apaciguar a los más sulfurados, don Lorenzo les
rogó con tanta templanza como fue capaz de reunir que por
favor regresasen todos a sus respectivas ocupaciones. En un
aparte, pidió al maestro Soto y a los otros dos ceramistas que
acudieran al taller de pintado para su reunión semanal. Don
Manuel Soto accedió a regañadientes, resoplando por la na-

riz como un morlaco mientras se sacudía el polvo blanco del traje con expresión humillada, porque eran don Lorenzo y don Guillermo quienes le insistieron.

Por su parte, los faeneros se dieron la vuelta claramente desanimados y se pusieron a recoger del suelo los fardos que debían de estar cargando cuando Soto los increpó. Los más jóvenes, el chico de la boina y su acompañante pelirrojo, trataban de observar con disimulo a Trinidad y a María de las Cuevas. El obrero de la mirada penetrante, el que parecía el líder, los apremió a los dos con un silbido, como el pastor que advierte a los corderos para que no se rezaguen en territorio de lobos.

—¿Ese es el tal Enrique? —preguntó Trinidad, refiriéndose al portavoz del grupo—. No parece... burgués. Ni artista.

María de las Cuevas rio por lo bajo. Supuso que Trinidad había llegado a esa conclusión por lo que había escuchado en el taller de diseños.

—Ese no es Enrique, querida —respondió la marquesa, tajante—. No sé cómo se llama ese joven que parecía el líder de ese elenco de haraganes, pero los siete que van ahí son todos simples mozos y albañiles. Con el dichoso Enrique Giner de los Cobos, el cabecilla de las revueltas que hemos estado sufriendo en nuestra fábrica, me he cruzado pocas veces, pero las suficientes para saber que está detrás de todo esto. Es artesano del azulejo, de los mejores, no lo voy a negar, pero trabaja en La Cartuja como obrero. Además, lo mismo me da lo talentoso que sea: Enrique el Burgués es la causa de todos mis disgustos.

Trinidad seguía sin comprender nada. Se le escapaba la razón de las formas con las que habían tratado a esos hombres, hasta el punto de hacerles estallar. Entendía que la huelga y el cierre de la fábrica durante esos meses habían tenido importantes repercusiones económicas para los Pickman y no le extrañaba que ansiaran que el trabajo se reanudara lo antes posible, pero también comprendió de inmediato las reivindicaciones de los labriegos, que además eran promesas que se les habían hecho y no habían cumplido. Los directivos no eran conscientes del trabajo que hacían los obreros de menor especialización ni de los riesgos que comportaba para su salud. Por no saber, ni siquiera sabían cómo se llamaban; solo tenían grabado a fuego el nombre del instigador de las revueltas: Enrique el Burgués.

Al presenciar esa disputa que había llegado a las manos, Trinidad percibió que la mayoría de los trabajadores de La Cartuja estaban extenuados y tensos. Con los ánimos tan revueltos, de nada servía que contasen con nuevos diseños; era imposible que las piezas de loza obraran milagros. Quizá ahí estaba la clave, pensó, y se dio cuenta de que los Pickman y sus artistas la habían decepcionado.

—Vaya, ¡menudo espectáculo! Pensaba que por fin alguien iba a cerrarle la boca al maestro Soto de un buen sopapo.

La joven se volvió a su derecha y descubrió a su lado a un caballero vestido de traje, aunque cubierto con una ligera bata para protegerlo de la suciedad. Él había hecho ese comentario mordaz. Por el bigote ancho y la mirada lánguida, Trinidad creyó en un primer momento que era un hombre de edad avanzada, pero se dio cuenta enseguida que no debía ser mayor que María de las Cuevas. Nada más verlo, la marquesa lo amonestó un poco fastidiada:

—Usted siempre tan impasible, don Manuel. Trinidad, le presento al maestro ceramista don Manuel García Montalván.

Al oír su nombre, el caballero se giró hacia ellas. Primero hizo una leve reverencia a la marquesa de Pickman y luego inclinó la cabeza en dirección a Trinidad, transmitiendo que sabía quién era, en un intento no del todo exitoso de mostrarse cortés. La joven no estaba segura de si ese gesto era producto de la amabilidad o del hastío, pues se quedó justo a medio camino; sin embargo, no quería perder la ocasión de trasladarle su gratitud y admiración.

—Don Manuel, encantada de saludarle. La gloria y fama de su apellido le preceden. No hay quien no hable maravillas de los Montalván y de su influencia en la cerámica.

—El legado Montalván no es mío ni de nadie en concreto —respondió él, obviando el halago que le acababa de hacer—, es parte del arte trianero y pertenece a todo aquel que sepa apreciarlo, o eso decía mi abuelo. ¿Es usted amante del arte trianero?

Trinidad supo de inmediato que estaba ante un hombre peculiar. Cuando María de las Cuevas le habló de él el día anterior, no se imaginaba nada en particular, pero tampoco se esperaba una persona que desprendiera tanta serenidad. De cualquier modo, e independientemente de que tratase de intimidarla o de saciar su curiosidad, la joven asintió convencida.

—Bien, en ese caso, ¿se viene conmigo al corazón del arte trianero? —preguntó don Manuel a la joven británica—. Yo ya he terminado con mis quehaceres del día y casi es hora del almuerzo.

—Pero ¡si no son ni las doce, don Manuel! —exclamó sorprendida María de las Cuevas.

—Eso no cambia lo que acabo de decir, señora mía —replicó.

La marquesa y el afamado ceramista se miraron en silencio, la mujer negando con la cabeza al comprender que ese diálogo de besugos estaba más que zanjado.

—A no ser que tenga usted previsto presenciar alguna trifulca más —dijo el artista sevillano mirando solo a Trinidad.

La descarnada ironía del comentario incomodó a la muchacha y a María de las Cuevas por igual. La marquesa recordó que el cochero iría a recoger a la británica para llevarla a almorzar a Triana, así que aprovechó la propuesta del ceramista.

—Ande, sí, mejor que se vaya usted con él, querida. La había invitado a la fábrica para mostrarle el ambiente, pero en ningún caso es necesario pasar más de un mal rato, al menos no en la misma jornada. Espero que le queden ánimos para regresar en otro momento e intercambiamos impresiones.

Trinidad estuvo muy callada todo el camino de vuelta a Triana en el coche de caballos. El hombre que la acompañaba no parecía muy conversador: el maestro Montalván se pasó los cuarenta minutos que duró el trayecto mirando al exterior o dibujando en su libreta de bocetos. Por fortuna, Baldomero tenía cuerda para hablar por cuatro, así que se explayó dando su opinión sobre lo sucedido en La Cartuja:

—Poco protestan los obreros, señorita Trinidad, créame. Ya le dije que mi tía trabajó en la fábrica como maestra transferidora de calcas, y algunas de las historias que le contaba a mi madre me quitaban el sueño de chico. La silipi... *silicoticosis...*, la halitosis esa, como se llame la enfermedad del pecho que pillan los que manipulan el polvo blanco de las narices, no es para tomársela a risa. Aunque supongo que se asemeja al estiércol de los caballos: solo el cochero es consciente de su hedor, pues los señoritos van cómodamente sentados detrás sin ser siquiera conscientes del animal que los remolca.

La joven frunció el ceño. Una vez más, su amigo no erraba en sus símiles, por muy duros que fueran. Al percatarse del malestar de Trinidad, Baldomero decidió cambiar de tema. Inexplicablemente, su cháchara derivó en la historia de su vecino el Perla, que acababa de desposarse con una mujer más insoportable que él. Una historia tan animada como grotesca que los acompañó durante el resto del trayecto.

—Casarse está difícil en Sevilla, ¿saben ustedes? —les decía ya embalado Baldomero—, y no solo porque ya nadie se conoce como antes, desde chiquitines, con tanto provinciano que llega cada día a la ciudad. ¡No, no! Sale caro. Primero de parné y segundo porque no sabes con quién te atas de por vida. No me extraña que la mayoría de las mujeres se estén dejando engatusar a partir de los veintisiete. ¿Dónde quedó el cortejo? Que se lo digan al Perla, que me lo ha *liao* la barragana esa.

Trinidad le afeó el comentario con un suspiro tan sentido como el relincho de protesta de Rubia.

Al llegar a Triana, Trinidad y don Manuel caminaron por el empedrado de la calle Alfarería muy taciturnos; sin embargo, la joven aceptó la invitación del maestro a visitar su taller de cerámica artística Nuestra Señora de la O después de almorzar. Cuando se despidieron, le sorprendió ver que el taller de don Manuel estaba ni más ni menos en el edificio contiguo al taller Montalván; era increíble que no se hubieran cruzado antes.

Nada más entrar en el inmueble saludó muy escuetamente a doña Milagros y a doña Justa. Trinidad permaneció de pie, apoyada en el vano de la puerta, pensando en la actitud de don Manuel en el trayecto de vuelta. Hacía tiempo que ella no se animaba a dibujar y perderse en sus propios bocetos. Lo echaba de menos, pero estar inspirada no era algo que se eligiese o que se provocara.

—¡Qué alegría que hayan coincidido al fin! —dijo Milagros en cuanto Trinidad les contó quién la había acompañado de vuelta—. Estábamos en ascuas por cómo iría la visita, pero no me esperaba que justo hoy se diera la casualidad de que conociera a don Manuel. —La mujer se detuvo justo antes de cruzar la puerta de la cocina y le dedicó una sonrisa sagaz a la joven—. Menudo silencio gasta hoy, querida, no es propio de usted, y menos después de pasar toda la mañana en La Cartuja. Me había figurado que tendría muchas anécdotas que contar.

La británica titubeó y ese lapsus sirvió para que la enajenación de doña Justa y su oportuna labia entraran en acción:

—Te advertí que si pisabas ese sitio podías consumirte en el fuego del infierno, niña. Nunca haces caso.

Trinidad la miró con la boca abierta. Milagros negó con la cabeza y regresó a los fogones a ultimar los preparativos del almuerzo. A pesar de que la joven inglesa sabía que nadie la escuchaba con demasiada atención, se desahogó sobre lo sucedido con los obreros y reconoció lo mucho que le había afectado presenciar semejante entuerto.

Cuando se sentaron a comer, Trinidad dejó de lado las tensiones que había presenciado y les hizo una vívida descripción de las fastuosas instalaciones de La Cartuja.

Tal como había acordado con don Manuel, Trinidad se presentó esa tarde en su taller. No tardó en confesarle al maestro que le hubiese gustado conocer al tal Burgués.

—Enrique no se presta a discusiones ni a reyertas públicas, por eso no estaba hoy —repuso el maestro sin alzar la vista de su cuaderno—. Él es más de hablar con las partes implicadas por separado y con discreción.

La chica se acercó a él y se quedó maravillada al ver la hermosa y compleja geometría a lápiz que estaba dibujando; parecía una mezcla de estilos mudéjar y renacentista, con mucha oscuridad de fondo para destacar los trazados. En la esquina inferior derecha se leía el rótulo MÁLAGA. La joven se preguntó si sería un encargo, pero la traicionó el subconsciente y las palabras brotaron en tropel de sus labios:

—Entonces ¿conoce usted a Enrique el Burgués, don Manuel? Quizá si marcara toda la hoja con el carboncillo le sería más fácil que los detalles claros se vieran mejor, aunque necesitaría un borrador.

Don Manuel detuvo la mano. No la miró a ella, pero sí valoró su consejo.

—Interesante planteamiento. El mundo del azulejo es rico y grande, señorita Trinidad, pero todos los que lo amamos en Sevilla nos conocemos muy bien.

Ella suspiró. Recordaba con claridad esa misma reflexión primero en boca de María de las Cuevas y después de doña Milagros. Se preguntó quién habría sido el primero en propagar esa idea en Sevilla.

—También me gustaría ver alguna pieza de Enrique, en la fábrica he escuchado que es un gran artista —dijo Trinidad sin cortarse. Había percibido desde el primer momento que don Manuel era peculiar, pero también que era de fiar.

—Ahí mismo la tiene.

Eso sí que no se lo esperaba. El artista ni siquiera levantó la vista de su dibujo, se limitó a alzar la mano y señalar. Trinidad siguió su lápiz y su dedo en alto. Admiró el enorme mosaico protagonizado por dos ángeles rodeados de hojas y flores tan coloridas como sus alitas que los enmarcaban cual sagrario coronado. Trinidad se quedó muda del asombro y como don Manuel no se prodigó en explicaciones, ella lo instó a que se explayara:

—Habría jurado que este mural era obra de un familiar suyo o de usted mismo.

—Casi todos los mosaicos y azulejos que hay por aquí

o en el taller Montalván son producción de algún Montalván respaldado por otro ceramista. Y lo mismo ocurre con
el resto de los negocios de Triana —explicó todavía absorto
en su esbozo, del cual tuvo que apartarse para observarlo
de lejos—. Cuanto más grande es la obra, más manos son
necesarias.

—Disculpe mi ignorancia, tengo un conocimiento limi-
tado sobre el mundo del azulejo. Pensaba que su elaboración
sería similar a la de un cuadro.

—Justamente. Piense en los retratos renacentistas. —En
lugar de mirar a Trinidad, don Manuel representó con los
dedos lo que trataba de explicarle para ayudarla a visualizar-
lo—. El maestro se encargaba del rostro y las manos y sus
discípulos, de la ropa, los accesorios y los fondos. Algunos
se especializaban solo en eso. Con los mosaicos pasa algo
parecido: siempre hay una cabeza pensante, que además se
encarga de los detalles más delicados, y el resto ayudan a que
la obra brille en su totalidad.

—Entonces Enrique el Burgués se dedica al relleno —bromeó Trinidad queriendo buscar un símil, y su interlocutor lo
captó al momento.

—No siempre. Él también tiene proyectos propios, pero
al carecer de taller y de un equipo de artesanos que le respal-
de, debe hacerlos en solitario, por muy diestro que esté de-
mostrando ser. Incoherencias del mundillo. Algún que otro
comerciante con posibles le ha encomendado la decoración
de sus patios. A pesar de ser muy joven, tengo entendido
que hay quien lo trata como a un maestro de pleno derecho.
Varios talleres se han peleado por él para quedárselo en nó-

mina, pero Enrique no parece ser de los que quieren permanecer en un mismo sitio mucho tiempo. Puedo entenderlo.

Trinidad empezó a asomarse al alma errante del maestro sevillano; era evidente que tenía un espíritu digno de un animalillo silvestre, de ahí su comprensión hacia el carácter esquivo del misterioso Burgués. No obstante, a ella el asunto seguía resultándole confuso y, ya que estaba envalentonada, no se cortó:

—Lo que no entiendo es por qué un artista de tanta fama, por el que están dispuestos a pujar los expertos más reputados de Triana, precisa trabajar en La Cartuja como obrero, y menos si está tan descontento como para instigar una huelga. También me llama la atención su nombre completo: Enrique Giner de los Cobos. No parecen los apellidos de un humilde trabajador.

—Por eso le llaman el Burgués —replicó don Manuel—. Puedo responder a dos de sus tres interrogantes —añadió un instante antes de volver a concentrarse en su diseño—. Una cosa es tener el talento para que los maestros más prestigiosos se te rifen y otra, que estén dispuestos a pagar lo que necesitas o a lo que aspiras. Es posible que su nombre esconda el verdadero motivo de su inconformismo. Sus apellidos y el apodo al que dieron pie vienen de que procede de la familia Giner, que fue una de las principales inversoras de la fábrica Sandeman.

—¿Cuál?

—¿No conoce la fábrica de loza Sandeman y Macdougall de San Juan de Aznalfarache?

Trinidad negó con la cabeza.

—Es la máxima competencia de La Cartuja. Ignoro los particulares, pero se dice que los Giner terminaron arruinados. El muchacho recibió instrucción desde muy niño en las artes pictóricas con el fin de entrar a trabajar en la fábrica de Aznalfarache como diseñador; sin embargo, tras la desgracia familiar, ninguna escuela ni maestro respetable de Sevilla quiso aceptarlo, y mucho menos la fábrica Sandeman, que temía las posibles represalias del muchacho. Los artesanos de Triana tenemos también nuestros propios problemas económicos y de gestión. —Ante el silencio y el ceño fruncido de Trinidad, don Manuel se explicó—: Para que se haga usted una idea, hace algunos años se valoraba mucho la especialización y se pagaba bien, unas dos pesetas por jornada, pero ya ni los maestros cobramos esas cantidades. Yo apenas puedo mantener a los treinta y cinco empleados de este taller, así que hay muchas personas que consideran más rentable emplearse en diversos negocios. Cabe suponer que a Enrique no le quedó más remedio que solicitar trabajo en La Cartuja, que además proporciona alojamiento y comida. Los alquileres están igualmente por las nubes, ¿sabe usted? —preguntó levantando las cejas en un gesto que tomó por sorpresa a Trinidad—. ¡Es todo cosa de locos! En cuanto a su última pregunta de por qué Enrique ha participado en la convocatoria de las huelgas, lo desconozco. Su apellido no goza de muy buena fama. Tal vez sea frustración, resentimiento social… Y ahora, si me disculpa —dijo poniéndose en pie—, debo rogarle que pongamos fin a esta conversación para terminar de aclararme con esta idea en la que estoy trabajando.

Tras toda aquella desconcertante e inesperada verborrea, don Manuel dejó a Trinidad con la palabra en la boca para tomar el pasillo de ladrillo de la derecha y perderse hacia la zona más apartada del edificio. La chica permaneció en silencio, pensando en todo lo que le había escuchado decir. Le quedaban muchas incógnitas que resolver sobre Enrique el Burgués, pero había averiguado cosas importantes.

Volvió a observar el majestuoso mosaico de querubines y flores que el joven había ayudado a realizar.

En ese mismo instante, Trinidad supo que no descansaría hasta dar con Enrique Giner de los Cobos. Y más que por ayudar a María de las Cuevas Pickman con el malestar que reinaba en La Cartuja, lo haría porque ardía en deseos de conocer a un artista tan singular.

4

Abril de 1911

El Real Alcázar de Sevilla era de noche aún más hermoso que de día. Trinidad recordaba la primera ocasión que lo visitó nueve años atrás, cuando peinaba la ciudad tratando de encontrarse de forma fortuita con María de las Cuevas Pickman. Aquel encuentro estaba destinado en otro lugar, en otro momento. ¿Quién hubiera podido sospechar que un día regresaría de acompañante de la marquesa a una recepción ofrecida por la Casa Real? Iba casi con el solo propósito de conocer al arquitecto Aníbal González y a los futuros implicados en la Exposición Hispanoamericana. Trinidad sentía curiosidad, no lo podía negar, pero le costaba creer que había permitido que su amiga la engatusara. Ella no pertenecía a ese ambiente y tenía miedo de sentirse fuera de lugar. La personalidad y el talento de la británica que tanto valoraba Cuevas se caracterizaban en gran medida por su capacidad de adaptación. La voz de la inspiración, junto a la del raciocinio y a la de la creatividad, a menudo emergía desde dentro sin previo aviso, por un simple estímulo. Otras veces era la misma Trinidad quien buscaba propiciarlo sin éxito. El Alcázar no era mal lugar para dejarse llevar por los sueños imposibles.

Trinidad aguardaba obediente a María de las Cuevas junto al abrevadero que había en el apeadero para los carruajes. La marquesa le había rogado que la esperara mientras saludaba a unos conocidos. La británica aprovechó ese rato para estudiar el ambiente. Vio llegar algún que otro automóvil de esos que estaban tan de moda entre las personas más pudientes, aunque los sevillanos seguían prefiriendo los coches de caballos para ocasiones como aquella. Esa velada le hubiera gustado a Baldomero, pensó y sonrió al recordar al cochero que tantas veces la había acompañado. Trinidad contempló su reflejo en la fuente; debía reconocer que María de las Cuevas tenía tan buen gusto como testarudez. Hasta que no aceptó probarse ese vestido de fiesta no la dejó tranquila. Lo vio en la tienda de la primera modista que visitaron y no paró de insistir para que se lo probara, y luego para que le permitiera regalárselo. Trinidad sacudió con delicadeza la capita de encaje negro que caía por la espalda, los hombros y la parte trasera de la falda, estratégicamente cosida en algunos puntos para que luciera mejor su silueta. La tela tornasolada de raso verde combinaba con sus ojos; sin embargo, el detalle que la convenció de que ese era el vestido perfecto era otro que nada tenía que ver.

La británica aprovechó ese instante de soledad para hurgar en la hendidura del lado derecho de su vestido. Esos bolsillos tan profundos eran un prodigio. Sacó su cuadernito de cuero y lo miró con agrado. Había dudado si traerlo o no, pero lo había echado tanto en falta durante los días de viaje y le había dado tanta paz tenerlo de nuevo cerca, que las dudas se disiparon. Un evento organizado por la Casa Real española no parecía ser el mejor momento para repasar notas, pero aquella no era una libreta corriente.

Trinidad miró a ambos lados para cerciorarse de que los invitados a la fiesta pasaban de largo y se dirigían a la entrada del Alcázar. Cuando estuvo segura de que nadie le prestaba atención, sacó el cuadernito y lo abrió. Buscó entre las páginas de hermosa caligrafía algo apropiado para un momento como ese. No tardó en dar con una frase oportuna.

Ningún evento debería incomodarte. Basta con que tú asistas para que acabe siendo memorable.

Trinidad puso los ojos en blanco y musitó:

—Cómo no, siempre exudando modestia.

—¿Decías algo, querida?

En cuanto oyó la voz de Cuevas, Trinidad devolvió el cuaderno al bolsillo de su vestido. Miró a su acompañante con un gesto tan impostado de distracción que la marquesa frunció el ceño. La sevillana estaba imponente con su peinado de definidos bucles decorados con perlas, que hacían juego con su vestido de raso color crudo y los guantes grises de seda. Trinidad apenas se fijó en el precioso retablo escultórico de la Presentación de la Virgen a los sacerdotes en el Templo que presidía ese acceso porque estaba deslumbrada con los detalles del atuendo de su amiga, aún más portentoso a la luz de los candiles.

—Voy a hacer como que ignoro tus excentricidades porque quiero que entremos cuanto antes al Gran Salón —dijo la marquesa al tiempo que tomaba el brazo de Trinidad—. Esto de reunirnos con don Aníbal me va a salir más caro de lo esperado, me estoy encontrando con gente de lo más desagradable.

—Creía que eran conocidos tuyos.

—Una cosa no quita la otra. No te haces idea de cuánto me ha alegrado despedirme de esa pareja.

—¿No estaban invitados a la recepción del rey?

—Más quisieran —espetó con desprecio la marquesa e hizo un gesto extraño con el labio superior, como si le tiraran con un hilo hacia arriba—. Aunque bien hubieran podido estarlo por título. Los marqueses de Corbones, doña Genoveva y su esposo don Arturo, a cada cual más insufrible, forman parte de esa aristocracia sevillana que se obstina en la visión inmovilista y retrógrada de conservar Sevilla tal y como está, de no cambiar nunca nada. Tanto es así que incluso critican la obra de arquitectos como Aníbal, que apuestan por el regionalismo en lugar del modernismo que está tan de moda en Barcelona y Madrid. A la muy rancia eso es lo único que le importa.

—¿Qué te he dicho yo de poner verde a la gente, Cuevas?

—¿De dónde sacas esas expresiones, querida? De Inglaterra seguro que no. Es que no aguanto a personas insufribles como esa mujer. ¿Te puedes creer que ha tenido el atrevimiento de decirme que no asistían al evento de esta noche porque tenían otros compromisos? ¿Cómo se le ocurre una mentira tan descarada? ¡A esa no la invitan ni a la vuelta de la esquina! Te lo digo yo.

—En tus cartas ya me había dado cuenta de que ese aspecto de tu carácter estaba yendo a más, Cuevas. ¿No crees que es posible que algunas expresiones las haya aprendido de ti? Sin embargo, no recordaba tu tono de voz tan amargo.

Al ver a la marquesa ojiplática por su respuesta, Trinidad terminó riéndose mientras accedían al patio del Crucero. Avanzaron tomadas del brazo por un camino bordeado de setos de arrayán y rosales mientras los alabarderos de la familia real, con sus cascos metálicos de plumas blancas y sus uniformes imponentes, vigilaban serios la llegada de los invitados.

—La maldad ajena te esculpe como un cincel, amiga —sentenció Cuevas con un suspiro que sonaba más melancólico que decidido—. Para cuando quieres darte cuenta, descubres que estás hecha de duro granito y no de mármol fino, como siempre habías pensado.

Trinidad la miró a los ojos; comprendía a la perfección lo que quería decir y estaba asimilando el motivo por el cual se lo decía.

Las dos mujeres cruzaron el patio hasta la enorme puerta de madera oscura que daba acceso a la Sala de los Tapices, donde fueron recibidas por el sirviente real elegantemente vestido que daba la bienvenida a los asistentes. A Trinidad le impresionó esa estancia de tránsito, repleta de réplicas de tapices que conmemoraban la conquista de Túnez.

Les dieron paso a la sala donde deberían esperar la llegada del rey y la reina, el Gran Salón, también llamado Sala de las Bóvedas o de las Fiestas, donde había tenido lugar la boda de Carlos V con Isabel de Portugal. Ambos personajes estaban inmortalizados en el zócalo de azulejos polícromos entre flores, querubines y animalillos. Trinidad era de la opinión de que todos los mosaicos eran bonitos; sin embargo, no se podían negar las notables diferencias entre los que decoraban las casas más humildes de Triana y los que se elaboraban para honrar a un rey. La británica estaba más atenta a los particulares arquitectónicos y a los detalles decorativos del evento que a sus asistentes, y aunque su actitud enternecía a Cuevas, la marquesa terminó tomándola del codo para obligarla a socializar.

La estancia rectangular de altísimos techos abovedados contaba con varios ventanales que daban a los jardines, los invitados se detenían al lado para disfrutar de las vistas y escuchar las conversaciones del resto de los asistentes. Trinidad y Cuevas se cruzaron con numerosos conocidos de la marquesa de Pickman, todos ellos caballeros y señoras muy bien vestidos para la ocasión. No fue necesario que Cuevas le revelase títulos o propiedades de unos y otros para que Trinidad se hiciese una idea de su fortuna; sin embargo, la británica sí se sorprendió al descubrir que más de un empresario burgués y su esposa lucieran telas y piedras preciosas de mayor valor que las que llevaban puestas matrimonios con títulos nobiliarios. Constató así que la verdadera y única balanza para medir el poder era el dinero, pues los títulos e influencias se podían conseguir con él, pero no al contrario. Le llamó la atención, por ejemplo, la modestia de los condes de Daoíz o que la vizcondesa del Águila llevara un atuendo más sobrio de lo que correspondería a su abolengo. María de las Cuevas le explicó que Sevilla atravesaba una etapa de decadencia para todos los estamentos.

—¿Acaso no es en los momentos de crisis cuando los ricos aprovechan para acrecentar su fortuna? —preguntó Trinidad a su amiga, y esta le devolvió una mirada suspicaz.

—Solo los listos, querida, no te engañes; los burgueses también son ricos y siempre han sido más espabilados —respondió María de las Cuevas—. Fíjate, por ejemplo, en cómo visten el señor Albert Sandeman y su esposa. Cielos, esa gargantilla de rubíes debe de haberle costado más de quinientas pesetas.

Trinidad no replicó. Hacía mucho tiempo que no escuchaba ese apellido ni siquiera en las cartas de la sevillana. Su mera mención le produjo un desasosiego nostálgico del que la marquesa de Pickman no se percató. En su día, la fábrica Sandeman había sido la máxima competencia de La Cartuja y, hasta donde ella sabía, en eso no había cambiado la escena de la loza en Sevilla. La británica estaba a punto de formular una de las muchas preguntas que se le agolparon en la garganta cuando el paje principal, ataviado con las más distinguidas galas, anunció a voz en cuello lo que todos estaban aguardando:

—Atención, por favor. Su majestad el rey de España, Alfonso XIII, y su esposa, la reina, doña Victoria Eugenia.

Al momento, los invitados se deshicieron en aplausos cuando los reyes entraron en la estancia. Alfonso XIII, de rostro alargado y sonrisa autosuficiente, vestía una chaqueta azul marino de borlones a las hombreras, con las condecoraciones al cuello y sobre el corazón, y una banda rojiblanca cruzando el pecho. Victoria Eugenia, del brazo de su esposo, lucía una expresión serena. Acababa de saberse que estaba encinta del que sería el cuarto vástago de la pareja, pero llevaba un vestido beige drapeado que ocultaba su figura; la reina se movía con la gracia de las hadas que van cómodamente ataviadas con simples girones de seda. Como colofón, una lluvia de perlas decoraba su cuello. Los reyes estuvieron un buen rato hablando con todos aquellos que se les acercaron, la mayoría nobles o con el privilegio de poder hacerlo. Trinidad no era de las que se dejaban intimidar por nadie, por muy importante que fuese su rango, condición o posición, pero durante el breve instante en que vio que el rey dejaba a su esposa con el duque de Alba, refiriéndose a él con un afectuoso «Jacobo», y que se encaminaba hacia María de las Cuevas y ella, creyó que el cordón de terciopelo que llevaba al cuello le apretaba más de lo debido. Parpadeó un par de veces por si no estaba imaginando que de verdad las miraba a ellas dos. Su majestad le pareció incluso más alto de cerca.

—¡Marquesa de Pickman! —exclamó don Alfonso en actitud jovial, mientras su invitada realizaba una sutil genuflexión, como correspondía al protocolo, que Trinidad imitó como pudo—. Qué bien que haya podido asistir a esta reunión mi confidente predilecta de Sevilla. He escuchado que las desavenencias con sus obreros le siguen dando bastantes quebraderos de cabeza a su querida Cartuja.

Trinidad obvió un segundo la presencia del rey y volvió rápidamente la cabeza hacia Cuevas para susurrarle al oído:

—¿Tanta cháchara y no has tenido ocasión de contarme esto?

—Majestad, le presento a Trinidad Laredo, buena amiga mía, ceramista y empresaria —dijo la marquesa, ignorándola—. Ha llegado hace apenas dos días a la ciudad desde su taller de Cheshire, en Inglaterra.

—Oh, así que esta es la artista británica de la que tanto he oído hablar —repuso don Alfonso y le tendió la mano con el fin de que Trinidad le diera la suya para besársela.

A María de las Cuevas no se le escapó el gesto lisonjero del monarca.

—*Welcome to Spain.* Dicen que desciende de artesanos sevillanos de renombre y que usted misma es un portento, pero nadie mencionó que también fuese una belleza de impresionantes ojos verdes.

La marquesa, que observaba la escena asombrada, aprovechó que justo en ese momento pasaba un criado con una bandeja con copas de champán para ofrecer una al soberano que le obligara a soltar la mano de Trinidad para alejar la mirada inquisidora de su esposa, que los vigilaba desde la distancia. Eran bien conocidos la debilidad de don Alfonso por las mujeres y los muchos episodios en que se le había nublado el sentido común. La marquesa de Pickman tosió con fuerza para recordárselo a su majestad, que desplegó una sonrisa sagaz para confirmarle que jamás olvidaba que era continuamente observado.

Trinidad captó de inmediato que Alfonso XIII era un hombre tan singular como independiente; no obstante, dedicó una mirada de reproche a María de las Cuevas por no haberle contado que a quien le había anunciado su visita a Sevilla era al mismísimo monarca. La aristócrata consideró que ese era un buen momento para hablar de las cualidades profesionales de Trinidad.

—Majestad, mi querida amiga posee un don único que convertirá a don Aníbal en el vencedor indiscutible del concurso.

—Cuánta fe tiene usted en su protegido y en su buena amiga —rio el rey—. Está la cosa difícil. Doy por hecho que habrá visto las bases.

—¿Se refiere a las bases del concurso? —preguntó la marquesa, molesta por no haberse enterado.

—Ayer mismo se hicieron públicas. ¿No ha leído la prensa? ¡No se habla de otra cosa! Lo cual es comprensible: una inversión de tres millones de pesetas no se hace todos los días, ¿no es cierto, señorita Laredo? —dijo don Alfonso sin dejar de observar a Trinidad, en un tono de guasa que solo se podían permitir quienes manejaban grandes sumas de dinero. El monarca estaba satisfecho por haberlas impresionado. Luego señaló con la cabeza en dirección a uno de los ventanales del jardín—. Don Fermín y don Braulio están dispuestos a dar todo lo que tienen para demostrar que son dignos del proyecto.

Así descubrió Trinidad quiénes eran los dos afamados arquitectos. El riojano Fermín Álamo Ferrer, recién salido de la Escuela de Arquitectura de Barcelona con apenas veintiséis años, tenía fama de excéntrico en los mentideros de Sevilla y así lo confirmaban su atuendo y la pose garbosa que gastaba. Por su parte, el madrileño Braulio Martínez Ortega irradiaba la seguridad de un caballero criado entre algodones. De mayor edad y aspecto comedido en comparación con don Fermín, se decía que el patrocinio de uno de los señores más ricos de la capital le había dado cierta arrogancia de carácter.

A Trinidad ya de lejos le parecieron dos caballeros distinguidos pero pomposos.

—Usted sabe como yo, majestad —insistió Cuevas—, que nuestro Aníbal saldrá victorioso, pongan lo que pongan esas bases.

Alfonso XIII se carcajeó y agitó varias veces el índice derecho, como si la amonestara en la actitud más pícara y cómplice posible. El monarca valoraba tremendamente la sinceridad y la gran amistad que tenía con María de las Cuevas Pickman.

—Dada mi posición, debo permanecer imparcial. No obstante —dijo inclinándose hacia las dos mujeres para tener más intimidad—, reconozco que estoy entusiasmado con este proyecto y considero a don Aníbal muy capaz de llevarlo a cabo con gran esplendor.

Tras esa confidencia, Trinidad definitivamente se moría de ganas por conocer al arquitecto sevillano. Ya eran dos los aristócratas que parecían encandilados por él. Alfonso XIII confundió la expresión de curiosidad de la británica con admiración hacia su persona y buscó de nuevo fomentar la complicidad entre ellos:

—Me gustaría saber en qué consiste ese don tan fascinante que dará la victoria a nuestro buen Aníbal, señorita Laredo. ¿Qué le parecería contármelo mientras tomamos unos aperitivos?

Al ver que el rey reincidía en su comportamiento zalamero, Cuevas decidió distraerlo y alejarlo colgándose de su brazo:

—Lo ideal sería hablarlo con don Aníbal también presente, majestad; sé que usted disfruta de su magnífica conversación tanto como yo.

Divertido por que su amiga le impidiera tratar a la británica con mayor cercanía, Alfonso XIII le dedicó a Cuevas una amplia sonrisa y le dio una palmadita en la mano a modo de riña sutil.

—Me parece la mejor de las ideas, mi querida marquesa. He estado hablando con él y varios amigos suyos al entrar en el patio del Crucero. Maestro Soto, maestro Montalván, acérquense un momento, por favor, si son tan amables.

Los dos caballeros que estaban detrás de las dos mujeres se volvieron y Trinidad comprobó que, efectivamente, eran sus viejos conocidos de Triana, los famosos ceramistas Manuel Soto y Manuel García Montalván. Estaban iguales; quizá peinaban alguna cana más que ocho años atrás, pero no tuvo ninguna duda de que eran ellos. El primero habría alcanzado ya la madurez, aunque aparentaba mucho menos, mientras que el otro pasaría apenas la mitad de la treintena, y parecía mayor. Ambos desprendían esa aura etérea, ajena a los años. Trinidad pensó que cuando los artistas alcanzaban el cenit de su talento parecía que vivirían eternamente. Los caballeros saludaron al rey y a la marquesa y se sorprendieron al descubrir la presencia de la británica.

—Señorita Trinidad, me alegro de verla —dijo Manuel García Montalván con su habitual falta de entusiasmo.

Sin embargo, la británica conocía lo suficiente al caballero para leer en su expresión y sus palabras que estaba feliz de verla allí.

—Doña María de las Cuevas nos comentó que vendría usted a Sevilla, no imaginé que tan pronto —le contó el artista de Triana con una tímida sonrisa.

—Cómo está usted —la saludó adusto Soto.

—De haber sabido que se encontraba ya en la ciudad, habríamos ido a darle la bienvenida como se merece —añadió el maestro Montalván.

El comentario le arrancó a la joven una sonrisa no exenta de amargura. Trinidad se excusó por no haberle avisado en tiempo y forma y le rogó que también la disculpara con sus vecinos de taller doña Milagros y don Eleuterio, a quienes pensaba visitar en breve. El ceramista hubo de negarle el favor y le informó de que el matrimonio de artesanos abandonó Sevilla hacía algunos años atrás para dedicarse a la cerámica en Granada.

La noticia dejó consternada a Trinidad. Otro motivo por el cual la ciudad hispalense jamás volvería a ser la misma para ella. El maestro Montalván insistió de nuevo en la alegría que sentía de verla y la invitó a visitar el taller cuando quisiera.

—Compartimos muchas vivencias en el pasado —explicó el caballero para saciar la curiosidad del rey, que se mostraba visiblemente interesado por las confianzas que se tenían.

—Cómo olvidarlas —añadió Soto con cierto regocijo que Montalván censuró con una mirada fugaz.

—No ha habido tiempo para avisar de su presencia, maestros —intervino Cuevas para atajar los comentarios que habían hecho mella en el ánimo de su amiga—. Trinidad llegó anteayer. Ustedes tampoco me informaron de que ya habían salido publicadas las bases del concurso —soltó sin dejar escapar la oportunidad.

Ambos ceramistas carraspearon al unísono. El rey observaba complacido la escena, como si disfrutase de la rencilla que había provocado la visita de la joven. La marquesa entendió que su acotación había logrado su propósito y se centró en Trinidad y en lo que tenía previsto para ella.

—Mandé llamar a mi buena amiga porque imaginé que le gustaría estar presente durante la convocatoria del concurso de la Exposición y conocer a don Aníbal. A la vez que pensé que a don Aníbal también le gustaría conocerla a ella. Podría serle de utilidad.

—Así que ha perfeccionado su talento, señorita Trinidad —murmuró Montalván, satisfecho y enigmático.

—¡Ajá! ¡Otra vez! —exclamó el rey—. Quizá ustedes puedan explicarme en qué consiste exactamente el talento de la señorita Laredo. La marquesa de Pickman, aquí presente, se empeña en mantenerlo en secreto.

—Tal vez no sea tanto cuestión de que lo calla, majestad, como falta de conocimiento —se adelantó Soto—. Yo tampoco llegué a entender nunca cómo la señorita Laredo obraba su... magia.

Alfonso XIII, cada vez más intrigado, estalló en carcajadas, sobre todo por la mirada que intercambiaron María de las Cuevas Pickman y Manuel García Montalván, que dio a entender que ellos sí que eran conocedores de las capacidades de Trinidad y también que no pensaban soltar prenda. La aludida, por su parte, agachó la vista y se centró en los dibujos del suelo de la estancia.

—Insisto en que sería mejor abordarlo con don Aníbal presente —dijo cortante la marquesa.

—La verdad es que a mí también me encantaría charlar un poco más con ese arquitecto tunante —dijo el rey—. Antes me estaba divirtiendo muchísimo el entuerto que se trae con el bueno de Forestier.

—El francés ese es un arrogante de cuidado —opinó Soto con su habitual acritud.

María de las Cuevas le explicó el asunto a Trinidad. Jean-Claude Forestier, paisajista francés y conservador del bosque de Boulogne de París, estaría a cargo del parque de María Luisa. El futuro recinto debería albergar algunos de los edificios que formarían parte de la Exposición Hispanoamericana y era sabido que monsieur Forestier y el señor Aníbal González no se terminaban de entender. El gusto del arquitecto por el regionalismo sevillano chocaba con el estilo clasicista del francés. Sin embargo, había quienes sostenían que desde que Aníbal y Jean-Claude habían iniciado conversaciones, las propuestas del paisajista galo habían cambiado, aunque este jamás lo reconocería. Era mencionarle don Aníbal a Forestier y se le amargaba la expresión. Después de que María de las Cuevas le señalara quién era, Trinidad lo vio charlando con los arquitectos riojano y madrileño distendidamente. La británica se preguntó si se habría forzado a llevarse mejor con ellos dos solo por fastidiar al sevillano.

—Bueno, maestro Montalván, maestro Soto, dejen de escurrir el bulto —ordenó María de las Cuevas Pickman—. ¿Saben dónde está don Aníbal o no?

Pese a la lid entre el arrojo de Soto y la abulia de Montalván, fue este último quien se dio media vuelta para tocar el hombro de otro de los caballeros de avanzada edad que se encontraban en el convite. Su bigote blanco era espeso en anchura y altura, marcadamente curvado por las puntas. Se recolocó un pequeño monóculo que lucía esa noche más por elegancia que por necesidad. El señor en cuestión era don José Gestoso, uno de los ceramófilos más afamados de la ciudad, que por supuesto estaba profundamente involucrado en el proyecto de la Exposición Hispanoamericana.

—Maestro —dijo Montalván—, ¿ha visto usted a don Aníbal?

—Creo que salió a dar un paseo por los jardines antes de que el evento empezara propiamente —informó Gestoso—. Ya saben ustedes cómo es, seguro que aparece cuando menos lo esperemos.

Trinidad escuchaba la conversación con interés, pero en un momento dado volvió la vista hacia la entrada principal del Gran Salón. Su tez se tornó del tono níveo de la loza cartujana. No se podía creer a quién había reconocido entre los invitados que acababan de llegar a la reunión.

5

Marzo de 1902

En aquella época, Trinidad buscaba. La búsqueda era su eterna cuenta pendiente con la vida. Quizá era así para todo buen artista. Había ido a Sevilla para obtener respuestas sobre su historia familiar, pero en esos momentos buscaba a Enrique Giner de los Cobos, el Burgués. El misterioso artesano del azulejo que trabajaba en La Cartuja como obrero y que incentivaba las revueltas de los trabajadores desde la sombra. Un joven del que Trinidad había conseguido saber bastante, pero con el que todavía no había logrado coincidir.

Estaba convencida de que si lo localizaba, podría saber exactamente cuáles eran los problemas en el seno de La Cartuja que atribulaban a los Pickman y, quizá, podría comenzar a vislumbrar una solución. O, por lo menos, averiguaría las dificultades que aquejaban a las personas que habían incentivado las huelgas de trabajadores. Suponía que la exposición al polvo blanco sería la más grave, pero seguro que no era la única. Deseaba conocer la versión de Enrique de primera mano.

Pero dar con él no le estaba resultando tan sencillo como había esperado. Una de las razones era que el Burgués ejercía la mayor parte del tiempo como faenero y, a diferencia de los artistas y operarios de la fábrica que tenían un lugar fijo de trabajo, rotaba continuamente. Cada vez que Trinidad preguntaba por Enrique le informaban de que se acababa de marchar. Era la tercera vez que la británica volvía a las instalaciones de La Cartuja con el único propósito de verlo y concluía la visita sin lograrlo.

María de las Cuevas Pickman quiso convencerla de desistir, ya que, según ella, un mozo como «ese» no se merecía tantos esfuerzos. La joven británica quiso provocarla y comparó la búsqueda del obrero con la que había llevado a cabo semanas atrás para coincidir con la aristócrata.

—¿Acaso debería haber pensado que usted tampoco era digna de mi interés?

Solo por deleitarse con su cara de contrariedad, Trinidad estuvo tentada de repetírselo como si quisiera escuchar la respuesta. Las dos mujeres todavía no se tenían mucha confianza y tampoco habían desarrollado por completo sus respectivas personalidades, esas que las caracterizarían en el futuro. La sonrisa cómplice que surgió de forma natural en el rostro de las dos fue el presagio de la gran estima mutua que se estaba forjando.

Dada la entrega y el compromiso con que Trinidad se volcó en ayudar a la familia Pickman, la marquesa le pidió que aceptase una asignación económica de la fábrica. La muchacha lo desestimó de plano: su implicación en los asuntos de La Cartuja había nacido de la curiosidad desinteresada, con el único propósito de ser útil. La señora Pickman no tardó en darle a entender que no solo deseaba ser justa con sus esfuerzos, sino que con esa remuneración también deseaba confirmar que la inglesa estaría de su lado llegada la oportunidad de mediar entre las partes. En realidad, era un intento nada sutil de garantizar su lealtad con los Pickman.

—Considere ese dinero como mi contribución a su estancia en la ciudad —insistió la marquesa en inglés, por suavizar la crudeza de su postura—. Podría emplearlo como pago por su alojamiento en el taller Montalván. Me ha comentado en más de una ocasión que le da apuro vivir allí sin dar nada a cambio. De esta manera saldríamos todos ganando, ¿no cree?

Trinidad había mantenido la mirada a la marquesa casi sin parpadear mientras esta le revelaba sin complejos ni florituras sus verdaderas intenciones.

—Lo que creo es que es usted más retorcida de lo que parece, doña María de las Cuevas, aunque no se puede negar que también es generosa —replicó la joven—. Aceptaré su dinero para sufragar mi estancia, pero no renunciaré a hablar con Enrique ni a formarme mi opinión y dar los consejos que me parezcan pertinentes.

La aristócrata apoyó la barbilla sobre las manos y cerró los ojos. Hastiada, sin rastro de ofensa, le dio a entender que no pensaba rebatir el juicio sobre su carácter, entre otras cosas porque lo compartía. A renglón seguido, María de las Cuevas insistió a Trinidad para que se fuera al taller Montalván y abandonase su inútil búsqueda por las instalaciones de la fábrica.

—Mejor evite el trato con ese sinvergüenza, querida —le aconsejó una vez más la marquesa—. Que además de ser eso y un moscardón molesto, tiene vicios de cobarde y la rehúye.

Trinidad dudaba que aquel caballero se escondiera de nadie. Por lo que se decía de él, parecía un hombre de carácter, aunque también estaba corroborando lo que le había contado el maestro Manuel García Montalván sobre Enrique el Burgués: prefería evitar los conflictos y los corrillos de conversaciones indiscretas. En sus infructuosas incursiones por las instalaciones de La Cartuja para dar con él, otro artesano le había mostrado algunas obras suyas en el taller de azulejos. Aunque no eran más que unas cuantas piezas sueltas, a Trinidad le parecieron aún más hermosas que el mosaico de ángeles que había admirado en el taller de Nuestra Señora de la O.

El taller de azulejos se encontraba en la zona suroeste de La Cartuja. Esa mañana Trinidad había accedido a la fábrica por el Arco de Legos, una estructura que en su día Carlos Pickman había designado para colocar en sus paredes el muestrario de diseños y colores de su catálogo de azulejos. El caballero inglés se propuso mientras vivía que sus azulejos fuesen tan solicitados como sus vajillas, pero nunca logró siquiera competir con las producciones de los talleres de Triana.

A Trinidad le sorprendió el enorme contraste del área dedicada al azulejo con el taller de producción de loza, el de calcas o el de esmaltado, espacios donde apenas había un resquicio libre, bullían de actividad y se veían por doquier piezas en diferentes fases de producción. En cambio, en el hangar de azulejos sucedía lo contrario: había muchas zonas sin ocupar, ni siquiera por la arcilla secada, horneada o pintada, y no había más que seis personas trabajando.

Para confirmar lo que su intuición le susurraba desde que había atravesado la puerta del taller de azulejos, Trinidad cerró los ojos.

Como hacía desde niña, perseguía tras los párpados una luz que solo podía alcanzar desde la oscuridad, una luz que no era visible a la vista. A continuación, la joven percibió el silencio aplastante que reinaba, un mutismo que no correspondía en un taller que quisiese prosperar. Al volver a abrir los ojos, constató que había pocas manos allí, por diestras que fuesen. Trinidad distinguió al maestro Manuel Soto trabajando concentrado en una esquina alejada. Contó cuatro mujeres que no había visto antes y un segundo al que no conocía. A este último se acercó para preguntarle por Enrique, aunque antes entablaron conversación. El hombre se presentó como Manuel Ramos Rejano, cordobés de nacimiento, aunque había mamado el arte de Triana desde jovencito, y era orgulloso fundador de su propio taller siete años atrás. En Sevilla abundaban los Manueles con talento, se dijo Trinidad.

El maestro Ramos Rejano le confirmó lo que ya se figuraba, que Enrique estaba ausente, pero aprovechó la ocasión para mostrarle los azulejos obra del Burgués. Se los señaló casi con satisfacción, pese al resoplido descontento del maestro Soto. Trinidad se aproximó a la estantería y tomó una pieza elaborada con la técnica de bajo relieve. Frente a la cuerda seca, cuyos detalles sobresalían de la superficie del azulejo, en el bajo relieve, los dibujos se hundían, haciendo que los brillos del esmalte y su textura destacaran de otra manera más hipnótica, los ángulos y las cavidades parecían tallados en una piedra preciosa.

Trinidad había visto muchos azulejos de ese tipo en monumentos emblemáticos de la ciudad, pero los de Enrique la dejaron sin habla. El diseño, los colores… Acarició con fascinación su textura porosa y lisa. Su madre solía decirle que era en la geometría donde se veía el verdadero talento de un ceramista, porque la mayoría se limitaban a reproducir patrones clásicos de solvencia y éxitos probados, mientras que solo un virtuoso se atrevía a crear los suyos propios. «Espíritu de caleidoscopio», lo llamaba, convencida de que los bendecidos con ese don podían visualizar en su cabeza los patrones con la misma facilidad que los creaba un caleidoscopio. Trinidad siempre había atribuido esos comentarios al amor desmedido de su madre por su marido, el cual fue un genio diseñando geometrías. Sin embargo, lo que la joven inglesa descubrió aquel día en el taller de azulejos de La Cartuja, en la obra de Enrique, hizo que en ella despertase una admiración por el azulejo que no había sentido hasta entonces, como si fuera la primera vez que miraba uno de verdad. No pudo evitar preguntarse por qué no mantendrían a su artista de mayor talento concentrado allí, creando piezas de gran valor, en lugar de hacerle dar bandazos de un lado a otro como obrero y alimentando el malestar entre los trabajadores y la dirección.

Con esa inquietud rondándole la cabeza, Trinidad buscó un lugar tranquilo para sentarse en la zona norte de la fábrica, donde había quedado en reunirse con la marquesa. Antiguamente allí se ubicaba la mansión de los Pickman, pero por entonces estaban los almacenes donde se llevaba la producción de loza ya terminada. Se puso a dibujar en un cuaderno para hacer tiempo mientras María de las Cuevas continuaba ocupada en otras tareas.

Decidió inmortalizar la lumbre de los hornos. Trinidad disfrutaba empleando tonos claros para sacar lenguas de fuego del negro más absoluto, y el reflejo de su luz golpeando los ladrillos marcaba su textura porosa. Al oír que venía alguien, levantó la cabeza, pero no fue la marquesa de Pickman quien dobló la esquina, sino un par de jóvenes albañiles que salían del acceso del patio de bizcocho en dirección a los jardines empujando una carretilla cargada de tejas. Más bien era uno quien empujaba, mientras el otro charloteaba y se reía un poco del otro sentado encima de las tejas. Trinidad reconoció al pelirrojo que se había burlado del maestro Soto en la disputa de la que había sido testigo en su primera visita días atrás.

—Debería darle vergüenza aprovecharse así de su compañero —dijo Trinidad.

En cuanto los dos mozos la vieron, el de los cabellos cobrizos descendió del carro entre risas y el otro, el muchacho tímido de la boina, agachó la cabeza y se escondió una vez más bajo su visera, como si le hubiese dado gran apuro que la chica les dirigiese la palabra. Eso pareció hacerle mucha gracia al más bromista, que no quiso desaprovechar la oportunidad de hablar con una muchacha hermosa.

—¡Pero si es la amiga británica de la señora marquesa! La señorita Laredo, ¿no?

Trinidad asintió con una sonrisa provocada por el buen humor del mozuelo.

—No se preocupe por el Jilguero —dijo señalando a su compañero, para horror de este—. Aquí donde lo ve, parece *esmirriao*, pero es un bicho cargando y descargando.

—Me he dado cuenta —comentó Trinidad, inclinándose para verle el rostro al aludido, sin éxito—. Supongo que son de la misma edad, si no, dudo mucho que su amigo le consintiera tantos desplantes, señor…

—En La Cartuja me conocen por Gamín el Gallito —se presentó quitándose la boina con una reverencia sobreactuada, como si tuviese cincuenta años en lugar de quince, y hondeando sus graciosos bucles de reflejos cobrizos—. Mincho para las señoritas encantadoras como usted, aunque quizá le resulte basto para una damisela de su condición.

—Mi condición no es tan distinta de la suya —replicó Trinidad, ofendida, y le mostró la ilustración que estaba realizando como prueba—. Mis orígenes familiares están ligados a esta fábrica, luego mis padres fundaron su propio taller en Inglaterra, pero mi madre siempre me inculcó los valores de la más humilde de las alfareras de Triana —remató Trinidad, que no había dejado de buscar sin fortuna la mirada del chico de la boina.

—¡Calla! Que la señorita inglesa tiene raíces trianeras —exclamó Mincho, dándole una palmada en el hombro a su amigo—, por eso, además de ser una belleza, habla un castellano perfecto y con más gracia de la *esperá*. Vaya —entornó los ojos observando el dibujo de la chica—, sí que pinta bien. Lo digo en serio, señorita; si mis manos fueran capaces de hacer cosas como esa, sean lo que sean, le aseguro que no las tendría llenas de callos ni sudando todo el día de sol a sol.

—Se llama claroscuro —dijo ella, sonrojándose—; es una técnica que empleaban artistas como Rembrandt.

—¿Ese también tenía padres sevillanos? —bromeó el Gallito, haciéndola sonreír.

Trinidad agradeció los cumplidos con una ligera inclinación de cabeza. Le inquietó que el otro chico siguiera observando la ilustración sin decir nada, así que la joven aprovechó la ocasión para desviar la atención de su dibujo con una pregunta que no había sabido a quién dirigir.

—Disculpe, Mincho, quizá pueda usted decirme por qué los hornos botella de la fábrica requieren tanto mantenimiento. Y, a cambio —dijo y sacudió la lámina—, yo podría obsequiarle mi dibujo como muestra de gratitud por tan valiosa información.

—Nada me gustaría más, señorita, pero esos hornos llevan aquí desde antes que mi abuelo el Francés. Así que quizá sea por eso, porque son muy viejos. No sé yo si a Cros le quedan muchos años más de funcionamiento.

—¿A quién? —se extrañó ella.

—El horno que está justo delante de la esquina de la capilla. Lo bautizamos con ese nombre, Cros.

—Interesante, aunque eso no responde a mi pregunta —repuso Trinidad.

A la joven no se le escapó el detalle que le había mencionado Mincho de que los colosales hornos eran muy antiguos; sin embargo, se veían firmes y para nada en mal estado. En la breve charla que siguió, el otro muchacho pareció susurrarle algo al pelirrojo, que dio una palmada como si hubiera caído en algo.

—En verdad, los hornos grandes no son tan productivos como se imagina, señorita Laredo.

—Llámeme Trinidad.

—Señorita Trinidad, independientemente de las huelgas, la producción de loza ha caído en picado y estos hornos requieren mucha materia y combustión para que su estructura esté a pleno rendimiento. Hace poco, nosotros mismos construimos uno nuevo, Jiménez, para la cocción de estampado, que normalmente se hace en las muflas.

—¿En las muflas? ¿Los hornos menores de los talleres de Triana?

—Ah, los conoce usted. Pues sí, son hornos heredados de los moros; los alfareros de Triana siempre han sabido aprovechar mejor el espacio y hacer más con menos. Además, utilizan materiales más seguros. —Alzó ambas manos y empleó un tono más irónico—: Horno pequeño y barato, más dinero para mejores materiales. Pero aquí, en La Cartuja, las cosas se hacen al revés: hornos bien altos y materiales peligrosos. Después de todo, es lo único que se ve desde fuera de la fábrica; a quién le importa que los trabajadores se dejen los pulmones detrás de los muros.

Trinidad le mantuvo la mirada a Mincho sin cambiar de expresión y encajó la crítica a la gestión de los Pickman sin replicar. De todos modos, vio que el chico de la boina volvía a inclinarse hacia el Gallito para decirle algo más al oído.

—También se podría replantear la disposición interna de los hornos actuales para que fuesen más rentables —añadió Mincho—. Bastaría con revisar los planos. —Se giró hacia el otro y espetó mirándolo—: Y que lo hiciera la persona adecuada.

—¿Por qué no deja de usar a su amigo como portavoz y me dice usted mismo lo que piensa? —preguntó Trinidad sin perder la sonrisa.

El Jilguero dio un respingo y se escondió tras las espaldas del Gallito pelirrojo, algo que hizo a este resoplar.

—A fin de cuentas, es usted el que ha reparado en todos esos detalles, ¿no? Sus reflexiones son dignas de un ingeniero.

El chico se llevó una mano a la coronilla, azorado, y siguió sin levantar la cabeza. Mincho volvió a suspirar.

—Me temo que aquí todos somos albañiles y tontos de remate, señorita.

—Lo dudo mucho —dijo Trinidad, cortante, y se inclinó para dirigirse de nuevo al joven de la boina—. Aunque algunos son más retraídos de lo que cabría suponer. A usted le llaman Jilguero, pero sospecho que es una mezquina mofa por sus escasas dotes como conversador.

El muchacho apretó los labios, sin duda herido en su orgullo, y Mincho estalló en una carcajada estruendosa.

—La mezquina es usted, señorita. ¿Suele burlarse de quienes no son capaces de seguirle la conversación?

Mincho y Trinidad se quedaron boquiabiertos, pero esta última se alegraba de haber conseguido por fin que el Jilguero le hablara. Su voz era más grave de lo que imaginaba, y también muy melodiosa. Dio un paso para acortar distancias y verle bien la cara, pero el chico se caló la boina y bajó de nuevo la vista al suelo dando a entender que eso era mucho pedir todavía. Ese detalle, así como el rubor de sus mejillas, enterneció a Trinidad, que decidió mantener el tono distendido y juguetón para ganarse al Jilguero.

—Si reacciona usted así, no me quedará más remedio que serlo —replicó divertida.

El sonrojo del joven se acentuó y las risas de Mincho lo empeoraron.

—En cualquier caso —añadió Trinidad—, su silencio no me impide valorar su capacidad resolutiva ni su valentía. Fui testigo de lo mucho que se esforzó por aplacar a sus compañeros para que no descargaran su rabia contra el maestro Soto, y de lo que hizo por protegernos a doña María de las Cuevas y a mí.

Al escuchar esas palabras de Trinidad, el joven alzó el rostro. No esperaba que la chica lo recordara. Ella sonrió y les tendió el dibujo del horno. Mincho arqueó las cejas asombrado y le dio un discreto codazo a su amigo para que tomara la lámina. El Jilguero titubeó y estaba a punto de levantar la mano para encontrarse con los dedos de la británica, cuando una voz les interrumpió:

—Trinidad, ¿todavía sigue aquí, criatura?

María de las Cuevas apareció en esos momentos del brazo de su tío Guillermo. A ninguno de los dos le hizo mucha gracia encontrar a Trinidad conversando con los dos jóvenes. No porque tuvieran presente quiénes eran, que no lo tenían, sino por el estado general de las relaciones entre los

Pickman y los trabajadores desde las huelgas. La marquesa ordenó a los dos mozos con una mirada severa que prosiguieran con su trabajo.

Trinidad se apresuró en entregarle su boceto al chico y se despidió de él y de Mincho con un gesto. Antes de que ella les diera la espalda, el Jilguero y la joven se estrecharon la mano brevemente. Los chicos se apresuraron en dirección al lugar donde habían dejado la carretilla.

—Doña María de las Cuevas, ¿no han pensado ustedes en construir hornos botella más pequeños? —preguntó a bocajarro la inglesa.

Los dos muchachos se quedaron quietos como estatuas al oír sus palabras. La marquesa buscó el apoyo en su tío con la mirada.

—Señorita Laredo, ya hay muchos hornos menores en La Cartuja —respondió don Guillermo.

—Me refiero para hacer las labores de los hornos grandes, don Guillermo.

—Eso sería poco productivo.

—Claro, querida Trinidad —respaldó la marquesa—, un horno pequeño cuece menos piezas que uno grande.

—También gasta demasiado si la demanda de vajillas es baja —arguyó ella—. Estos días que he tenido ocasión de pasear por la fábrica, me he fijado en que no salen muchas piezas. Veo a más gente trabajando en el mantenimiento de los hornos que usándolos. Quizá sean demasiado grandes para lo que producen. —Puesto que los dos Pickman se mostraron contrariados, ella se vio obligada a suavizar el tono de su comentario—. No quisiera inmiscuirme en su gestión, doña

María de las Cuevas, pero me pidió que visitara la fábrica para que la ayudara a detectar problemas y proponer soluciones. Quizá si se plantearan unas estructuras más…

—¡Compactas! —gritó Mincho a lo lejos, aunque ella supo al momento que esa sugerencia era cosa del Jilguero.

—Estructuras compactas —terminó la frase la británica sin apartar la mirada de María de las Cuevas y con una enorme sonrisa.

A la marquesa no pareció gustarle nada que aquel obrero se metiese en su conversación, ni que Trinidad secundase sus palabras.

—No les digo que tengan que hacerlo sí o sí, solo que lo sopesen. Quizá pueda mitigar las pérdidas que están teniendo en este periodo. Y, ya que estoy, también me gustaría señalarles algo más.

—Menos mal que no quiere inmiscuirse en nuestra gestión, señorita Laredo —repuso irónico don Guillermo, y enseguida añadió con dulzura—: Es usted clavada a su madre.

—Por Dios, Trinidad, si va a hablar, hágalo hasta el final —exigió la marquesa.

La joven vio de reojo cómo los dos chicos seguían su camino con la carretilla y se decidió a contarles a los Pickman lo que le rondaba la cabeza después de sus pesquisas del día en las instalaciones de La Cartuja.

—¿No creen que deberían darle un empujón a su producción de azulejo?

María de las Cuevas calló y don Guillermo estalló en risas.

—Primero nos dice sin paños calientes que producimos poca loza porque no tenemos demanda, ¿y ahora nos propone que aumentemos la producción de azulejo? Debería saber que los ceramistas que se dedican al azulejo y el mosaico aquí en La Cartuja son maestros de Triana que vienen casi por hacernos el favor.

—¡A eso me refiero! —dijo Trinidad algo atropelladamente a causa del entusiasmo—. Carlos Pickman fue un visionario que apostó por el talento formado entre los muros de esta fábrica para que produjeran piezas únicas que no hiciese nadie más; por eso sus lozas tienen éxito y son admiradas en el mundo entero. Cuentan con un espacio maravilloso desaprovechado, bastaría con reorganizar la inversión en materiales y llenarlo de personas con talento.

—Le insisto en que los azulejos son asunto de los ceramistas de Triana —repuso don Guillermo—, y ellos no quieren producir diseños exclusivos para nosotros, prefieren reservar su creatividad para sus propios talleres.

—Los grandes maestros trianeros no son los únicos con talento para el azulejo —replicó Trinidad, testaruda—. Hoy mismo, uno de ellos me ha enseñado las obras de Enrique el Burgués y me ha reconocido lo extraordinario de su habilidad.

Don Guillermo resopló sonoramente y su sobrina se llevó las manos a la cabeza.

—Trinidad, no me mencione a ese insufrible, haga el favor —la atajó María de las Cuevas—. Mire, este es un asunto delicado y creo que debemos hablarlo con más serenidad.

Su tío sacudió la cabeza y se marchó decidido hacia los hangares de barniz.

—De acuerdo, señora Pickman, hablemos de lo que usted quiera, pero tiene que entender que es un despropósito —dijo la joven con tanto ardor que olvidó el decoro y tomó a la aristócrata de las manos—. Tienen grandes virtuosos totalmente desaprovechados; si le sacaran partido a su talento, saldrían ganando ustedes.

María de las Cuevas apartó las manos con suavidad.

—¿Sabe qué pienso yo, Trinidad? Que vaya casualidad que las dos soluciones que se le han ocurrido hayan surgido de su interacción con los obreros —replicó la marquesa sin ocultar su malestar—. Vayamos dentro, es necesario que nos pongamos de acuerdo sobre cómo proceder en este asunto.

—Le propuse ayudarla y eso haré. Solo quiero que piensen en lo que les he dicho, María de las Cuevas. En cuanto a los obreros, confíe en mí, llegaré hasta el final del asunto.

El asunto a cuyo final estaba determinada a llegar Trinidad tenía el nombre de un trabajador concreto al que seguía sin encontrar. Le parecía un avance haber empezado a conversar con otros empleados de la fábrica, también le había sorprendido positivamente descubrir que eran mucho más razonables y comprometidos de lo que los Pickman sostenían. Tan solo unos días después de aquella jornada tan reveladora, Trinidad asistió a una velada que se celebró en el local que hacía esquina con el final de la calle Nuevo Mundo y la vía de Pagés del Corro. Baldomero el cochero, Lola la mesonera de Triana y sus anfitriones Milagros y Eleuterio la habían convencido de que no podía faltar.

El precioso edificio pintado en el tono gualdo sevillano, recubierto por azulejos del taller Montalván, era una concurrida tienda de embutidos, comestibles y suministros varios en la zona conocida como la Cava de los Civiles. El negocio en cuestión lo gestionaban tres mujeres con mucho salero, quienes, viendo el éxito de sus productos, habilitaron una pequeña encimera a modo de barra, de manera que el establecimiento pasó a convertirse en una taberna en toda regla, en la cual se reunían algunos maestros flamencos para cantar, tocar o bailar cuando caía la tarde.

No era la primera vez que Trinidad acudía a un local de ese tipo; le agradaban especialmente los que disponían de tablao, una tarima bajita en la que zapatear si el cuerpo lo pedía. Su madre era una gran bailaora y más de una vez deleitó a su familia con unos fandangos o bulerías. En algunas ocasiones convencía al padre de Trinidad para que la acompañara delante de sus hijos. Él era bastante tímido en comparación, pero se desenvolvía con la misma gracia que su pareja. La madre de Trinidad tenía una luz especial, parecía que cualquiera fuese capaz de danzar con maestría si ella lo impulsaba. Cuando escuchaba flamenco, Trinidad sentía que la alegría de su madre volvía a la vida a través de ella. Era un modo bonito de sobrellevar su pérdida.

Por todo eso, el ambiente del local le pareció especialmente agradable y sugerente. Aunque fuera hiciese un fresco incómodo, las luces tenues evocaban un ambiente estival. Entre los techos altos de artesonados de madera oscura destacaban azulejos de vivos colores; el humo de los puros y los cigarrillos parecía danzar al son de la música, como nubes de bruma gris; la gente brindaba, comía y charlaba animadamente, en un jolgorio en el que era imposible distinguir cada conversación. Hasta que se oía una guitarra afinar, seña de que alguien iba a tocar, y entonces se hacía el silencio. Trinidad adoraba esa sensación de calma que precedía a la tempestad artística. Cerraba los ojos y dejaba que la música la envolviera. Esa noche, varios caballeros y señoras tocaron y cantaron con la libertad de los pájaros, con la misma delicadeza e instinto indómito. Trinidad, animada por Baldomero, aplaudió desatada. En un momento dado, el cochero y Lola le dieron un codazo para que pusiera toda su atención en la siguiente intervención.

La británica no entendía cuál era la novedad, pues los hombres que iban a tocar la guitarra ya lo habían hecho en un par de ocasiones, pero entonces se fijó en que varias mujeres tomaban las castañuelas y que alguien se adelantaba entre las sillas de mimbre animado por sus acompañantes. Se trataba de un hombre joven, aunque la escasa iluminación del local impedía precisar su edad. Trinidad se fijó en su melena alborotada como un león y en su enorme sonrisa. La gran sorpresa fue descubrir que llevaba un violín en la mano. No era la primera ocasión que Trinidad veía tocarlo en una cantina; sin embargo, lo que la joven presenció cambió para siempre la concepción que había tenido hasta entonces de ese instrumento de cuerda. La suma de las guitarras con las palmas, las castañuelas y el violín le provocó el mayor de los júbilos. Esa melodía era la felicidad en su estado más puro. Y no cabía duda de que el mérito recaía en el violín.

Cuando la canción concluyó y los músicos se ofrecieron

a continuar otra ronda, Baldomero le dio una fuerte palmada a Trinidad en la espalda para animarla a coger una guitarra.

—¡Ha llegado la hora de demostrarles a todos esos presumidos lo que es tocar un instrumento con verdadero arte! —gritó a voz en cuello el cochero.

—¿Tu británica toca la guitarra española? —preguntó sorprendida una de las anfitrionas de la velada, sacudiendo la cabeza con tanta fuerza que casi perdió su peineta—. ¡Eso tengo que verlo!

—Más bien lo vas a escuchar, Encarni. No me mire así, señorita Trinidad, que a usted se la notaba deseando que alguien le diera una excusa.

La joven fulminó a su amigo con la mirada, muy molesta por su traición, pues esa noche no tenía ganas de llamar la atención.

—Lo que le pasa a la niña es que no quiere humillar a los sevillanos en su propia casa —dijo Lola la Alegrías, y sus propias carcajadas hicieron que se agitaran sus carnes—. El otro día, en el corral de las Flores de calle Castilla, por poco se le descoyunta la boca al nieto del Castañuela cuando la vio tocar.

Si Trinidad hubiera sabido que iba a pasar tal bochorno, jamás habría aceptado la dichosa guitarra. Ya le supo mal prestarse, por lo reciente que estaba el fallecimiento de sus padres. Sin embargo, en aquel momento sintió que los honraba más dejándose llevar por la música. Y se excedió. Temía que se burlaran de ella porque era una extranjera tocando un instrumento tan español, pero no fue así.

Doña Encarni se apresuró a compartir las loas de Baldomero y de Lola con sus dos socias, estas a su vez lo gritaron a los cuatro vientos, de modo que, pese al considerable bullicio, hasta el último de los clientes que estaban en el local, intérpretes incluidos, se enteró de que había una joven británica que era un prodigio de la guitarra.

Los músicos volvieron la cabeza hacia Trinidad, debatiéndose entre la curiosidad y la incredulidad, e insistieron en darle una guitarra a la chica para que se sumara a la siguiente melodía que tocasen. En realidad, la mayoría eran escépticos y no creían que esa inglesa, vestida como una señoritinga, fuese capaz de seguirles el ritmo. El hombre del violín, de hecho, le dedicó una sonrisa burlona, y ese fue el gesto que hizo que Trinidad se enfurruñara y decidiese tomárselo en serio.

En cuanto comenzaron, la música se apoderó de la estancia: las castañuelas y el violín sonaron por encima de las voces y del resto de los instrumentos. Hasta que Trinidad captó el patrón de lo que interpretaban y se lanzó a rasgar las cuerdas con fuerza. Durante un buen rato, algunos espectadores se animaron a cantar y a acompañarlos con palmas, pero pronto las sirgas de la guitarra de Trinidad y las del violín alcanzaron tal poderío que los demás los dejaron solos por el simple placer de escucharlos. Trinidad notó cómo le corrían algunas gotas de sudor por las sienes. Al comprobar que el violinista seguía agitando el arco como si no le importara perder la muñeca, se obligó a seguir tocando con más intensidad, hasta el punto de dejar de sentir las yemas de los dedos. El dolor por la pérdida de sus padres seguía reciente, sí, pero notó que su corazón volvía a latir lleno de vida. Reconociéndose como iguales, los dos músicos dejaron de tocar casi al mismo tiempo. Al instante siguió un estallido de aplausos.

Trinidad se secó la frente con la manga y devolvió la guitarra a su dueño muy agradecida. La joven regresó a la mesa donde habían pasado la velada y se sentó casi al borde de la extenuación junto a Baldomero. No entendió que el cochero se levantase justo entonces con una sonrisa de oreja a oreja. El lugar de su amigo fue inmediatamente ocupado por el violinista.

—Tú no eres de por aquí, ¿verdad? —preguntó acercando la silla hacia ella.

Pese a que el local había recuperado su algarabía de chicharras veraniegas, Trinidad se fijó en que el músico tenía una voz profunda y en que no debía ser mucho mayor que ella. También observó, gracias a la cercanía, que su cabello era tostado en comparación con la negrura de sus cejas y que tenía los ojos azules más cristalinos que había visto nunca.

—Usted parece más extranjero que yo —dijo ella, intentando ocultar su rubor.

Sus esfuerzos resultaron inútiles, él volvió a esbozar su amplia sonrisa de dientes grandes. Era indudable que se había dado cuenta de que sus atenciones la estaban poniendo nerviosa. Se inclinó aún más hacia ella y se tomó la libertad de seguir tuteándola:

—Tengo que darte la razón. Físicamente pareces una belleza sevillana de las que solo se encuentran por Triana, pero no he visto esos ojazos verdes y esa elegancia por el barrio, de ahí que deduzca que no eres de aquí.

—Ya, no tiene nada ver que se lo hayan dicho los demás —le interrumpió Trinidad, conteniendo la risa—, lo de que soy británica.

El joven sonrió satisfecho, encantado con sus reproches, y se quedó callado largo rato estudiándola. Trinidad, nerviosa, apretó los labios.

—¿No se está tomando demasiadas confianzas? —espetó la muchacha.

—Bueno, hemos tocado juntos, ya sabemos más el uno del otro que muchos de nuestros amigos, incluso los de toda la vida.

La tensión desapareció del rostro de Trinidad al escuchar esa reflexión tan acertada, que la dejó pensando en lo mucho que uno se abría al tocar con otra persona.

—¿Tal vez has venido con un novio acaparador y yo no me he dado cuenta? —volvió a la carga el joven, decidido a mantener el tono jocoso—. ¿Debo temer por mi integridad física?

Rendida a su carácter despreocupado y resuelto a no dejarse intimidar, Trinidad se irguió y decidió seguirle el juego:

—Intuyo que tú sí que no has venido con una mujer; si la tienes, se quedó en casa para ahorrarse las zalamerías que me estás dedicando a mí o a cualquier moza que se preste a escucharlas.

—¿Te parezco alguien que dedique galanterías a cualquiera? —Apoyó la barbilla en su mano derecha—. ¿O que lo haga por ahí teniendo a una chica como tú a quien decírselas en exclusiva?

Trinidad se carcajeó.

—Pareces muchas cosas, pero no un romántico. Aunque tampoco te pega tocar el violín.

—Dijo la princesita inglesa que se lanza a interpretar música popular española a la guitarra. A saber quién te enseñó.

—Mi padre —respondió tajante—. Él era sevillano, igual que mi madre. Así que te has equivocado en determinar que mis ojos no eran de aquí. Yo no al fijarme en los tuyos.

Al joven le resultó incómodo que Trinidad volviese a señalar que parecía extranjero; sin embargo, le agradó que ella se riera.

—En verdad, pareces más paisano del país de los felinos.

El joven alzó las cejas, y luego volvió a desplegar su amplia sonrisa.

—Fíjate la señoritinga fina, que es más graciosa de lo que parecía a primera vista. Y también listilla. ¿Te crees que eres la primera en sacarme parecido con un gato?

—Seguro que tienes raíces británicas —dedujo Trinidad, y dedicándole una mirada pícara, decidió decirle lo siguiente en inglés—: O eres británico directamente. Luego soy yo la enterada.

—Tengo raíces británicas lejanas y enterradas —puntualizó muy abruptamente él, también en inglés, y después añadió en español—: Yo soy trianero y de la calle.

Trinidad lo notó tan serio que decidió reconducir el tema de conversación a la música:

—¿Y a ti quién te enseñó a tocar el violín? No es un instrumento habitual para un joven «de la calle». Aunque esa melodía sí sonaba muy… ¿dicharachera?

—Se llaman verdiales —explicó él, recuperando su sonrisa felina—, es un estilo de música de los Montes de Málaga. A mí me enseñó a tocar un profesor bastante estirado y desagradable; sin embargo, lo que acabas de oír lo aprendí escuchando a la gente de la calle. Como yo, sí.

—Así que te has movido entre gente de nivel, pero prefieres relacionarte con personas llanas.

Se miraron en silencio, tratando de ver más allá de lo que los ojos permitían.

—Se está mejor, ¿a que sí? Y no hay que aguantar tantas tonterías —dijo él, suponiendo que la situación de Trinidad no podía ser muy distinta.

Tras mantenerle la mirada un rato más, el chico le tendió la mano con la palma hacia arriba para que le diera la suya.

—¿Puedo saber cómo se llama la fascinante inglesa?

Ella dudó un instante antes de ceder y de darle la mano para que se la estrechara.

—Trinidad. Me llamo Trinidad Laredo.

El joven bajó la vista a sus manos entrelazadas y se recreó en el tacto de su piel. Cuando volvió a mirarla a los ojos, Trinidad se estremeció, como si hubiera intuido lo que él iba a revelarle justo después, con la sensación de que era algo que había sabido desde el mismo momento en que lo vio tocando el violín, con aquellas manos callosas de artista que cultiva muchas y variadas disciplinas.

—Un placer, Trinidad. Yo soy Enrique Giner de los Cobos.

6

Abril de 1911

Cuando Trinidad vio entrar a Enrique en el Gran Salón del Real Alcázar se sintió morir. Habían pasado casi diez años desde la última vez que habían estado en la misma habitación. Enrique se presentó a la fiesta organizada por el rey Alfonso XIII ataviado como el más distinguido caballero, de traje y pajarita impolutos. Su melena indomable se juntaba con una barba que antes no acostumbraba a llevar. Le sentaba bien. Los ojos parecían más azules que nunca; sin embargo, faltaba la sonrisa. Los labios se le curvaron ligeramente ante cada invitado que se mostró encantado de verlo aparecer por allí, pero no había ni rastro de aquella parábola amplia y felina que le caracterizaba en el pasado. Trinidad tragó saliva cuando Enrique volvió despreocupadamente el rostro hacia ella. Sus miradas se cruzaron y el desconcierto de él fue patente. Entonces alguien lo llamó y se encaramó a su brazo.

—Querido, no te separes de mí —le rogó una mujer joven de rostro enjuto y cabellos castaños finamente vestida—. ¿A quién has visto que pareces estupefacto?

En cuanto la señora miró en dirección a Trinidad, su semblante también se transfiguró a causa de la sorpresa. Sin embargo, a diferencia de él, la señora hizo todo lo posible por desviar la atención de la visitante, se apretó aún más a su cuerpo y lo obligó a caminar hacia el lado opuesto del Gran Salón.

Trinidad apartó la cara en la dirección contraria a la que habían tomado Enrique y su acompañante y se quedó mirando al infinito. Él en cambio volteó la cabeza y frunció el ceño tratando de enfocarla, parpadeando repetidamente, convencido de que era un espejismo. Por más que aguzaba la vista, había demasiada gente entre los dos. Aunque la distancia y el bullicio impedían cualquier posibilidad de comunicación, Enrique gesticuló el nombre de Trinidad, como si la invocara, queriendo confirmar que no era una ilusión. Su acompañante continuó tirando de él para que saludara a las personas con las que se iban encontrando.

El cambio en el semblante de la inglesa no pasó inadvertido ni para el rey de España ni para el resto del círculo de acompañantes con quienes había estado conversando hasta unos instantes antes. El primero en preguntarle si se encontraba bien fue el maestro ceramista Manuel García Montalván, y cuando la marquesa se inclinó hacia ella para insistir, Trinidad se adelantó en un susurro casi inaudible:

—¿Sabías que él asistiría al evento?

María de las Cuevas Pickman primero no la entendió, luego alzó la cabeza y le bastó una simple ojeada a la sala para descubrir a quién se refería su amiga. La marquesa, con cara de culpabilidad, guardó silencio. Se mordió el labio y agachó la cabeza a modo de disculpa. No hizo falta que la aristócrata dijera nada, Trinidad acababa de atar los cabos.

—Él forma parte del equipo de uno de los candidatos al proyecto de la Exposición Hispanoamericana, ¿verdad? Esa es la verdadera razón por la que me pediste que viniera. Por tu padre, Cuevas —murmuró Trinidad, indignada.

La británica no tuvo oportunidad de seguir con sus reproches ni su amiga de excusarse, porque don Alfonso divisó a varias personas de su interés y las atrajo hacia su grupo.

—Vengan un momento, mis buenos amigos, don Fermín y don Braulio. Sería deshonesto seguir con esta conversación sin hacer partícipes al resto de los arquitectos aspirantes al concurso. Ah, ustedes también han llegado, doña Inés y don Enrique, sean bienvenidos igualmente. Solo falta que regrese don Aníbal de su paseo.

Trinidad deseó que se la tragara la tierra. Sintió que se le encogían el alma y el espíritu, pero saludó educada a la recién llegada. Doña Inés llevaba un vestido anaranjado, a medio camino entre el amarillo y el cieno. Tenía la mujer un gesto tenso, de mandíbula tan apretada que se notaba la falsedad de cada sonrisa que esbozaba, como si cada ángulo de su rostro arañase el aire. María de las Cuevas, por su parte, alzó la barbilla y saludó con una expresión arrogante a las cuatro personas que el rey había invitado a su círculo. Algunos la correspondieron con más desdén aún.

—Inés de Benavides —dijo la marquesa deliberadamente cortante—, cuánto tiempo sin verte, querida. He saludado a don Albert y a su esposa, pero no sabía que el resto de los socios de la fábrica Sandeman también estabais invitados al evento.

—En realidad no, señora marquesa —replicó ella en el mismo tono desdeñoso—, pero ya sabe que el verdadero accionista de Sandeman y Macdougall siempre ha sido mi padre. Ahora para mí no hay negocio más importante que el de mi amado Enrique.

Tras la mención directa, Trinidad ya no podía postergar mirarlo. Se encontró con sus ojos fijos en ella. No se esperaba haber sido el centro de atención del aludido durante las presentaciones y saludos en los que la británica había mantenido la cabeza gacha. Sus ojos azules se tornaron más oscuros cuando constató que la imaginación no le había traicionado. Era ella. Él estaba arrebatador, más atractivo incluso de lo que Trinidad recordaba. Siempre había sido un hombre con mucha presencia. Cuando el semblante de Enrique mostró el desagrado y la indignación que sentía por encontrarla allí, ella manifestó su molestia con un rictus de enojo, porque para colmo su esposa estaba incomodando a la comitiva con su cháchara sobre las mieles de su matrimonio. Dado que su principal objetivo era fastidiar a la marquesa de Pickman, la joven cónyuge continuó con sus comentarios maliciosos:

—Por eso no me explico su presencia, doña María de las Cuevas. Yo estoy aquí en calidad de esposa de uno de los maestros ceramistas más importantes y galardonados de Triana, cuyo trabajo ha seducido al talentoso don Braulio, que desea incluir sus diseños en su propuesta al concurso de proyectos de la Exposición Hispanoamericana. ¿Es posible que La Cartuja haya experimentado una inesperada remontada en su producción de azulejo y yo no me haya enterado? Sería una agradable sorpresa, casi un milagro teniendo en cuenta el archiconocido descontento de sus empleados.

—Inés... —la amonestó su marido con su tono de voz más bronco, aunque su mirada seguía fija en Trinidad, muy a su pesar.

La británica había desviado su atención de Enrique porque notó que Cuevas se encendía. La sonrisa de la marquesa se malogró y le rechinaron los dientes; se le había tensado hasta la última fibra del cuerpo.

—He de reconocer que el estilo del señor Giner me enamoró en cuanto pisé su taller —intervino el arquitecto madrileño con afán de suavizar los ánimos—. Acudí a verlo porque había oído hablar mucho de su talento único. Tengo entendido que recibió varios premios y medallas el año pasado, entre ellas, la de la Cofradía de la Estrella por un impresionante mosaico de Jesús de las Penas, pero admito que no terminé de creer los rumores hasta que lo tuve ante mí. Además, como ustedes sabrán, verlo trabajar es todo un espectáculo. Lo siento por usted, mi estimado Fermín —se dirigió a su rival riojano con una palmada amistosa—, pero con don Enrique de mi parte, ningún otro arquitecto tiene nada que hacer ante mi proyecto.

—Eso ya lo veremos —gruñó la marquesa.

Trinidad estuvo a punto de reprenderla por su comportamiento, pero los muchos méritos de Enrique y enterarse de que había prosperado con su taller de azulejos la habían dejado momentáneamente paralizada. Se había creado una situación incómoda entre casi todos los presentes, así que fue el rey quien rompió el silencio tenso.

—Lo que acaba de escuchar responde a su pregunta de por qué doña María de las Cuevas se encuentra en este evento, señora De Benavides —dijo don Alfonso—. Aparte de ser una estimada amiga mía, la marquesa es la acérrima defensora de don Aníbal González y está dispuesta a prestar toda la ayuda que sea necesaria para que su propuesta gane el concurso. De hecho, asegura tener un as infalible, y lo ha hecho venir desde Inglaterra con presteza. ¿Conocen ustedes a la señorita Trinidad Laredo?

Don Fermín y don Braulio negaron con la cabeza y volvieron a mirarla con un renovado interés en tanto arquitectos aspirantes al certamen. El mismo José Gestoso, que se había incorporado al ilustre grupo, también agachó la cabeza y la observó por encima de su monóculo. Los maestros ceramistas Montalván y Soto se pusieron tensos y miraron de soslayo al matrimonio, atentos a su reacción. La esposa de Enrique, en cambio, sonrió aún más.

—No tengo el gusto de haberla tratado —dijo finalmente Inés.

—Yo hacía años que no la veía —respondió Enrique, recalcando la palabra «años»—. No tenía ni idea de que se encontraba en la ciudad.

Volvió sus ojos azules con una mirada acusatoria hacia María de las Cuevas Pickman y la aristócrata le dedicó un bufido de nariz que bien habría podido competir con los de un toro a punto de embestir.

—Será porque mi buena amiga la marquesa está llevando su presencia con gran secretismo —replicó el rey con ironía—. De hecho, se niega a explicarme por qué sería tan determinante su respaldo para que don Aníbal consiga la victoria. Al parecer, posee un... don único. ¿Tienen ustedes idea de cuál puede ser?

Soto y Montalván intercambiaron miradas. Una vez más, el monarca les ponía en un compromiso. Y también a María de las Cuevas. Enrique y Trinidad mantenían una conversación aparte en el silencio. La molestia y la incomodidad del primer momento dieron paso a la curiosidad, incluso al agrado de volver a verse. Sus expresiones se relajaron y la actitud de sus miradas cambió, lo cual no pasó desapercibido ni gustó un pelo a Inés. Para sorpresa de todos, fue el académico Gestoso quien tomó la palabra:

—Yo no llegué a tener trato con la señorita Laredo porque durante la época en la que residió en Sevilla, hará unos diez años, estaba volcado en mis labores de miembro preeminente de la Real Academia Sevillana de Buenas Letras. Entre eso y el Ateneo de Sevilla, el tiempo no me dio para más. Y dirá usted, majestad: ¿cómo puede entonces saber el viejo Gestoso cuándo estuvo la británica en nuestra gloriosa ciudad? Pues porque sí que oí hablar mucho de la joven, sobre todo de su insólito talento. Es posible que no lo sepa, señorita Laredo, pero se comentaba que su técnica pictórica es muy parecida a la de Da Vinci, que era usted capaz de sacar los colores más vivos y singulares de la oscuridad más absoluta, y que por eso algunos la apodaron «La pintora de la luz».

Trinidad escuchaba al insigne señor bastante abrumada

por sus apreciaciones y por escuchar de nuevo aquel apodo. Había pasado tanto tiempo desde la última vez…

Miró de reojo a Enrique, que parecía decidido a ralentizar sus latidos, al tiempo que los de ella se desbocaban sin remedio.

—No merezco que se me compare con ningún genio renacentista, caballero —respondió la británica con humildad—. Me considero una simple artesana que se afana en experimentar, aunque sus creaciones resulten un desastre.

—En ese caso, está en el lugar idóneo —dijo Gestoso, palmeando las espaldas de sus dos antiguos alumnos—. Sevilla es famosa por engendrar genios extravagantes y testarudos que no hacen otra cosa que recrear a los renacentistas. ¿O no? ¿Qué opináis, Soto, Montalván?

—Maestro, usted siempre tan hiperbólico en sus halagos —se lamentó Manuel Soto, más ruborizado que don Manuel, quien pareció reírle el chiste a su viejo mentor.

—El talento hay que reconocerlo —insistió Gestoso—, y más si no es común. Yo he dedicado mi vida por completo al arte, y he visto a muchos y muy grandes artistas. Los suficientes para saber que las impresiones de don Braulio sobre el maestro Enrique Giner no son infundadas y para comprender su alegría por haberle fichado para su anteproyecto. Pero no he visto el trabajo de la señorita Laredo, así que no puedo decir si de verdad hará brillar a don Aníbal, aunque su técnica pictórica esté cargada de luz.

—No es por eso.

Trinidad había estado temiendo que Cuevas interviniera, puesto que había estado todo el tiempo buscando la ocasión con los puños apretados. Pero, para su asombro, fue Enrique quien lo hizo, y encima parecía más que dispuesto a continuar y concluir lo que había comenzado pese a las miradas reprobatorias de su esposa Inés.

—El talento de Trinidad va mucho más allá de su arte o de lo que es capaz de hacer con un lapicero o un pincel, maestro Gestoso. De hecho, dudo que se lo puedan explicar a usted o a don Aníbal, majestad. Para entenderlo, deberá presenciarlo en directo.

A pesar de que las palabras de Enrique iban dirigidas a José Gestoso y al rey, sus ojos continuaron fijos en Trinidad. Lo más abrumador para la británica fue que él no dudó en llamarla por su nombre, y el dolor que eso le provocó la hizo sentirse como si los años no hubieran transcurrido. Otras emociones también parecían intactas, y Trinidad creyó ver el ardor de antaño en la mirada azul de Enrique.

—Huelga decir que mi amiga dará lo mejor de sí —interrumpió Cuevas, subiendo la voz en un intento fracasado de sacar a Trinidad del trance en el que parecía haber entrado escuchando a Enrique—. No hay duda de que toda su atención estará puesta en el proyecto de la Exposición —insistió, consiguiendo esta vez que la británica parpadeara—, así como en cada edificio y plaza que tengan la suerte de verse cubiertos con sus magníficos azulejos. ¡Por completo, si hace falta! —gritó nerviosa la marquesa—. La tarea la mantendrá más que ocupada.

—¿Una plaza con edificios completamente cubiertos de azulejos? ¡Virgen santísima! —exclamó don Alfonso por la ocurrencia—. Ahora sí que estoy intrigado, señorita Laredo;

al final vamos a tener que encargarle una obra para ser testigos de su talento.

Sin embargo, Trinidad continuaba ajena a Cuevas, al rey y a cualquiera que no fuese Enrique y sus ojos azules, insondables como el mar. Inés debió de tener suficiente de aquel intercambio de miradas, ya que apretó el brazo de su marido y le exigió con tanta naturalidad como pudo que se dirigieran a uno de los ventanales del Gran Salón en el cual, según ella, había identificado a una de sus amigas más íntimas. Se excusaron con el monarca haciendo una reverencia.

La británica pestañeó para salir por fin de ese estado de enajenación. Alfonso XIII quiso arremeter con más preguntas sobre los planes de la joven, pero esta se adelantó excusándose con el fin de ausentarse. Aprovechó que todos los caballeros habían señalado minutos antes su supuesto malestar para confesarles que necesitaba salir al patio del Crucero a tomar el aire. Fingió que habían acertado en que no se encontraba bien, porque lo cierto era que necesitaba salir de allí en medio cuanto antes.

El rey, los tres ceramistas y los dos arquitectos la excusaron, pero su amiga la siguió hasta la Sala de los Tapices para retenerla y explicarse. Los alabarderos reales observaron la escena, inmóviles, atentos. En cuanto notó que Cuevas la agarraba, Trinidad se giró como un vendaval.

—Reconozco que en tus cartas, e incluso en tu trato del pasado, alguna vez me planteé que fueses el mismísimo Napoleón reencarnado por tus habilidades para la manipulación, pero esto se lleva la palma, María de las Cuevas Pickman.

—Trinidad, si te contaba que él iba a asistir, no habrías venido.

—¡Por supuesto que no! Cielo santo, Cuevas, ¿has visto la cara que ha puesto al encontrarme aquí?

—Mejor, que reviente —farfulló la marquesa—. No se ha visto traidor más grande que ese hombre, que ayuda a un madrileño a llevarse nuestro proyecto. Ese no es sevillano ni es nada.

—La traidora eres tú, Cuevas. ¿La reencarnación de Napoleón, he dicho? No, claramente eres la de Judas Iscariote. —Su amiga pegó un brinco y se santiguó en pleno parpadeo—. ¿Cómo pudiste omitir que él formaría parte de todo esto? Él y su... esposa. —Los engranajes de la cabeza de Trinidad terminaron de conectar para fulminar a la señora marquesa con toda la indignación del mundo—. No me llamaste para que ayude a don Aníbal a ganar, sino para evitar que lo haga Enrique.

Tras un largo e incómodo silencio, Cuevas admitió la derrota.

—¡Oh, vamos, Trinidad! —clamó ante la mirada inquisidora de los dos guardias, y bajó la voz para añadir—: Por supuesto que quiero que gane don Aníbal, pero es que lo que no se merece bajo ningún concepto es perder contra Enrique Giner, claro que no. ¡Precisamente, contra él no! Después de lo que nos hizo, ¡a ti y a mí!, deberías ser la primera en entenderlo.

La muchacha refunfuñó furiosa. Evidentemente, no habían vuelto a hablar de él en todos esos años. Jamás lo hicieron en Sevilla antes de que ella se fuera, ¿para qué? Fue un pacto silencioso para evitar el dolor. Pero de ahí a recurrir a la omisión deliberada para manipularla y salirse con la suya había un trecho demasiado importante.

—Me has ocultado que sigue habiendo problemas con los obreros en La Cartuja y también la situación actual de Enrique. Dime, Cuevas, ¿te quedó algo más que esconderme?

La marquesa de Pickman frunció el ceño y su silencio acabó por espantar a Trinidad. La británica ahogó una maldición y le dio la espalda, decidida a salir al patio del Crucero.

—Mejor me voy a tomar el aire como don Aníbal; se ve que él no es el único harto de estar en medio de las dichosas disputas ¡de los dichosos sevillanos!

Esa afirmación era una concesión para con su amiga, ya que le daba a entender que estaba rabiosa con ella, pero no tanto como para marcharse de vuelta a Inglaterra. Antes de abandonar la estancia, Trinidad volvió la cabeza para contemplar la fiesta organizada en el Gran Salón del Alcázar. No se le pasó por alto que Enrique la seguía observando desde la distancia. Reacia a cruzar más miradas con él, volvió la vista al frente, hacia el patio, y hacia allí se encaminó a paso ligero. Trinidad comprendió que su presencia en Sevilla daría que hablar, mucho más allá de todo lo que tuviese que ver con la Exposición Hispanoamericana.

7

Abril de 1902

La primavera llegó para Trinidad, pero no porque el cielo de Sevilla estuviera más azul cobalto que otras épocas del año, ni porque los naranjos floreciesen, no. Sencillamente, la primavera de Sevilla coincidió con la de Trinidad. La joven seguía transitando el duelo por la pérdida de sus progenitores, pero la luz de la ciudad andaluza y de sus gentes le había brindado un consuelo insospechado. En esas calles volvió a ver la alegría y la belleza que siempre caracterizaron a sus padres. Se los imaginaba trabajando con otros ceramistas, bailando en las tabernas junto a los trianeros, riendo con ella y con Baldomero en su coche de caballos o conociendo a sus nuevos amigos sevillanos. También la acompañaba el indeleble recuerdo del profundo amor que se profesaron, sobre todo desde que ella misma había empezado a experimentar unos dulces sentimientos románticos.

Desde la velada en la taberna de doña Encarni, la británica lucía una expresión esperanzada a todas horas, la misma que iluminaba su rostro esa mañana cuando se asomó al taller de azulejos de la fábrica de La Cartuja y descubrió al momento a la persona que había ido a visitar. Había acabado la búsqueda del Burgués por los rincones y recovecos de La Cartuja; ahora era él quien le decía cuándo y dónde encontrarle.

Enrique estaba cubriendo un azulejo de arista con pigmento amarillo con la ayuda de un pincel redondo cuando sintió que le observaban. Antes de girarse para comprobarlo, desplegó su sonrisa de felino y sus ojos azules buscaron a Trinidad, feliz de confirmar que era ella. La invitó a pasar con un gesto de cabeza que agitó su melena de león. De todas maneras, la muchacha pidió permiso a los demás artesanos, entre ellos, los maestros ceramistas Manuel García Montalván y Manuel Soto, que, aunque eran discretos, no perdían detalle de cómo se miraban los dos jóvenes.

Trinidad y Enrique no habían dejado de verse desde que se conocieron. Esa misma noche, ella le confesó que llevaba tiempo buscándolo y, en un primer momento, a él no pareció hacerle mucha gracia. Fue decirlo y la sonrisa del violinista se esfumó. Enrique se había enterado de que últimamente María de las Cuevas Pickman iba a la fábrica acompañada por una joven burguesa extranjera. No tardó en comprender que se trataba de Trinidad, lo cual la convirtió a sus ojos en amiga de la aristócrata, de quien Enrique no parecía muy dispuesto a hablar. Ni de ella ni de La Cartuja, ni mucho menos de los problemas que lo habían impulsado a encabezar las huelgas.

—Qué caro me va a salir el flirteo de esta noche —gruñó Enrique, tratando de zanjar el asunto—. Quiero que quede claro que aunque me haya acercado a ti y te haya mostrado mi interés, no pienso contarte nada que beneficie a los Pickman.

—No lo entiendes, Enrique. Mi intención no es únicamente ayudar a los Pickman, yo quiero que la fábrica funcione porque eso sería bueno para todos —insistió Trinidad con una pasión que solo podía nacer de la sinceridad.

Él, ofuscado, se levantó de la mesa y fue a la tarima a buscar sus cosas. Trinidad se apresuró a avisar a Baldomero de que se iba un momento con Enrique y salió a la calle tras él, que había abandonado el local con su violín enfundado a la espalda, tratando de escabullirse de las preguntas de la británica.

—Espera, te quiero decir otra cosa —le rogó la joven—. He visto tu trabajo en los talleres de azulejo, en Triana y en La Cartuja.

Hacía rato que la noche sevillana había caído y las farolas incitaban el interés de las polillas, amenazadas tanto por los candiles como por algún que otro murciélago diminuto. Cuando el joven se giró y volvió a descubrir los ojos verdes de Trinidad bajo ese juego de luces y sombras, se sintió acechado por la belleza y las amenazas desconocidas del mismo modo que esos insectos. La inglesa suspiró y alzó un dedo para pedir la atención de Enrique.

—Unas manos como las tuyas no deberían emplearse para otra cosa que no fuera el arte. Cerámico o musical, pero desde luego no deberían tenerte cargando ni descargando fardos.

—Me gusta trabajar —replicó él, tajante, para luego añadir—: ¿Qué sabrás tú de talento cerámico?

—Yo también soy artesana. Mi hermano y yo tenemos un taller de loza en Inglaterra.

Reapareció la sonrisa de Enrique, pero lo hizo en su forma más mezquina.

—Pues bienvenida a Sevilla, inglesita. Aquí dedicarte por entero a lo que te gusta es un poco más complicado. —Entornó los ojos para enfatizar el cinismo con el que había pronunciado la frase—. Apuesto a que ese estupendo taller que diriges es herencia de tus padres. Uy, preciosa cara acabas de poner. ¿He acertado? Y no me vengas otra vez con esa cantinela de que eran sevillanos, porque lo importante cuando gastas talento no es tenerlo, sino quién eres o dónde trabajas. —Hizo una pausa para tomar aire—. Todas las puñeteras oportunidades dependen de esas dos cosas. Ya quisiera yo llevar un negocio propio, pero Sevilla está realmente mal. España en general lo está para las personas humildes y trabajadoras.

Trinidad no replicó porque se había quedado hechizada por su forma de ser. En Inglaterra, los caballeros que frecuentaba eran bastante taciturnos, su padre lo había sido y su hermano seguía siéndolo. En Sevilla había conocido a hombres extrovertidos, risueños o con palique para rato como Baldomero. Pero Enrique era otra cosa. Por un instante le recordó a su madre. El joven ceramista era capaz de imponer y dar confianza en el mismo gesto y con la misma frase, según se le antojara. Cuando volvió en sí, Trinidad quiso hacerle entender que comprendía su desconfianza y sus frustraciones:

—Tal vez no necesites tener un taller propio, tal vez baste con que te permitan dedicarte solo al azulejo en los que ya existen. En La Cartuja deberías trabajar únicamente en eso.

Enrique chasqueó la lengua y se metió las manos en los bolsillos.

—Por muy amiga que seas de la marquesucha, dudo mucho que ella lo permitiera. Si habéis hablado de mí, te habrás dado cuenta de que no le caigo muy bien. Ni a ella ni al resto de los finolis que dirigen la fábrica —dijo el joven y añadió sarcástico—: El aprecio es mutuo.

—La convenceré. Y a ti también.

Permanecieron en silencio largo rato. Un destello en la mirada celeste de Enrique le reveló a Trinidad que le había despertado la misma fascinación que él a ella. Esa noche, el trianero de aspecto británico se ofreció a acompañar a la británica de aspecto trianero de vuelta al taller Montalván. La joven entró en la taberna un instante para comunicárselo a sus amigos, y aunque doña Milagros trató de poner pegas, Baldomero y Lola la frenaron argumentando que había que darle un poco de libertad a la muchacha. Ella se dio cuenta entonces de que todos conocían a su acompañante. Tendría que preguntarles al día siguiente: no le habían hablado de las muchas bondades de Enrique el Burgués cuando ella lo buscaba por todas partes.

Trinidad se dejó guiar por las vías con más tradición cerámica de Sevilla. Enrique le fue señalando los talleres en los que había trabajado, e incluso le mostró los mosaicos y alicatados que había ayudado a levantar.

Ella lo llamó vanidoso en más de una ocasión, entre risas,

pero debía reconocer que la experiencia del joven era impresionante teniendo en cuenta que solo era cuatro años mayor que ella. Había pasado por todos los talleres famosos de Triana, como el de la viuda de Gómez o el taller Montalván, ambos en la calle Alfarería, pero también había estado en el de los maestros Ramos Rejano y Soto, con los que trabajaba en La Cartuja, y en el de Rodríguez, situado en el suroeste de Triana. Enrique también le señaló otros talleres mucho más modestos en la calle Alfarería a los cuales había ido únicamente para aprender, porque tampoco tenían cómo pagarle. Trinidad lo escuchaba desconcertada.

—¿Mereció la pena trabajar sin cobrar?

—Oh, sí, desde luego. Se aprende mucho más entre artistas humildes que con los ricos. La necesidad estimula el ingenio. —Se dio dos ligeros golpecitos en la sien derecha—. La mayoría de los ceramistas son tan pobres que tienen que hacerse los pinceles con crines de caballo, o de mula, pero de ese modo la herramienta se adapta por completo a ti y no al revés. Hay diseñadores de escuela que mueren sin llegar a conocer jamás su verdadero potencial porque se han pasado la vida entre brochas anchas y espátulas, cuando a lo mejor su verdadera habilidad estaba en usar una cuchara o la punta de un alfiler.

Trinidad miraba a Enrique asombrada, preguntándose si él habría probado a pintar así y si ella sería capaz de hacerlo. De repente sintió que su mundo creativo había sido muy pequeño. El Burgués sonrió satisfecho al notar el verdadero interés de la británica por lo que le estaba contando.

—También ocurre con los colores. Los más hermosos

surgen al producirlos uno mismo, y cuanto más tiempo y más artimañas ingeniosas has empleado, mayor es el orgullo que sientes por el resultado.

Trinidad se despidió esa noche del particular ceramista sin estar muy segura de si se había ganado su confianza, de si él querría volver a verla y de si se prestaría a hablar de los problemas de la fábrica. Su mirada transmitía que su espíritu era tan felino como su apariencia.

—Independiente e imprevisible —le dijo Milagros a la mañana siguiente cuando Trinidad le preguntó con renovado interés por él. Hasta ese día, las pesquisas de la británica sobre el reivindicativo trabajador habían sido de otra índole. Pero la alfarera no dudó ni un segundo en encontrar los adjetivos que creía más adecuados para describir a Enrique.

Conversaban mientras Milagros recogía la ropa tendida en el patio interior del edificio del taller Montalván. Para los trianeros de la calle Alfarería, hacer la colada dependía de la actividad de los hornos, pues estos producían un humo negro muy engorroso que no casaba nada bien con la ropa limpia. Al tiempo, la mujer no quitaba ojo a doña Justa, que estaba entretenida con un par de pinceles. Trinidad sonrió al ver que estaban fabricados a mano. Las diminutas cerdas estaban atadas a un fino palito con una cuerda sencilla, bien desgastadas por el uso. La anciana no paraba de hacer circulitos con ellos en sus rodillas, mientras se decía a sí misma que estaba consiguiendo el efecto que quería, radiante de felicidad.

—Nadie ha sabido nunca lo que se le pasa a ese muchacho por la cabeza —continuó doña Milagros—. Trinidad, tú mejor que nadie sabes que no puede presumir de tener buena fama precisamente.

—El Burgués tiene demasiada fama, eso es todo. Nadie debería pagar por los errores de nuestros padres —apuntó sin darse la vuelta Eleuterio, que estaba inclinado sobre las molinas de esmalte, concentrado como un alquimista en añadir los pigmentos en cada una.

Trinidad observaba las estructuras de piedra blanca con bobinas redondas de metal; requerían de un proceso totalmente manual para hacerlas funcionar que le resultaba fascinante. La británica estaba acostumbrada a trabajar con óxidos para producir los colores de las vajillas de su taller de Cheshire, pero durante su estancia en el taller Montalván desarrolló una verdadera fijación por los colorantes del azulejo.

—¿Cómo has conseguido esa tonalidad, Eleuterio? —preguntó Trinidad, olvidándose por un instante de Enrique y ansiosa por aprender más sobre su nueva pasión.

El matrimonio regente y los artesanos que trabajaban de vez en cuando en el taller la instruían encantados. En pocos días habían empezado a considerarla una de ellos y además estaban agradecidos porque su aportación económica al taller suponía una gran ayuda.

—Del cobalto se obtiene el azul —le explicó Milagros, conmovida por el interés de la chica—; del cromo, el verde, y del manganeso, en función de su proporción, se saca el morado o el negro.

—También se puede jugar con otras combinaciones —intervino Eleuterio, agitando los colores—. Por ejemplo, el amarillo se consigue a partir del antimonio, pero añadiéndole cobre o azafrán resulta un naranja hermoso y con presencia.

Las palabras de Enrique le volvieron a la cabeza como una ráfaga, y Trinidad sonrió. Ella había crecido entre cerámicas; sin embargo, se sentía hechizada por todo lo que le quedaba por aprender sobre las tonalidades.

—Enrique no es mal zagal —insistió Eleuterio, retomando el tema de conversación sin dejar de moler la mezcla de óxidos—. Al contrario, es muy trabajador y polifacético. Ese horno lo reconstruyó él junto con otros cinco mozos más del barrio.

Trinidad miró perpleja el horno que se encontraba nada más acceder al patio y cuyas chimeneas daban a la terraza superior.

—¿Por eso tiene un san Enrique pintado? —preguntó la joven.

—Oh, no, no —rio el artesano—. El san Enrique lo pintó don Manuel para bautizar al horno en honor a su madre Enriqueta. No sabría decirte si todo es una curiosa casualidad o si el maestro mandó llamar expresamente a ese joven para que le trajera suerte al horno. Con el maestro Montalván nunca se sabe.

La chica se quedó pensando en el singular artista sevillano. Todo era posible, sin duda.

—Es cierto que Enrique es muy hacendoso y un gran artista, pero no me gustan nada las ideas que siembra en la cabeza de los demás jóvenes —objetó Milagros, deteniéndose junto a ellos con el cesto de la ropa ya recogida—. Mozo que conversa con él, mozo que acaba triste y furioso con el mundo. Las cosas están mal en Sevilla, eso lo sabe hasta el más pintado, pero nadie necesita que le recuerden lo miserable que es su existencia, sobre todo si no se puede hacer nada para remediarlo. El muchacho se empeña en citarles a pensadores y filósofos, antiguos o modernos, como ese francés del que ahora habla tanto la juventud, el tal... Pedro ese.

—¿Te refieres a Pedro Kropotkin? ¿El anarquista? —corrigió Trinidad, entre abrumada y divertida—. En realidad se llama Piotr, Milagros, y es ruso.

—¡Rusos! Son peores que los franceses, ¡que ya es decir! —exclamó la mujer—. El día menos pensado, los revolucionarios estos nos terminarán dando un buen disgusto —dijo persignándose—. Si ya lo decía mi madre, que tanto leer no podía ser bueno; mira lo que le pasó al Quijote. Mejor ir a misa a rezar para que los días que vengan sean mejores.

—Ir a misa es un aburrimiento —dijo Justa de repente, dejándolos completamente perplejos a los tres. La anciana los miraba indignada—. ¿De verdad el Señor necesita que se vaya a verlo todos los días? Yo no soporto las visitas que llegan sin avisar.

Estallaron en carcajadas. Trinidad no se aguantó las ganas de achuchar a la señora. Milagros vio el gesto, conmovida, con el cesto a un lado y la otra mano puesta en la cintura.

—Sea como fuere, cuídate, niña —le rogó a su invitada—, que las mozas inquietas y fácilmente impresionables como tú sois carne de cañón para los lobos buscavidas como él.

Trinidad asintió más por tranquilizarla que porque creyera que los temores de Milagros eran fundados. Para ella Enrique tenía más aspecto de felino de cuento que de lobo feroz. También supuso que había más posibilidades de que su relación con María de las Cuevas Pickman lo hubiera ahuyentado más que incitado su interés.

Contra todo pronóstico, unos días después del primer encuentro, Enrique le hizo llegar al taller Montalván un mensaje a través de un vecino en el que le decía que si se pasaba por el negocio de la viuda de Gómez el próximo martes por la mañana, lo encontraría en uno de sus patios. Y así fue. Enrique estaba descalzo y trabajando con los pies la famosa mezcla de barro azul y *alargartao*, el primero llamado así por su tonalidad oscura y el segundo, por lo verdosa, cuya combinación daba una textura muy adecuada para moldear la arcilla. Se lo explicó radiante, sin dejar de dar pisotones. Trinidad lo observaba con interés. La joven siempre había estado rodeada de artistas, pero nunca había visto a ninguno disfrutar tanto del trabajo como a Enrique. No había mentido cuando dijo que le gustaba. Incluso las labores más engorrosas, como preparar los hornos, las hacía con alegría.

—Es preciso sellar las grietas —le detalló mientras tapaba los puntos estratégicos de la chimenea con una mezcla de lodo y broza—, para evitar que el aire se cuele, lo que resultaría nefasto y también un desperdicio si se tiene en cuenta lo que cuesta corregir el porcentaje de contracción de las piezas.

—¿Porcentaje de contracción? —preguntó Trinidad, sobre todo por escuchar las explicaciones de Enrique, cuyos ojos azules refulgían como el mismo azulejo.

—La arcilla encoge durante los días de secado previos a hornearla. Ven, mira —dijo invitándola a acompañarlo a las mesas de trabajo, sobre las que descansaba la pasta ya trabajada—. Una vez se obtiene la mezcla, se puede o bien colocar en un molde para que el azulejo salga con la medida exacta que se desea, o bien —tomó un rodillo y la extendió— buscar el grosor adecuado y —cogió una pieza de madera cuadrada con una mano y con la otra, un trozo de metal también plano— cortar el barro usando la referencia. Ambos métodos precisan vigilar cuánto se contraerá al petrificar. Igual que hay que cuidar los colores, pues cambian al secarse.

Trinidad contemplaba admirada la expresión risueña de Enrique. Era de los pocos artesanos que había visto dominar la alfarería desde el tratamiento de la arcilla hasta el proceso de colorear las piezas ya cocidas como cerámica sólida. Normalmente, los artistas de Triana se especializaban, diferenciándose entre alfareros y ceramistas. Sin embargo, no cabía duda de que el joven sentía verdadera pasión por los azulejos. Enrique le detalló con la misma pasión el proceso de enfriamiento, las horas que era preciso dejar reposar los fragmentos después de cocerse para poder ser esmaltados y pintados. También le confesó que en alguna ocasión la impaciencia le había jugado alguna mala pasada.

—Quizá los reposteros sienten lo mismo cuando sacan sus bizcochos del horno y están deseando decorarlos. Ellos tienen cremas, glaseados, fruta escarchada… Madre mía, Trinidad, pero es que nosotros solo con óxidos y un pincel podemos crear lo que queramos. No tenemos ningún límite, solo el que nuestra imaginación imponga. Es algo tan hermoso y enigmático que nunca deja de maravillarme.

La joven no podía más que darle la razón. Observaba a Enrique extasiada. Jamás había escuchado a nadie hablar así, con el corazón en la mano. Aquellas palabras fueron las que despertaron su amor incondicional por el azulejo.

En cambio, las labores de albañilería, por mucho que Enrique las acatara sin rechistar o las finiquitara como un experto, no tenían el mismo efecto en su ánimo. Trinidad llegó a verlo alguna vez en plena faena cuando conversaba con María de las Cuevas desde los despachos de la junta directiva de La Cartuja. Así que trataba de encontrarlo cuando estaba en el taller de azulejos, porque era entonces cuando lucía su sonrisa cautivadora, pasándoselo en grande mientras plasmaba sus locuras sin necesidad de que nadie tuviera que entenderlo. Enrique era un Goya del azulejo y dejaba su impronta particular allí por donde pasaba.

«¿El Burgués? Es un figura, te sabe hacer de todo y en un tris», decían muchos. «Tiene esos pelos porque está como una regadera», comentaban algunas mozas entre risas, «pero también es bien apuesto y caballeroso», añadían siempre. «Ese es como su padre», murmuraban otros más ancianos, «un arrogante y un oportunista, por eso se dedica a comerles la cabeza a los demás mozos por las esquinas, para que sean ellos los que se levanten a protestar».

Luego estaba la opinión que peor llevaba Trinidad.

—¿Otra vez se ha visto con él? —le decía María de las

Cuevas Pickman, espantada, cuando la británica reunía el valor para confesarle que había hablado con Enrique o cuando se atrevía a rogarle que conversaran—. Ni se le ocurra proponerme de nuevo que me reúna con ese joven. Por mucho aprecio que le tenga, Trinidad, hay límites que no se deben traspasar.

Ella asentía a pesar de que estaba convencida de que ninguna de las concepciones que tenía la gente sobre Enrique era justa con él, o de que la solución a los problemas de la fábrica pasaba por juntarlo con la marquesa cara a cara, para que ambos se entendieran de una vez por todas. Si ella misma se llevaba tan bien con ellos por separado, algo le decía que podían llegar a entenderse, enterrar el hacha de guerra. Para Trinidad estaba claro que si Enrique comprendía que la familia Pickman era especial y se desvivía por la empresa, este lo difundiría entre los demás obreros y la paz y la cordialidad reinarían de nuevo en La Cartuja.

No obstante, aunque empezaba a conocer el temperamento de la marquesa, todavía ignoraba demasiado del carácter de Enrique. «Independiente e imprevisible», había dicho Milagros. «Como un gato», pensaba la joven. Trinidad no deseaba forzar las cosas, pero se moría por preguntarle al sevillano cómo acabó siendo la comidilla de todos los artesanos de Triana. Y, por supuesto, también si los rumores sobre él eran ciertos.

Un día que Trinidad y Enrique paseaban juntos por la calle Alfarería de vuelta de la taberna de Pagés del Corro, donde habían tocado juntos una vez más, se detuvieron a la altura del número sesenta y uno de la vía. Ese edificio y los aledaños presentaban un claro estado de abandono, pero no cabía duda de que antes habían formado parte de un gran taller alfarero. El joven inspiró con los labios apretados y Trinidad se dio cuenta de que su rostro se iluminaba mientras observaba esas fachadas venidas a menos.

—La primera vez que llegué a esta calle, con apenas trece años, imaginé que tendría aquí mi propio negocio —explicó—. En todo este tiempo nadie lo ha ocupado, es como si me estuviera esperando. Siempre que pasaba, planificaba dónde pondría cada mufla, cada mesa, cada mostrador —le contó con entusiasmo—. Mis empleados irían de un lado para otro, felices, sin preocuparse por nada, porque yo les proveería de todo lo que necesitasen para ser libres en su trabajo. Tampoco les faltaría nunca un plato de comida ni un sueldo justo. —Al pronunciar esa frase su expresión se nubló—. Con los años me di cuenta de que yo jamás podría reunir el dinero suficiente para comprar un local como este y mucho menos para tener a nadie a mi cargo. De hecho, ni siquiera a mí mismo.

A Trinidad se le partió el corazón al imaginarle tan jovencito, creciendo y viendo decaer sus ilusiones, dándose de bruces contra la triste realidad. Lo veía parado delante de ese edificio abandonado por la ciudad, pero nunca por Enrique y sus sueños. Por fin, y tras un instante de duda, Trinidad se atrevió a preguntárselo:

—¿Qué pasó? A ti… y a tu familia.

Enrique la miró con intensidad. Ningún rumor se había aproximado a lo que el joven vivió en realidad.

El abuelo paterno de Enrique era Walter Giner, un empresario sevillano cuya madre era de Staffordshire. El caballero había invertido grandes sumas de dinero en La Cartuja de Pickman y en la Jorge Brander y Compañía, como se llamó en sus comienzos a la fábrica Sandeman, fundada apenas trece años después de que Charles Pickman abriera su negocio en el monasterio de Santa María de las Cuevas. Los Giner se enorgullecían de apostar por ambas empresas y además confiaban en que era la manera de asegurarse los beneficios. Algunos años después, la fábrica de loza de San Juan de Aznalfarache tuvo graves problemas económicos. La intervención de Agustín Giner, el único hijo de Walter, fue clave para el resurgir de la vieja fábrica en 1890; logró convencer a dos dispares caballeros de que se unieran en sociedad para emprender esa aventura. Se trataba de Ernest Albert Sandeman, exportador vinícola en Oporto, y de John Samson Macdougall, un ingeniero de minas que llevaba años en Sevilla a costa de la exportación e importación con Sierra Morena.

Walter Giner tachó a su hijo Agustín de imprudente y no aprobó que retirara las inversiones en La Cartuja para llevar a cabo aquel proyecto descabellado. No obstante, y contra todo pronóstico, don Agustín acertó de pleno. Ya fuese por la calidad de la producción de la fábrica, ahora llamada Sandeman y Macdougall, o porque aquellos hombres a los que Agustín recurrió tenían un insospechado talento para aquel negocio, la familia Giner de los Cobos vivió la mayor bonanza de su historia.

No obstante, y pese a las alabanzas generalizadas, el patriarca de los Giner jamás se enorgulleció de su vástago, y

Enrique, el hijo de don Agustín, tampoco. Con apenas diez años, sintió que los trapicheos de su padre con la fortuna familiar eran actos desleales y egoístas. Él estaba muy unido a su abuelo Walter, quien se preocupó de la instrucción de su nieto, y puso especial atención en que recibiera clases de todas las disciplinas humanísticas, dominase el violín y se instruyera en las artes plásticas. Las primeras dos cosas para convertirse en un caballero como era debido y la tercera para que fuera feliz, pues Walter se había dado cuenta de que el chiquillo disfrutaba mucho pintando. No hubo ceramista en Sevilla que no le augurase a Enrique un futuro prometedor como diseñador en la fábrica Sandeman.

—Y entonces todo se complicó —le dijo sombrío el joven cuando llegó a ese punto de la historia.

Solo tres años después de que la fábrica de San Juan de Aznalfarache resurgiera, y pocos meses tras el nacimiento de su hermanita Candelaria, la arrogancia de don Agustín los condujo a todos al desastre. Sus descabellados e impensables logros empresariales lo llevaron a experimentar con el juego.

Por más pérdidas que tenía noche sí, noche también en las casas de apuestas, el caballero siempre se convencía de que podía volver a lograrlo. Sin embargo, no fue así. Perdió todo lo que tenían la familia paterna y la materna en una simple partida de cartas.

—Lo más humillante fue que no quiso aceptar la derrota —dijo Enrique con los ojos puestos en la fachada del taller de sus sueños, pero con la mente perdida en los recuerdos—. Los prestamistas le zurraron a base de bien. Poco se pudo hacer por salvar su vida.

Trinidad se llevó la mano a la boca. Enrique se detuvo un momento. Aquello no había sido lo peor. Del disgusto, su madre, que era de salud débil y de alma aún más frágil, no tardó en fallecer y, sin ella ni la matrona que la cuidaba, la vida de Candelaria estaba en serio peligro.

—Todavía me recuerdo con ella en brazos viendo cómo los acreedores desvalijaban la casa del abuelo Walter. —El joven sonrió triste—. Tendrías que haber visto aquella casa, Trinidad. La mansión de calle Pureza. Era impresionante. Con uno solo de esos muebles habría podido pagar a una nodriza para Candelita, pero... —la voz se le quebró— ya no eran nuestros. Ni siquiera tenía para comprarle leche, y nadie se compadeció de nosotros. La caída en desgracia de mi padre arrasó con todo, como un cruel huracán de miseria.

Candelaria no llegó al año de vida: murió a los pocos días de que se quedaran en la calle. Enrique terminó desolado y solo. Daba las gracias de que al menos su abuelo Walter los hubiese dejado dos años atrás y de que no hubiera tenido que presenciar todo aquello. Trinidad notó que las lágrimas rodaban por sus mejillas. Apoyó la mano en su hombro y se lo acarició con mimo. La joven no podía no admirar el temple y la entereza del trianero.

—La reputación de mi padre se volvió en mi contra —continuó él—. Dio igual que en el pasado también hubiera tenido grandes ideas. Bastó un error terrible para que nadie quisiera depositar su confianza en mí, aunque yo no fuera responsable de nada. La decadencia de mi familia era tan bochornosa que no me contrataron en la fábrica Sandeman como estaba previsto, y me costó mucho que los ceramistas trianeros me dejasen colaborar con ellos. Pero una cosa llevó a la otra y aquí estoy —dijo Enrique, cambiando de tono—. Lo primero que tuve claro fue que, antes que un hogar, necesitaba recuperar mi violín. También lo habían empeñado. Mi abuelo me lo regaló cuando cumplí ocho años; he pasado épocas de hambre antes que permitir volver a perderlo.

—¿Y ahora dónde vives?

—En La Cartuja —respondió él—. Muchos obreros vivimos allí, en las mismas instalaciones.

—¡Entonces sí que vives en La Cartuja! ¿Cómo es posible que yo tardara un mes en cruzarme contigo?

—Quizá no esté muy a gusto allí y vaya y venga a mi antojo —respondió Enrique con una sonrisa pícara.

—¿Por eso le haces la vida imposible a la dirección de la fábrica? ¿Porque no estás «a gusto»? —dijo ella, seria—. Fue en la Sandeman donde te rechazaron, en La Cartuja al menos te dieron trabajo.

—No lo entiendes. —Negó él con la cabeza, compadeciéndola por su ceguera—. Yo no le guardo rencor a ningún lugar, ni siquiera a la gente, cosa que a mí sí se me guarda por ser quien soy. Si he promovido las huelgas es porque suceden injusticias todos los malditos días. —Recalcó las últimas palabras—. Muchas que ni siquiera tienen relación con el polvo blanco, la salud o la seguridad. A veces tienes que observar la realidad desde el punto de vista de los más desfavorecidos para verla como es.

—A veces basta prestar atención a lo que dicen los otros —contraargumentó ella, fulminándolo con sus ojos verdes—. ¿Has escuchado la historia de los nuevos diseños de vajilla para La Cartuja? Los que se elaboraron en un humilde taller de Triana sin que nadie supiese de su existencia durante años.

—¿Te refieres a esa estrategia absurda y lacrimógena de los Pickman para ganarse la confianza de los trabajadores? —preguntó Enrique, arqueando las cejas escéptico.

La furia del rostro de Trinidad mientras él se burlaba bastó como réplica. Tras un largo silencio en el que Enrique perdió la sonrisa, en sus ojos celestes vibró la más profunda admiración.

—No puede ser… Entonces no era una historia inventada, la joven dama existió.

—Existió —corroboró Trinidad—, y debió de ser maravillosa y muy trabajadora. —La británica suspiró—. Tienes razón, quizá yo no pueda entender tu sufrimiento ni los de ningún ceramista o empleado modesto de Sevilla, pero sé lo que es el dolor de la pérdida. También amo el arte y el trabajo bien hecho con todo mi ser. Es lo único que me da fuerzas para levantarme cada mañana, cuando recuerdo que ya no veré ni a mi padre ni a mi madre nunca más.

Enrique se fijó en la mirada vidriosa de Trinidad, la joven estaba desolada. Los dos se habían gustado desde el primer momento en que sus manos se rozaron, pero durante esa conversación se reconocieron como semejantes.

Continuaron viéndose cada vez que podían y con mayor asiduidad.

Una mañana en el taller de azulejos de La Cartuja, Trinidad se mostró más vivaracha con él, incluso le dio un toquecito en la nariz cuando lo tuvo cerca. Soto y Montalván se miraron en silencio y luego se fijaron en que Enrique se apartaba ligeramente de la británica y seguía trabajando.

—¿Ya estás haciendo alguna excentricidad de las tuyas? —le preguntó Trinidad, percibiendo el rubor del joven por su gesto cariñoso.

—Solo porque usted me inspira, *lady críticas*.

Ella le sacó la lengua y echó un vistazo rápido a sus pies, calzados con botas rudimentarias. «Eso es que hoy está alternando el trabajo de aquí con los del jardín», pensó. La joven sabía que Enrique no solo llevaba los pies desnudos cuando preparaba la arcilla, sino que era de esos artistas que necesitaban el contacto con la tierra para recargarse y luego sacar todo lo que llevaban dentro. También tocaba el violín descalzo, lo descubrió un día que le ofreció un concierto privado en la ladera del Guadalquivir que daba a Nuestra Señora de la O. Sin mediar palabra, se quitó los zapatos y dejó que la hierba le acariciara los pies. Trinidad lo escuchó sentada, absorta en la melodía. El azul de los ojos de Enrique se volvía mucho más celeste a la luz del sol, pero nada los hacía brillar más que la felicidad. La mirada cómplice que cruzaron en ese momento en el taller de azulejos le hizo recordar aquel día tan especial. Al tomar conciencia de que no estaban solos, Trinidad cogió una de las piezas que estaban apartadas sobre la mesa en la que estaba trabajando Enrique para cambiar de tema:

—Este esmaltado es sorprendente, lo he visto en algunos nuevos edificios.

—Este efecto es cosa del viejo Soto —respondió Enrique en voz muy alta para que el aludido lo escuchara—. Nadie lo diría, pero ese cascarrabias es un genio.

—¡Eh, tú, mentecato! —le gritó el maestro—. Un respeto a tus mayores.

—Se llama reflejo de cobre —intervino Manuel García Montalván sin levantar la vista de su trabajo para calmar los ánimos de su compañero ceramista—. Nuestro maestro Gestoso nos habló de él cuando estudiábamos los monumentos mudéjares más antiguos, pero fue Soto quien dio con la clave para recuperar la técnica, aunque luego ha sido su socio Mensaque quien ha sabido sacarle mayor provecho.

—Es extraordinario, señor Soto.

El cumplido de Trinidad hizo que el caballero se pusiese rojo como un tomate y, como estaba más acostumbrado a las trifulcas que a la cordialidad, reaccionó de malas maneras y salió del taller cargado con un par de piezas.

—Bah, paparruchas.

Trinidad y Enrique hicieron lo que pudieron por contener la risa y don Manuel se encogió de hombros y continuó con sus labores como si nada hubiese pasado. Trinidad apoyó los codos en la mesa y volvió a centrar su atención en el reflejo de cobre.

—¿Y cómo se consigue que el azulejo quede así? ¿Se le echa algo al pigmento?

—Lo que se hace es bañar la pieza cocida en un material especial, *vedrío* verde de cobre, y después se introduce en otra disolución de ácido clorhídrico. —Enrique se inclinó y se puso hombro con hombro con la joven para señalarle los detalles—. Pero donde realmente se obra la magia es en la cocción, cuidando que sea a baja temperatura para evitar las contracciones repentinas y para que el humo negro cubra bien toda la superficie. —Tomó la mano de Trinidad para que acariciara la superficie del azulejo—. Fíjate en estas ondas, en la textura lisa y sin alteraciones, es…

Cuando Enrique alzó la cabeza buscando la palabra, descubrió que ella había levantado la vista al mismo tiempo, y su azul se encontró con el verde de Trinidad; estaban más cerca de lo que lo habían estado nunca.

—Es precioso —acabó la frase Enrique.

Sus miradas seguían conectadas, ambos estudiaban sus respectivas reacciones, sus respiraciones, el roce de sus alientos. Fue Enrique quien se apartó de nuevo de Trinidad. La joven esa vez sí se percató de su alejamiento y se sintió rechazada.

—Si se usaran otro tipo de hornos, como esos modernos que tanto gustan y usan aquí, ya te digo yo que no saldría ese tornasolado tan particular.

A Trinidad le desconcertó el comentario del joven.

—No pierdes ocasión para meterte con los Pickman, ¿eh? —bufó ella.

Enrique apretó la mandíbula. Pese a la amistad que habían empezado a cultivar, Trinidad no había conseguido que el joven diera su brazo a torcer respecto a ayudar a que el clima de la fábrica mejorara. De hecho, la británica había notado que su nuevo amigo rehuía la proximidad física, a diferencia de los primeros días, como si ya no le gustase tanto su compañía, aunque a la vez la buscaba con mayor asiduidad. Siempre que se encontraban, arrancaba de lo más zalamero y, conforme avanzaba la conversación, marcaba las distancias.

Trinidad no dejaba de preguntarse si sería por su relación con María de las Cuevas. Tampoco podía decirse que con ella estuviesen progresando mucho más las cosas. Era consciente de que sus esfuerzos de poco servían si de vez en cuando les volvían a lanzar algún que otro saquito de polvo blanco a las ventanas de su residencia.

—Tus queridos Pickman son la razón de que tenga que dejar esta maravilla para irme ahora a cargar cajas a la era de cortar ladrillos —masculló Enrique, limpiándose las manos con un trapo.

Después el trianero se quitó el rudimentario delantal que llevaba puesto para evitar mancharse con los tintes óxidos. Incluso en los delantales se notaba la diferencia de clases. Trinidad y él se despidieron del maestro Montalván y salieron del taller de azulejos. Se dirigieron a los campos de labrado, donde se encontraban las norias, los hornos de teja y demás materiales arenosos. Había un montón de obreros y trabajadoras reunidos en corrillo disfrutando de su breve descanso del mediodía, tarareando y tocando las palmas. A Trinidad le pareció oír también una voz masculina muy melodiosa, pero cuando los vieron aparecer juntos, se hizo el silencio.

Mincho fue el primero en hablar:

—Te veo muy bien acompañado, Burgués.

Desde el centro del corrillo y bajo el filo de su visera, el

Jilguero observó a la inglesa y su cercanía con Enrique con incómodo interés, aunque no más que el obrero moreno de imponente presencia que Trinidad había visto discutir con el maestro Soto durante su primera visita a La Cartuja, cuando labriegos y ceramistas terminaron llegando a las manos.

—Siempre ha preferido la compañía femenina a cualquier otra —dijo este último con intención de molestarlos—. ¿O es que ahora te dedicas a ofrecer visitas guiadas por la fábrica, Burgués? Seguro que no la has llevado a los depósitos de polvo blanco, que es lo mejor del recorrido.

—No le hagas caso, Trinidad —le dijo Enrique, esbozando su sonrisa mientras palmeaba el hombro del obrero y le pasaba el brazo por encima—. Este es Descalzo el Triste, supongo que no hace falta que te explique por qué le llamamos así. Por raro que parezca, es el mejor amigo que se puede tener.

—Eso depende. —El Triste se desprendió de su abrazo, delicado pero contundente—. Si mis amistades van por ahí haciendo otras no tan recomendables, quizá eso deje de ser verdad. ¿Qué haces alternando con la invitada de la marquesa de Pickman, Burgués?

—Ella es una artesana como yo.

—¿Ah, sí? ¿Acaso la has visto trabajar?

—No, la verdad.

Enrique la miró contrariado y también curioso. Trinidad bajó la vista al suelo. Desde que había llegado a Sevilla apenas había dibujado, y cuando lo había hecho era siempre a solas. La joven creía que el arte que la rodeaba en cada adoquín de Triana la intimidaba. Mincho quiso intervenir para hablar de la ilustración del horno que les había regalado a él y al Jilguero, pero el Triste chasqueó la lengua.

—Todos los burgueses son iguales, se llaman a sí mismos azulejeros y ceramistas, como los Pickman, pero solo son inversores capitalistas que dejan que otros se pringuen por ellos. No me fío de tu... amiga. —Escupió a un lado—. Su atuendo me dice todo lo que necesito saber sobre ella. Es coqueta, presuntuosa y convencional. —La fulminó con sus ojos de acero—. A un artista se le ve a simple vista. Lleva ropa de trabajo y tiene las manos castigadas, siempre está preparado para ponerse a crear porque no le importa lo que nadie piense de él.

Trinidad cerró los ojos y se retorció las manos a la espalda. Nunca se le había pasado por la cabeza que su forma de vestir diera esa impresión. Era la primera vez que alguien ponía en duda su talento. En Inglaterra todo el mundo sabía lo que era capaz de hacer porque conocían sus obras. Miró al resto de los obreros muy preocupada, también a Mincho y a los demás jovencitos. Todos volvieron la cabeza, como si les diera apuro mirarla a la cara. De alguna manera le estaban dando la razón al Triste. La expresión de Enrique fue la que la destrozó.

Se preguntó si sería esa la razón de que la evitara cuando ella se acercaba; quizá al observarla mejor había comprobado que era una señorita de bien y no una artesana como él a pesar de lo que ella afirmaba.

Se sintió tan injustamente juzgada que se disculpó y anunció que debía volver cuanto antes al taller Montalván, donde la estaban esperando. Enrique hizo ademán de retenerla, pero al final permaneció callado y la dejó marchar. De espaldas, la joven escuchó cómo este amonestaba al Triste, pero de poco valía esa defensa tardía.

Trinidad se refugió en una de las esquinas del taller de azulejos de La Cartuja aprovechando que a esas horas el hangar estaba vacío y no volvería nadie hasta mucho después. Sentada en el suelo impregnado del hollín producido por los restos de las pinturas y demás materiales arcillosos, apretó las piernas contra su pecho y trató de serenarse.

Era mentira que la aguardaban en el taller Montalván; no la esperaban en ningún sitio. Solo necesitaba un rato de soledad para reflexionar sobre la tristeza que sentía y para preguntarse qué había sucedido realmente con su creatividad. Con sus ganas de crear. De pintar lo que fuera.

Contempló un haz de luz que se colaba por la rendija de una ventana. Durante muchos minutos solo observó las motas de polvo en suspensión. Luego siguió la trayectoria del haz de luz hasta la pared de enfrente: caía sobre una plancha de madera con azulejos lisos. La luz iluminaba una llamativa fractura que de seguro era el motivo por el cual el conjunto de piezas había sido descartado. La humedad perlaba la arcilla vidriada. Los ojos de Trinidad siguieron el rastro de la grieta. Levantó los dedos inconscientemente; danzaban en el aire tratando de unir las muescas de los azulejos con la luz. De alcanzarla.

Trinidad se incorporó de pronto. Sin pensar, hundió las manos en el polvo negro que se acumulaba en el suelo del taller y lo lanzó contra la superficie de los azulejos, como si se tratara de un denso pigmento. En estado de trance, la chica terminó de distribuir la sustancia negra por todos los cuadrados. Luego usó los dedos y el borde de la mano para marcar, abrir y difuminar con rapidez; deseaba plasmar el haz de luz que la había enajenado. No tenía más paleta de color que el negro del tizne y el blanco de los azulejos que hacía aflorar con cada pasada de muñeca. Sin embargo, gracias a su destreza, la imagen tenía todas las tonalidades de la realidad.

Alguien pasó por allí justo entonces y detectó movimiento en el taller. Al ver a la joven absorta en su obra, se quedó hipnotizado. Trinidad era un tornado de emociones y de talento al que era imposible dejar de observar.

Desfogada, la chica dio un paso atrás y observó la obra acabada. Había convertido la fractura de los azulejos en el centro de un rayo que iluminaba el oscuro sendero de un bosque. Trinidad ahogó un gemido decepcionada: había conseguido inmortalizar una luz puntual, mas no la halló en su alma.

—Es… increíble.

Trinidad se sobresaltó. Al girarse, se encontró con el Jilguero, que la miraba perplejo desde la única puerta abierta. El rubor poseyó las mejillas de la británica y se lo contagió a él.

—Disculpe, yo… —carraspeó el muchacho, ajustándose la boina—. No quería espiarla ni importunarla. Solo vine a dejar un fardo de levadura. No pensé que hubiese nadie.

El Jilguero tomó de nuevo el saco que había cargado hasta allí y Trinidad comprendió que debía llevar bastante rato contemplándola en silencio y por eso lo había dejado en el suelo. De repente, ella hizo eso que tanto parecía turbarle a él. Adoptó una actitud altiva y le preguntó:

—¿Quién ha dicho que usted me importune? ¿O que me moleste ser observada? Más si se trata del tímido señor Jilguero, qué honor.

Complacida por haber conseguido redoblar el rubor del chico, la inglesa se acercó a donde estaba él. Ese joven le resultaba entrañable. Trataba de no importunarlo demasiado, pues sabía que era tan retraído como orgulloso, y no deseaba incomodarlo. No obstante, había algo en el Jilguero que despertaba en ella un instinto asociado al juego, a los retos, que nadie más conseguía agitar en su mente o en su corazón.

La expresión de Trinidad se apagó cuando se acordó de que no estaba de humor para juegos.

—Perdóneme usted —repuso—. La riña con el Triste debería haberme quitado las ganas de bromear, pero no ha sido así, aunque ese hombre hace justicia a su apodo.

—El Triste siempre se comporta de manera justa, señorita Trinidad —repuso él en tono suave—. Sin embargo, en esta ocasión se ha excedido con usted. Si hubiese presenciado lo que yo acabo de ver, jamás la tacharía de burguesa sin talento.

—Debería agradecérselo. Hacía tiempo que no me desfogaba así.

—¿Desfogarse, dice? —repitió sonriendo el Jilguero—. Curiosa forma de referirse al arte en su estado más puro.

—¿Arte? Como si lo que yo hago pudiera compararse con el resto de lo que se hace aquí.

—En eso coincido con usted. Es mucho más —afirmó el chico con candor—. Al ver lo que hacía con el haz luminoso, me dio la sensación de que lo iba a tomar entre los dedos y dejarlo atrapado en el azulejo. Señorita…, es usted una pintora de la luz.

Al instante, Trinidad abrió la boca para descartar su apreciación, pero él no la dejó:

—No me refiero a que domine eso del claroscuro o como se llame, ni cualquier otra técnica pictórica que requiera destrezas y conocimientos de los que carecemos muchos de los que trabajamos en esta fábrica. Usted ve cosas que los demás no. El resto parece que estemos en la oscuridad; usted de algún modo nos ilumina.

Ninguno de los dos dijo nada más durante unos instantes, luego ella sonrió triste.

—Bueno, llevo mucho tiempo en la oscuridad, mi estimado pajarillo, por eso detecto un rayo de luz cuando se me presenta. De hecho, estoy contemplando uno muy dulce ahora mismo —le puso bien uno de los tirantes que se le había torcido—, aunque ni eso me consuele.

El joven se sonrojó de nuevo mientras seguía con la vista cómo los dedos de Trinidad se posaban sobre su pecho. Sus palabras parecieron dolerle. Se despidió abruptamente de ella con un asentimiento de cabeza, se cargó el fardo de levadura al hombro y evitó los ojos de la inglesa aún más de lo que lo había hecho todo el tiempo que conversaron.

Esa tarde, durante el trayecto de vuelta en el coche de Baldomero, Trinidad estaba muy callada y alicaída. Su amigo cochero ya no sabía qué contarle para que alegrase esa cara. Llegó a confesarle que su mujer andaba últimamente muy pesada con que debía cambiarse de ropa con más frecuencia o probar el jabón.

—¿Usted cree que me está llamando guarro? —le preguntó muy preocupado.

Trinidad se echó a reír, pero la alegría solo le duró hasta que se despidió acariciando las crines de la Rubia.

Arrastró los pies por la calle Alfarería y entró en el taller Montalván aún más desalentada. Milagros le dijo que la cena estaría lista en un momento, pero ella no tenía mucho apetito. Más bien ninguno. Se quedó de pie, con las manos a la espalda, esas manos que el Triste había puesto en duda y que el Jilguero había alabado tanto, apoyadas en una bella superficie de azulejo que decoraba una esquina muy concreta, donde llegaba la última luz del atardecer y en la que Trinidad sentía una paz especial.

Levantó la vista y vio su plato, ese que estaba roto en tres partes con la enigmática dama que la había conducido hasta Sevilla. Milagros le había permitido colocarla allí para que pudiera verla cada vez que salía y entraba. La mirada de la dama le vidrió la vista; se sentía una fracasada que no estaba logrando su propósito de ser útil. Ni para su nueva amiga ni para aquel joven por el que había empezado a sentir algo muy especial.

«La pintora de la luz», repitió Trinidad para sus adentros el sobrenombre que le había dedicado el Jilguero. «Tan retraído y luego tiene esas benditas ocurrencias cuando abre la boca».

Percibió una presencia a su izquierda. Volvió la cabeza y descubrió que Justa la había estado observando. La antigua alfarera estaba sentada, como de costumbre, en su butaquita sin dejar de mirarla; entonces la mujer se palmeó el regazo para que Trinidad se sentara a su lado y apoyara la cabeza. La anciana había notado su tristeza.

La joven aceptó con gusto. Siempre había sido poco dada a las muestras de afecto, de ahí que soliera abrazar a sus familiares por la espalda. Pero Justa se había convertido en la abuela que nunca llegó a conocer, con la que se permitía mostrar las vulnerabilidades, con la que se sentía como una niña a la que se le puede perdonar todo.

Trinidad cerró los ojos mientras dejaba que Justa le acariciara la coronilla y le tarareaba la melodía que solía cantarle su madre de pequeña.

—No sé qué hacer —le confesó a la anciana—. Estoy muy confundida.

Recordó la carta que había recibido de su hermano Fernando hacía pocos días. Aunque estaba agradecido por lo que Trinidad había descubierto de sus orígenes familiares y contento de que eso la hubiese hecho feliz, no aprobaba en absoluto que permaneciera en Sevilla. «¿Para qué?», le preguntaba.

«Eso, ¿para qué?», repitió para sus adentros la británica en ese momento.

Notó entonces que las suaves y nudosas manos de Justa dejaban de acariciar su cabello para tomarle la barbilla y alzarla para que la mirase a la cara. Tenía esa expresión dulce que solo ponía cuando creía ver en ella a su madre.

—¿Desde cuándo hemos necesitado las mujeres como nosotras que nadie nos diga lo que tenemos que hacer?

Trinidad le dio la razón conmovida.

Y decidida.

Al día siguiente muy temprano, Trinidad volvió a La Cartuja. Baldomero se sorprendió al encontrarse con sus ojos tan luminosos, tan distintos, y la acercó presto y sin rechistar. Una vez allí, se encaminó directamente a las viviendas de los obreros.

Poco le importó que más de uno le reprochara que hubiese entrado en sus dependencias sin llamar, como si nada, cuando muchos se estaban cambiando o haciendo sus abluciones matinales. Uno incluso se cubrió el pecho desnudo en pleno afeitado frente a la bacía y la jofaina.

—¡Podría preguntar antes de irrumpir en los cuartos ajenos, señorita Trinidad! —gritó enfadado.

Ella se disculpó de pasada, pero hasta que no dio con la persona adecuada no se detuvo.

—¿Trinidad?

Enrique estaba completamente desconcertado. En sus ojos azules también se percibía que estaba avergonzado por que Trinidad hubiera visto su pequeña y austera habitación. La compartía con el Triste, a quien tampoco le gustó nada verla aparecer por allí. Protestó cuando la británica cogió a su amigo a medio vestir de la mano y lo arrastró hacia fuera, aunque no más que al propio Enrique.

—¿Qué pasa, inglesita? Esta mañana tengo mucho trabajo.

—Hoy puede esperar.

—Pero ¿a dónde vamos?

Cuando vio que lo conducía a la antigua mansión de los Pickman, comenzó a renegar:

—Ah, no, eso sí que no.

Enrique era más alto y fuerte que Trinidad, así que no le costó frenarla a la altura del muestrario de azulejos del Arco de Legos, bastante antes de que llegasen al destino que se había propuesto la joven.

El sevillano continuó discutiendo con ella, repitiendo bien alto que jamás de los jamases iba a reunirse con ningún Pickman para conversar, salvo que el motivo fuese la convocatoria de otra huelga.

—Entre otras razones —insistió él—, porque todavía no nos han dado un mísero guante o paño con el que manipular el polvo blanco.

La inglesa trató de tirar de él una vez más y le exigió que la siguiera. Su pelea hizo que más de un labriego y una empleada de la fábrica se detuvieran a mirar.

Sin embargo, Enrique no pudo hacer nada para evitar que se encontraran con María de las Cuevas justo cuando esta salía del taller de diseños. Los dos estaban tan desconcertados y Trinidad tan decidida, que no se opusieron cuando esta los empujó hasta la estancia más cercana y se encerró con ellos.

Luego se dio la vuelta y los apuntó furiosa con el dedo.

—Vosotros dos vais a hablar. Porque ambos queréis lo mejor para La Cartuja y para sus trabajadores, y además sois personas inteligentes con mucho que enseñaros el uno al otro.

Aunque cedieron y tomaron asiento frente a frente, la mirada asesina que brillaba en los ojos de los dos auguraba un conflicto de difícil solución. En ese momento, Trinidad era optimista y se sintió satisfecha de su hazaña. Ni en sus más descabelladas pesadillas hubiera imaginado lo que pasaría en los meses venideros, ni que aquella inquina que se tenían María de las Cuevas Pickman y Enrique Giner de los Cobos seguiría allí casi diez años después.

8

Abril de 1911

Trinidad necesitaba salir cuanto antes del Real Alcázar, de Sevilla, del mundo o de sí misma. De donde hiciera falta con tal de dejar de ver a Enrique del brazo de su esposa, alternando con Alfonso XIII y con el resto de los artistas y aristócratas de Triana que participarían en la Exposición Hispanoamericana. Desde el patio del Crucero, incluso con la Sala de los Tapices de por medio, todavía tenía una visión demasiado clara de lo que ocurría en el evento del monarca en el Gran Salón. Trinidad vio cómo Cuevas le dedicaba una mirada fulminante al que se había convertido en otro de los grandes maestros ceramistas de la capital hispalense, si bien Enrique le correspondía con una expresión amenazadora en el rostro.

«No has cambiado nada, Enrique», se dijo Trinidad.

Aprovechó el silencio nocturno del patio del Crucero para respirar hondo y serenarse. Hurgó en el bolsillo de su falda y sacó de nuevo el cuaderno que llevaba a todas partes. Buscó circunstancias difíciles y no tardó en dar con una frase:

> Un recipiente de arcilla debe verse por fuera liso y perfecto, por mucho que su interior esté lleno de marcas de dedos.

La británica maldijo entre dientes. Necesitaba consuelo, no una amonestación que le impusiese fingir indiferencia cuando por dentro se sentía tan inquieta.

«¿Por qué diantres siempre tiene razón, la condenada?», refunfuñó hacia sus adentros.

Levantó la cabeza del cuaderno y miró de nuevo hacia el Gran Salón. Se fijó entonces en que al final del pasillo que daba al portón de la Sala de los Tapices había otra puerta, más pequeña y discreta, entreabierta. Trinidad decidió investigar qué había al otro lado. Antes se aseguró de que los invitados y los lacayos del evento no la observaban. Cuando cruzó la puerta, descubrió que era una estancia independiente: la capilla del Palacio Gótico, cuya decoración era muy similar a la de la Sala de las Bóvedas. Luego descubrió una puerta diminuta al fondo a la derecha con una escalera descendente que despertó su curiosidad y que no se privó de saciar. Siguió el pasillo y sonrió al ver a dónde conducía.

El patio de las Doncellas.

Recordó lo mucho que le impresionó la primera vez que lo vio, nueve años atrás. Las galerías de arcos polibulados, las alcobas palatinas, los naranjos… Ese espacio del Palacio Mudéjar la hacía sentir como en un cuento de *Las mil y una noches*.

Trinidad se dio cuenta de que no estaba sola, había alguien más observando la majestuosidad de las fachadas. Pese a hallarse en ese patio que destilaba belleza por cada rincón, el caballero atrapó su atención por completo, porque él tampoco se quedaba atrás. Era alto y de buen porte. La iluminación era suficiente para distinguir que su perfil era el de un hombre apuesto, de afeitado apurado y patillas perfiladas. Su cabello oscuro, peinado hacia atrás, estaba escalado de tal modo que los mechones parecían plumas. Ese detalle, sumado a su barbilla afilada y el cuello estilizado, hizo pensar a Trinidad en un hermoso cisne negro.

El caballero se sobresaltó cuando escuchó los pasos de la británica. Sus ojos grandes, igual de azabaches que su pelo, se abrieron aún más al verla, como si estuviese ante un fantasma.

—Oh, disculpe que lo haya asustado. Me alegra confirmar que sí que estaba usted por aquí.

El hombre tragó saliva, apurado. Quiso decirle algo, pero Trinidad no le dejó:

—Ahí dentro no hacen más que hablar de sus muchos logros y virtudes, así que estaba deseando conocerle.

Había dado por hecho que ese caballero no podía ser otro que el arquitecto Aníbal González. Él se mostró incómodo, ruborizado incluso, inseguro de cómo reaccionar, aunque se irguió halagado. Trinidad aprovechó para confirmar su primera impresión: era un mozo muy vistoso, el clásico sevillano atractivo de cabellos oscuros y abundantes, vestido austero, aunque muy dignamente con el esmoquin protocolario. Sí le extrañó un detalle que deseó comentar:

—Había oído que era usted joven, pero no esperaba que lo fuera tanto.

Después de mucho titubear, se atrevió a responder:

—No soy mucho más joven que usted —dijo casi con resentimiento, pese a que el rubor de sus mejillas delataba su entusiasmo por los cumplidos.

Trinidad pensó que también su voz era bonita, robusta y masculina, pero con un deje dulce y melodioso. Como todo él.

—De mí no se dice que sea un genio prometedor —rio ella.

—Discrepo —murmuró el otro, tajante, lo que abrumó a Trinidad.

—No me lo diga: Cuevas le ha hablado de mí, ¿verdad? Esa mujer no sabe abrir la boca sin exagerar. Sevillana tenía que ser.

Él la observó despotricar sin decir palabra, así que ella se animó a señalarle la esquina más lustrosa del patio.

—Increíbles, ¿cierto? Me pregunto cómo harían esos arcos los árabes.

—No los hicieron los árabes —la corrigió.

Trinidad lo invitó a continuar la explicación con la mirada y él pareció debatirse internamente sobre cómo proceder. Se puso las manos a la espalda y, una vez tomó aire y arrancó, resultó imparable:

—Nada de lo que ve usted aquí fue obra de los árabes ni de los mudéjares. Cuando Fernando III conquistó Sevilla, se enamoró de este palacio y pidió que lo respetaran; a su muerte, sin embargo, quienes fueron sucediéndole quitaron o añadieron lo que se les antojó. ¿Ve esas preciosas columnas de mármol en parejas? Toda la arquería de herradura descansaba originariamente sobre pilares cuadrangulares de ladrillo, pero las sustituyeron por esas columnas genovesas. —El caballero señaló las paredes—. Alfonso XI fue partidario del yeso y de las inscripciones arabescas, que en realidad citan alabanzas al cielo cristiano. Si mira los suelos, en cambio —señaló con la barbilla la estancia conocida como Alcoba Real—, verá que, en algunos casos, son verdes y blancos, pues fueron traídos de Génova, porque lo genovés estaba muy de moda por entonces. Quizá lo único árabe de este palacio sea el ambiente. A pesar de los cambios a lo largo de los siglos, este sitio sigue siendo un pequeño paraíso en la tierra, como todo buen jardín musulmán.

El joven suspiró y continuó mirando embelesado a su alrededor. Era evidente que había compartido ese repaso histórico no por petulancia, sino porque admiraba el palacio de corazón. Sin embargo, cuando se dio cuenta de que su interlocutora había seguido atenta sus explicaciones, se ruborizó y dejó la vista perdida al frente.

Trinidad jamás había escuchado tantos y tan variados tonos en un mismo discurso. Su exposición también fue un espectáculo visual, pues cada cambio en la modulación de su voz fue acompañado de una mirada, aspaviento o gesticulación distinta.

—Desde luego se nota que es usted arquitecto, su explicación ha sido impresionante en muchos sentidos —comentó ella con un sutil tono de chanza.

Él esbozó una tímida sonrisa. Lo que más había sorprendido a Trinidad fue que hablase tanto y tan rápido después de haberle parecido tan introvertido a primera vista. Decidió instarlo a conversar para continuar estudiándolo.

—El azul intenso de esas paredes sí será original, ¿no?

—Eso fue capricho del duque de Montpensier. —Arqueó él una ceja, irónico—. El aristócrata estuvo viviendo aquí un par de años mientras reinaba su cuñada Isabel II y se obsesionó con el cobalto. Los reyes de España tienen una forma curiosa de vanagloriarse de sus propiedades.

—Los nobles en general —le siguió Trinidad el tono bromista—. Mire que en Inglaterra los tenemos también muy peculiares, pero don Alfonso me ha parecido de lo más inusual. Apenas he charlado unos minutos con él y ya tengo la sensación de que está tramando involucrarme en algún plan pintoresco.

—¿Le ha hablado de su Hispano-Suiza?

Trinidad levantó las manos para darle a entender que ni siquiera sabía qué era eso.

—Su automóvil deportivo.

Ella volvió a negar.

—Entonces todavía no ha dialogado lo bastante con su majestad.

La joven se cubrió la boca mientras reía a carcajadas.

—De lo contrario, ya le habría ofrecido dar una vuelta. Está muy orgulloso de ese trasto.

—Sospecho que tiene mucho de lo que estar orgulloso —dijo Trinidad, que todavía estaba recuperando el aliento después de reír.

—Eso también es propio de los nobles.

—¡Uf, no me haga hablar! —exclamó Trinidad y puso los ojos en blanco—. Mi amiga Cuevas ha debido de tomarme por uno de sus méritos. O eso quiero pensar, me indignaría más ser para ella una especie de juguete. Como el automóvil ese de su majestad que dice usted que le hace tan feliz. Cada vez que discuto con Cuevas me hace sentir una completa inepta, y debo serlo, porque consiento que me mangonee como quiere. ¿Se puede creer que me trajo a Sevilla sin explicarme qué colaboración esperaba de mí para la Exposición?

Entonces Trinidad recordó su reencuentro con Enrique y calló abruptamente. Su acompañante la había estado escuchando hechizado todo el tiempo, tanto por lo que le contaba sobre su relación con la marquesa de Pickman como por la arrolladora personalidad y carácter que mostraba. Mientras admiraba su vestido, otra figura masculina se les acercó por detrás.

—En fin —suspiró Trinidad, algo ruborizada al darse cuenta de que había perdido las formas con aquel desconocido—. Perdone la perorata, don Aníbal, y, por favor, no haga caso de lo que le diga la inconsciente de mi buena amiga.

En cuanto la británica pronunció ese nombre, el joven parpadeó un par de veces, desconcertado. Sin embargo, antes de que pudiera replicar, la persona que acababa de llegar los interrumpió con un carraspeo, delatándose con su risa.

—Pero bueno, Víctor, ¿desde cuándo te haces pasar por mí para ganarte la atención de las señoritas?

Se trataba de un hombre muy delgado y de grandes orejas. Tenía el cabello corto y marcadas entradas y lucía un exuberante bigote. Los miró a ambos con la ternura de un padre a sus hijos, a pesar de que apenas les sacaba diez años a ambos. Trinidad se había quedado atónita.

—¿Víctor? —preguntó sintiéndose traicionada.

En ese instante apareció también Cuevas, visiblemente alterada.

—¡Sabía que te encontrarías en el lugar más recóndito de todo el palacio, Trinidad! En fin, olvidémoslo, me alegra haber dado contigo en el momento justo. —Se aclaró la garganta y pasó su brazo sobre el del caballero de mayor edad—. Querida, te presento al famoso arquitecto sevillano, el señor Aníbal González.

—Encantado, señorita Laredo. —Se inclinó él cortés—. Su amiga la marquesa no ha dejado de hablarme de usted.

—Lo mismo digo, señor. Encantada de conocerle después de haber oído hablar tanto y tan bien sobre usted.

Trinidad le tendió la mano a don Aníbal, pero toda su atención estaba volcada en su impostor. Le dedicó una mirada fulminante con la que el muchacho no estaba en absoluto de acuerdo. Eso hizo que Cuevas se fijara en él.

—Oh, si es el joven Víctor Abad. Oí que estaba pasando una temporada en Italia.

—Viví un par de meses en Roma por recomendación de mi padrino —respondió él, desafiando a Trinidad con la mirada—. El propósito de fondo era aprender sobre arquitectura clásica, y el colateral, que fuese testigo de la preparación de la Exposición Internacional, que comenzaba este mismo mes de abril. Sin embargo, volví la semana pasada a España porque mi maestro me pidió que viniera cuanto antes a Sevilla para el concurso.

Puesto que la británica continuaba mirando de malos modos al joven, Cuevas decidió darle el resto de información:

—Trinidad, Víctor fue apadrinado por el suegro de don Aníbal. Aunque resultó ser el yerno quien se dio cuenta de su potencial y lo fichó como pupilo.

—Yo considero que aún me queda mucho que aprender para ser mentor de nadie —repuso con modestia don Aníbal, apretando el hombro de Víctor—, pero yo también tengo orígenes sevillanos modestos, así que estoy formando a este joven caballero lo mejor que puedo para que ingrese en la escuela de arquitectos de Madrid, como hizo el maestro Antonio Ollero conmigo durante los dos años que me preparé en su academia. No me extrañaría que Víctor lo consiguiera mucho antes —le sonrió orgulloso—. Se sacó el título de bachiller en apenas unos meses y seguro que puede lograr que lo admitan el año que viene en la universidad de la capital. La familia de mi esposa está encantada con él, no necesita que los anime para que inviertan en su formación. Sé que llegará más lejos que yo, esa cabecita privilegiada solo necesitaba algo de apoyo.

—Maestro, no exagere...

Aunque Víctor negó con humildad, el rubor de su rostro confirmó que le hacían feliz las palabras de su mentor.

—Quizá por eso no tiene reparos en hacerse pasar por usted, señor.

Víctor puso los ojos como platos por el comentario de Trinidad, Aníbal se desternilló y Cuevas no entendió nada, por lo que el caballero debió explicárselo.

—Cielos, querida, Víctor todavía es un aprendiz —le dijo la marquesa con una risita burlona—, aunque se parezca a don Aníbal en lo singular y en lo joven.

—Él es mucho más joven —masculló Trinidad, mordaz.

Víctor hizo amago de protestar, pero en su incomodidad no encontró las palabras.

—Y mucho más singular —añadió Aníbal—. Hoy está retraído, pero habla por los codos, sobre todo cuando el asunto le interesa y tiene algo que aportar, dos cosas que suceden a menudo. Por eso le pedí que volviera de Roma y fuera mi mano derecha ahora que vamos a presentarnos al concurso de la Exposición Hispanoamericana. Espero y deseo que mis ideas estén a la altura de las grandes plazas y monumentos italianos de la Exposición Universal que Víctor fue a estudiar.

—Estupendo —celebró la marquesa de Pickman, y a continuación tomó a la británica por los hombros—. Yo, por mi parte, he hecho venir a Trinidad desde Inglaterra para que les ayude. Ya le adelanté que mi amiga tiene un don único para la cerámica y el universo que la rodea. Será su arma secreta, don Aníbal.

Trinidad estuvo a punto de decirle a Cuevas que moderase sus palabras; sin embargo, no estaba dispuesta a pasar más vergüenza delante de esos dos caballeros.

—De seguro nos será muy útil —dijo agradecido don Aníbal.

—Pero…, señor —titubeó Trinidad—, ni siquiera sabe qué podría aportarles yo. Debería pedirme al menos mis credenciales.

—Me basta con que doña María de las Cuevas confíe ciegamente en usted y su talento; además, su reputación tampoco es baladí. Su amiga la marquesa de Pickman no es la única de Sevilla que presume de haberla conocido. Tengo entendido que incluso le pusieron un apodo. ¿La pintora de…?

—La pintora de la luz —terminó Víctor la frase sin vacilar.

Trinidad arrugó el ceño sin dejar de mirar esos ojos oscuros como la noche que parecían poseídos por una tormenta eléctrica.

—Formidable —dijo Aníbal—. Más que formidable. Es justo lo que necesitamos para lo que tengo en mente. —Cogió la mano de Trinidad y le dio un fuerte apretón, como quien cierra un trato—. Bienvenida al equipo, señorita Laredo.

Ella parpadeó confusa, mientras Cuevas sonreía de oreja a oreja.

—Y ahora volvamos a la fiesta, estaría bien brindar por nuestro futuro éxito.

Trinidad observó perpleja e inmóvil en el patio de las Doncellas cómo su amiga y el caballero se dirigían juntos a las escaleras para regresar a la fiesta. Ella no daba crédito, no se acababa de creer que eso hubiera sido todo, que esa conversación hubiera bastado para que entrara a formar parte del equipo del arquitecto Aníbal González para el proyecto del concurso de la Exposición Hispanoamericana.

Atribulada, volvió el rostro en busca de apoyo, pero se encontró con la mirada de Víctor y su gesto se agrió de nuevo. Ambos giraron la cabeza hacia otro lado y regresaron a la fiesta por la capilla, en silencio, caminando juntos, aunque distantes, a paso ligero para dar alcance a Aníbal y a Cuevas, que charlaban distendidamente por delante. Ellos en cambio parecían completamente ajenos el uno al otro. Pero solo lo parecían. Trinidad fue la primera en hartarse de la incomodidad de la situación.

—Le advierto que ha traspasado todos los límites posibles de la desfachatez al hacerse pasar por su mentor —murmuró la británica—. Así que, si no desea mantener una conversación, le exijo que, al menos, deje de mirarme.

Sus acusaciones provocaron una cara de espanto tan exagerada, que Trinidad estuvo a punto de romper a reír. Víctor era mucho más expresivo de lo que parecía a primera vista.

—¡Yo no…! —exclamó y bajó la voz al momento, recordando la presencia de la marquesa y el arquitecto pocos pasos por delante. Resopló frustrado y masculló entre dientes—: No la estaba mirando. Y tampoco me he hecho pasar por don Aníbal, Dios me libre. Usted solita me tomó por él, oiga, que es bien distinto.

—Ah, entonces no es que sea un embustero, sino un narcisista —le acusó con una sonrisa arrogante en los labios—. No tuvo inconveniente en que lo adulara. ¿Por eso hizo semejante despliegue de sus vastos conocimientos sobre el Palacio Mudéjar, para que lo siguiera colmando de halagos?

Él no contestó. Un sutil tic recorrió su mejilla izquierda.

—¿Ve? A eso me refería —insistió Trinidad—. Tiene unos ojos enormes, como un pájaro, y encima me mira de *laíllo*, como si creyera que no me doy cuenta. Mi madre, que en paz descanse, llamaba a eso la «mirada del palomo». Será descarado.

—Su señora madre era ingeniosa, pero usted también me estaba mirando a mí así —se defendió el joven, incómodo.

—Yo no tengo unos ojos tan intimidantes como los suyos.

Víctor apretó los labios y desvió el rostro.

—Discrepo —afirmó contundente y añadió tras una pausa—: De hecho, la observaba porque me pareció que su vestido era del mismo color que su mirada.

Ella no se esperaba esa respuesta, y lo evaluó curiosa.

—Entonces sí que me estaba observando —dijo al final con ánimo triunfal.

Víctor no contestó. Sus orejas se tiñeron de un magenta sutil. Habían llegado a la Sala de los Tapices casi sin darse cuenta, Trinidad concentrada en el muchacho y en el rubor cada vez más visible de su cuello.

—Su maestro afirma que habla por los codos cuando el asunto le interesa —dijo sonriendo—. Lamento que mi compañía no pertenezca a esa categoría.

—Deme tiempo.

Volvieron a mirarse con intensidad. Víctor le ofreció el brazo y el gesto desconcertó a Trinidad, que al momento se dio cuenta de que lo había hecho para que accedieran al Gran Salón en pareja, como dictaba el protocolo cuando un caballero llegaba a un acto con una señorita que asistía sola. Ella decidió entrelazar su brazo con el del joven. Cuando la luz de la estancia iluminó de lleno el rostro de su acompañante le pareció aún más arrebatador de lo que le había parecido en el patio de las Doncellas.

Trinidad nunca había visto unos ojos negros como los de Víctor. Tan expresivos, que parecía como si le hablase con ellos, y enmarcados por esas pestañas largas y sus espesas cejas. Estaba segura de que jamás la habían mirado con tanto vigor.

El rey Alfonso, ahora acompañado por su esposa Victoria Eugenia y de nuevo rodeado de los candidatos al concurso, celebró con algarabía el regreso de la comitiva encabezada por don Aníbal y María de las Cuevas. Sin lugar a dudas, todos los allí reunidos pretendían ganarse su favor. También había regresado al círculo del rey Enrique y su esposa Inés. Los ojos azules del ceramista fueron como un rayo al lugar donde descansaba la mano de Trinidad y luego ascendieron hasta mirar de frente a Víctor. El joven estudiante de arquitectura le devolvió la mirada desafiante y apretó contra su cuerpo el brazo donde Trinidad se apoyaba.

—Llegan ustedes en el momento perfecto, don Aníbal —dijo el monarca—. Veo que mi amiga la marquesa ya le ha presentado a la señorita Laredo. Doy por hecho entonces que la británica le ayudará con su proyecto y que ahora me explicarán en qué consiste su misterioso don.

Enrique observó a Trinidad conteniendo el aliento.

—Me considero un hombre afortunado —confirmó don Aníbal, exultante—, pero todavía no estoy en disposición de darle esa explicación porque hace solo unos minutos que me han presentado a la señorita Laredo.

—Empiezo a cansarme de tanto secretismo —replicó el rey bromeando—. Yo pensaba que la marquesa de Pickman era la única que no soltaba prenda de los tejemanejes que se trae entre manos, pero veo que usted es de la misma cuerda, don Aníbal.

—Dios me libre, majestad, sabe que me tiene a su entera disposición para lo que necesite.

La mirada celeste de Enrique se hizo tan densa y pesada que Trinidad tuvo que contemplarse los botines por temor a perder la entereza.

—Ah, ¡será canalla! —se carcajeó don Alfonso en lo que se había convertido en un diálogo entre él y el arquitecto sevillano con el resto de los testigos mudos—. Usted se hace de rogar para todo. ¿Desde cuándo le estoy pidiendo que construya un hotel en mi honor? Va usted a obligarme que recurra al señor Espiau.

—Don José tiene mucho talento —sonrió ladino Aníbal—. De seguro que no le decepcionaría.

—Usted me decepciona a mí. Ni siquiera acepta que le dé un paseo en mi Hispano-Suiza. ¿Les he hablado ya de él? Es la pieza más bella jamás fabricada por el hombre, casi parece que lo haya creado el Altísimo.

Trinidad alzó la cabeza de golpe y miró de soslayo a Víctor, recordando lo que le había contado sobre el automóvil de don Alfonso. Intercambiaron una sonrisita cómplice que enseguida se esfumó del rostro de la británica cuando descubrió que Enrique seguía atento todos sus movimientos. En particular, el que acababa de compartir con su acompañante.

—Trataré de satisfacer los deseos de su majestad en el futuro —dijo Aníbal, tratando de agasajar al rey.

—Le exculpo solo porque espero lo mejor de usted para el concurso.

—Le estoy muy agradecido —dijo haciendo una reverencia—. Le dedicaré la victoria a su majestad.

Don Alfonso se desternilló al escuchar la respuesta y un murmullo recorrió el resto del grupo.

—Esa confianza en sí mismo y su victoria no le durará mucho tiempo, señor González —intervino don Fermín, el arquitecto logroñés—. Mi proyecto modernista echará por tierra cualquier idea regionalista que tenga en la cabeza.

—Me ha quitado las palabras de la boca —señaló el madrileño don Braulio—. Es posible que esta ciudad haya reconocido y admirado su trabajo los últimos años, pero este proyecto va mucho más allá de Sevilla, incluso de España, así que espero que su propuesta no vaya por los derroteros andalusíes que caracterizan sus obras. Todo el mundo sabe que el modernismo es el futuro.

—Hasta el más genio, incluso Gaudí, sabe que hay límites estipulados, y usted, caballero, no se da cuenta de esa obviedad —insistió don Fermín.

Don Aníbal sonrió. Todos estaban atentos a su respuesta.

—Gaudí tiene un estilo único, caballeros, precioso y magnífico, coincido con ustedes. Yo también tuve una etapa modernista, prueba de ello es la casa que construí para el señor Laureano Montoto. Pero ahora me encuentro en otra fase. Busco una identidad propia. Les deseo suerte en sus propuestas, aunque ya estén dejando claro que piensan seguir una estela poco original.

Trinidad y Víctor se esforzaron por contener una sonrisa triunfal, cosa que la marquesa de Pickman no hizo. La cara de rabia que pusieron los dos contrincantes de su candidato le había producido gran deleite. Tanto el arquitecto riojano como el madrileño enrojecieron de bochorno, aunque no más que Inés de Benavides, que parecía indignada por que María de las Cuevas se jactase de las burlas de su favorito. No obstante, y gracias a que don Aníbal en ningún momento los ofendió con su tono ni sus palabras, los caballeros se despidieron cortésmente y fueron a mezclarse con el resto de los invitados. Inés quiso hacer lo mismo, pero ni tirando del brazo de su marido logró que este se moviera; parecía fascinado por la compañía de don Aníbal e incapaz de alejarse de donde se hallaba Trinidad.

La británica reprendió a Enrique con la mirada, porque este seguía muy pendiente de sus gestos y de que ella continuara prendida del brazo de Víctor. Finalmente, el trianero tuvo que acceder a los ruegos de su esposa y se disculparon con ellos y con los reyes cordialmente.

Trinidad observó cómo se alejaba la pareja mientras los demás continuaban hablando de la Exposición Hispanoamericana y las infinitas posibilidades estilísticas que ofrecía. Solo Víctor se dio cuenta de dónde enfocaban realmente aquellos ojos verdes que no había dejado de contemplar desde que descubrió a su dueña en el patio de las Doncellas.

9

Mayo de 1902

En aquel tiempo, la situación que rodeaba a Trinidad no era mucho menos tensa. Obsesionada con mejorar la coyuntura de La Cartuja, había conseguido que María de las Cuevas Pickman y Enrique Giner de los Cobos se sentasen a conversar para exponer sus diferencias y entender por qué la dirección y los trabajadores seguían descontentos con el funcionamiento de la fábrica. Pero algo seguía fallando.

La primera ocasión que la británica logró que la marquesa y el ceramista hablaran, ella agradeció que este fuese sincero. Enrique le explicó a la marquesa que, a pesar de que él y el resto de los labriegos hacían lo que podían, La Cartuja tardaría meses en recobrar la normalidad porque el trabajo se había acumulado durante las semanas que había durado la huelga.

—Por no hablar del polvo blanco —espetó el Burgués cuando llegó a uno de los temas más peliagudos—. ¿Cuánto tiempo más van a hacerse los locos con este asunto, señora?

Bastante tenemos con sobrevivir a los ritmos inhumanos de trabajo que se nos exigen. Las faenas se nos acumulan mientras nos asfixiamos con el caolín.

María de las Cuevas, en cambio, se mantenía distante y altiva; no salía del: «No haber convocado el parón de la fábrica», una respuesta que provocaba el lado más visceral de Enrique.

—No se queje si sigue recibiendo «sorpresas» desagradables en su caserón —acabó por responder él.

Trinidad desaprobaba esas amenazas, entre otras cuestiones, porque sabía que los ataques no eran cosa ni de Enrique ni de su círculo más próximo. Sin embargo, no dejaba de sorprenderla que ni siquiera esas advertencias abiertas y ese ambiente tan agresivo no amedrentaran para nada a la directiva de La Cartuja y mucho menos a María de las Cuevas Pickman. A pesar de la severidad y la dureza del carácter de la aristócrata, esta no había recurrido a la Guardia Civil, por algún motivo que a Trinidad se le escapaba. Parecía como si quisiera que todo quedase en los terrenos de La Cartuja, bajo su amparo.

Así que viendo a Enrique poner de su parte para acercar posturas y a María de las Cuevas no abandonar su frialdad y rigidez, Trinidad sentía un profundo desencanto. Dejaba de ver en la marquesa a la mujer humana y admirable que la había cautivado cuando acababa de llegar a Sevilla. Averiguar la verdad sobre sus respectivas familias las había unido, pero la realidad del presente de la fábrica las estaba separando.

—¿Es que no le basta con que esté accediendo a reunirme con ese obrerucho? —le decía la marquesa de Pickman, indignada, cada vez que Trinidad compartía con ella sus impresiones o expresaba su malestar.

—No me haga hablar —zanjaba la joven, fulminándola con su mirada esmeralda.

En una de esas ocasiones, don Guillermo Pickman se encontraba presente y no pudo evitar reírse de su sobrina y de la británica.

—María de las Cuevas se parece demasiado a mi padre, señorita Laredo —le contó el caballero—, es testaruda como ella sola. Debería probar con mi sobrino Lorenzo, tarde o temprano él se hará cargo de la empresa y tal vez se entienda mejor con el señor Giner.

Por algún motivo, la comparación con su abuelo paterno hizo feliz y tensó a la marquesa a partes iguales. Entretanto, Trinidad pensó en las posibilidades que ofrecía la propuesta de don Guillermo. Tío y sobrina eran socios honoríficos de la dirección de la fábrica, pero Trinidad ya había comprobado que la opinión de doña María de las Cuevas era la más respetada en La Cartuja y en el seno de la familia Pickman. Gracias a ella habían decidido emplear los diseños encontrados por la británica para restaurar la moral perdida de los trabajadores con un nuevo proyecto. En ese sentido, la aristócrata era la que más se parecía a don Carlos. Su presencia aportaba cohesión y equilibrio al entorno de trabajo. Trinidad no entendía su actitud y cerrazón durante las reuniones con Enrique, máxime cuando sabía que sin el apoyo de la marquesa difícilmente saldría adelante una tregua.

Hasta entonces, jamás le había dado la sensación de que María de las Cuevas fuese la típica señora que miraba por encima del hombro a quienes trabajaban para ellos o a quienes estaban por debajo de su clase social. De hecho, a la británica le llamaba la atención lo atenta que era con el servicio en el palacio de los Pickman. Trataba a Winston como a uno más de la familia, siempre estaba pendiente de sus necesidades e incluso le pedía opinión en cuestiones importantes. En cambio, cuando estaba de mal humor era parca y algo ruda con criados y doncellas. Con Enrique se comportaba de ese modo por norma general. Pese a todo, Trinidad estaba decidida a que fuese María de las Cuevas y ningún otro quien dialogara con el trianero por el peso e influencia de su amiga en la directiva. Puesto que ya los había reunido en cinco ocasiones y ninguna había dado los frutos esperados, Trinidad optó por un cambio de estrategia.

Un día la joven invitó a María de las Cuevas a acompañarla al taller de azulejos cuando sabía que Enrique estaría allí. Le propuso a la marquesa que lo viera trabajando sin que él se enterara, para que comprendiese a qué se refería cuando le aseguraba que tenía a mucha gente con talento que estaba desaprovechando su verdadero potencial. Trinidad tampoco hizo nada por ocultar que su otro propósito que la impulsaba era tratar de que la señora entendiera sus razones para querer pasar más tiempo con él.

Esa mañana Enrique estaba preparando un mosaico con la técnica del estarcido, que consistía en trazar el boceto de la futura obra en papel, repasar las líneas a lápiz con un punzón y, finalmente, situando la lámina sobre la superficie de los azulejos, se golpeaba la ilustración con una muñequita de polvo de carbón para que quedase la guía de puntos.

Cuando Enrique levantó el dibujo que estaba realizando para verlo a contraluz, ambas mujeres se quedaron maravilladas: era una hermosa diosa griega en estilo *art nouveau*. Trinidad contempló la expresión admirada de María de las Cuevas muy satisfecha y aprovechó para decirle que seguramente Enrique no podría concluir esa magnífica pieza porque debía volver a la faena de los terrenos de labrado.

—Sé que su abuelo, don Carlos Pickman, murió sin llegar a ver una producción de azulejo a la altura del prestigio de La Cartuja —añadió—. Este taller es un desperdicio de espacio y de recursos con tan poco movimiento, cuando podría tener una actividad similar a la de los talleres de producción de loza.

La marquesa de Pickman volvió a observar las instalaciones del taller de azulejos en silencio y después se dio la vuelta para retirarse.

—Lo pensaré —dijo en un tono de ultratumba.

Trinidad dio palmas entusiasmada y estaba a punto de celebrar a voz en cuello la buena decisión de la aristócrata, cuando esta la sorprendió volviéndose para hacer una puntualización:

—Pensaré lo que me ha dicho sobre las posibilidades de nuestra producción de azulejo si cambiamos de estrategia. Es más, ya que lo ve tan claro, la animo a que me proponga una solución más concreta. Para la producción de azulejo, no sobre quiénes trabajan o no en el taller. Cada uno tenemos nuestro lugar, Trinidad, no lo olvide.

La chica volvió a ver en María de las Cuevas a esa mujer tensa que no olvidaba su posición, la misma de los días que estaba de mal humor o la que salía cuando hablaba con Enrique. A ella nunca le había hablado así hasta entonces. Cuando estaba relajada y en confianza no parecía importarle la posición, trataba a todo el mundo por igual y con respeto independientemente de su clase social. La británica se preguntó cuál de esas dos posturas la hacía más parecida a su abuelo Carlos, si la cordial y apasionada con el trabajo o la de fría empresaria.

Trinidad la llamó cuando todavía no se había alejado demasiado. La marquesa protestó porque para ella ese asunto estaba zanjado. Pero la británica negó con la cabeza.

—Este asunto puede que sí, pero no olvide que tiene otros igual de importantes que resolver —repuso enigmática la joven.

A los pocos días, María de las Cuevas aceptó reunirse de nuevo con Enrique el Burgués y otros tres albañiles, entre ellos el Triste, que hacía las veces de portavoz de los constructores. A Trinidad le costó mucho convencerlos, pues a ninguno le entusiasmaba la idea de estar en la misma habitación que la marquesa de Pickman.

—Como usted comprenderá —le dijo el Triste a Trinidad de la forma más desagradable que fue capaz—, la mayoría de mis muchachos preferirían enterrarla a ella y al resto de los accionistas bajo el polvo blanco. Así que estaría bien que dejen de hablar tanto de loza y azulejo y se centren en lo que de verdad importa, si lo que realmente desea es ayudar.

—Caballero —repuso contundente la británica, para que

no le quedara duda de que no la intimidaría más—, entiendo de sobra que ni la señora marquesa ni yo le somos gratas, pero el objetivo de estas negociaciones es que ustedes consigan mejoras en su situación laboral. —Siguió antes de que él la interrumpiera—: Solo les pido que cedan en el orden de prioridad de los asuntos a tratar y verá cómo todas sus peticiones se ven atendidas.

El Triste apartó la vista del rostro de Trinidad y miró de soslayo a María de las Cuevas, que observaba su conversación con el mismo interés y distancia que Enrique. Luego el obrero volvió su atención a la inglesa y asintió; había entendido que cada paso era necesario para lograr que se satisficieran sus demandas.

—Bien, procedamos a deliberar la viabilidad de la cuestión que nos compete —dijo don Lorenzo mientras extendía un plano de la fábrica sobre la mesa central de la sala de reuniones—. ¿Podría repetir la petición que presentó a la junta a través de mi prima política, señorita Laredo? —solicitó el caballero, dejando entrever que era de los que no parecían comulgar con la propuesta—. Tenemos casi setenta hornos en funcionamiento en La Cartuja, no veo por qué requeriríamos la construcción de dos más.

Los albañiles se miraron entre sí, sobre todo Enrique y el Triste.

—Así que los rumores eran ciertos —le dijo por lo bajo el Triste a Enrique, y al momento observaron a Trinidad con gran interés.

Hacía algún tiempo que entre los labriegos se comentaba que la invitada de la marquesa de Pickman estaba haciendo preguntas sobre los hornos a los directivos, a los trabajadores e, incluso, a los artistas. Se sabía que la inglesa recibía una asignación por sus labores de asesoramiento y mediación, pero estaban acostumbrados a los burgueses que cobraban un buen sueldo sin mover un dedo o sin implicarse en nada. No era el caso de Trinidad. Más de una vez la habían visto hablando largo y tendido con el maestro ceramista Manuel García Montalván y también con los operarios de La Cartuja, los más jóvenes en particular parecían encandilados con ella.

«Cómo no», pensó el Triste. Mincho estaba encantado de tener trato con la británica y le daba palique feliz. El resto buscaban excusas para charlar con ella y admirarla de cerca. Trinidad pensaba que no era guapa a causa de algunos de sus rasgos, aunque tenía otros —rostro afilado, nariz marcada, labios gruesos— que según el día le hacían considerar que sí lo era. En conjunto era llamativa y sabía que su mirada verde resultaba muy atractiva. La primera vez que se la veía pasaba por mujer insulsa; la segunda, por singular, y a la tercera resultaba difícil confundirla y aún más olvidarla. El más convencido de esas impresiones era Enrique. El Triste lo miró. Su amigo el Burgués hacía cuanto estaba en su mano por mantener las distancias con la moza, por hacerse el duro, pero el Triste resopló molesto porque, incluso en aquella reunión con los dos Pickman, Enrique solo tenía ojos para aquella burguesilla impertinente.

—Señor —se dirigió Trinidad por fin a don Lorenzo—, el mantenimiento de los hornos botella está suponiendo muchas pérdidas. Salta a la vista que la fábrica no produce las suficientes vajillas como para que las instalaciones se usen con rendimiento.

—Por eso no entiendo por qué deberíamos construir más hornos.

—Para usarlos en lugar de los que ya están. Estos de aquí son enormes —los señaló ella en el plano— y requieren que más de veinte de estos honrados trabajadores se pasen horas realizando arduas tareas de mantenimiento. —Trinidad miró a los cuatro trabajadores presentes y sonrió a Enrique, que le devolvió el gesto—. Si construyen otros hornos más pequeños y eficientes, la producción será la justa y necesaria para la demanda que hay ahora y los labriegos y obreros quedarán más desahogados de faena. Incluso prolongarían sus turnos de descanso.

Los aludidos se quedaron estupefactos, sobre todo el joven ceramista de mirada cristalina. Sin embargo, el Triste frunció el ceño.

—¿Está insinuando que dejemos de usar los hornos botella, señorita Laredo? —preguntó don Lorenzo—. María de las Cuevas, ¿qué diría tu abuelo de algo así?

—Sería solo algo temporal —respondió Trinidad en lugar de la marquesa—, mientras la demanda de lozas sea baja. Estamos trabajando en las colecciones de vajilla con los diseños encontrados en Triana y… también en nuevas propuestas para el azulejo.

Enrique la observó confuso.

—Es cuestión de tiempo que la demanda crezca y la fábrica recupere la buena marcha de sus negocios —continuó Trinidad dirigiéndose al futuro director de la fábrica—. Hablamos de un par de años, pero merece la pena levantar esos hornos.

—¿Y cómo propone que sean, señorita Laredo?

—También botella. De llama invertida y... —Trinidad arrugó el ceño intentando recordar con precisión para responder a don Lorenzo— con los muros más finos. Sería cuestión de reproducir la cavidad de las muflas de los talleres de Triana.

Todos, hasta María de las Cuevas y Enrique, parpadearon contrariados.

—Querida, ¿cómo sabe eso? —preguntó don Lorenzo con genuino interés.

El Triste sabía la respuesta y chasqueó la lengua antes de que Trinidad respondiera con una sonrisa pícara:

—Me lo ha dicho un pajarito.

Unos días antes, Trinidad había ido a hablar con Mincho. El joven le contó todo lo que necesitaba saber sobre los hornos y las características que deberían tener las nuevas estructuras. No obstante, la británica sabía a ciencia cierta que había sido el tímido Jilguero quien había proporcionado toda la información sobre los equipamientos idóneos para la fábrica.

Lorenzo y María de las Cuevas dieron su conformidad a la propuesta ante los sólidos argumentos y planes de la joven, pero quedaba algo importante por decidir.

—Bien, y ahora, ¿dónde deberíamos construir esos dos hornos? —preguntó el caballero, señalando el mapa.

Trinidad estudió el plano. No tenía esa respuesta igual de preparada que las anteriores, todavía no tenía tanta experiencia ni había explotado su potencial, aunque sí que parecía intuir cómo despertarlo.

—Así no veo nada —dijo finalmente Trinidad después de un largo rato en silencio observando el mapa de la fábrica, casi en trance.

Para el desconcierto de los presentes y sin dar ninguna explicación, la británica tomó el plano, salió de la sala donde se encontraban reunidos y comenzó a deambular por los terrenos de la fábrica. Empujados por la curiosidad, don Lorenzo, María de las Cuevas, Enrique, el Triste y los otros dos albañiles la siguieron y la observaron mientras iba de un lado para otro, deteniéndose en cada patio y taller. La escena era tan peculiar que más de un obrero —entre ellos, Mincho, el Jilguero y los más jóvenes— se animó a seguirlos para tratar de entender qué estaba haciendo la singular comitiva compuesta por miembros de la dirección y trabajadores.

En un momento dado, la chica se paró y miró fijamente los jardines de la zona norte, más allá de la antigua vivienda de los Pickman, junto a los hangares de estampado de loza. A continuación, Trinidad entró en el taller de dorado. Ante la perplejidad general y después de darle muchas vueltas, cerró los ojos porque su instinto le decía que era la manera de comprobar lo que necesitaba. Sonrió. Ya lo tenía.

—Es aquí —afirmó decidida y se volvió hacia María de las Cuevas y los demás, que ya eran unos veinte, pues no había dejado de sumarse gente al grupo de curiosos—. Deben construir los dos hornos nuevos en el taller de dorado.

—¿Por qué? —preguntó don Lorenzo, dando voz al interrogante que todos compartían.

—¿No lo ven? —preguntó ella, como si fuese algo evidente—. El ruido que todavía no existe. Es aquí donde debe ubicarse el futuro trabajo, donde más falta hace.

Los albañiles y trabajadores de La Cartuja la contemplaban atónitos. Algunos, fascinados; otros, asustados y presos de las supersticiones. «La amiga de la señora marquesa ve cosas donde otros no», murmuraron algunos. «¿Estará demente?». Pero más de uno, entre ellos el Jilguero, sonrió comprendiendo de inmediato que esa locura formaba parte del inusitado talento de la joven. Enrique y Mincho prorrumpieron en carcajadas, admirados.

—Tiene algo especial —dijo el primero, poniendo en palabras lo que muchos pensaban.

Trinidad decidió plasmar lo que veía con total claridad en su mente. Fue la primera vez que dibujaba en Sevilla delante de tanto público. Utilizó el reverso del plano que había empleado don Lorenzo para indicar el emplazamiento de los hornos. Como tiza usó una pequeña piedra. La mano izquierda como apoyo de la derecha. Mincho le dio un toque en el hombro a su amigo el Jilguero, pues no se había creído lo que este le había contado de la manera de pintar de la muchacha, y en ese momento lo estaba viendo con sus propios ojos. Los elogios del chico sobre las habilidades de la inglesa se habían quedado cortos.

Enrique, que no sabía sobre esa faceta de Trinidad, se quedó embelesado observándola. No perdía detalle de los movimientos de los dedos de esa muchacha que lo tenía completamente fascinado. La plena conciencia de ese sentimiento le hizo sentir muy incómodo y, al momento, endureció el rostro y retrocedió, tratando de alejarse del origen de esas emociones tan intensas.

En apenas unos minutos, Trinidad había trazado el diseño de los nuevos hornos, una mezcla de un horno botella clásico con una mufla trianera. Explicó que había estudiado muchos planos en el taller Montalván y en La Cartuja. Los albañiles silbaron admirados y Trinidad se sonrojó, para el gozo de los albañiles más mozuelos.

—Pero no hagan ustedes mucho caso a lo que he pintado aquí —dijo la británica, tratando de quitarse importancia—. Aunque tengo buen ojo para las proporciones, soy un desastre para los cálculos matemáticos. Debería repasarlo un buen arquitecto.

Pocas semanas más tarde comenzaron las obras. En el taller Montalván aplaudieron la hazaña de Trinidad, aunque no era nada comparable a la revolución que había tenido lugar en las instalaciones de la fábrica. Los obreros no dejaban de hablar de ella. Para colmo, más adelante la vieron pintar con pincel, con el que usaba la misma postura de manos cruzadas y con el que tenía el mismo talento enigmático. El comentario del Jilguero sobre su don para sacar tonos vivos de la oscuridad tras verla pintar por primera vez corrió como la pólvora y acabó convirtiéndose en un sobrenombre: La pintora de la luz. Todos coincidían con el joven, Trinidad era una visionaria capaz de detectar lo que otros no veían.

Artesanos, ceramistas, constructores o empresarios reconocían el talento de la inglesa para dar con la solución a los problemas. Ella parecía ser la única que no tenía conciencia de su don y poco le importaba que todo el mundo la alabara, cuando la persona de quien anhelaba una palabra de aliento guardaba las distancias y se mostraba fría como el témpano con ella.

El verano de 1902 estaba dando comienzo en Sevilla cuando Trinidad ya no pudo seguir engañándose a sí misma. Enrique la evitaba. Gestos distantes y esporádicos del principio, como apartarse cuando ella le dedicaba algún ademán cariñoso e incluso mostrar cierto rechazo si su cuerpo se le aproximaba más de lo debido, ya habían devenido en la norma general. Las preguntas no daban tregua a la joven: ¿qué le ocurría?, ¿por qué la esquivaba? Cuando sus miradas se encontraban parecía que estaba a punto de producirse algún tipo de fenómeno natural. Ella siempre lo había vivido como algo especial, maravilloso. ¿Acaso él no pensaba igual? ¿Qué temía?, ¿el terremoto?, ¿la tormenta?, ¿el volcán? Difícil descubrirlo si se iba contra natura.

Un buen día, Trinidad se plantó en La Cartuja empujada por sus ganas de verlo. Había decidido hablar abiertamente con él. Sin embargo, Enrique se escabulló en cuanto la reconoció a lo lejos. Justo lo contrario de lo que ocurría con los demás empleados.

Mientras ella sufría por la actitud del ceramista o se martirizaba porque no sabía qué hacer para que él volviera a tratarla con la complicidad y la cercanía del principio, no era consciente de que despertaba auténticas pasiones entre los demás mozos de La Cartuja.

Mincho le dio una colleja a su compañero el Jilguero al verla aparecer por las instalaciones de la fábrica, alentándolo para que olvidara sus tribulaciones. El joven titubeó un instante más y finalmente se decidió. Fue a los terrenos de labrado y recogió con mucha paciencia un bonito ramo de flores silvestres. Después fue a buscar a Trinidad, con la intención de dárselo.

Al doblar la esquina, el Jilguero la descubrió sentada en los jardines del noroeste a la sombra del ombú, el mítico árbol de Hernando Colón. No estaba sola. Estaba con Enrique y lo miraba arrobada, sonriéndole con absoluta entrega. Así que el muchacho, frustrado, tiró el ramillete de flores al suelo y se dio la vuelta. No había nada que hacer.

—¿Vas a contarme qué te pasa? —le rogó Trinidad, acercándose más a él.

—No me pasa nada.

—No niegues que me rehúyes.

—Es que cada vez estoy más desconcertado. —La miró con mucha intensidad, el azul de sus ojos era tan profundo e indómito como el cielo—. Trinidad, soy un desgraciado. No porque me sienta así, la vida me ha hecho fuerte y estoy orgulloso de lo que he conseguido. Me refiero a que mi vida está marcada por la desgracia. Nunca podrá arrebatarme mis sueños más profundos, a los que me aferro con uñas y dientes, pero sé que jamás conseguiré tener un taller propio ni llevar un negocio que sea mío. Ni siquiera sé si seré capaz de mantener a una familia. ¿Qué podría ofrecerte yo para ser digno de que una mujer como tú me corresponda en lo que siento?

Trinidad lo silenció con un beso.

—Me lo acabas de dar todo.

Él, anonadado, fue incapaz de replicar. Estaba perdido en su boca y en sus ojos. Ella aprovechó su mutismo.

—O, bueno, tal vez sí haya algo que puedas ofrecerme.

Trinidad sonrió y Enrique la escuchó atento.

—Un sueño. Dame uno de esos sueños, obcecado ceramista, uno que fuese solo tuyo hasta ahora, pero que estés dispuesto a compartir conmigo para ayudarte a hacerlo posible.

Enrique no pudo contenerse más y la atrajo hacia sí para besarla de nuevo, entregado a la dulzura de sus labios. Trinidad lo envolvió con sus brazos. Entre besos y caricias delicadas, Enrique se lo regaló en un susurro, suave como una brisa. Ese sueño que siempre había sido suyo, el más importante. Ese que ni siquiera se había atrevido a decir en voz alta y que le obsequió junto con sus sentimientos más honestos.

—Sevilla —dijo sin más—. Solo soy un simple artesano, pero quiero que la ciudad vuelva a brillar. Que mi arte le devuelva la grandeza y el esplendor que siempre ha tenido, y que este mundo cruel que nos juzga nos mire a los sevillanos con toda la admiración que realmente merecemos.

Trinidad asintió, apropiándose de ese sueño.

—Seremos dos simples artesanos que salvarán a esta ciudad que tanto aman del juicio del mundo, entonces —aceptó ella también en un murmullo.

Ese sueño fue de Trinidad antes incluso de que Enrique

lo plasmara en palabras. Cómo no quererlo, cómo no querer tanto la ilusión como al soñador. Trinidad selló esa promesa con otro beso más íntimo, desde el alma.

Su amor era ya imparable.

10

Abril de 1911

La fiesta del rey Alfonso XIII en el Real Alcázar concluyó, pero al abandonar el Palacio Mudéjar Trinidad sentía que sus problemas no habían hecho más que comenzar. Una vez logrado el objetivo de presentarle al arquitecto Aníbal González, María de las Cuevas Pickman pareció darse por satisfecha y accedió al deseo de su invitada de retirarse y dar por concluida la velada. El reencuentro con Enrique Giner de los Cobos había resultado traumático, y conocer al pupilo de don Aníbal tampoco había sido precisamente un paseo por el parque para Trinidad.

Por cortesía y a petición de su mentor, Víctor se vio en la encrucijada de tener que aceptar acompañar a la marquesa y su acompañante al apeadero, si bien el joven no mostró estar entusiasmado con la idea. A lo lejos, Enrique tampoco lo parecía; se quedó observando cómo salían las tres figuras de la Sala de las Bóvedas en dirección a la de los Tapices hasta que los perdió de vista cuando se dirigieron a la salida por el patio del Crucero. Inés, pegada a su esposo, continuó tironeándole del brazo enfadada.

La actitud del estudiante de arquitectura era un enigma para Trinidad. Regresaron al Gran Salón del brazo y pasaron muy juntos y muy cerca el resto de la velada. Ella le hizo algún que otro comentario sagaz, pero lo percibía bastante tenso, como si siguiera molesto por el encontronazo previo que habían tenido cuando Trinidad lo había confundido con don Aníbal.

Y luego estaba esa mirada.

El joven había mantenido a raya su expresión inquisitiva mientras las escoltaba a ella y a Cuevas hasta que dieron con un coche de caballos que las llevase de vuelta a casa. Ayudó a subir a la aristócrata y luego le tocó el turno a Trinidad. Cuando le tendió la mano para que ella se apoyara en él y subiese al vehículo, Víctor la miró a los ojos.

De nuevo se encontró con esa mirada imposible que hacía que la oscuridad que los envolvía se disipara. Víctor y no la negrura que los cubría era la noche, se dijo Trinidad. Su rostro fruncido se lo demostraba cada vez que la miraba.

—Gracias —dijo la británica torpemente mientras mantenía el contacto visual a duras penas.

Él se quedó un instante callado, como si no la hubiese escuchado, como si los ojos verdes de Trinidad estuviesen causándole el mismo efecto absorbente que la penumbra de los suyos ejercía sobre ella.

Carraspeando para volver a la realidad, Víctor les dio la espalda con intención de regresar a la fiesta y les deseó buen regreso ya de lejos.

Por suerte para Trinidad, durante esa velada habían sucedido demasiadas cosas para que Cuevas le diese importancia a lo ocurrido con los dos caballeros, o el baile de miradas con ambos que tanto la había trastocado. A la británica no le hizo falta que su amiga sacara el tema para pensar en ellos, apenas pensó en otra cosa desde que se subió al coche de caballos. Trinidad podría haber achacado su malestar al traqueteo y al cansancio de trasnochar, pero la realidad era que tanto el reencuentro con Enrique como conocer a Víctor le habían provocado un mareo desesperante. No sabía decir qué mirada le afectaba más, si el cristal salvaje de su primer amor o la opacidad enigmática del estudiante de arquitectura. De lo que no cabía duda era de quién era culpa de que se encontrase en una tesitura tan difícil.

Trinidad miró a su amiga con tal inquina que la marquesa acabó por interrumpir su discurso interminable sobre el esplendor de la fiesta y de lo bien que la había organizado la Casa Real. Se conocían lo suficiente para decírselo todo sin palabras. Y había muchas cosas por decir; tantas, que Cuevas contuvo la risa.

—Vamos, querida —la incitó finalmente—, reconoce que te lo has pasado en grande con el rey y que don Aníbal es incluso más interesante de lo que te había mencionado.

Trinidad le puso cara de «mejor no sigas hablando, que estoy al borde de un ataque de nervios» y agradeció que Cuevas se limitase a seguir analizando lo sucedido en la reunión del Alcázar incluso tras llegar al palacio de los Pickman.

No sucedió lo mismo al día siguiente.

En cuanto Trinidad apareció por el comedor principal de la mansión a la hora del desayuno, su anfitriona no dejó de hablar de la Exposición Hispanoamericana y de todos los posibles implicados en el proyecto.

—Como se te ocurra mencionar a Enrique ahora —le advirtió Trinidad a la marquesa con las cejas en alto mientras untaba una tostada de mantequilla—, te juro que no volveré a dirigirte la palabra en todo el día. Contenta me tienes.

—Lo has mentado tú, no yo.

—Cuevas…

La marquesa dejó su taza de café en el platillo. La pieza cartujana Ceilán con diseño azul casaba a la perfección con la chaqueta que lucía esa mañana la aristócrata. Trinidad se fijó en que le habían servido el desayuno en un plato de la colección Negro Vistas. Esa oscuridad y el dibujo con los dos cisnes le recordaron a Víctor. La británica tragó un bocado de su tostada para bajar su nudo de emociones.

La noche anterior le había costado conciliar el sueño rememorando la mirada celeste de Enrique siguiendo cada uno de sus movimientos por el Gran Salón del Real Alcázar. Al despertar, en cambio, fueron los ojos negros del estudiante de arquitectura los que la asaltaron sin piedad.

Trinidad maldijo para sus adentros mientras se vestía y durante el desayuno por no ser capaz de quitárselos de la cabeza. «Por todos los santos», rumiaba la joven; como si no tuviera un millón de cosas más importantes en las que pensar, ahora se ponía a recrearse en el rostro de un joven al que acababa de conocer.

Figurándose el caos interior de su amiga, pero sin alcanzar a rozar su epicentro, la marquesa de Pickman sonrió con una picardía que revelaba que desconocía el calado de la situación.

—Creo…

Trinidad volvió a lanzarle una advertencia con la mirada.

—Prometo por lo más solemne que no hablaremos de ningún ceramista *non grato* de Triana, ¿conforme? —Cuevas levantó la mano y posó la palma a la altura del corazón.

Trinidad se enfurruñó porque al final su amiga se había vuelto a salir con la suya y había mencionado a Enrique. La aristócrata se sirvió entretanto un cruasán que acababan de traer las doncellas a la mesa.

—De todas formas, no vas a tener tiempo para nada que no sea el proyecto y nuestro estimado Aníbal, Trinidad.

—Miedo me da preguntar qué estás tramando ahora.

En cuanto las dos mujeres terminaron de desayunar, hicieron llamar un coche de caballos y se despidieron del ama de llaves para el resto de la mañana. La británica se llevó su mejor chaqueta de fieltro gris, que quedaba de maravilla con su falda ajustada marrón. Se colocó el pañuelo verde a modo de lazada al cuello, por encima de la camisa blanca de cuello trocado. Pensó en ponerse su sombrero granate, pero lo descartó en el último momento y prefirió llevarse un bolsito para meter su cuaderno.

Durante el paseo en el carruaje, cruzaron Sevilla en dirección al centro. Trinidad no pudo evitar acordarse de Baldomero, imaginaba lo que le iría comentando de cada monumento o nueva urbanización que observaba. La de exclamaciones que soltaría en cuanto a lo mucho que había cambiado la ciudad desde que ella se había marchado. «¿Ve, niña, ve?», le diría, «ya le aseguré que Sevilla es tan lista como bella; al final siempre consigue prosperar por muchas trabas que nos pongamos sus ciudadanos los unos a los otros». Extrañaba mucho al cochero, pero su recuerdo siempre hacía que los traqueteos de esos vehículos le parecieran los de una dulce mecedora.

Estaba sumida en esas reflexiones, cuando se fijó en que algunas fachadas de casas señoriales se veían pintadas o con desperfectos, los cuales le recordaron a esa época en que los trabajadores desfogaban así su rabia y frustración. En una de esas pintadas se leía lo siguiente: NO SOLO DE PROMESAS VACÍAS VIVE SEVILLA.

«Promesas vacías», se repitió la joven para sí.

—Deberías hablarme de los problemas de La Cartuja —le soltó de improviso a María de las Cuevas—. ¿O crees que me he olvidado de que el rey te preguntó por unas «desavenencias con obreros» de las que no he tenido constancia?

La marquesa de Pickman le dedicó la más falsa de sus sonrisas mientras le indicaba al cochero que ya habían alcanzado su destino.

—Te lo contaré cuando sea el momento.

—Dime que no seguís teniendo problemas con el polvo blanco.

—Cuando sea el momento, Trinidad —insistió ella.

Se apearon del vehículo en una amplia vía residencial donde había mucho trasiego de viandantes visitando los numerosos negocios y comercios. Al igual que San Jacinto y

Pagés del Corro, la avenida estaba sin asfaltar y el barro ensuciaba los botines nada más poner un pie en la calle, pero ese ambiente también le transmitió la familiaridad de Triana. La envolvió el aroma a azahar de los naranjos y el bullicio de la gente en su día a día. Trinidad volvió a preguntarle a Cuevas qué hacían allí y a quién iban a ver.

—Sabes de sobra a quién vamos a ver —respondió ella, recogiéndose la falda para subir los peldaños de la casa a la que habían llegado—. Suele cambiar de morada continuamente. Es lo que tiene vivir de alquiler.

Trinidad se dejó llevar por su amiga y su afán misterioso una vez más. Al llamar a la puerta principal, les abrió un chico tan jovencito que la británica dudó que fuese del servicio. Iba finamente vestido y peinado; sin embargo, su mirada era tan penetrante y el gesto de su boca tan serio que a Trinidad le pareció estar ante un caballero más maduro, sobre todo cuando les habló con cierto hastío.

—Disculpen, señoras, no es buen momento para las visitas. Tampoco para atender misiones de caridad —añadió al fijarse en las ropas de Cuevas.

La marquesa iba a replicar, pero la puerta se abrió del todo y una mujer de aspecto afable empujó al joven hacia atrás para tomar el mando de la conversación.

—Pero bueno, Pedro, ¿desde cuándo eres tan maleducado? ¡Doña María de las Cuevas! Qué alegría verla, pase, pase, por favor. La estábamos esperando.

—Doña Ana —la saludó Cuevas cordial, al tiempo que aceptaba su invitación y animaba a la inglesa a imitarla—. Le presento a mi buena amiga Trinidad Laredo.

—Ah, sí, la artista de Inglaterra; mi marido no ha dejado de hablar de ella —sonrió mientras las acompañaba al salón y la seguía el jovencito—. Me hubiera encantado asistir al evento de anoche, pero los niños requieren mucha atención —dijo al tiempo que se adentraba en la cocina.

Allí había un bebé sentado en una silla alta de madera, vigilado por otras tres chiquillas. En cuanto la mujer llegó hasta ellas, tomó al angelito en brazos y las pequeñas se escondieron entre sus faldas cuando vieron a las dos visitantes. El joven Pedro las observaba con interés también, pero Trinidad tenía puesta toda a su atención en Ana.

—Trinidad, esta es doña Ana Gómez Millán —la presentó Cuevas—, la esposa de don Aníbal.

—Un placer, señorita Laredo.

—El gusto es mío, señora.

—¿Puedo ofrecerles un café? —les preguntó la mujer del arquitecto—. Después de lo grosero que ha sido Pedro, no sé cómo compensarlas. —Lo amonestó con la mirada, aunque el chico no pareció darse por aludido.

—No se preocupe por lo que ha hecho su hijo, doña Ana —dijo Trinidad—, son cosas de niños.

Ahí las dos mujeres parpadearon sorprendidas. Luego estallaron en carcajadas y el muchacho se puso rojo.

—Tengo cuatro hijos, señorita Laredo, pero Pedro no es uno de ellos —le aclaró doña Ana.

—Y tampoco soy un niño —se defendió él, molesto—. Acabo de cumplir catorce años y llevo más de dos trabajando la cerámica.

La británica sonrió por los aires de grandeza que se dio

el muchachito, quien parecía querer demostrar más experiencia sobre la vida que ninguna de ellas.

—Ay, señor, no sé cómo su marido lo aguanta, doña Ana —resopló Cuevas—. Trinidad, este es Pedro Navia, aprendiz del célebre José Laffitte.

—Ya no soy aprendiz —insistió él—, no desde que trabajo para don Aníbal como maestro ceramista.

—Pedro, criatura… —susurró doña Ana como si lo compadeciera.

En ese momento entró por la puerta que daba al pasillo una figura.

—¿Se puede saber qué es todo este griterío? Pedro, seguro que es cosa tuya, niñato escandaloso, estamos intentando trabajar.

Cuando Trinidad y Víctor se vieron, se llevaron una sorpresa considerable. El estudiante de arquitectura iba esa mañana con un traje castaño de chaleco y corbata gris, un atuendo mucho más austero que el de la noche anterior, pero no por ello menos distinguido. Trinidad pensó que el caballero tenía tan buena planta que cualquier cosa que se pusiera le sentaría como un guante. Confirmó esa mañana que su cabello era muy oscuro, y de nuevo lo lucía peinado como bellas plumas de ave. Los rasgos de su rostro eran más bonitos cuando gesticulaba y le fastidió que volviera a ponerse serio al verla. A Trinidad le dio un poco de pudor fijarse en todo eso, pero luego notó que Víctor también analizaba cada uno de los detalles que componían su atuendo y toda su persona con sus grandes ojos de ónice. Se detuvo especialmente en la espiral que caía desde su recogido hasta el hombro derecho rozando el lóbulo de la oreja. Pese a la delicada atención que prestaron a sus aspectos, las miradas que se dedicaron fueron desafiantes.

—Vaya, esta vez me he equivocado. No se ofenda, marquesa, pero ¿por qué será que ustedes dos están detrás de todo alboroto? —preguntó el futuro arquitecto antes de resoplar.

Trinidad sí se ofendió al confirmar que el comentario se refería a ella.

—Buenos días, Víctor —dijo Cuevas, sin darle la menor importancia a su pregunta—, ¿habéis comenzado ya la reunión?

—Hace rato que estamos trabajando en los bocetos.

Abandonando la actitud distante que había mostrado hasta el momento, Víctor les indicó amablemente con la cabeza que le siguieran al interior de la vivienda, hacia un amplio despacho de techos altos. Sin embargo, como todas las paredes y los muebles estaban cubiertos por esbozos, papeles y libros, la estancia parecía mucho más pequeña. En cuanto Trinidad y María de las Cuevas entraron en la habitación, los tres caballeros que estaban inclinados sobre la mesa principal alzaron la cabeza. La británica se sorprendió cuando vio que los acompañantes de Aníbal González eran los famosos artesanos Manuel Soto y Manuel García Montalván.

—¡Maestros! —los saludó con entusiasmo—. No sabía que don Aníbal contaría con dos de los más brillantes ceramistas de Triana.

—Tres —terció orgulloso Pedro, llevándose un tirón de oreja de Víctor.

—Pero ¿qué dices, zagal? —le riñó igualmente Soto—. Te queda mucho recorrido para poder compararte con nosotros. Ni siquiera eres sevillano.

—Nací en Almendralejo, es cierto —reconoció el muchacho, encogiéndose de hombros—, pero el proyecto de la Exposición durará tantos años que para cuando se celebre seré tan sevillano como todos ustedes.

—Parece que dar ánimo no es lo tuyo, ¿verdad? —le espetó Víctor y, acto seguido, fue junto a su mentor y le habló al oído—: Maestro, cuando dijo que esperábamos visita, di por sentado que se refería a los comisarios de los proyectos y de las instalaciones artísticas.

—Don Gonzalo anda muy ocupado con las conversaciones con la Escuela de Bellas Artes —le explicó don Aníbal—, y Gestoso, con sus miles de cargos y títulos, no tiene tiempo para unirse a nosotros en este punto del proyecto. Mejor que seamos el resto de los mortales los que acudamos a él en busca de su eterna sabiduría cuando llegue el momento.

—Pensaba que el señor Gestoso era vocal de la Exposición —intervino contrariada Trinidad, que recordaba haber escuchado que el académico era uno de los miembros del jurado del concurso.

—Eso no es incompatible con ejercer como comisario —arguyó Víctor, cortante—. Las tareas están repartidas entre nueve secciones: proyectos, hacienda, propaganda, turismo… ¿Debo seguir?

Trinidad no pudo evitar gesticular «fanfarrón» con el ceño fruncido y Víctor leyó sus labios, confuso, como si no diera crédito a su burla infantil. Aunque también hubo un destello divertido en la mirada del joven estudiante de arquitectura, incluso satisfecho.

—Lo cual tampoco resulta incompatible con el ego del maestro Gestoso —añadió Manuel García Montalván con ironía—. Dicen que estuvo varios meses remoloneando para decidir si aceptaba la presidencia de la primera o de la novena sección. Pobres comisarios; de haber doce comisiones, Gestoso también se las adjudicaría.

Manuel Soto puso cara de espanto por la falta de respeto y don Aníbal se rio largo y tendido. Víctor y Trinidad obviaron su riña porque sabían que esos hombres hablaban del maestro Gestoso con el cariño y la consideración que se le tiene a ese tío abuelo que acostumbra a contarte batallitas en Navidad. La británica dejó de lado las chanzas y se centró en el asunto que los ocupaba: la organización de la Exposición.

—¿De verdad son necesarias tantas secciones y comisarios para el futuro evento?

Los caballeros miraron a Trinidad sorprendidos por la crudeza de la pregunta.

—Creo que no está comprendiendo la trascendencia de lo que se pretende impulsar en Sevilla —respondió Víctor, que buscó la aprobación de don Aníbal para proseguir—: El fin último es que la Exposición Hispanoamericana sea un evento cultural que ensalce la capital hispalense en el extranjero, pero también que nuestra ciudad sirva como epicentro de cohesión nacional. Dada la complejidad de dichos propósitos, todas las secciones son imprescindibles.

—Parece que el asunto le entusiasma —comentó Trinidad, haciendo referencia al rasgo del joven que le había revelado don Aníbal la noche anterior.

Víctor captó la indirecta al momento y se sonrojó.

—¿Y eso no quiere decir que será necesario preparar un montón de espacios y edificios para ubicar a toda esa gente? —preguntó Trinidad, que al dejar de lado su pequeña venganza había procesado lo que le había explicado—. Por no hablar de que precisará decenas, cientos de constructores y artesanos para levantarlos.

—Por fin lo entiendes, querida —celebró Cuevas, dándole una palmadita en el brazo.

Víctor y Soto resoplaron, hasta el joven Pedro negó con la cabeza.

—Concretamente necesitan diez pabellones —dijo don Aníbal sin perder la serenidad ni la sonrisa—. Aquí tengo las bases. —Las agitó satisfecho—. Con gusto se las leeré ahora que por fin estamos reunidos.

Las bases del concurso de anteproyectos para la Exposición Hispanoamericana constaban de veintidós apartados con los requisitos del Comité General para valorar las propuestas. Los aspirantes tenían hasta el uno de septiembre de 1911 para presentar los proyectos, es decir, cuatro meses y esos días de abril. Tal como había adelantado don Aníbal, la comisión pedía los proyectos para diez edificios que debían levantarse en los Jardines de San Telmo, el parque de María Luisa, el Huerto de Mariana y una parcela del Prado de San Sebastián.

Mientras el arquitecto continuaba desglosando los requisitos del concurso, Trinidad estudió el plano de los terrenos en el cual este había marcado dónde deseaba situar los pabellones. Aunque el maestro alarife había concentrado los emplazamientos en el centro del parque, los ojos verdes de Trinidad se fueron solos al extremo superior izquierdo, a un pequeño óvalo en el que se leía la inscripción STADIUM.

—¿Qué es esto? —interrumpió de sopetón la chica.

Don Aníbal hizo una pausa en su discurso y sonrió.

—Un antojo mío, señorita Laredo —confesó el arquitecto—. Me pareció que podía ser interesante incluir un estadio deportivo.

—Todo genio que se precie debe tener sus extravagancias para darle a la gente algo con lo que ensañarse, ¿no, señor? —dijo entre risas Pedro.

—No es una extravagancia ni un capricho, maestro —corrigió Víctor, y miró indignado a Pedro y a Trinidad, especialmente a esta última—. A don Aníbal le ha parecido razonable que un evento como este incluya un lugar en el que ofrecer espectáculos, como en la antigua Grecia y en la Roma imperial.

—¿Por qué no exhibir las distintas prácticas deportivas de España? —preguntó el arquitecto con aire divertido—. ¡El famoso pan y circo! Siempre ha sido el motor del interés popular a lo largo de la historia.

—No lo pongo en duda, señores —respondió Trinidad—, pero me preguntaba si está ubicado en un lugar apropiado. ¿No cree que al colindar con el Palacio de San Telmo podría llegar a ser el acceso principal de la Exposición?

—¿El acceso principal? —replicó Víctor—. Aquella zona del Prado de San Sebastián es un campo abandonado la mayor parte del año.

Trinidad se quedó en silencio, dando a entender que no había cambiado de opinión.

—Estoy muy orgulloso de mi *stadium* —señaló don Aníbal, curvando aún más la expresión—. No tendría inconveniente en que fuera el primer edificio que se encontrasen los asistentes al llegar a la Exposición, pero quizá estemos vendiendo muy pronto la leche y me preocupan más los cántaros de mis rivales, y si nuestras ideas estarán a su altura. ¿Qué opina usted, señorita Laredo? ¿Conoce el estilo modernista?

La inglesa cerró los ojos y apretó los párpados. Por alguna razón, su instinto seguía llevando su atención a la parte superior del mapa, diciéndole que esa y no otra era la cuestión más relevante. Sin embargo, tampoco era el único problema, como le había señalado don Aníbal. Trinidad tomó aire para atreverse a decir lo que pensaba:

—Si lo que quieren ustedes es valorar sus ventajas frente a sus adversarios, no les queda otra que averiguar qué están haciendo.

Cuevas comenzó a negar con la cabeza.

—Deberían visitar los estudios de don Fermín y de don Braulio —insistió Trinidad.

—Fermín trabajará en Logroño —informó don Aníbal.

—Y don Braulio se ha instalado en el taller de Enrique Giner —añadió la marquesa de Pickman con cara de asco, como si vomitara su nombre.

Trinidad se lo temía; aun así, no cambió de parecer. Víctor desvió su mirada de cuervo hacia un lado, gesto que Pedro interceptó con extrañeza.

—Me han pedido que les dé mi opinión —se defendió Trinidad, mirando a su amiga especialmente—, y esto es lo que les digo: tienen que enterarse de lo que están haciendo sus rivales. Del mismo modo que considero que todos esos bocetos que están preparando pintan muy bien, nunca mejor dicho, pero si no lo veo *in situ*, poco o nada podré aportar.

—¿Cómo va a verlos —preguntó Pedro—, si precisamente están por construir?

No obstante, el joven de catorce años fue el único en cuestionar la petición de Trinidad. Los demás parecían más preocupados por su primera recomendación.

—Necesito ir a mi taller —dijo de repente Manuel García Montalván—. ¿Me acompañan ustedes a Alfarería?

Trinidad captó al vuelo que la invitación del maestro ceramista era en realidad una excusa para pasar por el taller de Enrique. María de las Cuevas se ofreció a acompañar a su amiga, pero esta lo desestimó al momento. Sabía que la marquesa sería incapaz de comportarse con el maestro azulejero. Se trataba de ser discretos. No irían a hurtadillas, pero tampoco en son de guerra. El maestro Montalván, Víctor y ella se fueron a Triana y el joven Pedro, en cambio, se quedó para echar una mano al arquitecto, que tenía que estudiar posibles proveedores y resolver infinidad de asuntos burocráticos. El maestro Soto también se excusó por cuestiones de trabajo.

—Además, no soporto a Giner —añadió el ceramista

trianero sin reparos, antes de despedirse de la comitiva que se encaminaba a la calle Alfarería.

Trinidad caminaba con don Manuel a su derecha y Víctor a su izquierda, preguntándose por qué los tres iban tan callados con todo lo que tenían que discutir. El maestro Montalván siempre había sido parco en palabras, pero el estudiante de arquitectura tenía fama de gran conversador, así que pensó que debía de tratarse de algo personal, pues era la segunda ocasión en la que él se mostraba reacio a hablar con ella. De hecho, también evitaba mirarla.

En todo caso, Trinidad imaginaba que Víctor quería estar presente en representación de la rama arquitectónica del proyecto, como don Manuel lo era de la alfarera. Dada la naturaleza regionalista de la apuesta de don Aníbal, harían falta muchos y muy variados azulejos y mosaicos para decorar los edificios de la Exposición. El regionalismo se caracterizaba por el empleo de ladrillo visto y la abundancia de ornamentos cerámicos; era un homenaje a la herencia mudéjar de Sevilla.

Para la construcción y los acabados de los pabellones sería precisa la intervención de muchos más artistas que Soto y Montalván, o el prometedor Pedro Navia, pero para el anteproyecto a don Aníbal le bastaba con consultarles a ellos. Cada uno representaba una manera distinta de entender la cerámica: el respeto por la tradición, el arrebato de la inspiración y el talento innovador. Pasado, presente y futuro.

La cuestión era que de momento poco se podía hacer, la idea era todavía una ilusión. Trinidad se había dado cuenta mientras discutían las bases del concurso de que don Aníbal necesitaba que el proyecto se concretase cuanto antes. La británica había viajado a Sevilla empujada por la curiosidad que sentía como artista por la Exposición; sin embargo, y por primera vez en muchos años, la oportunidad de participar en un proyecto de tal magnitud había despertado su motivación.

Pero había algo más. Se identificaba con el afán de esos hombres, por el deseo de crear algo que conmoviera a la ciudad de Sevilla, que inevitablemente tenía ecos del sueño que compartió una vez con Enrique. No obstante, primaron la motivación y la ilusión. Trinidad compartía con esos artistas la ambición de trascender, con todo lo que ello implicaba.

Aníbal González, en particular, no ocultaba su emoción ni su nerviosismo. El arquitecto de apenas treinta y cinco años tenía a sus espaldas edificios singulares de los que enorgullecerse en vías importantes de Sevilla, como el que construyó para Manuel Nogueira en la plaza de la Campana o para Antonia Labraña en la calle Tomás de Ibarra. El joven arquitecto era hábil, un tipo seguro de sí mismo, y aunque exudaba modestia, sabía bien que la Exposición podía ser el proyecto más importante de su carrera. Tal vez de su vida. Después de ver los bocetos que había hecho y la ingente cantidad de información que había recabado antes incluso de que salieran las bases del concurso, Trinidad había tomado la decisión de ayudarle. No le importaba no haber visto ni uno de sus edificios. El esfuerzo de un virtuoso merecía el mismo o incluso más respeto que su obra.

Cuando llegaron a su destino, Trinidad exclamó de admiración. No era la primera vez que veía ese taller, pero había cambiado mucho en los últimos años. Habían pintado la fachada del inmueble íntegramente de añil, de modo que solo destacaba el mosaico en forma de violín hecho con azulejos cobrizos. Las ventanas, los balcones y el portón principal estaban rematados con arcos. Sobre este último, enmarcado por querubines trompeteros y violinistas, se leía un letrero muy bello en letras color índigo: TALLER GINER. CERÁMICAS Y AZULEJOS. Trinidad no pudo evitar emocionarse. Se imaginó a Enrique contemplando ese cartel por primera vez, cumpliendo al fin su gran anhelo. Sus ojos celestes se debieron de iluminar con la misma belleza que una vidriera a la luz del amanecer.

El interior del taller también la impresionó. Se trataba de un espacio amplio, acondicionado con toda la maquinaria que podía necesitar un negocio de cerámica, donde además entraba luz a raudales por el patio principal. Trinidad y sus acompañantes se cruzaron con varios empleados y trabajadoras que llevaban bolsas de arcilla y pinturas en dirección hacia las molinas que se encontraban junto a los hornos. El entorno era tan agradable que Trinidad esperaba oír las risas y el bullicio propios de un buen ambiente de trabajo, pero el gesto de esas personas era cansado, casi sombrío.

Ella, el joven Víctor y don Manuel García Montalván pasaron por delante de una oficina en la que había un par de hombres atareados en los que apenas se fijaron. Solo Trinidad los observó brevemente con interés. Uno estaba realizando cálculos con un ábaco mientras tomaba notas y el otro, sentado frente a una máquina de escribir, tecleaba con rapidez. Ambos lucían boinas y tenían la cabeza hundida en sus respectivas tareas. El de la máquina los miró sobre sus gafas redondas siguiendo el paso decidido de los tres visitantes hacia el interior del taller.

No tardaron en dar con Enrique Giner de los Cobos. Se encontraba en la sala principal, una estancia que contaba con zonas de trabajo para varios artesanos. El dueño ocupaba el centro, con las herramientas desperdigadas por el suelo y sobre el mostrador más cercano. Cuando entraron en el estudio, lo primero en lo que se fijó Trinidad fue en que Enrique estaba descalzo. La imagen le provocó una oleada de nostalgia y recuerdos. Como le sucedía al contemplar esa mirada azul.

En cuanto Enrique notó la llegada de los visitantes, endureció la expresión y levantó lentamente la vista para posarla sobre Trinidad. Ahí estaba de nuevo la tensión que siempre les poseyó en el pasado. Llevaba todavía parte del esmoquin del día anterior; no obstante, lo que realmente sofocaba a la británica era verlo trabajando. Siempre había habido algo en esa estampa que la hacía estremecerse. Enrique Giner era como la arcilla: rudo pero sutil.

Tras ese intenso intercambio de miradas, el ceramista reparó en la presencia de los otros dos hombres no sin cierto desagrado. Los analizó, en especial al más joven, y bajó la cabeza para continuar pintando el zócalo renacentista en el que estaba trabajando sin decir palabra. A Trinidad le sorprendió que la pieza fuese vertical. Sabía que los frisos roleos estaban muy de moda desde principios de siglo, pero se empleaban para revestir columnas de grandes casas señoriales, y no todo el mundo podía permitírselos. Dedujo que la clientela de Enrique sería de bolsillo holgado.

—¿Venís a husmear? —preguntó él tras un silencio incómodo y sin alzar la vista de sus trazos.

Víctor frunció el ceño y don Manuel se encogió de hombros a modo de afirmación. Trinidad no estaba dispuesta a admitir la ofensa.

—Investigar al rival es legítimo.

—Lo que tú llamas «investigar» se ha conocido toda la vida como «espiar», Trinidad. Y no es muy elegante que digamos.

Aunque estaba hablando con ella, el artesano miraba a Víctor con una expresión inescrutable. A la británica le dolió que se dirigiera a ella con esa frialdad.

—Perdéis el tiempo. Don Braulio se ha instalado aquí, pero os informo de que la mayoría de sus ideas las realiza siempre en el despacho que mi esposa ha habilitado para él en nuestra casa de la calle Pureza.

Trinidad parpadeó atónita. Juraría que no había escuchado mal. ¿Era posible que Enrique hubiera recuperado el hogar de los Giner? En su rostro apareció una sonrisa honesta, que no se le escapó al estudiante de arquitectura y que incomodó bastante a Enrique, porque comprendió al momento sus motivos y no se lo esperaba. Sin embargo, el ceramista sevillano no deseaba darle razones a la inglesa para estar alegre.

—Da lo mismo que investiguéis o no. La propuesta modernista de don Braulio es impresionante. Don Aníbal no tiene nada que hacer.

—Sorprende que una idea modernista requiera la intervención de un ceramista de estilo tan clásico como el tuyo, Enrique.

El comentario de Trinidad hizo que este la mirara malhumorado.

—Las sorpresas las dejaremos para la resolución del concurso. Ya las conoceréis. Mejor que vuelvas a Inglaterra, Trinidad. De hecho, no sé para qué has regresado a Sevilla.

Claramente era un ataque malintencionado, y ella lo miró dolida. Al notar su malestar, Víctor intervino:

—Esto es un concurso de proyectos de arquitectura, Enrique; lo principal será la propuesta de don Aníbal, don Braulio y don Fermín, no la decoración que acabe teniendo cada edificio.

A Trinidad le sorprendió la confianza con la que le hablaba el estudiante de arquitectura. Enrique miró desafiante al joven y, por primera vez en muchos años, la británica volvió a ver la sonrisa felina, aunque más amplia y maliciosa que nunca.

—Vaya, Trinidad, te has buscado un perrito faldero adorable. Parecía que solo gruñía, pero también sabe morder.

Al momento, Víctor se puso como un tomate. Negándose a rebajarse con una réplica, resopló molesto y se dio la vuelta para abandonar la estancia. El maestro Montalván lo acompañó por solidaridad y por huir de la incomodidad de la situación. Trinidad hizo lo propio, pero antes de salir se detuvo en el quicio de la puerta y, con la vista clavada en el suelo, murmuró:

—Puede que no lo creas, pero me alegro mucho de que hayas conseguido hacer realidad tu sueño.

Enrique se puso serio de nuevo. Cuando ella alzó la cabeza, ambos se encontraron otra vez con la mirada. La de Enrique, apurada; la de ella, emotiva.

—Este lugar es un verdadero edén para los ceramistas, tus empleados estarán muy contentos contigo.

Dicho eso, Trinidad le sonrió, triste. La estela de aquella curva de sus labios hizo vibrar los ojos azules de Enrique. Tanto, que continuó con la vista fija en aquel acceso por donde ella se había marchado. Acto seguido, volvió a hundir la cabeza en su mesa de trabajo.

—¿Ha vuelto la inglesa? —preguntó el caballero con gafas de la oficina, que entró en la sala principal justo después de que la abandonaran los tres visitantes.

—No vayas por ahí, Nicolás —le rogó Enrique, pellizcándose el puente de la nariz y cerrando con fuerza los ojos.

Nicolás se recolocó los anteojos y observó a Enrique serio. Podría decir que lo compadecía, pero no sería cierto. El otro oficinista, más joven, entró a continuación y profirió un silbido socarrón.

—La señorita Trinidad está incluso más despampanante que de jovencita —comentó—, e iba bien acompañada. No le ha faltado tiempo para encontrarte sustituto, ¿eh, Enrique?

—Ahórrate los comentarios, Benjamín —le gruñó él, y los fulminó a ambos con su mirada celeste—. ¿Habéis terminado ya con vuestras labores? Se os permite usar las habitaciones y las herramientas del negocio como un favor personal, no para que terminéis cotilleando como cotorras sobre asuntos que no os conciernen.

Nicolás resopló hastiado. Obvió el tono impertinente y se centró en responder a la pregunta.

—No tengo claro que las cuentas salgan —dijo tendiéndole los folios mecanografiados en los que había estado trabajando esa mañana—. Puede que el proyecto de la Exposición genere en el futuro mucho trabajo para la ciudad, pero sigue siendo una promesa vacía. ¿Por qué será que no me sorprende viniendo el dinero de la nobleza sevillana?

—Nuestros compañeros no tragan a esa gente de morro fino y bolsillo estrecho —añadió beligerante Benjamín—. No es la primera vez que se plantea una remodelación urbanística. Cómo les gusta llenarse la boca con eso de «una nueva Sevilla», luego todo queda en un par de restauraciones y a tirar. Mucha mano azulejera y poca de obra, no te ofendas, Burgués.

—¿Por qué iba a hacerlo? —replicó Enrique con ironía—. Si solo me estás restregando mi apodo y mi posición actual.

—Porque es importante —aseveró Nicolás, devolviendo el tono serio a la conversación—. Hace mucho que no eres albañil.

—Pero sigo siendo yo, Nicolás. Aparte de la palabra de la alta nobleza de la ciudad, también contáis con la mía. —El ceramista los miró solemne—. Debería bastaros con eso y con mi compromiso de que ganaremos el concurso.

—Si siguieras viniendo a las reuniones del sindicato como hacías antes, a lo mejor sería así.

—Yo ya no puedo estar en esas —lo cortó Enrique—. Tengo un negocio propio que atender y una esposa de la que ocuparme.

Nicolás lo miró con desprecio.

—Querrás decir que ya no tienes problemas de los que preocuparte —replicó entre dientes—. Desde luego, no los que compartíamos.

Con un gesto de barbilla, Nicolás le indicó a Benjamín que era momento de que se retiraran. Enrique los vio salir en silencio, apretando la mandíbula.

—Suerte con el proyecto del madrileño. Aun incumpliendo con todos nosotros, al menos a ti te dará mucho dinero y fama. Eso si las mujeres que te rodean no vuelven a trastornarte el juicio.

Nicolás no había terminado de hablar cuando estuvo a punto de chocarse con una nueva intromisión.

Inés miró a los dos trabajadores con un rictus indescifrable, entre la inquietud y la molestia. Especialmente a Nicolás, dándole a entender que había escuchado sus últimas palabras. Él se mostró mucho más desafiante con ella.

—Señora —se despidió con una mirada rabiosa de sus ojos negros.

Benjamín y él la rebasaron y abandonaron raudos la estancia. Inés aguardó unos instantes, tratando de recuperar el sosiego.

—Veo que hoy has recibido visitas, querido. ¿Ha venido alguien más?

—No —respondió Enrique, rotundo. Esperó hasta el último momento para mirarla a la cara y decir—: Nadie.

Inés se limitó a fruncir los labios y a retirarse. Tras un leve instante inmóvil, Enrique terminó por barrer de un manotazo los vasos con pinceles que tenía sobre la mesa. Se hicieron añicos con un estruendo al chocar contra el suelo. Las pinturas mancharon sus pies. Algunos empleados que pasaron cerca de la puerta se quedaron mirando con curiosidad debido al ruido, pero él se limitó a apoyar los codos sobre la mesa y a hundir la cabeza entre las manos. De repente la sintió muy pesada. No podía dejar de pensar en esa mirada de esmeralda que se le había grabado a fuego tiempo atrás.

Tan solo una hora después, Trinidad se encontraba en lo que habían sido los antiguos Jardines de San Telmo, en el extremo colindante al Prado de San Sebastián. La inglesa miró hacia delante, el parque de María Luisa estaba en pleno proceso de construcción. A su espalda estaban la Real Fábrica de Tabacos y el que fue el palacio de los Montpensier. A un par de metros la esperaban en el coche de caballos Víctor y don Manuel sin quitarle ojo. El conductor también observaba a Trinidad mientras caminaba por los terrenos silvestres hablando sola en voz alta con su libreta de cuero en la mano. A Víctor se le agotó la paciencia y la llamó para que regresara, pero Trinidad los ignoró y caminó un poco más. En realidad, mucho más. Cuando estuvo bastante lejos, dijo en voz lo suficientemente alta para que la oyeran:

—No es circular.

El estudiante y el maestro ceramista intercambiaron una

mirada preocupada y descendieron del vehículo para reunirse con ella.

—Si el dichoso *stadium*, esa especie de estadio deportivo
que mencionasteis en la reunión, va a ocupar tanto espacio
como desea don Aníbal, su propuesta de estructura circular
no funciona. Deberíamos buscar una alternativa que permita disfrutar de la estructura interna desde aquí, desde donde
nos encontramos. Mirad, está claro. La forma... es abierta.

—¿Por qué abierta? —preguntó Víctor—. ¿Y por qué
habla en presente? ¿Ha visto algo?

Trinidad le sonrió con esa picardía que conseguía rubo-
rizar hasta al caballero más sereno. Víctor no fue una excep-
ción. La británica cerró su cuadernito de golpe y lo guardó
en su bolso.

—Es la propuesta con la que veo a la gente más entusiasmada.

—¿La gente? —volvió a preguntar el estudiante, mirando el espacio vacío de su alrededor.

Entonces ella les dio la espalda y cerró los ojos. Con decisión adelantó el pie derecho y lo apoyó en la entrada de la
plaza que se esforzaba por imaginar.

«Concéntrate», se dijo. «¿Qué es exactamente lo que
ves?».

Un gran espacio de solería. Con un montón de personas
yendo y viniendo. De momento no eran más que un espejismo, un rumor en la lejanía. Trinidad apretó con más fuerza
los párpados. La gente pasaba a su vera, sorteándola, deseando explorar el lugar. Escuchaba las conversaciones entusiastas, las alabanzas a las elecciones de don Aníbal. Se concen-

tró en atender a sus comentarios. Quería saber qué era lo que hacía especial aquel lugar.

Los transeúntes valoraban la amplitud, la altura y también el color. Nadie había visto antes un lugar tan sorprendente como aquel.

Entonces Trinidad lo vio con total claridad.

La luz se hizo en mitad de la oscuridad y sonrió ante la imagen que se presentó ante ella. Un conjunto de enormes edificios de ladrillo unidos entre sí rodeaba el impresionante paseo curvo de adoquines. Los caminos eran tan extensos que casi se perdían a la vista y estaban decorados con figuras de mármol y cerámica que bien habrían podido estar en el Olimpo. Vio bancos llenos de dibujos realizados en azulejos resplandecientes como joyas. La gente conversaba sentada o de pie, admirada por las vistas. Había parejas conversando arrobadas en los intrincados pasillos alrededor de la plaza, se oían las carcajadas de los niños persiguiendo a las palomas sobre los puentes... Trinidad giró despacio sobre sí misma para embriagarse de aquel ambiente. Escuchó la música de las guitarras callejeras y las palmas de los artistas flamencos y sintió un deseo imperioso de acompañarlos. Luego inspiró profundamente.

Cuando volvió a abrir los ojos, la escena paradisiaca se había esfumado y las brozas del prado volvían a ocupar su lugar. La algarabía de enamorados, paseantes y niños había desaparecido y solo la acompañaban Víctor y don Manuel, que la observaban con desconcierto. Trinidad alzó las manos, cada una sosteniendo los extremos del gran edificio que había visualizado.

—Don Aníbal pasará a la historia de Sevilla —sentenció convencida.

Víctor la miró con curiosidad, entre sorprendido y fascinado.

—Veo que ha perfeccionado su… talento, señorita Trinidad —dijo Montalván con una sonrisa afable—. ¿Puedo preguntarle qué es esa libreta que lleva siempre encima?

Ella dudó. Se llevó la mano al bolso.

—Mi conciencia —respondió enigmática—. O algo parecido.

Al llevar a Trinidad a la mansión de los Pickman, el ama de llaves los recibió con una noticia inesperada: la marquesa había invitado a almorzar a Aníbal González y a su familia y confiaba en que los compromisos permitieran al joven estudiante de arquitectura y al maestro Montalván unirse a ellos.

Durante la comida, Trinidad le contó eufórica al arquitecto todo lo que había visto. Don Aníbal hizo caso omiso a su atrevida sugerencia de un *stadium* abierto y se centró en alabar la desbordante imaginación de la británica, de la cual deseaba saberlo todo.

—Así que en eso consiste su don: se planta en medio de un espacio y ve lo que albergará, como si fuera una adivina.

—En realidad, su talento radica en visualizar el alma de una idea —respondió María de las Cuevas por Trinidad, como si estuviese presumiendo de un don propio—. Le pasa con los cuadros, la cerámica o cualquier obra de arte. ¿Y qué si no eso son sus edificios, don Aníbal?

—Estoy de acuerdo con la marquesa, don Aníbal, su proyecto es una obra de arte —dijo Trinidad con aplomo, lo que hizo reír al maestro alarife y a su esposa—. Jamás había visualizado una obra arquitectónica como esa, señor; tiene que construirla como sea.

—Si ni siquiera ha estado delante de un edificio del bueno de mi Aníbal —dijo la mujer del arquitecto—. Le recomiendo dar un paseo por la avenida de la Constitución. Allí ha remodelado algunas fachadas.

Las niñas también presumieron de los méritos de su padre, aunque doña Ana las llamó al orden para que los mayores siguiesen conversando.

—Yo estoy hablando de un lugar con identidad propia, señores —prosiguió Trinidad—. He visto sus diseños y sus planos, don Aníbal, y, ya ubicada en el terreno, he entendido cómo funciona su estilo. Resulta… apabullante. —Luego lo miró con gran intensidad—. Le ayudaré a ganar, señor.

Tras escuchar la apasionada adhesión a la causa, Manuel García Montalván rompió a reír a carcajadas, contagiando a Aníbal González. Víctor fue el único que no se sumó al ánimo general. El joven se recreó en el precioso diseño cartujano que había descubierto al apurar su plato de carrillada en salsa, porque contemplar a Trinidad cuando hablaba con tanta rotundidad le perturbaba.

—Me quedo más tranquilo entonces —comentó don Aníbal, secándose con la servilleta las lágrimas causadas por la risa.

—Yo no —replicó Trinidad, sorprendiendo de nuevo a los presentes—. Hay una cosa que me preocupa.

—¿Solo una? —preguntó el arquitecto, volviendo a sonreír.

—El presupuesto —dijo Trinidad, recolocando su mechón rebelde, un gesto que los ojos negros de Víctor no podían evitar seguir—. Se especifica en las bases que los edificios permanentes se tienen que levantar con apenas doscientas mil pesetas, ¡eso es calderilla! Tres millones de presupuesto total para un proyecto de esta envergadura... No termino de verlo.

—Otra vez con lo mismo... —protestó Víctor.

—Me parece una inversión insignificante —insistió Trinidad.

—Querida —se rio Cuevas—, ya sé que estás acostumbrada a las libras y al poderío de la Corona británica, pero eso en España es un dineral.

—No, de verdad, yo lo he visto y les aseguro que ya solo para el emplazamiento principal del que les estoy hablando incluso tres millones es poco.

Se hizo un silencio tenso, únicamente los niños continuaron comiendo.

—Las aspiraciones del rey son altas —prosiguió Trinidad—. Dudo mucho que ese presupuesto sea suficiente para satisfacer las expectativas de la Casa Real, de la ciudad e incluso del mundo entero. ¿Acaso con esta Exposición no se pretende que Sevilla resplandezca internacionalmente? Los edificios requerirán una grandísima inversión; es más, necesitaremos muchísimos obreros. Don Manuel, ¡usted precisará la mano de los ceramistas de toda Triana! Por no hablar de su propia remuneración, don Aníbal. ¿No le inquieta que en las bases no se concrete lo que usted va a cobrar?

—Eso sí que es una batalla perdida, muchacha —suspiró doña Ana—. Mi esposo jamás se ha preocupado nunca por el dinero. A veces pienso que les construirá una casa a todos los seres humanos de la Tierra antes de que nosotros lleguemos a tener una en propiedad.

Don Aníbal rio la ocurrencia de su mujer y le acarició la mano con complicidad.

—El dinero jamás debe ser lo importante, señorita Laredo —repuso él.

Trinidad puso los ojos en blanco pensando en su señora.

—Pero no se preocupe, que ya incluiremos la estimación de gastos en el proyecto.

—Ya me conozco yo esos cálculos —objetó ella—. Se hacen solo para adecuarse a las bases y entrar a concurso. Pero ¿de qué sirven si no son cifras realistas? ¿Cómo convencerá luego a los obreros para que trabajen para usted si será público y sabido que no hay presupuesto? Señor, no pierda la oportunidad de crear la obra de su vida por un mal cálculo.

El arquitecto permaneció callado. Desde hacía días, don Aníbal estaba manteniendo reuniones con todas las partes que se implicarían en el futuro proyecto. Dada la precariedad de su situación, los obreros sevillanos no se comprometerían con promesas baldías. El arquitecto miró a Víctor y su pupilo asintió con la mandíbula apretada, dando a entender que estaba de acuerdo con Trinidad.

La británica buscó apoyo en María de las Cuevas, pero la marquesa de Pickman no era de las que empatizaban con los obreros. Sobre todo después de lo que había pasado en la fábrica. O de lo que, al parecer, estaba pasando en ese momento, como confirmaban el comentario del rey don Alfonso y la cara de desasosiego de su amiga al oír mencionar el asunto. En cualquier caso, la aristócrata se comprometió a que haría lo que pudiera para informarse sobre el asunto aprovechando su amistad con el rey.

Al día siguiente muy temprano, María de las Cuevas se dirigió al Real Alcázar cuando Trinidad se marchaba a casa de Aníbal González para incorporarse a su equipo de trabajo. Pese a su preocupación por el presupuesto, lo que había visto en el parque la había entusiasmado de tal manera que ardía en deseos de volcarse en el proyecto. Los maestros Montalván y Soto, e incluso el jovencísimo Pedro Navia, la recibieron con naturalidad, como a una más. La británica entró como un vendaval, se puso frente a los planos de don Aníbal y le indicó punto por punto lo que había visualizado durante su visita a los terrenos del Prado de San Sebastián. Víctor tomó asiento en el diván más alejado de la mesa de los planos con un ejemplar de la revista ilustrada *Blanco y Negro* entre las manos, si bien no apartaba sus ojos de color ébano de Trinidad.

A lo largo de esa mañana, el estudiante se tomó la libertad de hacer intervenciones con críticas cuando veía que la joven se excedía en las indicaciones a su mentor. Trinidad respondía con expresiones desdeñosas, simulando que no lo escuchaba. Igual que él fingía encontrar más interesante su revista que cualquier reflexión de la inglesa. Doña Ana pilló al discípulo de su marido mirando a Trinidad muy fijamente al acercarle un café, pero Víctor estaba tan inmerso en su papel que ni tan siquiera se dio cuenta de que la anfitriona se reía de él por lo bajo.

En un momento en el que Trinidad se encontraba en plena discusión con el maestro Soto sobre la necesidad de que los azulejos del supuesto estadio deportivo se viesen desde fuera, la puerta se abrió con estruendo y entró la marquesa de Pickman.

—¡Tengo la solución! —los interrumpió a voces.

—¿El rey ha aumentado el presupuesto? —preguntó Trinidad, exultante.

—No exactamente —respondió su amiga, sustituyendo la sonrisa por una mueca que afinó sus labios—. En realidad, no he podido hablar con él, sino con su esposa, doña Victoria Eugenia.

—¿Y? —inquirió don Aníbal.

—Vosotros mismos vais a tener la ocasión de hablar con don Alfonso en persona.

—¿Va a organizar otra reunión? —quiso saber el jovencísimo Pedro Navia.

—Mejor: ¡un partido de tenis!

Se hizo un silencio sepulcral.

—¿Hay pistas de tenis en España? —preguntó con sincera curiosidad Trinidad.

La risa de María de las Cuevas se impuso a cualquier réplica.

—La primera es la que ha construido su majestad en el patio de la Alcubilla del Real Alcázar —le informó don Aníbal.

—Por supuesto, si el rey tiene un automóvil Hispano-

Suiza, ¿por qué no una pista de tenis privada en el palacio habitable más antiguo del mundo? No me cabe duda de que acabará consiguiendo que le haga el hotel ese que se le ha antojado, señor.

Don Aníbal inclinó la cabeza, enigmático, divertido por la indignación que Trinidad parecía sentir respecto al carácter caprichoso del rey de España. María de las Cuevas, que la conocía y sabía que la peor parte estaba por venir, quiso calmar los ánimos:

—Doña Victoria Eugenia me ha recordado que a su marido siempre se le suelta la lengua cuando está en medio de una partida de cualquier juego que lo motive.

—Espera, espera —intervino Trinidad, levantando una mano—. Cuevas, ¿estás insinuando que te has comprometido a que nosotros juguemos con él?

—Vamos, querida, sé de sobra que practicas la gimnasia de sala y que adoras igualmente las actividades físicas al aire libre.

Víctor alzó las cejas mientras Trinidad, clavada en el sitio, apretaba los puños. Su amiga podía estar en lo cierto en cuanto a sus hábitos deportivos, pero en esos momentos tenía unas ganas terribles de asesinarla.

—Cuevas, ¿en serio tengo que explicarte por qué es una idea nefasta? ¡Jesús! Hasta un atleta griego se echaría a temblar si tuviese que competir con un monarca. Por no hablar de que yo no tengo la misma confianza que ustedes con él.

—A mí no me mire, señorita Laredo —repuso don Aníbal, dándose por aludido con el comentario—. Yo soy un hombre de libros más que de prácticas físicas.

—¿Y qué hay de su estadio deportivo? —preguntó sarcástica Trinidad.

—Para que lo usen otros —respondió él—. Mis problemas de salud siempre me han impedido practicar deporte, lo cual no quiere decir que no sea un gran aficionado. Con gusto acudiré a verla el día del partido, a usted y a quienquiera que sea su valiente pareja —dijo don Aníbal y dirigió la vista hacia su pupilo, que seguía escondido detrás de la revista, reacio a pronunciarse.

—¡Conmigo no cuente! —bramó el maestro Soto—. Odio sudar bajo el sol. Además, las manos de un artesano son para trabajar en su arte.

—Yo soy demasiado nervioso para esos juegos —murmuró Pedro, aunque lo afirmó con una pesadez que contradecía lo dicho.

Cuando las miradas recayeron en Manuel García Montalván, este sonrió dando a entender que ni siquiera iba a molestarse en inventarse una excusa para rehusar. Justo entonces Víctor soltó una carcajada mordaz sin alzar la mirada del papel.

—Por favor, menuda sandez.

—Deja de hacer como que no escuchas, Víctor —le riñó don Aníbal—. Llevas en la misma sección de esa revista desde que comenzamos a hablar esta mañana.

Tras la amonestación, el rostro del joven se tiñó al completo de un intenso magenta que Trinidad encontró entrañable. El estudiante de arquitectura estaba tan avergonzado que se levantó de golpe y dejó la revista en una mesita.

—Está bien, está bien —dijo Víctor—. Yo seré su pareja.

Si bien la complexión del joven delataba que no era el clásico señorito sedentario, Trinidad no se esperaba para nada que fuese asiduo a aquella actividad deportiva.

—Estupendo —dijo agradecida de que alguien hubiera tomado la iniciativa de acompañarla—. Tendré que obviar el terror que me infunde batirme contra el rey, pero por lo menos contaré con alguien que sí sabe jugar.

—En absoluto, me temo que tendrá que instruirme —repuso Víctor—. Usted es británica, habrá jugado al bádminton por lo menos.

Trinidad se volvió hacia él con cara de espanto. Había jugado alguna vez al bádminton, incluso al tenis, pero de ahí a jugar contra el rey de España había un trecho. María de las Cuevas, leyendo la preocupación en el rostro de su amiga, se acercó a ella y le tomó las manos.

—Trinidad, no te preocupes. Se trata de jugar un partido con don Alfonso, no de ganarle. Bastará con que practiquéis un poco estos días y que cojáis soltura con la raqueta. Es más —dijo la marquesa con una sonrisa astuta—, lo más probable es que nuestro soberano disfrute haciéndoos morder el polvo.

La inglesa puso los ojos en blanco, luego suspiró y miró a Víctor de arriba abajo. Tendrían que practicar para no hacer el ridículo ante Alfonso XIII.

—¿Cuándo le has dicho que jugaríamos con él?

Cuevas arrugó el ceño, de esa forma que aterraba a Trinidad.

—El primer sábado de mayo.

—¡Eso es dentro de dos semanas! —exclamó Trinidad—.

Espera, eso no es lo peor, ¿verdad? Por la memoria de tu abuelo Carlos Pickman, ¿qué te estás callando?

La marquesa apretó los labios.

—Es un partido por parejas —comenzó a decir Cuevas—. El verdadero problema es quién ha decidido su majestad que sea su acompañante para ese día. Será Enrique. Jugaréis contra el rey y él.

11

Septiembre de 1902

En aquellos años, Enrique también era un gran problema para Trinidad. Pero era de esos que disfrutaba resolviendo, como quien se encuentra en una partida de ajedrez que está casi ganada. La británica había conseguido que el Burgués reconociese que la quería; sin embargo, el joven continuaba reacio a entregarse por completo a ella. Se le notaba más suelto, más dispuesto a aceptar sus labios, a rodear su cintura cuando estaban a solas. Aun así, Trinidad no había logrado que él se sintiera cómodo del todo con ella, lo cual se había convertido en un reto que su carácter terco no le permitía abandonar.

A ojos de la sociedad, era el hombre quien dirigía el cortejo, pero para Trinidad resultaba estimulante tomar la iniciativa. Eso se decía. Era consciente de que no resultaba lo más apropiado para una joven en su situación, soltera, sin familia en la ciudad y tan lejos de casa. Con todo, se decía que no había nada de malo en dejarse llevar un poco, mientras fuesen las emociones el motor de sus impulsos y no otra cosa más primaria. Sentía que las reacciones pudorosas de Enrique eran un logro. Igual que veía sus avances en La Cartuja como algo positivo, una prueba de que estaba empezando a ser útil de nuevo para los Pickman, así como para sus trabajadores.

Esa era la impresión que ella tenía.

Trinidad había pasado el verano frecuentando al ceramista de ojos azules cada vez que podía, buscando sus abrazos y sus besos como el sediento busca el agua en el desierto. En la fábrica, la construcción de los nuevos hornos avanzaba a buen ritmo y los obreros se mostraban animados con la inminente desaparición del trabajo extra de mantenimiento de los antiguos. Su mayor alegría era que el taller de azulejos había cobrado vida.

La británica le había sugerido a María de las Cuevas que podían probar también a producir azulejos con la técnica del estampado que empleaban en las vajillas. Eso supondría abaratar los costes; sin embargo, el día que se lo contó a Enrique no tuvo la reacción que ella esperaba.

—Eso les quitaría el trabajo a las personas en lugar de dárselo.

—La producción en serie nunca ha sido sinónimo de competencia, sino de progreso —trató de explicarle Trinidad.

—¿Y qué me dices del polvo blanco? —arremetió él—. Si los trabajadores están contentos por el impulso de la producción de azulejo es, sobre todo, porque los materiales de fabricación son más seguros. Tu propuesta de ladrillo estampado requiere que estén hechos de loza, como las vajillas, lo que se traduce en manipular más caolín.

Trinidad le sostuvo la mirada. Caía la tarde en Sevilla y se encontraban en ese paraje a orillas del Guadalquivir a donde tanto les gustaba ir, entre palmas y música de violín. A la joven le entristecía arruinar ese momento mágico con una discusión.

No obstante, entendía la postura de Enrique. Habían pasado algunos meses desde que Trinidad le rogó al Triste y a los cabecillas de las huelgas que tuviesen temple para conseguir todas sus reivindicaciones y todavía no había logrado convencer a los Pickman para que invirtieran en guantes y paños que protegieran del mal respiratorio del polvo blanco. Trinidad sabía que con la construcción de los hornos pequeños y la inversión en el taller de azulejos solo estaba ganando tiempo. Al Triste en particular se le estaba agotando la paciencia, y no tardaría en acusarla de que solo le interesaba cobrar un sueldo de los Pickman o de algo peor. ¿Qué más podía hacer?

—Al margen de mi papel como intermediaria, intento aportar ideas —le reconoció a Enrique—. O, por lo menos, tener la conciencia tranquila de hacer cuanto esté en mi mano para que todas las partes estén contentas hasta que cada una obtenga todo lo que necesita.

—Estás tentando a la suerte, Trinidad.

Enrique sabía de primera mano lo mucho que ella se estaba esforzando, pero eso no siempre bastaba. El chico le pellizcó la mejilla para aliviar la tensión de la conversación.

Ese gesto cariñoso acabó convirtiéndose en una caricia

más íntima. Incluso ardiente. Trinidad notó que la sensación del tacto áspero de su mano por el rostro se extendía por toda su piel, y se estremeció toda ella. Desde su primer beso, su amor no había dejado de borbollar a fuego lento y, con el paso del tiempo, Trinidad sentía ese ardor cada vez más vivo en su pecho. La proximidad avivaba el calor en su interior. Contuvo la respiración mientras le mantenía la mirada. Enrique se dio cuenta.

Últimamente, se perdían en sus miradas con mucha más intensidad, buscando en sus respectivos ojos todos los matices de color que no habían encontrado antes. Sin romper aquel contacto visual, Trinidad se inclinó levemente y sus dedos se movieron solos, deslizándose entre los huecos de la camisa de Enrique, buscando la línea que partía su pecho.

—Quizá me guste tentar —susurró ella, descendiendo las yemas muy despacio.

Por un instante, él quedó quieto como una estatua, sin pestañear, y apenas liberó un suspiro ahogado. Al final tomó su mano y se la apartó con delicadeza.

Enrique sintió que aquello era peligroso. Trinidad arrodillada sobre él en un recodo oscuro de la ribera del Guadalquivir era peligroso.

—Te… te acompaño al taller Montalván, anda —atajó el ceramista, poniéndose de pie abruptamente con una sonrisa forzada.

Ella arrugó el ceño.

—Mejor vamos a descansar para estar frescos mañana, ¿no?

Trinidad resopló. Un nuevo rechazo en toda regla. Accedió a su petición pensando que quizá se había excedido.

Cuando llegaron al edificio, sin embargo, le llamó la atención que el joven pareciera reacio a marcharse. Se quedó en el umbral, apoyado en el quicio de la puerta con una mueca incómoda en la boca que Trinidad no le había visto antes. Tras un rato juntos, hablando de naderías, la sonrisa volvió al rostro del joven y se despidieron hasta el día siguiente.

Justa los había estado observando sentada en su butaquita. Parecía aislada del mundo, como siempre. Esos días se la veía un poco más débil, incluso se le escapaba una ligera tosecilla de vez en cuando, por eso Trinidad se sobresaltó cuando la anciana masculló entre dientes:

—Ese joven está deseando meterse entre tus piernas.

La británica se tapó la boca, tratando de contener la sorpresa. Acabó por estallar en una sonora carcajada. «Más quisiera yo», pensó Trinidad. Ese pensamiento la hizo ruborizarse, por atreverse a desearlo.

—Disfrutas mucho el juego de la seducción, niña perversa —la riñó Justa con los labios fruncidos—. En eso eres clavadita a tu madre.

Trinidad observó a la mujer sin comprender. ¿La estaría confundiendo de nuevo?

Enternecida, le dio un beso en la sien y la cubrió mejor con una manta; con la llegada del otoño, había empezado a refrescar por las tardes y no quería que sus toses se agravaran.

La chica se quedó pensando en las palabras de la vieja

artesana mientras entraba en el taller Montalván. Se detuvo a la altura del plato roto de la dama. Recordó a su madre y una sonrisa se le dibujó en el rostro. Esos días se había preguntado en más de una ocasión de dónde le venía ese arrojo. Cuando era niña, había visto muchas veces a aquella mujer preciosa y divertida poniendo a prueba los nervios de su padre, otro hombre apuesto y de carácter, que no sabía cómo contener el ímpetu de su esposa delante de sus hijos. Trinidad comprendía que buscaba hacerle rabiar. Con Fernando y con ella era cariñosa; tanto, que les resultaba pegajosa. La inglesa siempre había creído que ella y su hermano se parecían más a su padre: ambos afrontaban la vida con distancia y estoicismo en muchos sentidos. No obstante, en el fondo de su ser, Trinidad sabía que era mucho más apasionada. Y la pasión es como un fuego: solo cuando ocurre, descubrimos cómo vamos a reaccionar. En el arte y en el amor. El talento de Trinidad todavía estaba por despertar, pero en lo que respectaba a Enrique, la joven sentía que era pura pólvora.

No imaginaba ella que el ceramista sevillano estaba hecho también de material combustible. La diferencia era que él sí lo tenía claro desde hacía mucho. Su fama de seductor no era infundada; con más de una moza de Triana había explorado los misterios y las alegrías de la intimidad. Sin embargo, Enrique no había sabido lo que era el anhelo de verdad hasta que conoció a Trinidad. La cercanía con la joven empezaba a resultarle un tormento, más desde que ella se comportaba de esa forma tan lanzada. Había comenzado como una broma inocente, pero el juego ya no tenía la menor gracia ni ninguna inocencia. Ella ignoraba el violento deseo de desnudarla que sentía el sevillano, o de enseñarle todas las formas que conocía para hacer disfrutar a una mujer. En cuanto sus pieles entraban en contacto, en cuanto Trinidad se estremecía de esa forma que nunca antes había visto en ninguna otra joven, la ignición devolvía a Enrique la cordura y huía lejos, presa de un terror apabullante.

El trianero había aceptado que podían estar juntos a pesar de sus diferencias sociales o de sus situaciones económicas, pero no debía permitir que Trinidad se perdiera con él como si fuese una barriobajera. Y ella era persistente. Vaya si lo era. «Menuda persistencia más exquisita», maldecía él entre dientes cada vez que Trinidad lo tentaba hasta que los pantalones le abrasaban. Un día ella descubrió su excitación y la muy descarada levantó la mirada lentamente de su bragueta para dedicarle una sonrisa desafiante. «Trinidad, Trinidad», le reñía Enrique con sus ojos azules en llamas. Se había propuesto acabar con él, estaba seguro. Y él, en realidad, estaba más que dispuesto a que lo destruyera.

Tanto lo había incitado la joven con sus besos, sus arrumacos y el calor de su figura, que solo era cuestión de tiempo que se produjese la detonación.

Sucedió una tarde que estaban los dos solos en la habitación que Enrique y el Triste compartían en La Cartuja. Él le estaba enseñando unas cuentas que habían preparado para justificar las primeras huelgas, cuando ella se arrimó mucho a él y le acarició el cuello con la nariz, como solía hacer cuando quería que la besara de esa forma bien lejos del recato que había descubierto con él. Enrique sintió que se le erizaba hasta la última fibra del cuerpo; sin embargo, fingió que no sucedía nada.

—Trinidad, estamos intentando hablar de esto.

—Podemos darnos un descanso —le susurró, provocando una oleada de cosquillas en la columna de Enrique—. A quién le va a importar.

—Al Triste, por ejemplo. Podría volver en cualquier momento.

Trinidad soltó una risilla, sus labios le rozaron el oído. Esperó un instante antes de pronunciar en un susurro las siguientes palabras:

—He echado el cerrojo.

Enrique se volvió hacia ella de golpe, tan de sopetón que Trinidad se sorprendió. Luego se dio cuenta de que sus ojos añiles habían tomado una tonalidad oscura. Se rio mucho cuando él se le tiró encima y se quedaron tendidos sobre la cama. Al instante, sonrió satisfecha. Sentir su peso sobre ella le agradó, aunque hubiera preferido seguir ronroneándole a la oreja un poco más. Dada su inexperiencia, no sabía lo que había provocado, pero, fuera lo que fuese, quería vivirlo con él. Quería vivirlo con todas sus consecuencias. Con el miedo, el desconcierto y el goce que el ímpetu de Enrique iba despertando en todo su ser. Trinidad se rindió al placer del tacto de sus dedos, le arañó la piel mientras le desabrochaba los corchetes del vestido, tanteó el contorno de sus muslos. También la aturdieron las caricias de su lengua poseyendo su boca. Captó enseguida que a él debía de gustarle así, un poco brusco. Trinidad descubrió por primera vez el deleite de satisfacer los deseos de otro. Notó que Enrique se quitaba el cinturón, y permitió que lo usara para atarle las muñecas al cabecero de la cama. Una vez más, cabalgaba el miedo a lo desconocido y se dejaba llevar por la excitación. Miles de sensaciones nuevas estaba despertando en ella. Cuando Enrique volvió a mirarla a los ojos, ruborizado por el ardor, Trinidad supo que sus sentidos acababan de despertar de verdad.

—Así te estarás quietecita —le gruñó él, travieso, con la respiración entrecortada.

Ella lo observó retadora, lo que terminó por desquiciarlo. Sus labios buscaron los de ella con desesperación, sus lenguas confluyendo en una danza delirante. Las manos de él se fueron directas a su falda, solo para que sus piernas quedaran accesibles. Trinidad rodeó instintivamente a Enrique con ellas y, al notar su excitación, gimió con los ojos cerrados. Él deshizo con los dientes el lazo que cercaba el cuello de Trinidad y se recreó en su clavícula. Tanteó sus senos con los incisivos por encima de la blusa, con un ímpetu animal. Luego deslizó una mano entre sus muslos, buscando su punto más húmedo y caliente. La espalda de la joven se arqueó con cada gesto que Enrique le dedicó. No fue delicado. Notó sus dedos de formas y en zonas insospechadas para ella.

No necesitó desnudarla, y ella lo agradeció. Le resultaba terriblemente excitante ver su mano avanzando por debajo de la ropa en sentido ascendente, desde su cadera hasta el pecho, mientras la otra seguía hundida en los misterios de su feminidad. Trinidad soltó un quejido placentero cuando sintió la aspereza de sus dedos abriéndose camino en su interior. Le dolió un poco, pero también le resultó adictivo. Muy pronto llegó al cenit, y se lo hizo saber aprisionándole la mano con los muslos.

Pero Enrique no cesó en sus movimientos, por más que ella se retorcía presa de una necesidad que no había conocido jamás. La sonrisa pícara del chico mientras tiraba de su ropa interior le dio a entender que aquello no había hecho más que empezar, que Enrique deseaba seguir atormentándola, buscando que ella se perdiera muchas más veces. Trinidad no se esperaba que tomase sus rodillas y se las colocara sobre los hombros, para luego introducir la cabeza entre sus piernas. Se tomó su tiempo.

Cuando pareció darse por satisfecho, Enrique alzó la vista y desplegó su sonrisa de felino. Con las mejillas arrebatadas, el pecho subiendo y bajando y la piel perlada de sudor por la intensidad del momento, Trinidad le dedicó una expresión de reproche. El joven parecía no caber de gozo y se inclinó hacia ella para desatarla; en el camino, le mordió juguetón la barbilla, todavía demasiado lejos de donde a Trinidad de verdad le hubiese gustado que posara sus dientes.

—Este ha sido tu castigo por tu jueguecito mezquino —susurró Enrique, sarcástico—. Te dije que estabas tentando a la suerte.

—Y yo que me gustaba tentarte.

La joven dirigió una mirada sugerente a su entrepierna. En cuanto se vio libre, fue a acariciar esa parte de su anatomía, pero Enrique la frenó. Trinidad lo observó desconcertada. Sin cortarse, le dijo que deseaba ofrecerle exactamente lo mismo que él le acababa de hacer. Enrique enarcó las cejas. Había desaparecido de su cara todo rastro de diversión.

—Trinidad, no es buena idea.

—A mí me parece estupenda.

—Es nefasta, y punto.

—¿Por qué?

—¿Te hago una lista? Primero, porque eso es propio de mujeres de la calle, no de una señorita como tú.

Esa amonestación le dolió. Trinidad había pensado que le complacería su atrevimiento y, en cambio, se sintió ofendida por sus apetencias. Pero siempre había sido más testaruda que orgullosa, así que se lanzó hacia él de nuevo, con tanto ímpetu que Enrique volvió a aplacarla entre risas.

—¡Y segundo…! Porque como vayas por ahí, ya sí que no seré capaz de controlarme.

Ella lo desafió con sus ojos verdes, tozuda.

—Bien.

Él resopló molesto. Después de forcejear un poco más, suspiró y terminó por sincerarse con ella:

—La idea de que mantengamos una intimidad plena me quita el sueño. En el mejor y el peor sentido.

La inglesa permaneció callada, mirándole con los ojos ardiendo de deseo.

—Trinidad, tú eres una muchacha de bien. ¿Qué hacemos si te dejo embarazada? Yo no tendría problema en desposarte. Sería mi pretensión, de hecho. Pero antes de que eso ocurriera, lo más probable es que tú y mi hijo desapareciéseis de mi vida porque tu familia te obligaría a regresar a

Inglaterra. Suerte tendrías si no acabases en un convento, pero lo que es seguro es que a la desdichada criatura le aguardaría un orfanato.

Trinidad parpadeó, perpleja, al escuchar sus temores. Después estalló en carcajadas tan fuertes que Enrique se indignó. La miró enfadado hasta que ella se justificó:

—Cómo se nota que no conoces a mi hermano Fernando. Es clavado a mi padre. Lo que haría sería amenazar con asesinarte hasta que sintieras que habla en serio, y a mí me echaría un rapapolvo memorable, pero estaría deseando cuidar y mimar a su hipotético sobrinito.

—No sé si lo que acabas de decir me calma o me deja muy intranquilo.

Trinidad le sonrió misteriosa, se subió a sus rodillas y le rodeó el cuello con sus brazos. Se inclinó hacia él para acariciarle el rostro.

—Oye… Sí que le has dado vueltas. ¿Es cosa mía o acabas de decir que desearías casarte conmigo?

Enrique le mantuvo la mirada, aunque no parecía desear hacerlo. Su rostro se puso tan colorado que Trinidad no podía creer que fuese el mismo hombre que la había vuelto loca en su cama hacía escasos minutos. La joven lo besó con una entrega nueva, con más amor que nunca. Se separó un poco de él para decirle lo que pensaba:

—Lo que ocurra entre los dos es tan responsabilidad tuya como mía. Ya tenemos sueños en común, ¿por qué no fantasear con un futuro juntos? He tomado la decisión de entregarme a ti, y quiero que tú disfrutes de ello tanto como yo.

Aunque le costó un poco, Enrique terminó sonriéndole y la rodeó con sus brazos.

Después de ese día, no tardaron demasiado tiempo en dejarse llevar por completo. Trinidad no llegó a probar con Enrique muchas de las cosas que él le hacía a ella. Esa era la tónica de su relación: él siempre la conducía; entre otras cuestiones, porque llevaba el control de sus encuentros para evitar un susto en la medida de lo posible. Enrique no había mentido a Trinidad: soñaba con desposarla en condiciones algún día. El verdadero problema era que todavía había demasiados inconvenientes para que ese sueño pudiera hacerse realidad.

Su relación con María de las Cuevas seguía siendo uno de ellos. Además, era el principal motivo de discusión en la pareja. La construcción de los nuevos hornos había requerido más recursos económicos y humanos de los previstos. Trinidad era testigo del esfuerzo de los trabajadores, así que no entendía las continuas críticas ni la actitud altiva y cerril de la aristócrata. «No te puedes fiar de un obrero», le repetía la marquesa. Trinidad se sentía morir solo de pensar que María de las Cuevas llegara a enterarse de lo que hacían en la intimidad ella y Enrique.

El otoño dio paso al invierno en Sevilla mientras Trinidad consolidaba su idilio romántico a espaldas de la amistad que trataba de asentar con la marquesa. En realidad, y por mucho que dijera lo contrario, Enrique no era el mayor problema en la vida de María de las Cuevas Pickman.

Un buen día, sin más, le llegó a Trinidad el rumor. Se trataba de una habladuría sobre la aristócrata que nunca antes había escuchado. En mitad del descanso de la tarde, la artesana británica estaba conversando con un grupo de estampadoras de loza y de jóvenes albañiles, entre ellos, el astuto Mincho y el comedido Jilguero, aprovechando los últimos rayos de sol de la fría tarde de invierno, al lado de la fuente de los granados. Enrique no los acompañaba porque estaba acabando un par de tareas en el jardín norte de la fábrica. Como solía suceder, el nombre de la marquesa salió en la conversación y un par de mujeres se rieron por lo bajo.

—Se porta como una arpía estirada para fingir que nadie sabe la verdad.

—Sí, todo el mundo se acuerda de su madre. Son como dos gotas de agua, y de carácter también es idéntica. Mi tía la conocía bien.

Trinidad, inocente, se acercó al corrillo de las trabajadoras.

—¿Se refieren ustedes a doña Rosario, la esposa de don Ricardo, el primogénito de Carlos Pickman?

Mincho y los demás arquearon las cejas en silencio, claramente incómodos. Las dos operarias volvieron a carcajearse.

—Dios se apiade de la pobre señora. Ser yerma siempre es horrible para una mujer, pero resulta el peor infierno para una dama de posibles. Que su marido se la pegara con una obrera de la fábrica debió ser el colmo de la humillación.

Trinidad puso los ojos como platos. Aunque no más que

las dos trabajadoras cuando apreciaron una figura que salía del templete de las santas Justa y Rufina, esa edificación formidable de los jardines del norte de La Cartuja y que estaba tan cerca de donde ellos se encontraban. Lo suficiente para haber escuchado la conversación. Se quedaron como la cal al descubrir de quién se trataba.

La marquesa avanzaba a paso ligero con un libro bajo el brazo. Les dedicó a todos un elegante gesto de desprecio, especialmente a Trinidad.

La británica tardó un instante en reaccionar, aunque no dudó en salir corriendo tras ella hasta alcanzarla.

—Espere, señora. ¡Espera, Cuevas!

La tuteó sin pensar. Era la primera vez que la llamaba así. Y pasarían muchos años, con mucha tinta de por medio, hasta que Trinidad volviera a animarse a hacerlo. Consiguió detenerla, pero la marquesa evitó mirarla a la cara.

—Son solo chismes de comadres. Es absurdo pensar que tú...

María de las Cuevas la fulminó con la mirada. La británica no podía creer que la marquesa tuviese los ojos vidriosos, una reacción que no significaba necesariamente que lo que decían esas estampadoras fuera cierto. ¿No?

Justo entonces apareció Enrique a lo lejos, que las vio un tanto alteradas. Trinidad maldijo por lo bajo, no podía llegar en peor momento. Cuando María de las Cuevas se percató de la presencia del ceramista, estalló:

—Vamos, ríete tú también, Trinidad. —Se limpió la mujer las lágrimas con el dorso de la mano. La dignidad por los suelos, el amor propio tratando de mantenerse a flote—.

¿Qué importa que mi padre fuese un buen hombre si su honor ha quedado mancillado para siempre? ¿Qué más da si quiso o no seriamente a mi madre? ¿Qué importará la verdad? No me queda más alternativa que ejercer y defender mi papel de heredera de los Pickman, aunque nadie en esta fábrica crea que lo merezca. Sobre todo tu querido Enrique. —Lo señaló con la barbilla, rebosante de rencor—. Seguro que el muy desgraciado es quien más se burla de las penurias de mis familiares. Él es un muerto de hambre, pero nadie cuestiona la dignidad de sus orígenes.

Antes de que Trinidad pudiera replicar, la marquesa puso pies en polvorosa. La británica se había quedado de piedra. ¿Así que eso era lo que le ocurría en realidad a María de las Cuevas? ¿Esa era la razón de su actitud inflexible con los trabajadores? Enrique jamás le había comentado nada.

Solo después de lo sucedido, él accedió a hablarle del rumor que circulaba: María de las Cuevas Pickman era fruto de una relación ilegítima entre don Ricardo y una obrera de la fábrica. Algunas versiones sostenían que el caballero amaba de verdad a la trabajadora y que por eso reconoció a su hija, para que heredase su título nobiliario. Nadie había corroborado ni desmentido nunca nada. Los Pickman desde luego no hablaban de ello, era el proceder habitual de la gente pudiente en esas coyunturas.

Para María de las Cuevas, las dudas vertidas sobre su sangre fueron suficientes para que se instalara en un limbo entre la aristocracia y el mundo obrero. Trinidad comprendió al fin por qué era una noble tan singular y por qué tantos labriegos y operarios la miraban con aprecio, mientras que otros la trataban con hostilidad. La rechazaban por haberse decantado por el mundo de la aristocracia cuando creían que era una de ellos.

A Trinidad la dejó asombrada la discreción de Enrique en ese asunto, contrariamente de lo que María de las Cuevas creía. La británica sabía que el ceramista había padecido en sus carnes el dolor que provocaban los rumores y entendía que por eso él los evitaba y no les daba pábulo, incluso cuando eran sobre la mujer con la que peor se llevaba del mundo. Trinidad pensó que la marquesa y el trianero tenían mucho en común: ambos cargaban con la reputación de sus padres y con las consecuencias de las decisiones que estos habían tomado en vida.

—La diferencia es que ella lo paga con todos nosotros —dijo Enrique—. Parece que la sola idea de compartir nuestra condición la atormentara. Los nobles, los burgueses y la gente humilde somos iguales, lo único que nos diferencia es el trato que nos damos unos a otros, y eso jamás cambiará, Trinidad. Yo lo sé bien.

Esa tarde de principios de diciembre, se despidieron un poco distantes, especialmente él, lo cual le recordó a Trinidad la etapa en la que Enrique la rechazaba por absurdos miedos. La joven británica sintió un frío gélido envolviendo su corazón; le dio la impresión de que el incipiente invierno se le anclaba en el pecho. El chico se excusó diciendo que tenía que ir a Triana para atender un encargo. A ella no le quedó más remedio que aceptarlo. Luego le dio un escueto beso en la mejilla y lo dejó marchar en pura agonía. Tras la suave caricia de sus labios, supo sin lugar a dudas que Enrique seguía teniendo temores irracionales respecto a su relación y que estaba permitiendo que sus complejos los separaran. No era la primera vez que pensaba que el ceramista jamás la vería como a una igual. No solo a nivel social, sino también en lo artístico y en lo romántico. No sabía qué le dolía más. Para Enrique ella siempre sería la señorita de bien, la extranjera, la demasiado adelantada para su tiempo. No podía permitirse ser ella misma ni dar rienda suelta a su sensibilidad, porque él no creía que existiese otra Trinidad que la que él veía. Lo más duro de esa etapa de su vida fue que ella cedió tanto por amor, que también llegó a pensar que sus otras facetas no existían.

Ese agitado mes de diciembre, Enrique recibió un encargo inesperado. Tenía una cita en la mansión de la calle Pacífico, esa que en su día había sido propiedad de su abuelo Walter. Nada más cruzar la imponente puerta de roble, se le hizo un nudo en la garganta. Pese a que las emociones y los recuerdos le nublaban el juicio, debía comportarse como un profesional. El actual dueño le había encargado un mural de azulejo semanas antes, y después le contrató para que lo colocara. Aún no había tenido la ocasión de conocer al caballero en cuestión y en ningún momento se imaginó que lo recibiría él mismo ni que lo haría con tanto entusiasmo. El anfitrión vestía con las ropas de rigor de un burgués de nivel, pero, pese a su estatus, se deshizo en alabanzas con Enrique, algo a lo que no le tenían acostumbrados los caballeros de su clase. Se notaba que este era nuevo en la ciudad.

—No mintieron en afirmar que era usted un virtuoso, señor Giner —le elogió cuando Enrique le enseñó los azulejos de arista que le había encargado, para presumir ante los invitados que acudirían a su próxima fiesta de Navidad. Para que quedara a la vista de todas las visitas, colocaría el precioso mural con escenas religiosas en el patio principal de la vivienda, el mismo en que tantas veces el joven artista había tocado su violín de pequeño, cuando aquella casa todavía era su hogar.

—Solo me limito a hacer mi trabajo, don Roque —dijo Enrique, evitando que las emociones negativas le traicionaran.

—Usted no trabaja, niño; usted crea —afirmó entusiasmado el caballero mientras sostenía una de las piezas de arcilla exquisitamente pintadas a mano—. Dígame, ¿es verdad que esta fue la casa de su abuelo?

Enrique no se esperaba esa pregunta a bocajarro, así que optó por ser sincero:

—Eso fue hace mucho, señor.

—Sí, algo he oído. Nosotros acabamos de mudarnos a Sevilla. Somos de Cádiz y a mí me interesa mucho la cerámica. El señor Sandeman me convenció para que me convirtiera en accionista de su fábrica de Aznalfarache y ahora estoy buscando oportunidades de negocio.

—¿Quién es, padre? ¿El artista del mural? ¡Qué maravilla!

Una muchacha de unos quince años se asomó por la puerta del salón principal. Había estado observándolos todo el tiempo, pero fue entonces cuando se animó a interrumpirlos. Su gesto delataba que había salido empujada por la impaciencia.

—Ah, ven aquí, pequeña mía —la animó a acercarse el caballero, como ella sabía que haría—. Señor Giner, le presento a mi hija Inés.

La chica miró a Enrique como si hubiese descubierto en él el sol de la mañana. El joven le dedicó la versión más dulce de su amplia sonrisa, luego tomó su mano con delicadeza y se la besó.

—Un honor conocerla, señorita De Benavides.

Inés dejó escapar un suspiro meloso, que no pasó desapercibido ni para Enrique ni para su padre. Cómo culparla a esa edad, y más cuando el trianero era un joven rudo pero apuesto y muy prometedor. Don Roque tenía debilidad por su hija Inés, así que, solo por darle el gusto, no dudó en hablar al muchacho con franqueza:

—Como dice mi Inés, su trabajo es impresionante. No me importaría ser su mecenas.

—¿Cómo dice?

—Ya sabe, que produjese más obras para mí. Si no todas. Presumir de usted ante mis socios por su trabajo exclusivo, que viniera a mi casa con frecuencia y me comentara los proyectos en los que le gustaría que invirtiera. Necesito hacerme un nombre aquí en Sevilla y creo que usted podría ayudarme a conseguirlo.

Cuando pronunció la palabra «frecuencia», la Inés de quince años miró a Enrique esperanzada, pero este estaba todavía digiriendo lo que acababa de escuchar.

—Discúlpeme, señor, sé lo que es un mecenas, pero…

—Como le decía antes, me interesa mucho la cerámica sevillana —le interrumpió don Roque de Benavides—. Igual que voy a invertir en la fábrica Sandeman, me encantaría llevarme el mérito de descubrir a un gran maestro trianero. ¿Cómo le suena mi propuesta?

Enrique estuvo a punto de volver a preguntarle si había oído bien. Ni en sus más descabelladas fantasías había llegado a soñar con tener un padrino. En Sevilla, sin embargo, las cosas eran más complicadas que en la Florencia del Renacimiento.

—Para ser maestro en Triana hay que aportar algo único, algo que no se haga en ningún otro taller o fábrica, señor —respondió con timidez Enrique—. Algo que sea merecedor de ese reconocimiento.

Don Roque entendió al momento. No contaba solo la cuestión económica, ni bastaba tener un patrocinador; había que mostrar algo especial, único, para que el mecenazgo tuviera sentido. Inés tironeó del borde de la chaqueta de su padre, insistente, y don Roque le dio una palmada en la espalda al joven.

—Pues consiga ese algo único, muchacho. Se nota que usted es listo y yo estoy dispuesto a ofrecerle una oportunidad única.

Lejos de esa casa y completamente ajena a la conversación que podía cambiar la vida de Enrique, Trinidad estaba intranquila. Ni su relación con el hombre que amaba ni sus planes para La Cartuja iban como quería. No estaba siquiera cerca de alcanzar el propósito por el que quiso intervenir en la fábrica, que era velar por la felicidad de los Pickman y de sus trabajadores.

Nunca llegó a imaginar que María de las Cuevas tendría una reacción tan emocional a un cotilleo malintencionado. A la joven le había impresionado mucho que la marquesa sufriera tanto por ese motivo. Comenzaba a comprender que su comportamiento airado y despectivo con los empleados era la manera que tenía la aristócrata de enmascarar sus complejos y también de liberar la tensión fruto de las discusiones en la fábrica y los ataques al palacio de los Pickman durante los últimos meses.

Y luego estaba Enrique. El frío beso de despedida que le había congelado el corazón. Trinidad llegó a la conclusión de que el amor era más duro y la amistad, más difícil de lo que nadie explicaba. Iba en el coche de caballos de Baldomero de vuelta a Alfarería cuando lo dijo en voz alta. El cochero rompió a reír espoleando a Rubia.

—Es justo al revés, señorita Trinidad. ¿Ha oído alguna vez eso de «tres cosas hay en la vida...»?

—¿Salud, dinero y amor?

Se lo había oído decir a mucha gente en Sevilla, y también a su madre en alguna ocasión. Arqueó una ceja para invitarlo a proseguir.

—Bien —asintió él—, pues es una estupidez como una casa.

—No irá a decirme a estas alturas que el dinero no importa, Baldomero.

—¡Qué disparate, niña! ¡El parné es el que más importa

de esos tres! —exclamó con un aspaviento el cochero, y ambos volvieron a romper en carcajadas—. No, señorita Trinidad. Para mal o para bien, el dinero rige el mundo. La salud condiciona cuánto y cómo estamos en él. Pero el para qué... En mi opinión, nada justifica nuestro paso por la vida como la amistad.

—Pero bueno, Baldomero, que está usted casado. Su señora se llevaría un disgusto si le escuchase.

—No, criatura, mi señora y yo estamos más que de acuerdo en esto, porque hay una pequeña trampa. Verá, sabes que amas y eres amado por la persona indicada cuando esta es ante todo tu amiga y compañera. Si eso es el amor, está bien. Pero el amor..., a veces el término se usa de forma confusa. Se aplica lo mismo a los objetos que a un propósito o que a uno mismo, y al final ¿qué nos queda? Un montón de sensaciones intensas que condicionan todo lo demás. En cambio, la amistad solo trae cosas buenas.

Trinidad guardó silencio. Se apoyó en el respaldo de la silla de Baldomero, como acostumbraba a hacer cuando quería que la iluminara con su sabiduría. Él se hinchaba de orgullo al sentir el interés sincero de la joven en sus palabras.

—Yo soy un hombre humilde, usted ha estudiado y leído mucho más que yo, pero ha vivido menos. Igual que la señora marquesa. Sabe más el diablo por viejo que por diablo; pues yo soy ambas cosas. Le diré que ustedes dos se necesitan más de lo que creen. La amistad tiene eso en común con el amor romántico: cuando arranca, ya no hay quien la pare, deseas pasar más tiempo con esa persona. ¿Por qué si no decidió quedarse en Sevilla? Usted es inteligente, comprende que María de las Cuevas ha encontrado en usted un apoyo especial, algo que seguramente nunca había tenido hasta ahora con nadie. Es posible que sea la primera a la que le permite verla tal y como es. ¿Qué mayor muestra de amistad hay que mostrar nuestra cara menos halagüeña, esa de la que nos avergonzamos? ¿Qué le dice el corazón? ¿De verdad es Triana a donde quiere que la lleve?

La joven no tardó mucho más en pedirle al cochero que la acercara al palacio de los Pickman en la plaza de Santa Cruz. Baldomero sonrió satisfecho y ella se inclinó hacia delante un poco más para apoyarle la mano en el hombro.

—¿Usted y yo somos amigos, Baldomero?

—Qué cosas tiene, chiquilla —se carcajeó él—. ¡Pues anda que no hemos visto ya decenas de veces lo más vergonzoso el uno del otro!

Trinidad sonrió aliviada y dejó que Baldomero la llevara a su verdadero destino. Cuando entró en la salita de té de los Pickman, la británica se encontró a María de las Cuevas sentada en el filo de un diván sin respaldo mientras contemplaba un retrato magnífico de su padre. La melancólica estampa condujo a Trinidad a hacer algo inusitado. Igual que solía hacer con las personas a las que más quería, tomó asiento detrás de la joven marquesa y apoyó la mejilla en su espalda. La aristócrata se sorprendió un poco, pero permaneció quieta y disfrutó de su cercanía.

—Me quedé en Sevilla para ayudarla, María de las Cuevas —le dio a ella la respuesta a la pregunta que le había hecho Baldomero—. Y no me iré hasta que lo consiga.

Permanecieron largo rato calladas, solazándose en el afecto discreto que se profesaban. La marquesa se puso de medio lado y le dedicó una sonrisa que nunca antes le había mostrado. Una sonrisa que agradó a Trinidad.

La joven pensaba que la marquesa le diría algo como: «Lo que vas a conseguir es sacarme de mis casillas», pero se equivocaba.

—He encontrado algo que le puede interesar —anunció María de las Cuevas.

La mujer se levantó con delicadeza para darle a entender que no lo hacía por desprenderse de su gesto de afecto. Anduvo unos pasos hasta un precioso buró de madera oscura y delicados detalles en nácar. Hurgó en el cajón más grande y extrajo algo que cabía en una sola mano.

—Recordará —comenzó a decir María de las Cuevas mientras regresaba a su lado— que cuando descubrió los dibujos de la dama hace unos meses, en la carpeta también había todos aquellos documentos que…

—Los de la Escuela Roberts y Urquijo —la interrumpió Trinidad pese al dolor que le producía pronunciar ese apellido en voz alta.

—Lorenzo y yo fuimos a la sede de la escuela en busca de más información. Todavía quedaban algunas posesiones de los antiguos propietarios. —La marquesa de Pickman titubeó un instante más, pero le tendió lo que había sacado del escritorio. Una pequeña libreta de piel algo maltrecha y cuarteada—. Esto estaba en el arcón de la alcoba principal de la vivienda.

Era la primera vez que Trinidad veía ese cuadernito, así

que no podía imaginar lo determinante que sería para ella en el futuro. En aquel momento, sin embargo, la joven se limitó a abrirlo, por el principio. Una sola frase encabezaba la página:

La vida es frágil.

12

Mayo de 1911

Nueve años después de recibirla, Trinidad seguía mirando su libreta. La cubierta de piel cuarteada, las páginas de papel amarillento y la tinta seca desde hacía décadas que cada vez era más tenue.

Estaba sentada en el borde del pozo de piedra blanca del palacio de los Pickman, el que ocupaba el centro del patio principal. Resultaba incoherente que esa estructura tan rústica tuviera un lugar destacado en una mansión tan suntuosa, en la que abundaban las columnas de mármol, los balcones cuajados de geranios, los exquisitos cuadros y tapices... Trinidad observaba el pocito y sus sencillos detalles de metal, y sentía que era un cobijo hogareño en medio del lujo y la grandeza. El agua que calma la sed de cotidianidad que causa lo solemne. Segura de que todos los demás habitantes de la casa seguían durmiendo a esas horas de la mañana, Trinidad decidió esperar allí mientras hojeaba su cuaderno.

Había leído y consultado el contenido de la libreta mil

veces, se lo sabía a la perfección. Sin embargo, cada vez que lo abría, descubría algo distinto. Como ocurría con las personas: por mucho que creamos conocerlas, nos sorprenden una y otra vez. Decían que Trinidad tenía el don de ver aquello que otros no podían, sobre todo en los objetos. Ella, en cambio, pensaba que eran los objetos los que podían ser o no especiales y que ella simplemente tenía la habilidad de darse cuenta. Nueve años después, Trinidad seguía hojeando su libreta y continuaba pareciéndole un misterio. El texto nunca había cesado de revelarle grandes verdades que sabía, pero en las que jamás antes se había atrevido a pensar.

—Qué bien que esté tan entretenida.

La voz que había pronunciado esas palabras la sacó de sus ensoñaciones. Trinidad le lanzó una mirada de reproche a Víctor por el tono con el que se había dirigido a ella. Él también parecía alterado, aunque era difícil saber qué le pasaba porque solía mirarla así: los ojos negros bien grandes y abiertos clavados en ella. Su complexión era más imponente sin chaqueta y corbata; era innegable que le sentaba bien el atuendo de sus prácticas de tenis: una camisa blanca remangada con los tres primeros botones abiertos. Trinidad, por su parte, solía ponerse un sencillo vestido de trabajo.

—No estaba entretenida —espetó ella a la defensiva—, estaba esperándole.

—Disculpe, pero yo la estaba esperando a usted —replicó Víctor, jugueteando con la raqueta de madera—. Hace rato que he llegado a la plaza de Santa Cruz.

Trinidad se levantó sobresaltada.

—¿Y por qué no me ha dicho nada? Siempre me recoge aquí.

—La última vez me dijo que nos viésemos en la plaza directamente.

Trinidad puso los ojos en blanco. Estaban así todo el día. Se sintió bastante mal por haber hecho esperar a Víctor, pero era innegable que no se les daba bien ponerse de acuerdo. Hacía más de una semana que se reunían a diario para entrenar. El partido de tenis con el rey don Alfonso tendría lugar en dos días y aunque por separado habían mejorado mucho, la coordinación era aún una tarea pendiente. Puesto que Víctor residía en la vivienda de don Aníbal y esa zona de la ciudad carecía de parques, María de las Cuevas les propuso que entrenaran en la plaza de Santa Cruz, que daba a la parte trasera de la casa de la familia aristócrata, donde había una puerta de acceso famosa porque se decía que era la más estrecha de Sevilla. Para salir, Trinidad, Víctor y cualquiera que lo intentara tenían que ponerse de lado. Otra peculiaridad del mundo de los Pickman.

La plaza de Santa Cruz era bonita. Tenía una cruz de hierro en el centro que daba nombre al lugar. Los jóvenes atravesaron la vegetación. Trinidad apartó los jazmines que acariciaron su rostro cuando se hizo hueco entre sus ramas y Víctor se quedó observándola un instante. La británica supuso que estaba irritado por la espera, así que cuando el joven le hizo un gesto para que sacara primero, no discutió como otras veces. En ocasiones anteriores habían practicado en los antiguos jardines de la Huerta del Retiro, pero estaban atestados de transeúntes y de gatos callejeros, lo cual irritaba a Trinidad y desconcertaba por completo a Víctor. En la plaza de Santa Cruz gozaban de más intimidad. Se dieron cuenta pronto de que ninguno de los dos era especialmente hábil al tenis. No eran torpes, más bien al contrario, pues se movían con soltura y tenían buena complexión, pero se les resistía pasar la bola con la altura suficiente y anotar puntos era evidentemente una tarea impensable.

—Por mucho que Cuevas diga que el rey disfrutará ganándonos —dijo Trinidad mientras se esforzaba por lanzar la pelota al otro lado de una red imaginaria—, me entran los sudores fríos al pensar en cuando se dé cuenta de que somos unos completos negados. O peor, que se dé cuenta de que todo ha sido una treta para sonsacarle información sobre la Exposición Hispanoamericana.

—Discrepo en ambas cuestiones —replicó él, estirándose inútilmente para alcanzar una bola que se le escapó—. El rey disfrutará ganando, se le nota a la legua, pero es cierto que las victorias saben mejor cuando se derrota a contrincantes diestros. No nos queda otra alternativa que esforzarnos, aunque sea por no ofenderle. —Recogió la pelota del suelo, cansado más psicológica que físicamente—. Por eso disiento en cuanto a su preocupación de que descubra que nuestra única pretensión es hablar con él. Es el rey, seguro que estará acostumbrado a que la gente se le acerque por interés. Lo que sí le molestaría es que no nos tomásemos en serio el partido.

Trinidad se cruzó de brazos.

—¿Por qué tengo la sensación de que discrepa usted de todo lo que digo?

—Coincide que no tiene razón y yo sí. —Víctor le dedicó una sonrisilla inesperada, por lo bonita y pícara—. Deme un momento, me estoy asando.

Trinidad chasqueó la lengua. Ella también tenía mucho calor. Sevilla era una ciudad mezquina con sus temperaturas, sobre todo cuando las formas y el protocolo requerían tantas capas de ropa. Mientras se abanicaba con la raqueta, volvió su atención a Víctor. El joven se acercó a la fuentecilla más cercana y metió la cabeza bajo el hilo de agua. Dejó que el frescor le empapase hasta la nuca y se incorporó de golpe, sacudiéndose como un perro. La imagen dejó a Trinidad sin palabras. El agua no solo le mojó el cabello y el rostro, también la parte de arriba del busto. La tela blanca de la camisa se le pegó a la piel, transparentando buena parte de su fisionomía.

—¿Qué pasa? —le preguntó él, impaciente por retomar el juego.

—No sé qué me desconcierta más —dijo Trinidad, aún hipnotizada por la cruz que dibujaba su clavícula con la nuez y el pecho partido—, si descubrir que está en muy buena forma para ser un señorito estudiante o que, a pesar de ello, no mejora al tenis ni a palos.

Víctor se había sonrojado bruscamente a causa de las palabras de Trinidad.

—Soy estudiante, pero de señorito nada. He pasado la mayor parte de mi vida trabajando, ni siquiera sabía lo que era un libro técnico hasta que conocí a don Aníbal.

Eso no lo esperaba. La británica lo miró con curiosidad.

—Es verdad que dijo que era de origen modesto como él.

Víctor la observaba incrédulo. Pareció estremecerse a causa de sus comentarios o de su forma de contemplarlo.

—¿En serio no tuvo acceso a una buena biblioteca hasta que Aníbal González le tomó como discípulo? —preguntó Trinidad al ver que Víctor no se explayaba en el asunto.

—Desde luego, no tuve acceso a tantos libros y manuales como ahora —respondió él, que parecía haberse serenado un poco—. En la escuela había alguno que otro, pero no abundaban. A los doce años acabé la enseñanza obligatoria y tuve que ponerme a trabajar, como casi todos los huérfanos de Triana.

—Espere, ¿usted es trianero?

Los ojos verdes de Trinidad lo observaron con tal interés que el rubor de Víctor regresó. Estaba desconcertado. La pregunta de la británica le transformó de golpe el rostro del mismo modo que cuando lo confundió con don Aníbal en el Real Alcázar. Lo había ofendido, Trinidad lo notó en su mirada, pero no le dio tiempo a excusarse ni a preguntarle el motivo.

—Dejemos la cháchara y continuemos practicando, o el día del partido vamos a ser el hazmerreír de la aristocracia española —dijo Víctor en un tono desagradable.

Ella no entendió su repentino cambio de actitud, pero agradeció que el joven volviera a alejarse. Cada vez que la observaba con esos ojos negros, sentía que su belleza la absorbía. «Belleza», esa era la palabra. Víctor le había resultado hermoso por fuera y por dentro desde el primer momento en que lo trató. No obstante, Trinidad no acertaba a entender la razón por la que a ratos él se ponía tenso en su presencia. Era cierto que apenas se conocían y que ella tenía un carácter fuerte. De hecho, había asumido que el impetuoso torbellino que habitaba en su interior espantaba a la mayoría de los caballeros, por eso hacía lo que estaba en su mano para mantenerlo a raya.

Cuando volvió a Cheshire, Trinidad pasó una buena temporada sin acercarse a ningún hombre. Enrique la había dejado muy tocada en cuerpo y alma. Se preguntó si tantear los límites de lo físico con otro caballero le daría una oportunidad de resarcirse. Probaría a mostrarse tal y como era: una princesa que se convertía en rana, croaba sin parar y era bastante pegajosa. Pero incluso los mozos más lanzados y cazurros terminaron por criticarla al descubrir su verdadera personalidad. Un marinero irlandés fue el primero con el que se animó a dejarse llevar. Era apuesto y divertido, y le causó verdaderos sofocos que le acariciase la rodilla por debajo de la mesa mientras conversaban en una tasca, en plena celebración de San Patricio. Demasiado tiempo había pasado sin que una mano masculina la tocara, por eso no vio venir que aquellos besos pastosos o el turbio aliento a alcohol presagiaban un desenlace funesto. En cuanto ella le propuso acompañarla a casa en tono meloso, la respuesta no se hizo esperar: «Ey, calma, calma, encanto. Te estaba cortejando porque parecías una señorita, pero no me agradan nada las facilonas», le advirtió con una mueca irritante. «Ningún hombre que se precie quiere que su hembra tome la iniciativa. Y cuando toque intimar, os preferimos calladitas y con las piernas abiertas». Trinidad le arrojó su bebida a la cara, causando muchas risas alrededor. Salió del local hecha una furia, aunque se le saltaban las lágrimas por la humillación. Aquel mostrenco le quitó por completo cualquier ánimo de volver a coquetear con nadie.

Observó a Víctor practicar el golpeo de derechas, en el centro de la plaza, entre los arbustos de jazmín y dama de noche. De perfil, volvió a parecerle un cisne negro, imponente y misterioso. Los dos eran criaturas de charca, mas uno estaba en la superficie y la otra, bien metida en el fango, se dijo acariciando el bolsillo donde tenía guardada su libreta. Sus aspiraciones de desear y ser deseada por un hombre habían caído en el olvido tiempo atrás. En su corazón ya solo quedaba sitio para los retos artísticos o para los desafíos «reales». Trinidad observó la cruz de hierro de la plaza y se santiguó. Que Dios cuidase de ellos el día del partido.

Y el día del partido llegó. Trinidad acordó con Víctor que se verían en el Real Alcázar. Se lo repitieron varias veces, por si acaso. Ella lo agradeció, ya que después del último encuentro en la plaza de Santa Cruz no habían vuelto a verse, ni para practicar ni para conversar. Había sido un alivio en lo personal, pero no en lo deportivo, mucho menos cuando descubrió el Alcázar abarrotado de espectadores que habían acudido expresamente a ver el encuentro. Trinidad comprendió que se fraguaba una tragedia cuando llegaron al patio de Banderas María de las Cuevas y ella en coche de caballos. La marquesa no había dejado de hablar, entusiasmada por el acontecimiento y como solía hacer cuando se sabía culpable de algo.

En cuanto Trinidad vio el patio de la Alcubilla reconoció que no había sido tan mala idea haberlo aprovechado para construir una pista de tenis. Habían usado las murallas del antiguo castillo como lateral y habían levantado otra pared con la apariencia de la fachada de una vivienda de dos plantas, con balcones y ventanucos desde donde se podía seguir el partido. Lo que más abrumó a Trinidad en cuanto llegó fue el jaleo. Había muchísima gente entre invitados del rey y empleados del palacio. Estos últimos se asomaban por las ventanas y balcones, encantados con la distracción. Los conocidos de don Alfonso se repartían por los extremos de la pista de tenis, contaban con sillas de mimbre muy confortables e iban vestidos de tonalidades claras para la ocasión y con abanicos por si el calor apretaba. Muchas de las señoras además llevaban amplias pamelas y los caballeros lucían sombreros de paja para taparse del inclemente sol.

Trinidad se fijó en que, en un lugar preferente, bajo uno de los arcos de columnas de mármol, se encontraba la reina Victoria Eugenia. A su vera se sentaba Inés de Benavides, que buscaba constantemente el oído de la monarca. Ambas lucían sendos tocados con plumas de pavo real y de faisán. «Las esposas de los dos jugadores, cómo no», reflexionó Trinidad. «Deben de ser amigas». Entonces posó la mirada en sus contrincantes. Don Alfonso y Enrique se encontraban en el centro de la pista. Ellos también se habían ataviado para el encuentro. Trinidad reprimió la risa: ese conjunto deportivo no era el más favorecedor para un caballero. Los pantalones eran blancos como las camisas, pero bien altos y con tirantes. El rey y el ceramista no tenían mal porte, pero la inglesa los compadeció un poco al verlos de esa guisa, aunque ella no era quién para criticar las pintas de un rey. Se preguntó cómo la verían desde las gradas; Cuevas le había asegurado antes de salir que, con esa combinación de blusa blanca, falda plisada y corbata de cuadros parecía la mismísima Charlotte Cooper, la tenista británica que había ganado el campeonato de Wimbledon hasta en cinco ocasiones.

Cuando Enrique la vio de lejos, su rostro se ensombreció y para Trinidad el asunto volvió a tornarse serio. Menuda racha llevaba con los hombres, se dijo; parecían aborrecerla. Don Alfonso se dio cuenta del cambio de humor de su pareja y siguió su mirada celeste hasta que las descubrió a ella y a Cuevas.

—¡Marquesa de Pickman, señorita Laredo! —El monarca se acercó a ellas entusiasmado, obligando a Enrique a hacer lo mismo—. Gracias por venir hoy y por jugar con nosotros en un día tan estupendo como este. ¿Dónde está su compañero?

Trinidad hubiera querido contestar, pero no tenía ni la menor idea. Por un instante le aterró la idea de que Víctor se hubiese acobardado y no se presentara. Justo entonces aparecieron él y don Aníbal, saludando con la mano. Víctor se reunió con el grupo excusándose por la tardanza. A su carruaje se le había estropeado una rueda por el camino y habían tenido que buscar otro transporte. El arquitecto hizo señas a María de las Cuevas para que se reuniera con él en la zona del público y la marquesa se despidió dejando solos a los cuatro jugadores. El joven recién llegado se quitó la chaqueta y confesó que era enemigo de las demoras entre continuas disculpas. De repente observó molesto a Trinidad, que se le había quedado mirando con los ojos muy abiertos.

—Ni se le ocurra reprocharme que he llegado tarde —refunfuñó Víctor—. Ya me he disculpado mil veces y a nadie le molesta la situación más que a mí.

Ella chasqueó la lengua.

—Qué desagradable es usted cuando quiere. Solo estaba admirando su conjunto de tenis. Tiene tan buena planta que hasta este modelo ridículo le sienta bien.

El talle alto favorecía su cintura estrecha y resaltaba la anchura de sus hombros. El gesto de Víctor mutó a la sorpresa y de la sorpresa al pudor. Trinidad hizo lo mismo cuando comprendió lo que le había dicho. Los dos miraron a su alrededor y la británica agradeció que el rey estuviese distraído hablando con el árbitro. Enrique, en cambio, había presenciado muy atento la conversación entre ella y Víctor. Los dos hombres se quedaron mirándose a poca distancia hasta que las palmadas entusiastas del rey les interrumpieron.

—Caballeros, señorita, les agradezco una vez más que hayan venido hoy a mi humilde morada. Desde que construimos la pista, no pierdo ocasión de disfrutarla.

—Es muy bonita, majestad —dijo Trinidad, conmovida por la amabilidad del monarca.

—El mérito es de mi estimado amigo, el señor Giner de los Cobos —dijo don Alfonso, dándole una palmada en la espalda a Enrique, que le hizo sonreír por lo bajo—. Tiene unas manos prodigiosas para el arte y para la construcción. Él supervisó la edificación de mi pista, ¿saben? Incluso corrigió algunos detalles, como todo un profesional de la materia.

—Majestad, gracias por sus palabras, pero la verdad es que yo me quedé en la albañilería —se justificó él y, mirando a Víctor de soslayo, añadió con cierta inquina—: Aunque hoy en día hay arquitectos que parten de orígenes mucho más rudimentarios.

Trinidad se sorprendió por el comentario fuera de lugar, pero Víctor lo ignoró sin más. El estudiante de arquitectura giró sobre sus talones para ir a ocupar su puesto en la pista y los demás hicieron lo mismo.

El partido dio comienzo. Como era de esperar, Trinidad y Víctor seguían sin estar muy coordinados. Dos semanas de práctica no eran suficientes para dominar ningún deporte, solo les había servido para mejor un poco su fondo físico y no sentirse agotados de inmediato. Su moral empezó a decaer pronto. Don Alfonso y Enrique sí sabían jugar.

«El dichoso felino... Se le da todo bien», gruñó Trinidad para sus adentros.

En una dejada en la red, Enrique le sonrió con malicia, pero lo que desconcertó a la británica fue que el ceramista sevillano aprovechase ese tanto para pedirle que se acercara.

—Coges mal la raqueta —le dijo desde el otro lado de la red, aunque a centímetros de distancia.

Como Trinidad le miró con cara de no comprender, Enrique bufó y pasó el brazo por encima de la división del campo, le atrapó la mano y la forzó a coger la raqueta como él le indicaba.

—Si la agarras por aquí, el peso se repartirá mejor y sentirás que la raqueta es una prolongación del corazón y la cabeza. Como pasa con la guitarra o el violín.

Sus ojos azules ascendieron entonces a su rostro. Trinidad le mantuvo la mirada en silencio, asintió para darle las gracias y se liberó de su mano antes de que él la dejara ir.

Enrique, pegado a la red, la observó regresar a su puesto junto a Víctor, quien había presenciado la escena desde lejos con cierta incomodidad.

Inés también se revolvió en su asiento, mientras Aníbal González y María de las Cuevas Pickman murmuraban por lo bajo. Los demás espectadores del partido cuchichearon largo y tendido, cosa que hizo las delicias del rey. El monarca avisó de que se reiniciaba el juego, pero ninguno de los otros tres prestaba ya atención a la pista.

De hecho, Víctor estaba tan en su mundo que Trinidad tuvo que defender su parte del campo en multitud de ocasiones.

—¡Cuidado! —gritó ella cuando vio la velocidad a la que llegaba la bola, pero ya era tarde.

El último revés del rey, el que les aseguraría la victoria a él y a Enrique, iba directo hacia Víctor. Su compañera, preocupada de que la pelota impactara contra su rostro, corrió a apartarle, pero cayó encima del joven. La estampa fue bochornosa. Por suerte, el césped amortiguó la caída. Trinidad rompió a reír a carcajadas mientras se disculpaba tumbada sobre él, pecho contra pecho. Sus rostros estaban tan cerca que podían rozarse con el aliento. Al darse cuenta, Trinidad se ruborizó sutilmente. Víctor también. Se miraron, él muy serio, ella sofocada por esos diabólicos ojos negros y por la sensación robusta de su cuerpo, rezando por que no notara la súbita aceleración de sus latidos. Terminó por sonreírle para disimular.

—Hemos jugado incluso peor de lo que imaginamos. Dudo que haya una pareja más torpe que nosotros sobre la Tierra.

—Quizá ese ha sido su error —dijo él, ayudándola a levantarse con delicadeza—. Debería haberse buscado a otro.

Trinidad lo miró extrañada y Víctor se ofuscó aún más y la dejó para acercarse a estrecharles la mano al rey y a Enrique, los indiscutibles vencedores. La británica imitó a su pareja de juego. Primero le dio la mano a Enrique con la intención de ser comedida; sin embargo, cuando fue a retirar los dedos, sintió la resistencia de él, que trataba de retenerla. Lo miró a los ojos y le inquietó la tonalidad zafiro que había tomado su mirada. El gesto duró más de lo que pensaban; tanto, que Inés lo llamó presurosa, lo cual bastó para que el ceramista se despidiera de los tres. Antes de alejarse le lanzó una mirada desafiante a Víctor.

Con el barullo de fondo, don Alfonso, que estaba en su salsa, vio la oportunidad de hacer una de sus provocativas preguntas:

—Bueno, señorita Laredo, ahora que ha concluido el maravilloso divertimento de la jornada, ¿va a preguntarme lo que desea saber?

—¿Cómo dice, majestad? —preguntó Trinidad, atónita.

—No se haga la tonta; será muchas cosas, pero esa no —se rio el monarca—. Cuando mi esposa me comunicó que doña María de las Cuevas había propuesto que jugáramos al tenis, supe que querría algo, ella o ustedes, sus protegidos. La buena de la marquesa siempre obtiene las cosas así.

Trinidad miró a su amiga desde lejos. Qué fatiga que fuese tan obvia. Luego volvió a centrarse en el rey y en su expresión jocosa, y se dijo: «De perdidos, al río».

—Majestad, necesitamos saber si los presupuestos de las bases del concurso de la Exposición Hispanoamericana son los correctos.

Don Alfonso primero se extrañó, pero al instante era todo interés.

—Explíquese.

Trinidad miró a Víctor para confirmar que le parecía bien que ella tomara la palabra. Él asintió sin objeciones. No estaban en el lugar más idóneo para tratar asuntos delicados, pero el rey era una persona ocupada y había que aprovechar la ocasión. La británica cogió aire y procedió a explicarse.

—Hace mucho que la situación económica de Sevilla no es la mejor, majestad —dijo eligiendo las palabras con cuidado—. El concurso exige presentar un presupuesto, y como don Aníbal es caballero de palabra, de esos que se preocupan de hablar con todas las partes para saber con quiénes puede contar y en qué condiciones, su propuesta se está viendo afectada por ese motivo. Desconozco cómo trabajarán los demás candidatos, pero reconocerá que es tentador hacer una propuesta grandiosa sobre el papel antes que ceñirse a la realidad. Todo parece indicar que un proyecto como este requerirá mucho más dinero del que se está valorando.

Tanto el monarca como Víctor atendieron el discurso de

Trinidad en absoluto silencio y curiosidad. Este último, con una luz especial en la mirada, como si ella fuese la cuestión más atrayente de todo el Alcázar.

—Admiro su sagacidad, señorita Laredo. Les seré franco —se inclinó hacia ellos, apurando ese momento de intimidad, sabiendo que no duraría mucho más—: el proyecto de la Exposición debería ser más ambicioso, muchísimo más. —Se encogió de hombros y resopló—. En Madrid, me temo, hay demasiados… asuntos con los que lidiar. Sabrá lo que ocurrió con Bilbao.

Trinidad confesó que recordaba algún detalle suelto del suceso que Cuevas le mencionó en su momento, dos años atrás, cuando empezó a fraguarse el proyecto de la Exposición. Víctor se ocupó de explicar por qué el rey se lo mencionaba en ese instante. Al parecer, cuando las autoridades de Sevilla manifestaron su interés por impulsar un evento internacional que promocionara la ciudad en el exterior, otras comunidades manifestaron su disconformidad con que Sevilla recibiera ese trato de favor. Las autoridades de Bilbao llegaron incluso a reclamar la Exposición, defendiendo que tendría más éxito celebrarla allí.

—En abril del año pasado —continuó Víctor—, los sevillanos incluso se echaron a las calles aprovechando la visita del presidente Canalejas para protestar y evitar que ningún otro lugar de España se llevara la Exposición.

Fueron necesarias muchas reuniones para llegar a un acuerdo con los bilbaínos, a quienes se les ofreció celebrar en su lugar un certamen de arte, industria y comercio. Pero el evento seguía pendiente, y tanto Bilbao como otras ciudades de importancia, como Madrid o Barcelona, aún estaban molestas con el Gobierno y la Casa Real por seguir apoyando el proyecto sevillano. A Trinidad no le hicieron falta más detalles para entender la posición del rey. El presupuesto de tres millones ya levantaba muchas ampollas. Aunque la iniciativa fuese a necesitar más dinero llegado el momento, lo mejor era suministrarlo en función de las necesidades. Las cifras debían ser publicadas en la cantidad justa para funcionar como un alarde de orgullo de cara al extranjero, pero sin ofender al resto de las ciudades españolas.

«Qué incoherencia», se dijo Trinidad. Se suponía que el proyecto serviría para ensalzar a todo el país, ¿quizá las otras regiones no lo habían entendido? ¿Acaso se sentían excluidas? Trinidad se vio tentada de cerrar los ojos. Había algo que se le escapaba. Una pequeña lucecita al final del túnel de las ideas por resolver, que casi podía atrapar si estiraba los dedos.

—Hable con Luca de Tena, señorita Laredo —le aconsejó el rey—. Él formó parte de la comitiva encargada entonces de calmar los ánimos. Ya supo lidiar con los vascos una vez y ahora es vocal de la comisión de la Exposición, junto con José Gestoso y don Federico de Amores y Ayala, el conde de Urbina, otro personaje peculiar, que podría serle de ayuda en este asunto que les trae de cabeza. —Sonrió antes de insistirle de nuevo—: Hable con el periodista. Seguro que podrá aconsejarle mejor que yo.

—Gracias, majestad.

—A usted. Muy pocos consiguen ofrecerme un buen momento de distracción.

—Cuánta crueldad, don Alfonso —bromeó Trinidad—. Víctor y yo nos hemos esforzado mucho para ser dignos adversarios.

—No me refería a ese tipo de distracción.

Sonrió taimado y les guiñó un ojo antes de darse la vuelta. Trinidad y Víctor se miraron incómodos y luego siguieron la trayectoria del monarca, que fue a reunirse con la reina Victoria Eugenia. Allí se encontraban también Inés y Enrique. La británica vio al matrimonio tenso, especialmente ella con él. Inés estuvo a punto de negarle el brazo a su marido cuando este se lo ofreció para que se retiraran. La mujer le dedicó un gesto molesto y dirigió una mirada encendida a Trinidad antes de perderse por los pasillos del Alcázar con el resto de las señoras de la alta burguesía sevillana. Trinidad notó que muchos ojos se posaban en el matrimonio y a continuación en su persona; incluso Cuevas le dedicó una mirada curiosa. ¿Acaso todo ese despliegue de murmullos era porque Enrique había tenido un gesto de acercamiento con ella?

Con el paso de los días, Trinidad no tuvo duda de que así era. Empezó a circular por Sevilla un chisme sobre lo ocurrido en el partido de tenis. Era una historia absurda, según la cual el marido de doña Inés, el prometedor señor Enrique Giner de los Cobos, artista trianero hecho a sí mismo tras la caída en desgracia de su familia, había vuelto a dejarse atrapar por las redes de la amiga británica de la marquesa de Pickman. Las malas lenguas hablaban de romance no resuelto del pasado que revivía de la forma más indecente; el ceramista vivía un *affaire* con La pintora de la luz.

«Menuda invención», se repitió Trinidad una y otra vez la semana posterior al partido, durante la cual nadie, ni don Aníbal ni Víctor, ni siquiera María de las Cuevas, había sacado el tema a colación para saber cómo se lo estaba tomando ella.

No obstante, y puesto que parecía que sus allegados no le daban ninguna importancia, ella acabó por olvidarlo y continuó inmersa en el proyecto de propuesta para la Exposición de don Aníbal. Ya no tenía que reunirse con Víctor para jugar al tenis, así que no se veían fuera de los encuentros de trabajo para ayudar al arquitecto sevillano. Trinidad notaba distante al cisne negro, y aunque no quería más habladurías sobre ella, echaba de menos compartir momentos con él, aunque fuera para discutir.

Para paliar esa distancia, le propuso que fuesen a hablar con el periodista Torcuato Luca de Tena, tal y como les había sugerido el rey Alfonso. Víctor accedió sin más, sin hacer uno de sus largos discursos en los que exponía los pros y los contras de los planes de la británica. Se limitó a observarla largo rato con sus ojos negros. Pedro Navia estaba delante y le dio un toquecito con la rodilla a Víctor para cerciorarse de que no se hubiese quedado paralizado. El joven le gruñó y fue a buscar sus cosas para acompañar a Trinidad.

Ella había concertado una reunión con el famoso periodista. Lo logró por mediación de don Aníbal, que era primo hermano del caballero. Torcuato Luca de Tena gozaba de gran prestigio por ser director de la revista *Blanco y Negro* y del periódico *ABC*, y esos días se encontraba en Sevilla por unos asuntos relacionados con sus funciones como vocal de la comisión de la Exposición. Los recibió a ella y a Víctor en las oficinas de la Casa Consistorial de la ciudad, un hermoso edificio que recordaba a un panteón romano. Don Torcuato los acompañó hasta un despachito pequeño pero imponente, con muebles de caoba y una nutrida biblioteca de libros antiguos.

A Trinidad aquel hombre le recordó bastante a don Aníbal por su bigote de puntas redondeadas y su expresión afable, y también por la expresión de agotamiento. Don Torcuato se disculpó con ellos por su estado y les confesó que apenas había descansado la noche anterior porque fue la tercera en que habían terminado la reunión de la comisión general pasadas las doce de la noche.

—¿Eso es habitual? —preguntó Trinidad con los ojos desorbitados.

Don Torcuato rompió a reír y tomó asiento en el sillón borgoña de su mesa de trabajo mientras les ofrecía a ellos dos las sillas de enfrente.

—Lo es cuando asiste don Federico.

—Don Federico es el conde de Urbina, ¿cierto?

—¿Lo conoce usted, señorita Laredo?

—No, pero... —la joven sopesó cómo decirlo— su majestad don Alfonso nos lo mencionó cuando nos aconsejó hablar con usted sobre las dudas que tenemos respecto a los presupuestos del proyecto.

—Qué indiscreto es el rey y qué juiciosa es usted —repuso don Torcuato con una carcajada—. No se preocupe, todo el mundo en Sevilla conoce a don Federico. Aunque las reuniones de la comisión son a puerta cerrada, lo que sucede en ellas termina trascendiendo. Ni les cuento el mes de marzo que llegamos a pasar. Estamos ya en mayo y todavía nos dura la pesadilla. Como era de esperar, salió la cuestión de en quién recaería el cargo de vicepresidente de la comisión, ¡y para qué! —Se llevó una mano a la frente—. Bendito sea el Señor, las tardes que me han dado para valorar quién era más adecuado entre pullas y halagos infundados. La cortesía es tan vomitiva como el rencor, se parecen en que ambas se escudan en el falso orgullo, y, como periodista, desprecio lo ilusorio. Y así estamos todavía, aclarando puntos y cuestiones sobre el proyecto que deberían haberse zanjado hace meses.

—Entonces, eso quiere decir que no todo está cerrado —dijo Víctor con el mismo tiento que había empleado Trinidad.

—Por desgracia no, señor Abad. El instinto de la señorita Laredo no la engañaba, pero la confunde. —Les sonrió enigmático—. La Exposición Hispanoamericana nunca ha sido un proyecto arquitectónico o artístico, ni siquiera económico, sino político e, incluso, ideológico. Como lo son todos los grandes proyectos que se impulsan en este país, aunque sus consecuencias sí sean de diversas características. Entre ellas, las que tienen que ver con el dinero. Sin ir más lejos, llevamos un mes discutiendo cuánto cobraremos los comisarios. Yo quise templar los ánimos recordando lo de Bilbao, pero… en fin.

Al ver el desconcierto de Trinidad, don Torcuato se explicó:

—Sabrán que hace un par de años hubo cierto resquemor por parte de las otras regiones españolas respecto a organizar la Exposición aquí. Yo mismo fui el responsable de mediar con los vascos y prometerles un evento que nunca se hizo.

—Pero ¿se hará?

—Vuelvo a recordarle que está usted en España, señorita Laredo, no en Inglaterra. Los ánimos generales no están como para que perdamos el tiempo discutiendo por las cifras, pero algunos caballeros no parecen entenderlo. Señor, qué cruz.

—¿Es posible que uno de esos caballeros sea el conde de Urbina?

—Ah, qué rápido lo ha entendido, joven. Don Federico llegó a decir que consideraba justa una asignación mínima mensual para nosotros de quinientas pesetas.

Trinidad observó a Víctor, cuyo gesto de cejas fruncidas y mandíbula apretada se lo dijo todo.

—Los contadores, depositarios y pagadores, los ayudantes de estos y los propios arquitectos no llegarán ni a las sesenta —añadió don Torcuato.

—Las quejas de mi maestro eran procedentes —dijo Víctor en un murmullo, y la mirada de su compañera lo instó a expresar con más claridad lo que deseaba—: En sus inicios, don Aníbal quiso formar parte del comité organizador, pero ya entonces hubo muchos problemas de comunicación con el Gobierno de Madrid, reacio a que Sevilla recibiese la subvención necesaria para poner en marcha el proyecto. Mucho menos pensando en la mano de obra trabajadora. La cuestión monetaria siempre ha sido el mayor inconveniente.

Trinidad suspiró. Una vez más, ni la burguesía ni la alta aristocracia sevillana se paraban a pensar en las personas que realmente ejecutarían el proyecto.

—Así que usted no cree que vayan a aumentar la partida presupuestaria a corto plazo por los recelos de otras regiones —concluyó Trinidad.

—Pienso que estos asuntos, que hay más en España de los que usted imagina, impiden que se hagan públicas las inversiones de verdad y entorpecen el reparto justo, incluso entre los organizadores. No obstante, por mi experiencia como periodista sé que las inversiones aumentarán con el tiempo tanto como al Gobierno y a la Casa Real les interese. Que, en este caso, es mucho.

—¿Y no podría enterarse usted?

Una sonrisa asomó bajo el bigote de don Torcuato por el arrojo de la británica.

—Aunque sea por apoyar a su primo, señor. Si contáramos con una cifra más realista a la que atenernos, nuestro proyecto podría ser mucho más concreto.

—Me advirtieron de su tenacidad y descaro —dijo el caballero, riendo abiertamente. Luego asintió mientras se ponía en pie, invitándoles a hacer lo mismo—. Haré lo que pueda, señorita Laredo, aunque no le prometo nada. Ahora debo dejarles, tengo otra reunión. Asuntos relacionados con el diario.

Trinidad analizó el rostro afable de don Torcuato, preguntándose si podía confiar en él. Tampoco le quedaba más remedio, así que asintió agradecida por su ofrecimiento.

Abandonaron las suntuosas estancias de la Casa Consistorial los tres juntos y se despidieron en la misma plaza de San Fernando. Don Torcuato los saludó con la mano y se quedó un momento observando cómo se marchaba la pareja por la vía de Hernando Colón sin dejar de sonreír.

—¿Esa era Trinidad Laredo?

El periodista se giró y descubrió al caballero de aspecto rudo y mirada seria que le había hecho la pregunta apoyado en la esquina más cercana de la Casa Consistorial, bajo uno de sus arcos más famosos.

—Hay que ver lo mucho que le gusta espiar de lejos, Nicolás.

El aludido chasqueó la lengua, a modo de «mira quién fue a hablar».

—Así que la conoce —dijo don Torcuato, señalando a la joven.

—¿Qué antiguo obrero de La Cartuja no sabe quién es?

—Cuando le sale la vena sindicalista, no hay quien le aguante, Nicolás —replicó el periodista.

—Yo no me quejo de su vena monárquica.

Don Torcuato se carcajeó y le pasó el brazo por encima.

—Y, sin embargo, reconocerá que no hay mejor compañero de vinos que yo.

—Es un encanto natural que tienen ustedes los periodistas, junto con invitar a las consumiciones para sonsacar información que luego acaban tergiversando.

—Hablando de rumores retorcidos —dijo don Torcuato,

inclinándose hacia él—, ¿es cierto eso que circula por Sevilla de que la señorita Laredo es la querida de Enrique?

—Pregúnteselo usted mismo.

Nicolás señaló a un hombre al otro lado de la acera, que contemplaba atento desde la esquina de Cánovas con Constitución cómo Trinidad y Víctor se perdían por la avenida que recibía el nombre del hijo de Cristóbal Colón. Llevaba allí desde que habían salido con Torcuato de las oficinas de la comisión. Enrique acabó por percatarse de las intensas miradas y los cuchicheos del periodista y del sindicalista. Resopló por la nariz y se reunió con ellos tratando de disimular que estaba molesto.

—Había venido a desconectar de los mentideros de la ciudad y del insoportable ambiente burgués del que no logro salir, y os encuentro chismorreando como dos costureras que no tienen nada mejor que hacer.

—Un respeto —protestó Nicolás—, que mi madre nos mantuvo sola a mí y a seis hermanos a golpe de aguja.

—Como la gran mayoría de las sevillanas dignas y trabajadoras de la ciudad —dijo Enrique con aprecio.

—No me extraña que todos estén encantados con ella —volvió a arremeter don Torcuato, dándole un codazo al ceramista—, ni que a su mujer le sulfure tanto que la trate, Enrique. La señorita Laredo no solo es vistosa, también es inteligente. Y muy comprometida. Será una dura adversaria mientras apoye a mi primo Aníbal. Espero que tenga usted un plan magistral para defender el proyecto del arquitecto madrileño.

—No sé si está tan centrado —masculló Nicolás por lo bajo.

Enrique lo fulminó con la mirada. Hacía semanas que

había tensiones entre los dos amigos, en concreto desde que Trinidad había vuelto a la ciudad. También notaba a su esposa más irascible, como si no se fiase de su profesionalidad. La presencia de la británica había hecho aflorar problemas latentes en la vida de Enrique, lo cual le había obligado a abrir los ojos. Inés era mucho más celosa de lo que se había figurado y Nicolás no confiaba ya tanto en él como antes. A Enrique le entraban ganas de darles motivos de verdad para que le tratasen como le trataban. Para colmo, la imagen de Trinidad escoltada por Víctor lo martirizaba desde que entraron juntos en la fiesta de Alfonso XIII en el Real Alcázar.

—Vayamos a por esos culines de buen vino cuanto antes, caballeros —propuso el periodista para sacar a los dos amigos de su silencio tenso y sus cavilaciones—. No solo me muero de sed para nada, es que estoy deseando que me cuenten ustedes cómo van esas revueltas obreras que tan de cabeza están trayendo a España.

—Le conviene centrarse en Barcelona o en Madrid —gruñó el sindicalista—. Aquí, por desgracia, no pasa nada reseñable desde hace mucho.

—A mí no intente torearme, Nicolás —dijo Torcuato dándole una palmadita en la mejilla, fastidiándole un poco por su arrogancia y sus confianzas—. Con un gran proyecto internacional por construir, un montón de promesas de trabajo y un malestar general que mantiene al pueblo irascible, dígame si no es la combinación perfecta para que suceda algo interesante.

Las palabras del periodista fueron una suerte de preludio del caos que estaba por venir. El rumor de que Trinidad Laredo era la amante de Enrique Giner se consolidó en la ciudad y lo añadieron a la interminable lista de problemas que parecían a punto de estallar. El romance se había convertido en el tema más socorrido entre la aristocracia y las clases humildes.

Trinidad, entregada al proyecto de la Exposición que tanto la motivaba, seguía negándose a dar pábulo a las habladurías sobre su persona. Además, estaba convencida de que no quedaba ni un atisbo del atractivo que tanto éxito tenía en su etapa más lozana. Estaba segura de que había llegado a una edad en que los hombres ya no se fijaban en ella, y mucho menos Enrique, que la había conocido en todo su esplendor. Víctor era el único joven que trataba en Sevilla, y en las últimas semanas había aceptado que su trato se limitaría a la cordialidad y a la profesionalidad.

Tras la entrevista con Torcuato Luca de Tena, Trinidad y el estudiante de arquitectura habían limado asperezas, pero estaban muy lejos de ser amigos. Esa era la sensación que tenía cada vez que coincidían en casa de Aníbal González. Víctor jamás le negaba una conversación, un favor o un acercamiento; sin embargo, Trinidad notaba una tensión latente que nada tenía que ver con la primera impresión que le causó en el Real Alcázar.

Entonces chocaron, pero, en comparación, aquella velada transcurrió con más fluidez y naturalidad que sus encuentros actuales, que rozaban casi lo artificial. Víctor daba un respingo cuando ella se le acercaba demasiado, aunque luego no escatimaba en gestos amables. Si la notaba cansada después de una tarde de trabajo, le ofrecía una silla o algo que beber, pero mejor que Trinidad no le sonriera y lo invitase a acompañarla, porque enseguida se excusaba cortante con tareas que estaba segura de que no serían tan importantes.

Parecía esa su dinámica habitual: coincidir y disentir. A veces Víctor la sacaba de quicio, pero se había ganado su respeto. Como siempre, en su libreta había encontrado la frase que explicaba lo que tenía ante sí.

Los orígenes no hacen al genio, una persona puede llegar todo lo lejos que su talento le permita.

Trinidad deseaba conocer mejor a Víctor. Era consciente de que sus excentricidades quizá echaban para atrás al joven, como constató una tarde en que este se presentó en su habitación del palacio de los Pickman. María de las Cuevas le dijo que Trinidad se hallaría allí trabajando y le dio permiso para pasar. Él llevaba una carpeta bajo el brazo con algunos diseños que deseaba mostrarle. Puesto que ella le contestó que podía entrar cuando llamó a la puerta, él no dio crédito a que Trinidad estuviera cabeza abajo y con las manos sosteniendo todo su peso mientras los pies desnudos descansaban contra la pared en una pose extrañamente bella.

Víctor se tapó los ojos con su mano libre y tartamudeó de tal manera que apenas se le escaparon un par de maldiciones incomprensibles.

—¿Se puede saber qué hace? —le dijo Trinidad, observándolo del revés.

—¡Eso debería decir yo! ¡Virgen santísima! ¡¿Por qué me has dicho que entrara si no estabas vestida?!

—Estoy vestida —dijo ella, sorprendida de que por fin la hubiera tuteado y también por verle tan escandalizado.

Trinidad se volvió a poner de pie con una agilidad hipnótica de gacela que Víctor no pudo evitar observar entre las rendijas de sus dedos. Sin pensar, la británica sintió que podía tomarle el pelo con las mismas confianzas que él se había tomado.

—Llevo puesto un bañador, ¿es que nunca habías visto uno?

—¡Por supuesto que no! Se usan para nadar. ¡Estamos en Sevilla! No necesitas nadar. ¿Por qué diantres llevas un bañador en Sevilla?

Trinidad no entendía la razón de su tono sulfurado ni la mitad de las palabras por lo rápido que hablaba. Pero le hizo bastante gracia. Pese a lo pudoroso que era, Víctor se tranquilizó al saber que era una prenda visible y volvió a mirarla después de que ella le diera permiso. No obstante, el joven no parecía muy convencido de que aquello estuviera bien, pues sus ojos negros recorrieron todos los detalles de la ligera prenda de algodón, su larga melena suelta y las ondas oscuras que dibujaban sobre las manguitas holgadas que cubrían los hombros.

—Siempre uso bañador cuando hago ejercicio —respondió Trinidad—. Es cómodo y me permite realizar todo tipo de posturas.

La británica lo dijo mientras estiraba un brazo y se flexionaba hacia un lado, aunque la mirada de Víctor se fue directa a sus piernas. Las perneras del pantalón eran lo suficientemente cortas para apreciar parte de sus muslos. Tuvo que apartar la vista para centrarse.

—No sabía que practicaras la... ¿contorsión humana? —Víctor carraspeó—. Aunque es verdad que la marquesa de Pickman mencionó que eras aficionada a la gimnasia de sala antes de que llegaras a Sevilla.

—Se llama calistenia —aclaró ella—. Es una disciplina deportiva en la que se entrena el cuerpo usando el propio peso. A mi hermano Fernando y a mí nos enseñó mi padre. Él solía practicar cuando se bloqueaba y nos inculcó los beneficios de hacerlo para compensar el sedentarismo de nuestro oficio. *Mens sana in corpore sano.* Así que sí que estaba trabajando; si te hubieras fijado bien, te habrías dado cuenta.

Fue entonces cuando Víctor vio que tenía las manos manchadas de pintura. Trinidad le señaló el escritorio de la habitación, repleto de dibujos y bocetos, los lapiceros y los pinceles desperdigados sobre las hojas de papel. La libretita de cuero que siempre llevaba encima coronaba la montaña de pliegos de la mesa. Tiró de una de las láminas y se la enseñó.

—Estaba peleándome con este difuminado y, como ya no podía ni con mi alma, me puse bocabajo para que se me aclararan las ideas.

—Curioso.

—¿El difuminado o la postura?

—No sabría decir... Las dos cosas. También me desconcierta que uses los dedos como pinceles.

—En tesituras más raras me he visto. —Le guiñó un ojo—. Los dedos y la piel en general suelen ser la mejor opción para conseguir degradados suaves.

Trinidad tenía los pulgares, los índices y los dedos corazón teñidos de azul y verde. Le mostró con un movimiento en el aire el trazo que habían seguido para marcar el folio teñido de negro. Era el patrón para un azulejo de arista, el cual había cubierto de una película transparente con base de estaño para simular el esmalte. Luego había hecho pruebas de color en forma de espiral, tan sinuosas y profundas que hicieron pensar a Víctor en una nebulosa.

—Sí que estabas atareada, sí —le dijo en tono socarrón.

—Yo me he dado cuenta enseguida de por qué has venido a verme.

La mirada de Trinidad se posó en la carpeta de Víctor. El joven recordó entonces la razón de su visita. Sacudió la cabeza y procedió a sacar los papeles que había ido expresamente a llevarle.

—Solo quería mostrarte por qué es inviable utilizar columnas dóricas en una composición con elementos andalusíes. Sobre todo en el pabellón mudéjar.

El joven apoyó el boceto sobre la mesa de trabajo y Trinidad lo observó fijamente, sobre todo allí donde Víctor posaba su dedo índice.

—Don Aníbal es otro que está empeñado en mezclar estilos. Si bien es cierto que forma parte de nuestra herencia sevillana, también lo es que los motivos árabes ya son lo suficientemente llamativos para introducir más. El conjunto queda demasiado recargado. ¿No dices nada?

—Perdona, es que estaba maravillada. ¿Esta propuesta la has elaborado tú?

Víctor asintió confuso.

—No tenía ni idea de que dibujaras tan bien.

—Bueno... —dijo obligándose a romper su silencio—. Quiero ser arquitecto, delinear es parte de lo que se espera de mí.

—Creo que va más allá. Qué preciosidad de ilustración... Esas manos enormes y elegantes no están solo de adorno.

Víctor volvió a enmudecer. Centró la vista en su lámina, pero las orejas se le tiñeron de rojo. Hizo por que no se le notara y lo consiguió. Trinidad se limitó a escucharle con la vista fija en su bosquejo. El joven siguió hablando para defender su postura, aunque la mirada se le iba al traje de baño de su acompañante o a su boca cuando ella rebatía su propuesta.

—Lo estás planteando del modo equivocado —insistía Trinidad—. Buscamos el mismo efecto visual que en el patio de las Doncellas del Real Alcázar. Usemos columnas lisas.

Pero Víctor no parecía muy atento a lo que ella le contaba y sus palabras le llegaban como si fueran un eco lejano.

—Es realmente liberador, ¿sabes? —le dijo la británica de repente cuando los ojos de Víctor se posaron más tiempo de lo debido en la división del bañador.

La atención del joven resucitó cuando Trinidad tomó un pincel de la mesa y lo usó para enroscarse la cabellera.

—Deberías probarlo.

El estudiante se había quedado tan prendado del gesto que había despejado el cuello de Trinidad que tardó en responder. Con la garganta seca y todavía algo ausente, se esforzó por mantener el tono bromista que solía emplear con ella:

—Insisto en que no estamos en la mejor ciudad para llevar bañador.

—Hablaba de la calistenia —se rio Trinidad—. Como te decía, requiere de cierta libertad de movimiento. Vamos, que no se puede practicar tan… encorsetado.

Trinidad le dedicó una sonrisilla de duende. Víctor se había llevado las manos a la espalda.

—¿Está queriéndome decir algo, señorita Laredo?

—Igual el tenis ya fue demasiado para ti.

Él alzó la barbilla. ¿Le estaba desafiando? Sostuvo la mirada de ojos verdes de Trinidad con la negrura de la suya como si fuese el misterio más grande del universo. Ella se preguntó por qué le había hablado en esos términos o por qué pestañeaba de manera coqueta. Sabía la respuesta: lo encontraba muy atractivo, pero estaba convencida de que sus comentarios jamás tendrían ningún efecto en un hombre íntegro como él.

De ahí que Trinidad no se esperara que se dibujase una sonrisa maliciosa en los labios de Víctor, ni mucho menos que procediera a desabotonarse la chaqueta. Luego se desanudó despacio la corbata ante la mirada atenta de la británica.

Apenas unos minutos después irrumpió Cuevas en la habitación y puso los ojos como platos cuando los descubrió a ambos bocabajo con los pies apoyados en la pared. Lo que más indignó a la mujer fue ver a su amiga de esa guisa. Víctor, apurado y completamente ruborizado, deshizo la postura al momento. Trinidad se carcajeó de ambos, especialmente de las riñas de Cuevas y de que le tirase el cubrecamas para taparla.

—No pienso preguntar qué demonios estabais haciendo, pero esas no son formas de comportarse ante un caballero, Trinidad. Y usted, Víctor, ¿qué diría don Aníbal si le viese jugando como un chiquillo en casa ajena?

El joven estudiante se disculpó varias veces con la marquesa por haberse dejado llevar, pero ella lo interrumpió para excusarse con él porque sabía que todo había sido idea de Trinidad. Luego se despidió incómodo, recogiendo su chaqueta, su corbata y la carpeta, y les anunció que las esperaría abajo, en el salón principal. Cuevas le dio las gracias y le pidió que aguardase mientras la «indecente» de su amiga se ponía algo presentable para recibir una visita. Trinidad intercambió una última mirada fugaz con Víctor y a ambos se les escapó una risotada.

En cuanto se quedaron a solas, Cuevas regañó a Trinidad diciéndole que no porque hubiese decidido quedarse soltera podía comportarse como le viniese en gana. Seguía siendo una señorita, por los clavos de Jesucristo.

—Un día vas a matarme de un disgusto —dijo empujándola hacia el vestidor—. Tú y yo juramos hace mucho no volver a perder la cabeza por ningún caballero.

—¿Lo dices por don Rafael?

La mirada perpleja de la marquesa le dio a entender a Trinidad que ese nombre seguía siendo tabú. María de las Cuevas Pickman contrajo matrimonio muchos años atrás y enviudó poco después en unas circunstancias tan terribles que las dos amigas preferían evitar hablar de ello. Se habían prometido no volver a confraternizar de más con ningún hombre. Ambas habían sufrido mucho por amor.

Sin embargo, era evidente que la aristócrata tenía un debate interno mientras sacaba del armario un conjunto en distintas tonalidades de gris con una lazada naranja al cuello.

—Mejor no hablemos de antiguos romances, querida, que tú tienes más que perder —dijo María de las Cuevas, que finalmente había decidido sacar el tema de Enrique.

—Yo no… no pretendía… Menudo golpe más bajo, amiga.

—Solo digo que deberías comportarte.

Trinidad resopló. Trataba de pensar en el ceramista lo justo, como si únicamente fuera un contrincante al que no podía infravalorar. Después le explicó que estaba obsesionada con dar con alguna propuesta brillante para los revestimientos de azulejo de los pabellones de don Aníbal.

—Solo algo inesperado podría competir con el estilo depurado de Enrique —recalcó Trinidad mientras Cuevas la escrutaba—. Es verdad que no me estoy fraguando muy buena fama entre las familias respetables de Sevilla, ¿y qué? ¿Qué tiene que ver eso con el proyecto?

—Tal vez deberías mantenerte alejada de Enrique y punto —sugirió la marquesa de Pickman tras un áspero silencio—. Física y mentalmente.

Trinidad arqueó las cejas y luego se rio de forma forzada para darle a entender que ese comentario estaba todavía más fuera de lugar.

—¿Desde cuándo te ha importado mi reputación, Cuevas? —le reprochó al final—. Creí que estabas encantada con tener una amiga que se moviera entre caballeros trabajadores con el ego por las nubes.

—Para competir en valía con ellos, no para entrometerse en sus matrimonios —replicó la marquesa—. ¿En serio no comprendes lo delicada que es vuestra situación? Tuvisteis algo en el pasado, y el día del partido él no te quitó los ojos de encima.

Trinidad quiso replicar, pero no se atrevió. La pilló desprevenida, pero sabía que no mentía porque recordaba la sensación de aquella mirada azul clavada en la nuca.

—No tienes motivos para preocuparte —dijo al fin, aunque pareció decírselo más a sí misma que a Cuevas—, sabes que mi relación con Enrique acabó incluso antes de que yo dejase Sevilla. La única razón por la que me encuentro en la ciudad es para ayudar a don Aníbal, y porque tú me lo pediste.

—Sí, algo parecido me dijiste también en su día.

Trinidad la miró dolida. Cuevas comprendió que se había excedido, resopló y se terminó acercando a la inglesa para rodearla con sus brazos.

—No hagas que me arrepienta, querida. Los rumores que circulan por Sevilla me están haciendo sentir muy culpable por haberte hecho volver. —Se separó para mirarla a los ojos. Le señaló con la barbilla el cuadernito que reposaba sobre su escritorio—. A veces me pregunto si hice bien dándote esa maldita libreta. Ya sabes… *Ella* tampoco fue una persona de muy buena reputación, que digamos.

Trinidad se removió un poco.

—Lo dices como si hubiese sido una mala influencia para mí.

—No lo sé, amiga. —Le devolvió a la oreja el mechón de cabello que se había desprendido de su recogido improvisado—. Creo que todo se torció a raíz de que te di esa libreta. Su contenido nos destruyó a ambas. Y… fue por ella que empezaste a cambiar, ¿no es así?

Las dos se miraron en silencio. Trinidad apoyó la frente en el hombro de Cuevas y dirigió la vista hacia la cubierta del cuaderno.

«Puede ser», se dijo.

Para lo malo y para lo bueno, el mundo de Trinidad cambió el día que conoció a Brígida.

13

Enero de 1903

Brígida Urquijo. Así se llamaba la dueña del cuaderno que María de las Cuevas Pickman le había entregado a Trinidad Laredo antes de Navidad. En su origen, la libreta había sido el diario personal de Brígida, un cuaderno donde la directora de la escuela de artistas Roberts y Urquijo anotaba sus reflexiones. La británica había sabido de Brígida mucho antes de que la marquesa le diera el diario. Nada bueno, la verdad. Aquella mujer había sido una persona influyente en Sevilla y había tomado decisiones muy cuestionables para la buena moralidad.

Cuando María de las Cuevas le tendió la libreta, estuvo tentada a deshacerse de ella. Romperla, quemarla. ¿Para qué querría saber más de aquella señora?

No obstante, Trinidad se caracterizaba por su curiosidad. Como Pandora, terminó abriendo la caja. Sin embargo, no encontró solo calamidades, sino una vida, con sus luces y sombras.

Doña Brígida nunca fechó las reflexiones que anotaba en su cuaderno. Trinidad de todas formas se la imaginaba en distintas etapas. Algunas elucubraciones parecían más propias de una joven ingenua o con una maldad superficial, fruto de los primeros contactos y relaciones en sociedad, juzgando y siendo juzgada por otros. Sin embargo, la mayoría de las cavilaciones eran maduras; correspondían a alguien experimentado, que había tenido oportunidad de constatar cuando un hecho se repetía con la frecuencia suficiente para considerarlo cierto y no una casualidad. El principio más básico de la experimentación. Había reflexiones sabias, reflexiones crueles, reflexiones inquietantes, en las que Trinidad jamás se había atrevido a pensar. Todas ingeniosas. Todas con una letra hermosísima porque la autora de esas palabras también era una artista extraordinaria, como demostraban los dibujos que acompañaban a algunos de sus textos. Los había de todo tipo, desde diseños de vajilla para La Cartuja, hasta figuras florales, animales y humanas. Le conmovió el retrato de un caballero joven, moreno y apuesto de llamativa perilla y sonrisa cautivadora. Trinidad dedujo que debió de ser alguien importante para la señora, pues lo inmortalizó de muchas maneras, siempre con la misma mirada penetrante. Por alguna razón, a la británica la incomodaban esos ojos negros, como si devorasen a quien los estaba observando.

La joven tenía mucha complicidad con Enrique, pero no dejaba de preguntarse si sus ojos azules la miraban así, con ese anhelo.

El deseo era uno de los temas esenciales de Brígida, el

que más aparecía en esas páginas. Brígida Urquijo sostenía que el anhelo genuino era la mayor fuente de inspiración. Para el arte y para la vida.

Desde que había recibido la libreta, Trinidad había pasado horas leyéndola y releyéndola. También interiorizó sus planteamientos sobre el arte, la cerámica y la loza.

Hasta entonces, la joven inglesa solo había trabajado en el taller familiar Laredo y no sabía si era su verdadera pasión. Cuando veía trabajar a su madre, sabía que ella sí era fuego en estado puro. Luego surgieron las desavenencias y los silencios entre ellas y la mujer falleció antes de que Trinidad pudiese consultarle muchas de las dudas que tenía sobre su relación con el arte. Tampoco pudo compartir con ella sensaciones que comenzaba a descubrir al dibujar. La tristeza de la pérdida también había tenido un fuerte impacto en su afán creativo. Era como una soga que constreñía su alma. Durante mucho tiempo había estado convencida de que eso era lo que le impedía germinar; jamás pensó que sus pesares pudiesen estimularla.

La luz siempre se aprecia mejor desde la oscuridad.

Esa fue la frase del cuaderno que más veces leyó Trinidad. Palabra por palabra, como si cada vez que la leía se le revelara un nuevo significado. Había sentencias que Brígida repetía frecuentemente, como «La vida es frágil» en referencia a la debilidad humana. Pero esa sobre la luz y la oscuridad la había escrito varias veces al reflexionar sobre algo especialmente turbio. La mujer no había tenido una existencia ejemplar ni mucho menos. También daba la impresión de que había sufrido bastante. Aquellas experiencias dolorosas le habían enseñado que no había nada mejor que equivocarse para conocerse.

Cuando se ponen los ojos en blanco, se busca dejar de ver a los demás y permitir que la oscuridad te envuelva. Qué mejor balanza para inclinarte hacia tu propia luz.

Una «balanza». La primera vez que Trinidad vio esa palabra en el cuaderno fue también la primera vez que le puso nombre a esa sensación que la asaltaba a veces cuando necesitaba constatar que algo no estaba bien. Observaba las producciones, las creaciones artísticas, una idea, y los engranajes de su mente se ponían solos a girar, evaluando los pros y los contras, repartiendo los detalles en esa balanza imaginaria que terminaba por revelarle qué era exactamente lo que fallaba o no de lo que estuviera analizando. Con los años, este hábito se convertiría en un rasgo distintivo de la británica, pero por entonces aún seguía resultándole un concepto misterioso, sugerente y ajeno. Más propio de Brígida que de ella.

Esa mañana de enero, Trinidad se encontraba en el patio principal del taller Montalván. A esas horas había varios empleados deambulando por allí, cargando piezas de cerámica o con el material para producirlas. Cerró los ojos y alzó ambas manos. Dejó que la envolvieran los distintos estímulos que la rodeaban: el olor a óxido de los tintes, el calor de los hornos, los canturreos de la gente. Se posaron sobre su palma derecha. El chirrido de los molinos desgastados, los suspiros de Milagros, la butaca de Justa. Los dedos de su mano izquierda los acariciaron. Trinidad arrugó la frente; había incomodidad en su corazón, pero también sintió una paz inexplicable.

—¿Qué hace, Trinidad?

María de las Cuevas la sacó de sus ensoñaciones. Trinidad tuvo que recordarse que no se encontraba en el palacio de los Pickman, sino en el taller Montalván. La marquesa había ido a recogerla acompañada por Baldomero, que también la miraba curioso.

—Sacando ideas para el azulejo —respondió la joven después de un buen rato.

Iba a cumplir su promesa. Aparte de los dos nuevos hornos, la británica iba a ayudarla a impulsar la producción de azulejo.

—¿Del cuaderno? —preguntó la aristócrata señalando el objeto de cuero que descansaba sobre su regazo—. ¿Esa mujer no era directora de una escuela de diseñadores de loza? ¿Qué iba a saber de azulejos?

—Ella era diestra en todo.

Trinidad tampoco lo esperaba, pero viendo los bocetos de Brígida, descubrió que ella trabajaba además el diseño de azulejos. Llegó a preguntarse si su padre habría heredado el «espíritu de caleidoscopio» de ella. Debió de ser una profesión frustrada para la mujer, porque lo acompañó con reflexiones sobre que los trianeros eran muy presuntuosos.

Tenía ideas realmente interesantes, con materiales y técnicas que Trinidad no acababa de asimilar.

—Mejor que vayamos a la fábrica antes de que me arrepienta de haber concertado otra condenada reunión con su condenado novio —resopló María de las Cuevas.

Baldomero arqueó las cejas y decidió adelantarse para evitar estar presente si ambas mujeres empezaban a discutir. «Dos no se pelean si uno no quiere», le repetía el cochero a su joven amiga inglesa.

Trinidad obvió el tono despectivo de la aristócrata. Había conseguido que se sincerara con ella y no se tomaba las formas en que lo hacía como algo negativo, sino todo lo contrario. De hecho, había logrado que los Pickman aceptasen una reunión general entre los socios y los representantes de los sectores de albañiles, labriegos y operarios que habían convocado la huelga meses atrás, y no descartaban convocar otra si sus quejas no eran atendidas.

—Sabe que Enrique no se merece ese trato —dijo Trinidad al tiempo que se ponía en pie y seguía a la marquesa hacia la salida del taller.

—No termino de fiarme de él —sentenció esta.

—Espero que no sea su rencor hacia los obreros lo que hable por usted.

María de las Cuevas la fulminó con la mirada. Trinidad había dado en su talón de Aquiles. Se arrepintió al momento, pero la noble señora la rebasó con una sonrisa bromista fruto de la complicidad que había nacido entre ellas.

—Intenta que nadie pierda los papeles, niña —le dijo Justa cuando Trinidad atravesaba el umbral.

Milagros las despidió con la mano y con el mismo gesto severo y preocupado de la anciana.

Enrique estaba presente en la reunión, pero parecía no encontrarse allí. El joven no se quitaba de la cabeza la propuesta que le había hecho semanas atrás el señor De Benavides para convertirse en su padrino. Tampoco podía dejar de pensar en la promesa a la que iba ligada. Tener su propio taller. Regentar un negocio era lo que siempre había soñado. Sin embargo, cómo dejar en la estacada el proyecto de La Cartuja. No por los Pickman, ellos le daban igual, más viéndolos sentados a la mesa en esa sala de reuniones, exponiendo sus opiniones egoístas e interesadas. Pero Trinidad confiaba plenamente en esa iniciativa. Enrique intuía que el verdadero problema de su vida era su falta de confianza. Había sufrido demasiado tiempo los prejuicios de muchos. Todo el mundo admiraba su talento, pero él sabía que aún no estaba preparado para convertirse en maestro, todavía no había alcanzado ese nivel de madurez artística.

Trinidad notó que Enrique estaba atribulado. Se pasó la hora completa de la reunión resoplando y ella lo conocía lo suficiente para saber que las reivindicaciones de la directiva no eran lo único que le preocupaba. Llevaba cerca de un mes dándole vueltas a algo que no se atrevía a compartir con ella, pero à Trinidad jamás se le ocurriría presionarlo, pues confiaba en él. Cuando estuviese preparado para decírselo, sencillamente lo haría y afrontarían juntos el problema. Estaba convencida. La joven le acarició la mano por debajo de la mesa para hacerle sentir que estaba a su lado. Él sonrió muy superficialmente, justo cuando el Triste se volvía para mirarlo en busca de apoyo en pleno discurso sobre el polvo blanco y las calamidades que les estaba haciendo pasar.

La reunión llegó a su fin. Trinidad agradeció a todas las partes que se hubieran esforzado por escucharse. Los trabajadores se comprometieron a incrementar el ritmo de trabajo dentro de sus posibilidades y la directiva les concedió por fin su ansiada demanda de guantes y paños para protegerse de la toxicidad de los materiales. Algunos de los obreros presentes se abrazaron emocionados. El Triste guardó silencio.

Trinidad le dijo a Enrique por lo bajo que estaba orgullosa de ellos y le recordó que siempre podía contar con ella en todo lo que le preocupara. La británica albergaba la esperanza de que su entrega fuera correspondida con el mismo grado de sinceridad, pero Enrique se limitó a sonreírle otra vez con esa mueca falsa que le dolió como un puñal. A la joven no le quedó más remedio que recomponerse para mantener la compostura mientras regresaba al lado de María de las Cuevas. Enrique la observó alejarse mientras los asistentes se dispersaban. Su ensimismamiento era tal, que no sintió la presencia del Triste.

—Podrás colársela a ella, pero no a mí.

Enrique calló y le sostuvo la mirada a su amigo. Mincho y algunos de sus compañeros habituales estaban abandonando la sala y presenciaron la tensa conversación entre ambos líderes.

—Lo tuyo es un caso perdido —murmuró Enrique con

resquemor—, ¿ni siquiera cuando consigues lo que quieres eres capaz de sonreír?

—Celebraré los guantes y los paños cuando los vea en cada uno de los trabajadores de esta fábrica.

—Lo que yo decía, que nunca tendrás suficiente, Triste.

—No, Burgués, ese siempre serás tú.

Los dos sindicalistas se miraron con inquina.

—No te reconozco, Enrique —insistió el otro—. Esta gente jamás nos ayudará a no ser que se lo exijamos por la fuerza, y tú siempre serás para ellos uno de los suyos caído en desgracia. Hasta tu inglesa lo piensa. En el fondo, lo único que deseas es que tu apodo se haga realidad.

Enrique pareció que ya había tenido suficiente y, sin molestarse a replicarle, lo dejó atrás para salir de la sala. El Triste fue a hacer lo mismo, pero entonces alguien los llamó a él y a Mincho de una forma que no gustó nada a ninguno de los dos.

—Ya te vale, Bizco —se quejó Mincho—, ¿por qué te tienes que dirigir a mí como si fueras mi padre?

—Será porque a la mayoría no nos agrada nuestro mote —se defendió el otro.

—Tenéis que firmar las actas de la reunión como portavoces de los albañiles —intervino Bruno, un joven más cordial que les tendió la hoja de firmas con las rúbricas del resto de los participantes—. Además, el Bizco solo os ha llamado por vuestros nombres, ¿o acaso Mincho no viene de Benjamín? Benjamín Benjumea Gamín. Suena bien, no sé de qué te quejas.

El joven, que no estaba para nada de acuerdo, chasqueó la lengua.

—Lo mismo va por ti, Nicolás —dijo Bruno—, que una cosa es estar comprometido con la causa y otra, deprimirnos a todos con tu mera presencia.

Nicolás Descalzo, el Triste, dirigió su mirada atormentada cargada de reproches a Bruno. Luego instó al joven pelirrojo a firmar el acta y él hizo lo mismo, temiendo que aquello no fuese más que otra pantomima. Como todo lo que hacían los burgueses cuando trataban de apaciguar los ánimos.

Esa tarde, después de la reunión en la fábrica, Trinidad y Enrique volvieron a verse en el taller Montalván. El joven estaba muy callado, no dejaba de darle vueltas a las palabras del Triste; a todo lo que había sucedido hasta entonces. Demasiado dolor cargaban aquellos ojos azules.

Trinidad estaba inmersa en su cuaderno. Llevaba rato reflexionando en voz alta, mas sus comentarios no lograban sacar a Enrique de su mundo. Hasta que empezó a usar términos especializados que el ceramista no había escuchado en su vida. Tampoco Trinidad. La joven se alegró de haber conseguido que la mirase por fin, aunque fuese solo por curiosidad. Le mostró el texto con una sonrisa amarga.

—Fíjate, parece un galimatías.

Enrique tomó la libreta. Leyó primero en silencio y acabó arqueando las cejas.

—Qué interesante. Plantea lo que tú comentaste de hacer azulejos como las lozas, para obtener estampaciones en negro que se transfieran al esmalte y que se iluminen a mano después. «Estampación iluminada», lo llamó. Qué cosas.

—Sí, pero lee lo siguiente, es más desconcertante.

El joven volvió a bajar la vista a la libreta, desganado, pero cuando encontró el párrafo de lo que Trinidad le indicaba, frunció el ceño.

—«Técnica de pintura a la grasa» —murmuró él en voz alta—, «sobre el esmalte ya cocido, se disuelven los pigmentos en esencia… ¿de trementina?». Menuda ocurrencia. Propone tratar el azulejo vidriado como si fuera un lienzo y difuminar los colores de los óxidos ya aplicados con aguarrás, como se hace con las acuarelas y el agua. Jamás había escuchado algo semejante.

Trinidad meditó lo que acababa de escuchar. Había leído en sus notas que Brígida era dada a pintar con trementina líquida. En principio, el procedimiento era bastante cuestionable y complejo. Muy pocas manos podrían trabajar sobre un esmalte con aguarrás sin disolver el dibujo. Igual que la acuarela, que tampoco permitía el error. Del mismo modo que no era lo más saludable para la piel de los dedos, que la señora recomendaba usar en lugar del pincel.

—Parece una técnica más propia de la porcelana o del vidrio —dijo Enrique, que había llegado a la misma conclusión que Trinidad.

—¿Podríamos conseguirlo?

La sonrisa felina iluminó el rostro de Enrique. Hacía tiempo que Trinidad no la veía.

—Solo hay una forma de saberlo.

Se pasaron buena parte de la tarde trabajando juntos a base de ensayo y error. De vez en cuando, Trinidad levantaba la cabeza y se veía junto a Enrique, codo con codo, trabajando con la concentración como única compañía. Se acordó de sus padres creando diseños juntos. El día que murieron, Trinidad creyó que nunca más vería una complicidad semejante entre dos personas, entre dos artistas. Eso le dolió tanto como el haberles perdido. Con ellos desapareció su referente, el único motivo que le había impulsado a crear. Sonrió feliz de experimentar de nuevo esa plenitud, siendo parte del prodigio y no una mera observadora.

Entonces lo supo. Eso era lo que había necesitado desde que la tristeza ensombreció su corazón: encontrar a alguien importante con quien compartir la inspiración.

Hacía rato que Trinidad se había descalzado y remangado como Enrique; sentía que llevaba meses fundiéndose con él, convirtiéndose en la mitad de un único ser, recorriendo el camino hasta alcanzar ese momento álgido.

Cuando los dos artistas hicieron el último intento y salió, el resultado les dejó extasiados. Ajenos a quien pudiera verles, se abrazaron entusiasmados. Trinidad ignoró la pintura de sus manos y tomó el rostro de Enrique para besarlo en los labios.

Se miraban con los ojos brillantes y grandes sonrisas, sus cabezas iban a toda velocidad desbordadas por todas las posibilidades que se presentaban ante ellos para hacer realidad sus sueños.

—¡Gracias a nosotros, La Cartuja va a hacerse famosa por sus azulejos! —exclamó arrebatada.

Las palabras de la joven fueron el desengaño definitivo para Enrique. Ellos dos solos, en un taller de Triana, habían logrado llevar a cabo una técnica nueva, ¿y Trinidad estaba pensando en cedérselo a la fábrica de los Pickman? Cuando el gesto del trianero se ensombreció, la chica, desconcertada, empezó a insistirle en que sería muy respetado por la familia de empresarios, en que nadie volvería a juzgarlo nunca más.

—¡Me muero por enseñárselo a María de las Cuevas! —dijo Trinidad, cogiendo las manos de Enrique—. ¿Tú no?

—¿Tanto necesitas la aprobación de esa gente?

Trinidad se quedó muda. Él se liberó de sus dedos y se puso en pie ofendido.

—No lo ocultes, mujer. Lo sabes muy bien. Aporte lo que aporte a la fábrica, esa gente jamás me respetará. Mucho menos tu querida marquesa.

Dicho eso, Enrique se alejó de ella y salió del taller Montalván con el propósito de caminar hasta que se le pasase la furia incesante que bullía en su interior. Sentía que podría salir de la ciudad y jamás encontraría sosiego. Trinidad lo leyó en sus ojos azules y supo que no podía hacer nada para impedirlo.

Enrique estuvo andando sin parar hasta que cayó la noche. De regreso, pasó por delante de la fachada de la fábrica abandonada de la calle Alfarería y se detuvo. En un mundo paralelo, sus muros y ventanas compondrían el taller de sus fantasías, pero en la triste realidad, ese taller no existía. Jamás sería suyo. Se quedó mirándolo con los puños apretados. El verdadero anhelo, más lejos que nunca.

En ese momento un pensamiento asaltó a Enrique Giner de los Cobos, un pensamiento que marcaría su destino, un pensamiento que había empezado a germinar semanas atrás.

Un pensamiento que, en ese instante, eclosionó en su corazón. Después, su mirada celeste se enturbió para siempre de un modo irreparable, como el azulejo que cristaliza bajo un baño de estaño y resentimiento.

14

Agosto de 1911

El verano pasó volando para Trinidad. Meses después del partido de tenis con el rey, los rumores sobre su relación ilegítima con Enrique persistían, a pesar de que había hecho todo lo posible por evitar al ceramista de Triana. La británica procuró no acercarse a la calle Alfarería por orgullo y para tener contenta a María de las Cuevas. Hablar con Enrique estaba descartado.

Le había visto de lejos alguna que otra vez en los terrenos del parque de María Luisa, donde seguramente había ido a lo mismo que ella, a visualizar en el espacio las propuestas de sus respectivos arquitectos. Se limitaron a mirarse desde la distancia. Trinidad lo evitaba para ahorrarles problemas a ambos; sin embargo, no entendía por qué él la trataba con tanto desdén. Ella había procurado dejar el pasado atrás y se limitaba a trabajar en el proyecto de la Exposición. Evidentemente, lo que ocurrió entre ellos la había herido en lo profundo de su ser, por eso intentaba centrarse en el presente, y estaba decidida a impedir como fuera que nada de lo sucedido entonces les perjudicase en ese momento.

Había comprobado que su objetivo de informarse sobre las propuestas de los dos rivales de don Aníbal era una tarea compleja, y no solo por los encontronazos con Enrique. Don Fermín trabajaba desde Logroño y don Braulio no se movía apenas de la vivienda del matrimonio Giner de Benavides. El instinto de Trinidad le decía que el sevillano apostaría por poner murales de azulejo vidriado en las estructuras de don Braulio. Por supuesto, no pensaba volver a preguntarle. Así que optó por investigar los trabajos anteriores del arquitecto madrileño y confirmó que era un adepto del estilo modernista puro. También se había inspirado en las propuestas naturalistas de Gaudí, por lo que Trinidad no descartaba que sugirieran alguna estructura curva recubierta por mosaicos diminutos con mucho color. Un día lo comentó con don Aníbal, por si le inspiraba a arriesgar más con sus paletas cromáticas.

—No me saldré del marrón, el blanco, el verde, el negro y el azul, señorita Laredo —le dijo el arquitecto más de una vez con una amplia sonrisa—. Deseo que mi propuesta sea absolutamente regionalista. Apostaremos por la gama mudéjar clásica.

—Y ese puede ser el efecto principal, señor, en un primer impacto visual —argumentó ella en su despacho con una pasión que dejó a todos los presentes perplejos—, pero ¿qué me dice del detalle? Buscamos una secuencia hipnótica. Que cuando la gente pase por delante de sus pabellones no pueda evitar detenerse a mirar cada recoveco, cada esquina. Su *stadium* debería ser así desde fuera.

—Otra vez con la misma cantinela —resopló el maestro Soto en nombre de todos.

Manuel García Montalván y Pedro Navia se encogieron de hombros, Víctor le confirmó también que no iban a cambiar ese detalle del plano por mucho que Trinidad se empecinara en que tenía que ser abierto. Ella acabó poniendo los ojos en blanco, exasperada.

Luego centró la atención en las maquetas de los pabellones, su nuevo caballo de batalla. Don Aníbal las construía para visualizar mejor lo que quería conseguir con sus ideas. Ni las maquetas, ni los planos ni los dibujos a mano alzada requerían concretar los detalles ornamentales de las fachadas; ella seguía en sus trece de que presentar cuanto antes una decoración original sería un punto importante a su favor. Como ya estaban poniendo cara de hastío, Trinidad optó por cambiar de estrategia. Se inclinó hacia donde se encontraba Soto sentado, lo tomó por los hombros desde atrás y se acercó al oído del ceramista.

—Maestro, por favor, imagíneselo —siseó para hacer hincapié en cada una de las palabras y lo animó a mirar hacia el horizonte—. Una estructura imponente, gigantesca, casi una ciudad en miniatura, cubierta por sus azulejos de reflejo de cobre, por todas las entradas y salidas al recinto. La gente recreándose en sus bellas auroras boreales.

—El maestro Soto debería concentrarse en los revestimientos y en los miles de balcones que vamos a tener que hacer para los pabellones —dijo Pedro con su tono canalla habitual; luego se dirigió a don Aníbal—: El edificio de la industria, manufacturas y artes decorativas, por ejemplo, será una pesadilla con tanto arco, tejado, columna... Ah, y paños de sebka en cerámica, ¡sebka!, ¡en cerámica! «El pabellón mudéjar», lo apoda usted, ¿no, maestro? Deberíamos llamarlo «el pabellón infernal».

—A veces pienso que eres un anciano cascarrabias atrapado en el cuerpo de un niño, Pedro —intervino Víctor en tono de burla.

—Pues yo creo, Víctor, que el sobrenombre de «genio» se te ha subido a esa cabezota tan alta que tienes.

Don Aníbal tuvo que contener la risa por la disputa que había estallado entre sus ayudantes más jóvenes. Trinidad no podía dejar que la conversación se le fuera de las manos. Se giró hacia Pedro, como una bailaora de flamenco.

—¿Y por qué trabajaría nadie de más si precisamente tenemos la mano del gran Pedro Navia? —Tomó sus muñecas, aunque fue el adjetivo que antecedió su nombre lo que llevó al muchachito a fijar la vista en ella—. La gente mirará sus esculturas coronando los picos más altos de los pabellones, ¡qué digo esculturas! Sus imponentes remates se verán desde la zona central del parque de María Luisa.

—¿Mis remates? ¿Tan grandes?

Entonces Pedro sí que esbozó la sonrisa de un joven de su edad. Al muchacho le encantaba fabricar remates, unas estructuras cerámicas verticales y acabadas en punta. En cuanto comprendió que Trinidad había buscado su punto débil para manipularlo, el chico arrugó la frente y se cruzó de brazos ruborizado, lo que hizo mucha gracia a don Aníbal y a Víctor, aunque este último fue el que riñó a Trinidad.

—En vez de forrar con remates cada esquina y recoveco,

o de hablar de sebkas infernales, que, a fin de cuentas, forman parte de la decoración, deberíamos cerrar las características generales de los pabellones.

—Eso no es incompatible con tener claros los revestimientos —defendió ella—. Si os da mucho trabajo esbozar todos los murales, lo haré yo. Aunque tú eres el primero que no me necesita para nada, mi estimado Víctor; con la diestra que te gastas podrías realizar ilustraciones que dejasen al jurado sin aliento.

El que se quedó sin aliento fue Víctor. Abrió y cerró la boca varias veces, pero acabó cerrándola de sopetón.

—¿Qué me dice usted, don Manuel? —preguntó animada Trinidad al maestro Montalván—. ¿No cree que deberíamos apostar por el detalle del azulejo pintado? Temático, si cabe. Recuerdo un dibujo suyo de Málaga que vi la primera vez que visité su taller.

El maestro Montalván cambió el peso de una pierna a otra, como si se sintiera incómodo, aunque su gesto jamás abandonaba el sosiego. Los demás los miraron intrigados y él se vio obligado a explicarse:

—Eso fue un reto personal. Una ocurrencia. En esa época dibujaba escudos, paisajes y geometrías inspirados en ciudades andaluzas.

Trinidad no quiso añadir nada, se limitó a abrir mucho los ojos y a señalar al artista con ambas manos, todos los dedos bien extendidos, como si lo que acababa de decir confirmara cada una de sus teorías. Pedro silbó admirado.

—Eso es extraordinario, maestro.

—Cuando menos, interesante, maestro Montalván —dijo

don Aníbal. Luego se volvió hacia el resto—: Señorita Laredo, ¿qué tal si deja de alimentar el ego de los miembros del equipo y nos centramos en seguir trabajando en el informe que debe acompañar a los planos? Hoy deberíamos dedicarnos por entero a las instalaciones eléctricas. Para el estadio deportivo habría que invertir como mínimo… ¿Cuánto habías calculado, Víctor?

Trinidad escuchó perpleja la seguridad con la que el estudiante respondió la retahíla de preguntas de su mentor. A ella se le daban fatal los números. Distraída como estaba, se dio cuenta de que la situación le resultaba familiar, aunque no estaba segura de por qué.

—Yo sigo pensando que no es necesario emplear tanto dinero, tiempo y esfuerzo en la iluminación —defendió el maestro Soto—. Las farolas no tienen encanto alguno, mucho menos si son de hierro fundido.

—Por supuesto, el sistema de desagües es mucho más pintoresco, dónde va a parar —ironizó Pedro por lo bajo, a lo que el arisco ceramista respondió con un bufido.

—La luz juega un papel fundamental en cualquier composición —dijo don Aníbal—, eso lo sabe bien la señorita Laredo. Debemos prevenir que la gente tenga que desplazarse de un edificio a otro a oscuras, ¿no cree, Soto? Ya sabemos que no van a recrearse en las fachadas por la noche.

Trinidad sintió que su cabeza pegaba un frenazo. Una idea estaba tomando forma en el rincón más profundo de su ser. Cerró los ojos para llegar a ella, y lo vio. Vio los pabellones de don Aníbal, todos y cada uno de los que había planteado en sus bosquejos y maquetas. Los visualizó ya acabados, cada uno en su zona correspondiente de la ciudad. Grandes, imponentes. La gente los apreciaba deleitándose en sus detalles a plena luz del sol. Luego continuaron mirándolos conforme caía la tarde. El cielo celeste daba paso al anaranjado y al magenta, después al púrpura más oscuro. Parecía que el espectáculo acabaría ahí. Entonces, esa paleta cromática se acompañaba con el encendido estratégico de luces que ya estaban, pero que durante el día habían tenido otro atractivo e interés. Elementos que formaban parte de la composición estética de repente pasaban a tener otra función. El efecto resultaba mágico.

La británica volvió a observarles con sus ojos verdes.

—Esa es la clave, señor —dijo con un aplomo y una serenidad asombrosos—. Buscamos una propuesta que sea hermosa de día y de noche. Una ciudad de luz eterna. Las farolas no tienen por qué ser de hierro, podrían ser también de azulejo.

—¿Las farolas? —repitió Soto.

Víctor alzó las cejas y Pedro tampoco ocultó su perplejidad.

—Y que haya muchas —continuó ella—. De día, las decoraciones y los motivos de los murales de azulejos, los que vayan en las esculturas, los remates y demás composiciones de cerámica captarán la mirada, pero, de noche, la luz artificial destacará especialmente sus relieves y sus pabellones brillarán con otra identidad.

Las palabras de Trinidad provocaron un silencio general. Sobre todo, porque tenía los ojos abiertos, pero parecía inmersa en la imagen que visualizaba en su cabeza. De pronto se irguió y cubrió despacio sus labios, superada por su propio entusiasmo. Siempre había dejado aquella emoción para sus momentos de soledad creativa. No estaba acostumbrada a dejarse llevar con nadie delante, ni siquiera en Inglaterra. Sintió que se estaba excediendo. Los ojos negros de Víctor, en concreto, la abrumaron; era como si le taladraran el alma.

La joven se excusó y dijo que iba a la cocina a buscar un vaso de agua; en verdad, solo necesitaba salir del despacho, refugiarse de esas miradas. Los dos maestros ceramistas debatieron la viabilidad de forrar las farolas de cerámica. Víctor se quedó vigilando la puerta por donde Trinidad se había marchado y Pedro se le acercó para cerrarle la boca, que se le había quedado ligeramente abierta.

—Un día se te va a caer la baba de verdad.

Víctor no sabía dónde meterse. Chasqueó la lengua y se alejó del chico en dirección a las maquetas de los pabellones.

—No soy yo el que ha perdido la compostura cuando ha escuchado la palabra «remate».

Pedro negó con la cabeza y fue a su lado a estudiar las maquetas. Don Aníbal se disculpó con su equipo y dejó la estancia tras los pasos de Trinidad. La encontró de pie, apoyada en una de las paredes del recibidor. En la mano derecha sujetaba su libreta abierta. El arquitecto se acomodó a su vera y observó lo que leía.

—¿Le cuenta algo interesante?

—Solo un montón de ideas absurdas que me exasperan. El cuaderno también se ha propuesto sacarme de mis casillas. Se ve que él y mi cabeza van en consonancia.

Trinidad alzó la vista y su rostro era el vivo retrato del

desánimo. El caballero le sonrió solidario. Él también sentía ese runrún incesante en el alma, a menudo exigiéndole más de lo que su propia capacidad o el tiempo material le permitían. A veces era una auténtica carga. Para los demás y para uno mismo. Trinidad dejó caer los párpados.

—Discúlpeme, señor, solo quería ayudar.

—Es usted la pasión artística personificada.

—Dirá mejor la locura artística.

—A menudo son lo mismo.

—No si da problemas.

—No hay nada más útil que plantear problemas, suelen venir acompañados de estímulos para solucionarlos y superarse a uno mismo. Le prometo que pensaré bien su propuesta, señorita Laredo.

Trinidad sonrió agradecida al arquitecto por sus palabras de ánimo y por su atención sincera, por su intención de valorar de verdad sus ideas.

Justo entonces llamaron a la puerta y doña Ana fue a abrir. Un hombre joven, con boina y un traje sencillo, saludó a la mujer y a don Aníbal. Su rostro emanaba bondad, pero también mostraba los estragos del agotamiento.

—¿Qué tal, maestro González? Vengo a verle para hablar de los presupuestos.

—Oh, claro, pasa, pasa, Benjamín.

Trinidad primero dudó, luego entornó los ojos y después los puso como platos.

—¿Mincho?

—A las buenas de Dios, señorita Trinidad —saludó el joven, quitándose la boina con un gesto lisonjero—. Está usted incluso más bonita que en los años que coincidimos en La Cartuja.

Ella tomó sus manos emocionada. Él se sorprendió por la familiaridad de su trato, pero tampoco le extrañó tanto. La señorita Laredo siempre había sido muy cercana.

—Casi no te había reconocido, Gallito —dijo Trinidad, fijándose en cada detalle de su persona—. ¿Y tus pecas? ¿Y tu cabello anaranjado? ¿Y la lengua afilada?

—Mis pecas se fueron con los años de duro trabajo —respondió, y luego añadió pasándose la mano por la cabeza rapada—: Y mi pelo, porque la primera medida que hay que tomar ante una plaga de piojos es raparse. Por suerte, a principios de año conseguimos acabar con esos malditos bichejos en la corrala, pero mi melena tardará un poco en volver.

—Veo que la lengua sí persiste —dijo Trinidad, guiñándole un ojo.

—Eso nunca podrán quitármelo —repuso Mincho con una sonrisa que dejó ver que había perdido un par de muelas—. Ni los años, ni el cansancio ni las chinches más terribles. Por más que les pese a muchos.

—¿Qué te trae por aquí?

—Benjamín es uno de los encargados de la mejor empresa de peones albañiles de Sevilla —intervino con entusiasmo don Aníbal—. Si conseguimos el proyecto, ¡será mi hombre!

—Y sepa usted que don Braulio, el madrileño, también me lo ha propuesto —les informó Mincho, orgulloso.

Trinidad juraría haber visto al Mincho del presente en el taller de Enrique, en aquella oficina situada antes de llegar al taller de alfarería. Se preguntó si el otro caballero que lo acompañaba sería el joven introvertido que tan buenas ideas le había dado en el pasado en La Cartuja.

—Disculpa que te haya hecho venir hasta aquí, Benjamín —le dijo don Aníbal y le ofreció pasar al salón principal.

—Es un placer, señor. Al menos usted se ha tomado la molestia de iniciar las conversaciones con las empresas que proveerán la mano de obra. El sindicato no está llevando bien los secretismos del comité de la Exposición ni que nos mantengan al margen, pero hasta mis muchachos más radicales saben que es usted honrado. O, por lo menos, el más honrado de todos los implicados.

Trinidad asintió, entendía el malestar. Hacía pocos días que habían recibido la visita del periodista Torcuato Luca de Tena, pues el caballero había conseguido recabar la información sobre las subvenciones del Gobierno para la ciudad de Sevilla. Don Torcuato les confirmó que, por el momento, las cantidades se mantendrían como estaban. A don Aníbal y a su equipo se les ocurrió una solución: los planos, los diseños y las maquetas se ceñirían al presupuesto de los tres millones de pesetas indicado en las bases del concurso, pero en el informe incluirían las partidas que serían necesarias más adelante. Era posible que de ese modo no impresionaran a los miembros de la comisión, que además estaban obsesionados con sus propios beneficios, pero todos ellos estuvieron de acuerdo en que era la solución más honesta para el pueblo sevillano, que era al que más atañía el proyecto de la Exposición. Y el que más resentido se encontraba al respecto, dedujo ella de la expresión de Mincho.

Tanto alboroto estaban armando con la acalorada conversación, que Víctor se asomó al salón. En cuanto reconoció a la visita, el estudiante de arquitectura puso cara de fastidio.

—Ya decía yo que solo un gallo cacarea tanto.

—Mira quién fue a hablar, el señorito sabelotodo.

Acto seguido, los dos se sonrieron y se estrecharon en un abrazo. Se palmearon las espaldas con camaradería y emoción sincera, mientras se preguntaban por la salud y el trabajo. Trinidad los observaba asombrada.

Mincho se disculpó con Víctor para seguir revisando con don Aníbal los informes que había preparado y el estudiante se despidió de ellos e instó a Trinidad a que lo siguiera de vuelta al despacho, para que el albañil y el maestro continuasen la reunión. Fue mientras le cedía el paso a la británica, haciendo una reverencia galante, cuando el comentario de Trinidad provocó que las miradas de los otros dos se clavaran en ella:

—Qué bonita sorpresa que Mincho y tú os conozcáis.

Víctor la miró perplejo. Ella no lo comprendió, ni que le diera la espalda ni que se marchara a ritmo marcial. Mincho y don Aníbal se miraron asombrados. Ellos sí que entendían lo que acababa de pasar.

Después de ese día, Víctor volvió a marcar las distancias con Trinidad. La británica no se lo explicaba. Repasó todas las causas posibles: quizá le había sentado mal su numerito del despacho, cuando ella se dejó llevar por sus ensoñaciones sobre el proyecto; o tal vez le fastidiaba su insistencia para que presentasen cuanto antes los diseños de los revestimientos de azulejo. Aunque más que enfadado, le parecía que estaba dolido, lo cual no tenía sentido.

Trinidad no alcanzaba a imaginar la verdad. Una verdad que había herido profundamente a Víctor. Otra vez.

Le hubiera gustado preguntarle, pero el instinto le decía que era mejor dejarlo estar o al menos esperar un momento apropiado para abordarlo. Conseguiría más acercándose a él de nuevo poco a poco, sin forzarle. Qué remedio. Además, habían acabado el anteproyecto y habían presentado en plazo toda la documentación para participar en el concurso. Ya solo quedaba esperar.

La fecha fijada para la resolución del concurso de la Exposición Hispanoamericana era el veinticuatro de septiembre de 1911. Esa misma tarde, el otoño sevillano cayó como una losa de ladrillo. El equipo de Aníbal González al completo se había reunido en la vivienda del arquitecto a la espera de la carta entregada en mano que debía llegar desde la Academia de Bellas Artes con el resultado.

Trinidad estaba ojeando algunos diseños de azulejo en su libreta. En realidad, no dejaba de observar a Víctor. No sabía si intentar acercarse a él; echaba de menos sus conversaciones, las ocurrencias que tenían juntos. Pero el joven continuaba esquivo con ella. La británica no deseaba engañarse, pero su actitud había empezado a atormentarla. ¿Y si le había ofendido en algo importante sin ser consciente? Sabía que podía ser muy agresiva cuando cuestionaba las ideas de los demás.

Decidió que ese día tan especial haría un último intento.

Fue decidida hacia el sofá donde Víctor se encontraba leyendo una de las obras cumbre de José Gestoso. Trinidad tomó asiento a su lado. Víctor fingió indiferencia, aunque tuvo que releer la misma frase unas diez veces desde que la vio cruzar la estancia en su dirección. Llevaba rato con la sensación de que el aire no le entraba en los pulmones.

—¿Y si fuéramos luego al parque de María Luisa a pasear? —soltó ella sin más—. Para celebrarlo.

Víctor la miró desconcertado, los ojos negros vibrantes.

—Ni siquiera sabemos si hemos ganado —repuso él, serio.

—Seguro que hemos vencido.

—No nos gafes en el último momento —dijo, y se le escapó una sonrisa ligera.

—Está bien, señorito quisquilloso: si ganamos, ¿vamos al parque? —Puesto que parecía dudar, Trinidad probó a continuar con el tono bromista—: Podríamos ir a la nueva fuente, he oído que pondrán cisnes.

—¿Tanto interés tienen los cisnes?

—Qué mezquino eres con los de tu especie —respondió ella, juguetona.

—¿Cómo dices?

—Desde el primer momento que te vi me pareciste un cisne negro, con ese cuello estilizado y ese cabello tan bonito.

Víctor la miró con mucha intensidad. Balbuceó, pero antes de decir nada apartó el rostro y retomó su lectura. Trinidad se preguntó si habría vuelto a ofenderle. Aunque siempre medía sus palabras con Víctor, sentía que había algo en ella que incomodaba constantemente al joven.

No tuvo tiempo para más divagaciones, porque sonó la puerta de la vivienda y todos se sobresaltaron. Trinidad estuvo a punto de montar en cólera cuando vio aparecer a Cuevas. La marquesa se disculpó por la demora, la habían retenido asuntos de la fábrica de La Cartuja. Casi le entró la risa por haberles dado falsas esperanzas con su aparición.

—Ni que estuvieseis esperando escuchar las trompetas de Jericó.

—Si tú llevases la mitad de tiempo que nosotros aguardando aquí encerrados, también estarías de los nervios —replicó Trinidad.

—A lo mejor lo hubiese preferido, amiga.

La artesana británica miró confusa a la noble sevillana y le preocupó su expresión atribulada. Fue a preguntarle al respecto, pero volvió a sonar el timbre de la puerta y todos volvieron la cabeza hacia el pasillo.

La expresión de la esposa del arquitecto les advirtió que el visitante tampoco era la persona que hubiesen imaginado. José Gestoso se presentó ante ellos con un sobre en la mano. Lo alzó orgulloso y no se demoró en explicar las razones por las que se encontraba allí.

—Me ha tocado a mí venir hasta su casa, don Aníbal. Les diré que no ha sido una decisión fácil. Tuvimos un problema inesperado: el arquitecto madrileño tuvo la brillante ocurrencia de titular su propuesta como «Adelante que llevas el César», y no sabíamos si descalificarlo. En fin, aquí tiene la resolución, caballero.

El académico le tendió la misiva al arquitecto. Aníbal González había aguardado ese instante desde que surgió la iniciativa de la Exposición. Quizá desde mucho antes. Tal vez desde que era un muchachito y soñaba con construir edificios que pasasen a la posteridad sevillana. Cuando ocurrió, sin embargo, como otros tantos que llegaban a palpar la oportunidad del éxito con los dedos, el temor a la decepción pareció abrasarle. Don Aníbal hubo de tomar asiento a su mesa de trabajo, en la silla donde había pasado tantas horas. Se quedó largo tiempo observando el sobre cerrado y luego permaneció otro tanto con el folio ya desplegado ante sí. Ningún gesto de su rostro delataba pista alguna de lo que estaba leyendo. Los demás contuvieron el aliento, inmóviles.

—¡Por el amor de Dios, querido!, ¿qué dice? —reclamó su esposa, exasperada.

Don Aníbal bajó la misiva, muy sereno, los miró con aún más calma. Luego se quitó las gafas y suspiró abatido.

—Lo siento mucho, damas y caballeros. Me temo que tendrán que seguir soportando a este humilde constructor algunos años más, hasta que consigamos culminar el que sin duda será el gran proyecto de mi carrera. ¡Es nuestro!

Todos los presentes necesitaron un instante para digerir la información. Al silencio sepulcral le siguió un estallido de gritos, aplausos y lágrimas.

—¡Querido mío! —Doña Ana se lanzó a los brazos de su marido—. ¡Enhorabuena!

—Gracias por tu paciencia, mi vida —le dijo don Aníbal, enternecido—, por la que me has tenido y la que me tendrás.

Los maestros Soto y Montalván aplastaron a Pedro Navia entre sus brazos, a pesar de las incesantes protestas del joven. Gestoso también se sumó a la celebración y le dio un abrazo entusiasta a don Aníbal para felicitarlo, que no dejaba de repetirle:

—Que «le ha tocado venir hasta mi casa», dijo el muy sin vergüenza, ¡el viejo Gestoso tenía que ser! Me habría gustado verle discutir con los otros dos para ser usted quien informase al ganador del concurso.

Cuevas se volvió para festejarlo con Trinidad, pero se contuvo con una gran sonrisa en los labios al darse cuenta de lo que estaba haciendo su amiga. Trinidad y Víctor, que seguían muy cerca, se habían fundido en un abrazo espontáneo.

Pegados el uno al otro, se dejaron llevar por la alegría, la ilusión y las sonrisas, hasta que se dieron cuenta de lo impropio del gesto. Se separaron un poco para mirarse a los ojos, como para verificar que aquel contacto inesperado era real. Tras esa primera reacción instintiva, se soltaron y se apartaron azorados.

La inglesa aprovechó para devolver a su sitio el mechón rebelde que se le había salido del peinado al saltar de alegría. Víctor siguió la trayectoria de esos finos dedos que parecían capaces de moldear sueños, también cuando la joven se volvió hacia la marquesa de Pickman para estrecharla entre sus brazos. Sin Cuevas y su tesón, Trinidad no estaría ahí. Probablemente, ninguno de ellos estaría celebrando nada.

El estudiante de arquitectura aprovechó ese instante de soledad para recuperar la compostura y mirar a su alrededor. Le llenaba de dicha ver a ambas mujeres festejando la victoria, a sus compañeros y a su maestro gritando de júbilo.

Víctor había ido a buscar la carta de la resolución del concurso que había traído Gestoso, porque deseaba leerla y recrearse en su contenido, convencerse de que no era una ilusión.

—¿Ahora sí podemos ir al parque? —le preguntó Trinidad, que había seguido al joven sin que este se diera cuenta hasta la mesa de don Aníbal.

Él no tuvo tiempo de responder, pues Gestoso llamó la atención de los presentes para hacer un nuevo anuncio:

—Creo que es buen momento para darles otra sorpresa: con motivo de la resolución del concurso, les informo de que esta noche están todos ustedes invitados a una cena de honor en la Casa Consistorial.

Con las emociones aún a flor de piel, el equipo de don Aníbal se trasladó al centro de Sevilla para celebrar que el arquitecto había ganado el concurso. Trinidad había tenido oportunidad de conocer el majestuoso edificio cuando se reunió con el periodista Torcuato Luca de Tena, pero esa noche, la Casa Consistorial le pareció un entorno completamente distinto, idílico. Justo lo que había tratado de explicarles a sus compañeros de equipo el día que vio con claridad en un arrebato creativo cuál era la propuesta perfecta. Los juegos de luz y oscuridad tenían ese poder: transformaban los espacios y edificios en otros, mostrando aspectos que permanecían ocultos durante el día.

La cena se ofreció en una de las estancias principales, ricamente decorada con retratos imponentes de personajes de la nobleza española y exquisitas molduras de escayola. Las espectaculares lámparas de araña estaban tan relucientes como los suelos de mármol. Se dispuso una mesa alargada para los cincuenta comensales, entre los que se encontraban el Comité Ejecutivo al completo. Como invitado principal del Comité de Honor, presidía la mesa su majestad el rey don Alfonso, acompañado por algunos miembros del Consejo de Ministros. Como era de esperar, estaban presentes los otros dos arquitectos candidatos al certamen de anteproyectos, don Fermín Álamo Ferrer y don Braulio Martínez Ortega, acompañados cada uno por sus respectivos asesores y artistas, entre ellos, Enrique Giner y su esposa, Inés de Benavides, quien también había sido invitada. A Trinidad le desconcertó que no había ni rastro de los representantes de los trabajadores, pues no habían convidado a nadie del sindicato ni de los gremios.

Entre los integrantes de los equipos que no habían resultado ganadores imperaba un ambiente alicaído. La conversación era tensa y, como en otros tantos eventos, solo don Alfonso tuvo ánimos de reír y contar anécdotas divertidas que lograron relajar un poco el encuentro.

A Trinidad le aturdió descubrir la presencia de Enrique entre los comensales. Inmersa en su alegría, no se le había ocurrido que el resto de los participantes también estarían invitados a la cena. La británica intentó no levantar la vista del servicio de platos que había en la mesa: una preciosa vajilla de La Cartuja. Le maravillaba la tonalidad de la colección 202 Rosa y así lo comentó con Cuevas, que estaba sentada a su izquierda. La marquesa, que esa noche iba enfundada en un vestido precisamente de ese color orgullo de su familia, no cabía en sí de gozo.

—Qué loza mejor para una cena tan importante como esta, querida.

María de las Cuevas, como era su costumbre, habló en su tono alto y expansivo, al alcance de Inés, a quien habían sentado en diagonal a la marquesa. La joven señora, vestida con un deslumbrante conjunto brocado en tonos lavandas, masculló una imprecación e hizo cuanto pudo por ignorar a la aristócrata. En el ínterin, Trinidad volvió la cabeza y coincidió con los ojos azules de Enrique. Esa vez no pudo evitar mantenerle la mirada.

No se esperaba que el ceramista gesticulara en silencio sus felicitaciones. La joven parpadeó sorprendida y se limitó a asentir. Luego bajó la vista al primer plato de la cena: espinacas con garbanzos. No tenía muy buen aspecto, pero el primer bocado le supo tan exquisito que se giró hacia su derecha para compartirlo con su acompañante. Víctor se sobresaltó cuando ella le dirigió la palabra, y de inmediato le dio la razón, era un plato inesperadamente delicioso. Trinidad se ruborizó al darse cuenta de que su compañero la había estado observando, como comprobó que seguía haciendo Enrique de lejos. Se arrepintió un poco de haber escogido ese vestido de clavícula y espalda descubiertas. Estaba convencida de que el azul cobalto le favorecía, pero las miradas vigilantes la hacían sentir un poco vulnerable. Por fortuna, alguien la distrajo de sus cavilaciones superficiales sobre su atuendo.

—Don Enrique, sé cuánto ha trabajado en la propuesta

que han presentado —dijo don Aníbal, para extrañeza de todos los presentes, que no se esperaban que el ganador conversara con los derrotados—, y sin ánimo de parecerles osado a usted y a don Braulio por la parte que le toca, querría tomarme la libertad de hacerle una propuesta: ¿le gustaría incorporarse a mi equipo de artesanos ceramistas?

El tenedor de Trinidad se detuvo en el aire. Víctor, en cambio, estuvo a punto de atragantarse con el vino. Inés observaba a su marido con el ceño fruncido, un claro gesto de advertencia, radiando una tensión palpable. A diferencia del arquitecto madrileño, que agradeció la cortesía de don Aníbal por preguntarle si le parecía bien que reclutara al artesano estrella de su proyecto. Ni ella ni nadie de la mesa sabía qué pasaba por la mente de Enrique en esos momentos. El caballero miró con detenimiento y curiosidad al arquitecto ganador.

—¿Puedo saber por qué me ofrecería tal honor?

—¿Que por qué? —rio don Aníbal—. Es usted uno de los mejores artistas de Sevilla, ¿qué más razones necesito?

—Para eso tiene ya a los maestros Soto y Montalván —replicó Enrique, señalando a los dos artesanos, quienes agradecieron el halago con un sutil asentimiento.

—Me encantaría contar también con usted —insistió don Aníbal—. Este proyecto tiene el objetivo de ser grandioso, sería un desperdicio que una sola mano hábil de Sevilla se quedase fuera.

—¡Bien dicho! —exclamó el rey, alzando su copa.

Enrique volvió a callar y miró a Trinidad, que lo ignoró decidida. Luego, el ceramista intercambió con su esposa un gesto inescrutable. Inés apretó la mandíbula y pareció decirle muchas cosas con sus grandes ojos pardos. La mirada cristalina de Enrique se volvió hacia don Aníbal.

—Lo pensaré, caballero.

La respiración de Inés se alteró; cerró un puño pegado al pecho como si su marido le hubiera clavado cruelmente cada palabra que había pronunciado. Luego volvió a erguirse frente a la mesa fingiendo normalidad. Era la primera vez que Cuevas no estaba complacida por que la heredera de la casa De Benavides pasara un mal rato. De hecho, Trinidad tuvo la sensación de que compadecía a Inés, y en cambio esta la miraba a ella desafiante, como si tuviese algo que ver en ese asunto.

La mesa al completo agradeció la distracción de que se sirviera el segundo plato de la noche, de nuevo sobre la hermosa vajilla de La Cartuja. Saborearon con fruición la ternera mechada con verduras y patatas al horno. De postre, degustaron unos cortaditos de cidra. Entre esos manjares, Trinidad no pudo evitar recordar a su madre. La sevillana también era muy dada a cebarlos mientras se burlaba del poco apetito de sus hijos. «No podéis ser más británicos», les decía. La buena mujer solía justificar las comilonas diciendo que debían coger fuerzas para la jarana posterior, que en la casa de los Laredo consistía en obligarlos a bailar a ella, a Fernando y a su padre. Las intenciones de Alfonso XIII eran similares.

En cuanto terminó el brindis final en honor a la Exposición Hispanoamericana, el rey les anunció que se trasladarían a la estancia colindante para disfrutar de un buen espectáculo flamenco. Al escuchar el programa, don Braulio y don Fermín parecieron animarse por vez primera en la velada, pues ninguno de los dos aún había tenido todavía ocasión de visitar un café cantante. Las artes populares sevillanas estaban poniéndose de moda otra vez entre las clases altas y su majestad don Alfonso se declaraba un amante confeso, una herencia de su abuela Isabel II. El monarca había contratado a varios cantaores y bailaoras y el espectáculo se presentaba formidable.

El alcohol consumido estaba contribuyendo a que los invitados se soltaran, lo cual era de agradecer dada la atmósfera tensa que había reinado en la cena y que todavía sobrevolaba el ambiente.

Trinidad estaba conversando con Cuevas y Víctor cuando vio de lejos que Enrique hacía por bailar con su esposa, pero Inés lo miraba molesta y, con unas formas poco discretas, declinó su invitación. Poco después huyó al otro lado de la sala para charlar con el arquitecto madrileño.

Trinidad no podía evitar sentirse incómoda. Era consciente de que muchos seguían creyendo que Enrique y ella guardaban una relación ilegítima; entre ellos, la propia Inés. Sus esfuerzos por mantenerse alejada de él parecían haber logrado el efecto contrario. No se imaginaba que de ese asunto hablaba precisamente el rey Alfonso con su amiga Cuevas. Y aún menos hubiera sospechado la descabellada ocurrencia que el vino había dado a su majestad:

—¡Señor Giner! ¿Por qué no saca usted a bailar a la señorita Laredo? Nada como compartir unos pasos para demostrar buenos lazos de cordialidad entre ambos equipos, ¿no creen? Dicen que ustedes se entienden bien en eso de los movimientos... de baile.

La británica creyó que no había escuchado bien, aunque ella, Víctor y Cuevas eran quienes estaban más cerca del monarca. La marquesa casi le gruñó. Trinidad estaba segura de que esa idea sería la última que deseaba propiciar esta cuando sacó el tema con Alfonso XIII. Al estudiante de arquitectura tampoco le fascinó la propuesta: apretó la mandíbula y observó la reacción de Trinidad.

Enrique cruzó primero una mirada con su esposa, que era la viva imagen de la furia. A un rey no se le podía negar nada y este había insistido burlón, así que el ceramista inspiró profundamente mientras avanzaba decidido hacia su antiguo amor. Le tendió una mano, como consultándole si accedía a la petición del monarca. Trinidad se quedó helada.

Había muchas razones para no consentir; entre otras, su amiga, la marquesa entrometida, que negaba rotunda lo más discretamente posible, y un par de ojos negros que observaban atentos si ella sería capaz de aceptar. Sin embargo, afloró una razón incontestable para Trinidad: no había nada de malo en bailar con Enrique esa noche, ni motivo alguno para ignorarlo o desearle ningún mal. Sobre todo si quería demostrar que no se avergonzaba de nada, pues no tenía lo más mínimo que esconder.

Atónitos, Víctor y Cuevas contemplaron cómo Enrique se llevaba a Trinidad del brazo al centro de la sala para bailar unas sevillanas. Se oyeron algunos cuchicheos afilados, mientras el rey los señalaba divertido y animaba a los músicos a tocar con más vivacidad.

El ceramista se mantuvo serio en todo momento, aunque la inglesa acabó por sonreír.

—Qué recuerdos…

Enrique calló y se limitó a dar vueltas con ella.

—No solíamos bailar mucho, ahora que lo pienso; preferíamos quedarnos en las sillas para que fuesen los demás quienes se movieran al son de nuestras cuerdas —dijo Trinidad, decidida a romper el silencio incómodo—. ¿Sigues tocando el violín?

—Bien sabes lo que ocurrió con mi violín.

La británica apretó los labios por la respuesta cortante e intentó seguir bailando sin perder el ritmo.

—No te he preguntado por tu violín, sino si sigues tocando.

—Me negué a comprar otro. Además, hace demasiado que no practico y a mi edad tampoco me veo haciendo escalas, no me sobra el tiempo precisamente.

No lo dijo sonriendo ni en tono burlesco, pero Trinidad conocía lo suficiente a Enrique para reconocer su tono cómico. Sonrió agradecida por que hubiese cedido un poco a la cordialidad.

—Y menos tiempo que vas a tener si aceptas la propuesta de don Aníbal.

Pero esa simpatía era justo lo que Enrique estaba tratando de evitar a toda costa. Sus manos y sus ojos se posaron en su pareja de baile, buscaba en el rostro de Trinidad ese bosque que siempre le había cobijado en el pasado. Sin embargo, y al igual que en el pasado, esa arboleda indomable de su mirada acabó convirtiéndose para él en una selva tentadora donde deseaba perderse. Trinidad percibió el cambio de actitud en los dedos del ceramista, que la rozaba cual suave arcilla mientras la hacía girar entre sus brazos.

—Por supuesto que no voy a aceptar —le dijo Enrique, acercándose a su oído.

Trinidad salió del embrujo. Enrique se había tomado su tiempo para contestar, en un tono inesperadamente suave y cadencioso, mientras seguía inmerso en sus ojos verdes. Ella asimiló enseguida sus palabras y lo obligó a detenerse. Iba a preguntarle los motivos, pero la mirada celeste del trianero atravesó cada partícula de su cuerpo. Estuvo entonces tentada de cuestionarle por qué había accedido a bailar con ella si solo pretendía discutir, pero tampoco fue capaz.

No habían dejado de mirarse, aunque Enrique acabó por alejarse. Inés no perdía detalle desde lejos, cada vez más molesta y afrentada. No era la única. Víctor había apartado la mirada hacía largo rato. Muchos habían presenciado la danza de la pareja sin dejar de especular con maldad. Cuevas se acercó para advertirle; sin embargo, el tañido de la cucharilla en la copa de don Alfonso les llamó la atención en medio de todo aquel jaleo de rumores y melodías costumbristas.

El rey manifestó su deseo de presenciar algo diferente. Preguntó a los invitados si alguno sabía tocar música flamenca. Hasta los cantaores, bailaoras y palmeros se sorprendieron.

—Vamos, señores, señoras, saben que el verdadero flamenco, el que sale de las entrañas, nace de la improvisación.

La mayoría rieron por la propuesta y Trinidad se encogió, rezando por que a nadie se le ocurriera revelar que ella sabía tocar la guitarra. Ya había tenido bastante de los caprichos regios para lo que le quedara de vida. Sin embargo, se le paró la respiración cuando vio que don Alfonso la apuntaba donde se encontraba de nuevo.

Pero los dedos del monarca no la señalaban a ella.

—Señor Abad, ¿es verdad lo que están comentando por aquí de que posee usted un talento secreto?

Víctor fulminó con la mirada a su maestro antes de sonreír afable al rey; sabía que debía haber sido don Aníbal quien lo había delatado. El joven miró a Trinidad de soslayo antes de responder a don Alfonso:

—No soy digno de tal alabanza, majestad.

—Déjese de remilgos —dijo el rey, algo chispado— y tenga la bondad de complacerme.

Mientras el joven se adelantaba para acceder a su petición, María de las Cuevas se mordió el labio y se inclinó hacia Alfonso XIII. El soberano dibujó una expresión de total desconcierto.

—¡Que me aspen! Señorita Laredo, ¿es cierto lo que me está diciendo mi amiga la marquesa de que usted es una virtuosa de la guitarra española? Por favor, no se atreverá a privarme de este talento también.

Trinidad arrugó tanto la frente que pareció plegar sus pensamientos. Lívida, forzó una sonrisa y al pasar junto a Cuevas le dijo entre dientes:

—No sé qué pena tenéis en España para el culpable de magnicidio… porque me están entrando unas ganas terribles de asesinaros a los dos.

Cuevas le devolvió una mueca satisfecha, pues su estrategia para mitigar los rumores sobre ella y Enrique había funcionado. Un clavo quita otro clavo.

A Trinidad no le quedó más remedio que acceder. No tenía ni la más remota idea de cuál sería el talento de Víctor, jamás lo había relacionado con el flamenco. Con su figura, bien podría ser bailaor. Sin embargo, cuando el joven se sentó en la silla de mimbre a su lado y unió las manos, dedujo que su don debía estar asociado al ritmo. Luego, el estudiante sevillano miró a los ojos a la artista británica y le preguntó si podía tocar una bulería por soleá. La petición entusiasmó a los presentes. Trinidad asintió, acarició las cuerdas y procedió a tocar tal y como Víctor le había pedido. La melodía que arrancó de la guitarra conmovió al chico, pero no pareció sorprenderle, como si él ya conociera la maestría de Trinidad, lo cual era imposible, se dijo ella. Ninguna sensación fue comparable a escucharlo a él arrancar. Despegó los labios y la más bella de las melodías salió de lo más profundo de su ser.

Víctor cantaba. Cantaba muy bello. Trinidad no podía apartar los ojos de él. Sintió que era su alma la que era incapaz de apartarse de él. Intentó concentrarse en acompañarlo a la guitarra, pero su voz resultaba demasiado embriagadora. Ese cuello estilizado que tanto la fascinaba se puso tenso y muy rojo, como si casi no pudiese contener toda la pasión de su ser. Víctor marcaba sus propios gorgoritos con las palmas en un compás perfecto, y su rostro se contraía emocionado cada vez que alargaba un verso. Callaba para recuperar el aire, luego volvía a liberarlo, como las aves cuando echan a volar. Esos momentos de pausa Trinidad los aprovechaba para mecer las cuerdas, únicamente por apoyarle. Aunque solo ella lo miraba, sintió que se compenetraban.

Enrique los observaba atento con el ceño fruncido. Después de mucho dudar y para indignación y ultraje de Inés, se retiró. Tras titubear un largo instante, la joven señora terminó saliendo tras su marido con aire decidido. María de las Cuevas Pickman, que no podía apartar la mirada de Víctor y Trinidad, sonrió embelesada y se inclinó para cuchichear con el rey.

En cuanto Víctor concluyó su cante y Trinidad posó la palma en las cuerdas para hacerlas callar, Alfonso XIII fue el primero en deshacerse en aplausos y elogios, pero la joven inglesa no tenía ojos para nadie. Fue hasta Víctor y le agarró del brazo, obligándolo a mirarla.

—Cielo santo, ¿qué ha sido eso?

—Es una bulería por soleá —dijo él con la vista clavada en el suelo—. Es muy típica de la campiña del Guadalquivir.

—No me refería a eso, bobo. Cantas divinamente. Eres… como un ruiseñor.

Víctor la miró incrédulo. Aunque estaba abrumado por los cumplidos de Trinidad, no era eso lo que de verdad le preocupaba. Cerró los ojos con fuerza y se desprendió molesto de su mano.

—Casi. Un cisne negro… Un ruiseñor… Tú sigue así, Trinidad, sigue probando, que tal vez algún día te des cuenta. O tal vez no.

Trinidad no entendió sus palabras y eso hizo enfurecer a Víctor todavía más, que se alejó de ella sin mirar atrás.

«No me soporta», se dijo Trinidad, tragando saliva con

dificultad. A pesar de que la hería, era la única conclusión posible. Había sido así desde el primer día: Víctor no la toleraba. Sus comentarios estrambóticos, su terquedad, sus cumplidos intempestivos… Trinidad había conseguido que se hartase de ella, no había otra explicación. Se había esforzado lo indecible por llevarse bien con él, pero no podía seguir engañándose, no lo había logrado. No era el primer caballero que se mostraba conversador con ella o que le reía las ocurrencias, pero sabía por experiencia que eso no era necesariamente fruto de la complicidad, que bien podía ser una cruel forma de burla. Trinidad estaba cansada de mentirse a sí misma. Tenía edad suficiente para asumir que la admiración no tenía por qué ser un sentimiento recíproco y que a veces podía provocar molestia e incomodidad. Lo último que deseaba era hacer que Víctor la despreciase. Si no era ya tarde para evitarlo.

Entonces unos ruidos procedentes del exterior interrumpieron las conversaciones de los invitados al evento.

—¿Qué es ese escándalo? —preguntó el rey, que seguía achispado.

Trinidad y Cuevas se miraron. La marquesa estaba caminando hacia ella porque la había visto alicaída, apretaron el paso e instintivamente se abrazaron. Don Aníbal y los demás miembros de su equipo se reunieron en una esquina de la mesa con una expresión preocupada. Víctor arrugó las cejas y observó la puerta principal fijamente, como si intuyera lo que ocurría detrás. Apretó la mandíbula. Se maldijo por haberse distanciado de donde se encontraba hacía escasos minutos y anduvo rápido hacia las dos mujeres.

El estudiante de arquitectura apenas había logrado llegar a donde estaban ellas, cuando el conde de Urbina, desatendiendo las advertencias de sus compañeros del comité, decidió abrir una de las puertas principales de la Casa Consistorial. Antes de que nadie pudiera responder la pregunta que había realizado Alfonso XIII, un montón de huevos podridos impactaron en el rostro y el esmoquin del conde cubriéndolo de mugre y propagando un hedor insoportable.

—Pero ¡¿qué diablos es esta desfachatez?! —gritó el aristócrata, indignado.

Cerca de cincuenta hombres y mujeres se habían agolpado a las puertas del edificio al grito de «¡menos cenas de gala y más trabajo para Sevilla!». No paraban de arrojar alimentos putrefactos, sobre todo huevos, y saquitos de harina que se abrían al impactar.

«Polvo blanco», se dijo Trinidad con el rostro compungido.

En pocos instantes se desató el caos.

Varios invitados de la cena, entre ellos el periodista Luca de Tena, los maestros Soto y Montalván y la guardia personal del rey, instaron a don Alfonso y a los ministros para que corrieran a cobijarse a las estancias interiores, pues algunos ciudadanos alterados habían conseguido cruzar los pórticos.

—¡Suéltenme, demonios! —se resistía el rey mientras los demás se agachaban para esquivar los huevos—. ¡Yo soy Alfonso XIII de España, tengo que responder ante mi pueblo!

—¡Por favor, majestad, no sea insensato y vaya a refugiarse! —le rogaron el periodista y los comisarios de la comisión entre tirones.

—¡No pienso huir de mi responsabilidad!

—Estoy seguro, majestad —intervino Montalván—, de que hay un montón de cosas que puede hacer por su pueblo mucho más útiles que dejarse linchar por él.

Trinidad cubrió a Cuevas con su cuerpo para que nadie le hiciera daño. Ella tampoco recibió ningún golpe, porque otra persona se interpuso entre ambas mujeres y la turba. Al levantar la mirada, Trinidad distinguió las anchas espaldas de Víctor. Entre la algarabía, los objetos que volaban y la violencia de la situación, la británica vio en la actitud defensiva del estudiante la determinación de un titán. En ese instante tuvo una especie de *déjà vu* y le vino a la cabeza el recuerdo de un muchacho muy joven, un albañil de La Cartuja, el Jilguero, que se interpuso entre ellas y algunos obreros furiosos años atrás.

Igual que entonces, Trinidad levantó la vista hacia Víctor con el alma en un puño y se aferró a la chaqueta de su protector. Si bien le dio la impresión de que el estudiante se estremecía al sentir su contacto, no apartó la atención de la trifulca que estaba teniendo lugar en el salón.

Por suerte, ni Víctor ni ningún otro hombre allí presente tuvieron que llegar a las manos con los asaltantes y la Guardia Civil no tardó en personarse en la Casa Consistorial, aunque les costó cerrar las puertas y recuperar la tranquilidad. Tampoco fue agradable observar cómo los agentes se llevaban a algunas de las personas esposadas entre protestas.

—¡Debería darles vergüenza llenarse el buche mientras nosotros no tenemos ni una mísera migaja que llevarnos a la boca! —se lamentaba una mujer con la voz rota.

—¡Menuda Exposición les va a quedar! Ya verán cuando venga toda esa gente de fuera y les dé por pasearse más allá de los recintos.

—¡Una Exposición de miseria!

Los invitados presenciaron la escena consternados, muchos de ellos profundamente afectados por las palabras de sus conciudadanos. Tras el incidente dieron por concluida la velada.

Trinidad estaba completamente abrumada por las emociones de esa noche. Ni siquiera el gesto protector de Víctor la consolaba. Lo sucedido le causaba una pena insoportable. A pesar de que su victoria había sido el motivo de esa cena, la británica jamás había tenido un sentimiento de derrota más devastador.

En los días posteriores, Trinidad continuaba intranquila. El malestar de los trabajadores le había encogido el alma y le había hecho replantearse los propósitos de la Exposición, como si el rechazo popular que había presenciado hubiera envenenado sus ilusiones por el proyecto. Pero había algo más. No había tenido ocasión de volver a hablar con Víctor, y, por algún motivo incierto alojado en lo profundo de su corazón, había estado evitando ir a casa de don Aníbal para no tener que verlo.

¿Tanto le importaba que él la rechazara por su forma de ser? ¿Acaso se sentía humillada porque a él le desagradaba su carácter fuerte? Sí, porque le dolía no poder ser ella misma, sobre todo con una persona a la que estimaba tanto y por la que había empezado a sentir un interés honesto. Le dolía que Víctor no desease ni siquiera darle la oportunidad de conocerla de verdad.

Extrañada y preocupada por su amiga, María de las Cuevas Pickman le preguntaba sin cesar por qué estaba tan alicaída. A la marquesa le angustiaba que el episodio violento que habían vivido en la Casa Consistorial la dejase marcada de por vida. Pero Trinidad se lo negaba una y otra vez.

Una tarde, para apaciguar a su amiga, le dijo que estaba terminando un par de bocetos para murales de azulejo que quería proponerle al arquitecto. Era cierto, pero también era una tapadera para que la dejara tranquila. Encerrada en su habitación, Trinidad resopló. Cogió su libreta y dejó que Brígida la iluminara un poco:

> Siempre es mejor resolver primero el peor de todos tus problemas para que los demás parezcan menores.

Por mucho que le pesase, necesitaba hablar con Enrique. Otro caballero del que se había ganado su rechazo. La conversación mientras bailaban la había dejado muy aturdida, no acababa de entender lo que pasaba por la cabeza de su antiguo amor. Sin embargo, ella compartía la opinión de don Aníbal sobre el valor de su participación en el proyecto de la Exposición. Y teniendo en cuenta el papel que él había tenido en los conflictos laborales del pasado, tenerlo de su parte también podía ser clave para apaciguar los ánimos de los trabajadores y encontrar una solución.

No entendía las reticencias de Enrique para formar parte

del equipo del arquitecto sevillano. Trinidad comprendía que el baile en público podía haber alimentado los rumores maliciosos sobre ellos, pero ese asunto carecía por completo de importancia frente al gran proyecto que tenían entre manos. Enrique no podía permitir que una cuestión personal pusiera en jaque un trabajo tan relevante para Sevilla. A fin de cuentas, era el sueño de ambos. Así que, a pesar del pudor y de la inseguridad que le provocaba la idea de volver a verlo después de aquel momento tan íntimo bailando, la británica no remoloneó más, se enfundó un vestido de trabajo y se personó en el taller Giner de la calle Alfarería.

No tardó en localizarlo en uno de los obradores más pequeños. Enrique estaba torneando una pieza de barro, sentado e inclinado mientras movía la rueda de alfarero y sus manos iban esculpiendo la arcilla. La destreza potenciada por la concentración. Los pies descalzos, la actitud hermética habitual. Por un instante, Trinidad sintió que no había pasado el tiempo.

Cuando Enrique percibió su presencia, primero se sorprendió y luego mudó la expresión, centrando de nuevo sus ojos azules en el jarro.

—¿No tienes otros lugares donde estar y personas más importantes que tratar, Trinidad?

—¿Has pensado en la propuesta de don Aníbal?

—No hay nada que pensar —masculló él—. Está más que descartado. Me contaron que poco después de irme un montón de sevillanos furiosos irrumpieron en la velada. Una pena haberme perdido al conde de Urbina cubierto de huevos podridos. ¿También os dieron a la marquesa y a ti?

Trinidad puso los ojos en blanco, ignoraba el poder que tenía ese gesto sobre Enrique. La británica se acercó a él.

—¿Tanto me odias?

Él soltó una carcajada falsa.

—No deberías pagarlo con don Aníbal. Y tú y yo no somos enemigos, Enrique. ¿Qué quedó de ese sentimiento que nos unió en el pasado? ¿El de dos simples artesanos que solo pretendían rescatar a esta ciudad que tanto amaban del juicio del mundo?

Enrique volvió a reír entre dientes. Su preciosa sonrisa felina emponzoñada por completo. Dejó el perforador de madera que estaba usando para abrir incisiones en la arcilla y se llevó la mano a la cabellera de león, sin preocuparle pringarse de barro.

—Tiene gracia que precisamente tú me vengas ahora con eso.

El semblante de ella se entristeció.

—Enrique, tenemos una oportunidad formidable para demostrar lo que somos capaces de hacer. Por nosotros y por toda esa gente. ¿Es que no lo ves?

Trinidad sabía que tenían mucho trabajo por delante: había que concretar y mejorar las propuestas que solo se habían esbozado. Y era preciso agilizar los tiempos. Todos lo sabían. Enrique también. Pero la Exposición era lo último que preocupaba al ceramista en esos momentos.

—No, Trinidad, ¡eres tú la que está completamente ciega!

La asustó al levantarse de golpe y aplastar con rabia la figura de barro. Luego barrió con el brazo las herramientas que había sobre la mesa de trabajo. Tiró todo al suelo, frustrado y exasperado, y fulminó a Trinidad con sus ojos azules brillantes.

—La pintora de la luz, ¡ja! Ni siquiera eres capaz de entender dónde está el verdadero problema entre tú y yo. Tú deberías comprender mejor que nadie la razón por la que no puedo implicarme en el proyecto de Aníbal González. No sé cómo se te ocurre pedirme eso.

Enrique rebajó la agresividad de su actitud, aunque sin llegar a serenarse. Luego salvó la distancia que los separaba, acechando a su presa.

—¿De verdad serías capaz de volver a trabajar conmigo como antes, como si nada hubiera pasado entre nosotros, Trinidad? —susurró al tiempo que deslizaba una de sus manos cubiertas de arcilla por detrás de su cuello—, ¿como si mis dedos nunca te hubieran tocado?

Ella a duras penas era capaz de sostenerle la mirada. Ante su silencio, Enrique decidió hablarle en inglés:

—Te puedes hacer la tonta todo lo que quieras, borrar el pasado, como si aquel año de 1902 no hubiera existido jamás, pero yo… Yo no, querida, yo no puedo.

Dicho eso, Enrique aprovechó la postura de su mano para atraerla hacia él y besarla con una pasión desconocida. Usó la otra mano para asirla por la cintura y para evitar que se le escapara. Trinidad echó la cabeza hacia atrás, espantada, sin apartar la mirada de él. Sin embargo, consintió que siguiera rodeándola con sus brazos.

Sabía que debía empujarle, preguntarle qué estaba haciendo, qué pretendía. Pero las preguntas se le atragantaron junto con la integridad, viendo las respuestas más que claras en la mirada hambrienta de Enrique. Trinidad había añorado esa mirada durante casi una década. Y en ese momento le vino a la cabeza la expresión distante de Víctor, por comprender que el joven arquitecto jamás la miraría así.

El silencio es una voz incómoda y la soledad, una cruel consejera: hacían que las ideas nefastas a menudo pareciesen sugerentes.

Trinidad cerró los ojos y se entregó a la situación, y los de Enrique parecieron prenderse en llamas antes de volver a tomar su rostro para devorar su boca. No le importó que sus manos estuviesen manchadas y dejaran sus huellas por todo el cuerpo de su antiguo amor, por sus hombros, su busto. Enrique deseaba marcar toda su piel. Amasarla, moldearla y esculpirla centímetro a centímetro. Sucumbiendo a la costumbre que sus cuerpos compartieron en su día, Trinidad se dejó llevar por Enrique, por la necesidad y el ímpetu que brotaba de cada rincón de su ser.

Fuera, a esas horas de la tarde, no había demasiado trasiego de viandantes por la calle Alfarería. Mientras Trinidad y Enrique tanteaban los recuerdos de sus pieles, un joven caballero pasaba de largo camino del taller Montalván. Cuando don Manuel lo vio aparecer, se sorprendió un poco.

—Vaya, Víctor, no te esperaba por aquí. Si buscas a Trinidad, creo que se encuentra en casa de la marquesa de Pickman.

El chico se sonrojó. Iba a defenderse, a decir que no

necesariamente había ido allí para verla a ella. Pero sí que era ese el motivo. Hacía semanas que se martirizaba por el trato que le estaba dando. ¿Qué culpa tenía Trinidad de no enterarse de lo que ocurría? Él podría habérselo aclarado. Había tenido ocasiones de sobra para hacerlo. En ese momento solo deseaba proponerle que dieran ese paseo por el parque de María Luisa. Quiso aceptar desde el primer momento en que ella se lo dijo, pero se dejó arrastrar por las dudas y los pensamientos negativos. No había parado de lamentarlo.

Había ido hasta allí porque quería comentar con la británica un par de ideas que había tenido con don Aníbal para los pabellones, y no podía esperar a compartirlas. En realidad, no podía esperar a verla enroscarse el mechón de cabello que siempre se le escurría del recogido o para que le sonriera de esa forma que le aceleraba el pulso. Con Trinidad Laredo todo era impredecible, y eso le gustaba. Pero Víctor no pensaba reconocerlo ante nadie, ni siquiera ante sí mismo. Fue a replicar al maestro ceramista cuando uno de sus empleados se inmiscuyó:

—Si está preguntando por la señorita Trinidad, hace un rato la he visto por Alfarería.

—¿Cómo es eso? —se extrañó don Manuel—. Me aseguró que iría a tomar el té con doña María de las Cuevas.

Y don Aníbal le había dicho que la inglesa le había informado de que haría una visita al taller Montalván. Preocupado, el joven preguntó al hombre que se les acercó:

—¿Sabe hacia dónde se dirigía, don Ambrosio?

—En verdad, no, muchacho. Solo que pasó de largo por

delante del taller y que tiró *p'alante*, hacia donde Enrique el Burgués.

Víctor guardó silencio y dirigió la vista al suelo. Cerró los ojos. Ni siquiera se atrevió a pensarlo. Hizo un amago de salir a la calle Alfarería en dirección norte, donde se encontraba el taller de Enrique.

No, no quería pensarlo. Pero lo hizo.

Horas después, Trinidad accedía a la casa palacio de los Pickman por la puerta trasera, la de la plaza de Santa Cruz, la más estrecha de Sevilla. Apurada, se recolocó el mantón que había tomado prestado del taller de Enrique. Toda ella era un torbellino de sensaciones, ninguna buena. Lo único que podía hacer a esas alturas era afrontar los problemas según viniesen. El primero sería Cuevas si estaba de vuelta en casa. A ella le había dicho que saldría a caminar por la Maestranza y el Guadalquivir.

Ese... contratiempo inesperado la había entretenido demasiado, se maldijo.

Cuando atravesaba de puntillas el patio central de la vivienda, una voz profunda e intimidante la sobresaltó.

—La marquesa de Pickman ha salido a pasar la tarde fuera —dijo Víctor apoyado sobre una de las columnas, con los brazos cruzados—. Lo cual resulta de lo más inquietante, porque se suponía que estabais aquí juntas tomando el té.

—Cuevas cambió de parecer —improvisó Trinidad tras un breve silencio—, y yo aproveché para dar un paseo.

—¿Un paseo por el taller de Enrique Giner?

Trinidad se puso blanca como la cal. Dios mío, ¿la habría visto? Pero al momento se dijo que no podía ser. La mirada de Víctor, que analizaba cada centímetro de su vestido, la estaba matando. Después de cómo había quedado toda la parte superior, no le quedó más remedio que aceptar el mantón que le había ofrecido Enrique. Además, se le había descosido algún que otro botón. Trinidad había hecho lo posible por limpiarse, pero fue inevitable que la arcilla dejase rastros aquí y allá. Eso la hizo rememorar cómo Enrique la tumbó sobre su mesa de trabajo mientras le subía la falda. Todavía sentía el calor de sus manos sobre las caderas. Y la marca de su aliento en el cuello. Trinidad se llevó inconscientemente los dedos a la clavícula y se ajustó mejor la prenda que la cubría. Ya estaba avergonzada, pero el escrutinio sin piedad de Víctor estaba siendo un verdadero martirio.

—Yo solo… quería…

—Querías convencerle para que forme parte del proyecto de don Aníbal —concluyó Víctor por ella.

El silencio, que era una afirmación de Trinidad, indignó tanto al joven que soltó una carcajada cáustica antes de erguirse con intención de abandonar la vivienda.

—Te felicito, seguro que habrá aceptado. No tengo ninguna duda de que eres muy persuasiva con él.

—Espera, Víctor —trató ella de frenarlo.

Pero él fue más rápido y llegó a la puerta para despedirse de los criados antes de salir.

—Espera, por favor, ¿por qué te enfadas?

—¿Que por qué me enfado? —Víctor lo repitió de espaldas, en voz baja, pero luego se dio la vuelta despacio y repitió con una sonrisa sarcástica—: ¡Que por qué me enfado! Será porque tengo la sensación de que todo este asunto del proyecto de la Exposición solo te importa cuando tiene que ver con Enrique. Qué interesante fue competir con él y qué faena quedarte sin motivos para volver a verlo. ¡Normal que seáis la dichosa comidilla de la ciudad! «Saltan chispas cada vez que el casado señor Giner y la excéntrica pintora británica están en la misma habitación». ¿No os da vergüenza, de verdad? ¿Tan aferrada estás al pasado? ¡Pues qué poco se nota para otras cosas! Aunque, claro, La pintora de la luz solo se deja iluminar por él, ¡solo tiene ojos para el Burgués!

Mientras Víctor se desahogaba y le revelaba al fin lo que pensaba, Trinidad no era capaz más que de negar, horrorizada. Sabía que cuando arrancaba a hablar, ya nada ni nadie podía interrumpirlo. Ni él mismo. Sus ojos negros como ónices refulgieron insidiosos.

—Yo creía que todos esos chismes no eran más que habladurías de la malicia sevillana, pero está claro que preferirías que fuese el infame de Enrique quien colaborase contigo y con don Aníbal en el proyecto más que ningún otro; total, a él lo conoces muy bien, ¿no? —le espetó desatado—. Yo, en cambio —dijo señalándose con fuerza—, siempre he sido invisible para ti, maldita sea. ¡Ni siquiera te acuerdas de mí!

Viendo el bochorno y la incomprensión de Trinidad, y avergonzado por haberse ido de la lengua, Víctor estalló en un sonrojo apoteósico. Tartamudeó algo incomprensible y se dio la vuelta para retirarse. Trinidad reaccionó tarde, pero corrió tras él y lo tomó de la muñeca antes de que saliera por la puerta principal.

—¿Tú y yo nos conocemos de antes, Víctor?

Él continuó sin mirarla.

—¿Cuándo? ¿Cuándo nos hemos visto? —insistió Trinidad—. Estoy segura de que yo jamás habría olvidado a alguien como tú.

Víctor se rio con crueldad, pero de sí mismo. Se alejó caminando de espaldas, con sus ojos negros clavados en el rostro de Trinidad. El cielo de Sevilla se había encapotado, había empezado a caer una lluvia suave y melancólica. Antes de que las gotas le calasen el traje, Víctor se volvió cargado de resentimiento hacia Trinidad.

—Ese es el problema —dijo con furia—. Que yo no era nadie, y tú tenías otros asuntos más importantes en la cabeza. Igual que ahora.

15

Febrero de 1903

Víctor no dejaba de observar a Trinidad. En verdad, no había dejado de hacerlo desde la primera vez que la vio. Aunque en el curso de un año apenas había mantenido unas cuantas conversaciones con ella y casi siempre mediadas por Mincho, quería aprovechar que notaba que Enrique estaba muy distante con la joven. Era extraño, porque la situación en la fábrica había mejorado mucho: los obreros al fin habían recibido los guantes y los paños para protegerse del polvo blanco y la puesta en marcha de los nuevos hornos había reducido notablemente la carga de trabajo. La pareja tendría que mostrarse más dichosa que nunca. Pero no, era evidente que había tensiones entre Trinidad y Enrique. Más bien, él estaba tenso con ella, lo cual hacía que a Víctor le hirviera la sangre.

El joven se dio cuenta antes que nadie, precisamente porque no había dejado de contemplar a Trinidad desde aquella mañana de febrero de 1902, cuando llegó a la fábrica y lo miró a los ojos. Él llevaba un fardo de arcilla, uno de los

muchos que cargó cuando no era más que un humilde albañil de La Cartuja. Tenía dieciséis años recién cumplidos y la
británica le pareció una criatura de otro mundo. Aquellos
ojos de un verde hipnótico cuando les daba la luz eran como
dos esmeraldas; el cabello negro en bellas ondas tan sinuosas
como ella misma; la expresión elegante y al tiempo salvaje.
La joven parecía una chica serena hasta que sonreía de esa
forma pícara y juguetona, como si ocultase la verdad del
universo. Como si supiera todo sobre ti. Víctor recordaba
que le había sonreído así la primera vez que se cruzaron, a él
casi se le cayó el saco que cargaba. Era un ser bello y delicado y, al mismo tiempo, la personificación de la tentación.
Una ninfa. La ninfa del azahar, decidió el día que olió su
perfume. Trinidad se colocaba su mechón rebelde o se acariciaba la oreja y Víctor se sentía a punto de perder la cordura.
La sonrisa de la joven para él tenía vida propia, lo atormentaba, a pesar de que Trinidad ni siquiera era consciente de ese
poder. Y no era solo su sonrisa; todo su cuerpo tenía esa influencia sobre él, su presencia le transmitía sosiego y la per-
dición más absoluta. Le bastó escucharla desplegar su ingenio con Mincho y con los demás para perder por completo
la compostura, por mucho que él tratase de ocultar que su
presencia lo alteraba.

—Puedes negarlo cuanto quieras, Jilguero, da lo mismo
—se burló Mincho una de aquellas primeras ocasiones en
que se cruzaron con ella—. Tú, que no callas ni bajo tierra, te
quedas sin lengua en cuanto aparece la señorita Trinidad.

—¿Vas a seguir cacareando a mi costa? —le gruñó él,
ajustándose la boina.

Por entonces no se quitaba nunca la boina porque le acomplejaba la mata descontrolada de pelo que no sabía cómo dominar.

—¡Y tanto! Ya se sabe qué tira más que dos carretas, aunque la inglesa tiene una figura de lo más estilizada.

Víctor lo fulminó con sus ojos negros y el Gallito le dio un par de palmadas en la mejilla.

—Vamos, hermano, no me culpes. Resulta divertidísimo verte en este estado tan lamentable. Estás enamorado hasta las trancas.

«Lamentable, eso soy yo», se decía a sí mismo. Y sus sentimientos por Trinidad Laredo también eran lamentables. A Víctor Abad le llamaban «el Jilguero» porque tenía palique para rato y porque canturreaba constantemente, hasta el punto de resultar molesto o encantador, dependiendo del humor de los otros. Era así desde pequeño.

Al igual que Mincho, perdió pronto a sus padres. Se criaron juntos en la misma corrala de Triana gracias a la generosidad de doña Rufina, una gitana con un corazón inmenso, madre de ocho hijos, que no pensaba abandonar a dos niños solo por tener que alimentar dos bocas más. Los dos pajarillos eran buenos chicos, decían los vecinos, y se ganaban a pulso el techo y el aprecio de toda la calle. Aunque ellos se bastaban juntos, incluso solos. Habían nacido con el don de la resolución: para buscar remedios inmediatos a las adversidades o, sencillamente, para sonreírle a la vida por muy difícil que esta se pusiera. Con los años, Mincho se volvió descarado y Víctor, más comedido; ambos con las mismas ganas de hablar y de comerse el mundo, pero de forma distinta. Cada vez que el Gallito tenía una peseta para gastar, la destinaba a alguna taberna; el Jilguero, en cambio, la ahorraba esperando invertirla en algo que leer para alimentar las conversaciones que les ofrecería a sus amigos hasta aburrirles.

Víctor era de los pocos niños del barrio que habían ido a la escuela, y había aprendido a leer y escribir con verdadera pasión. Leía todo lo que caía en sus manos: periódicos y folletines, lo que fuera. Le gustaban sobre todo los textos que hablaban de arte y urbanismo, porque pensaba que le podían ayudar a prosperar en su trabajo en La Cartuja.

Mincho y él llevaban ya tres años allí, desde que acabaron la enseñanza obligatoria, entre otras cosas porque la fábrica ofrecía cama y comida y así liberaban a doña Rufina de la carga de su manutención. La bendita mujer se despidió de ellos envuelta en lágrimas deseándoles mucha suerte, sobre todo a su pequeño Jilguero, que si no echaba a volar era porque no quería, el muy avispado. Todo el mundo lo pensaba.

«El Jilguero es listo como el hambre», decía quien lo trataba. «Quizá porque el hambre es algo que conoce bien», añadían quienes lo habían frecuentado. El hambre no siempre era mala. La del espíritu generaba ambición, y la ambición distraía de otros problemas menos importantes. Víctor sentía que la vida le sabía a poco para su espíritu inquieto y sus infinitas ganas de aprender, pero exprimía al máximo sus oportunidades para forjarse un futuro mejor, así que leía, conversaba con quienes pudieran enseñarle lo que fuera y dedicaba tiempo a desarrollar sus propias ideas.

Jamás se le hubiera ocurrido que eso sería lo que le acercaría a Trinidad.

Pese a que nunca había tenido acceso a una formación superior ni a buenos libros, el joven tenía bastantes ideas originales. En muchas ocasiones quiso compartirlas con la británica, aunque fuese por el placer de impresionarla, pero siempre que la tenía delante su atractivo lo dejaba mudo, algo que nunca le había pasado con nadie; mucho menos con las mozas. Víctor era bien parecido, y su piquito de oro era infalible con las muchachas. Las pocas veces que no funcionaba, les cantaba alguna coplilla y las chicas terminaban por sucumbir a sus encantos. Sin embargo, el que de verdad se las llevaba de calle era Mincho. Víctor no iba más allá de los susurros, los besos o las risitas de complicidad con ellas. Era una mezcla de timidez, pudor juvenil y falta de genuino interés. Cada vez que veía a una joven de mirada fulgurante, se acercaba a ella con la ilusión de que a ese brillo en los ojos le siguiese una personalidad curiosa. Pero no era lo que solía suceder. Víctor sabía que Trinidad lo tenía hechizado por eso.

Su ninfa era inteligente, decidida y osada. Debatía con quien hiciera falta, era ajena al recato y se comportaba tan directa o ruda como fuera necesario con cualquier caballero. Sus modales de señorita o sus vestimentas de burguesa podían engañar a cualquiera menos a él. Era una artista, y los artistas se tomaban la vida a su ritmo.

Víctor no se atrevía a hablar con ella, le podía la vergüenza. Estaba convencido de que cualquier conversación delataría su ignorancia. Y eso por no hablar de que ya solo cruzar miradas con la británica le pondría en un compromiso. No era capaz de mirarla sin enrojecerse hasta la coronilla.

Víctor tenía claro que Trinidad ni siquiera le veía como a un hombre. Él era dos años más joven que ella y esa escasa diferencia era motivo suficiente para que lo tratase como a un muchachito. Así era cada vez que se encontraban. Jamás sería para la inglesa más que un mero trabajador adolescente. Uno más. Eso minaba su confianza, así que forjó un plan. Ya que él no era capaz de articular palabra, usaría a Mincho para compartir con ella su idea de construir unos hornos nuevos, más pequeños y eficientes, que serían una buena solución para los problemas de la fábrica. Corría el riesgo de que ella nunca supiera que esas ideas eran suyas, pero Trinidad era perspicaz, vaya que sí. Le hizo feliz que la británica lo pillase, y que le instara a alzar la voz y hablar por sí mismo. En aquella ocasión, no solo consiguió por fin conversar con ella, sino que también obtuvo un dibujo suyo a cambio.

—¿Y por qué te lo quedas tú? —se quejó Mincho.

—Porque he sido yo quien ha respondido a sus dudas sobre los hornos —replicó Víctor.

—A las mujeres se las corteja con flores, no con ideas, cernícalo. Además, si no es por mí, esa información no le llega a la moza ni en un millón de años. Casi todo lo que quieres decirle se te queda un rato atascado entre los dientes. ¡Qué miedo da el amor, Jilguero! Te ha vuelto tonto perdido, a ti, que parecías la mente más brillante de Sevilla.

—Yo no estoy enamorado —repuso incómodo—. No se puede amar a una mujer sin llegar a conocerla de verdad.

—Entonces mejor que no estrechéis lazos nunca —dijo Mincho, alzando las cejas—. La verborrea que llevas conteniendo desde que la conociste saldrá de forma imparable, y eso que sientes, lo llames como lo llames, lo arrollará todo a su paso. Entonces será la señorita Trinidad la que se quede sin habla. Los burgueses creen que los obreros somos gente sin cerebro ni corazón porque hemos permitido durante mucho tiempo que lo piensen.

Víctor abandonó la habitación sin decir nada.

Una tarde de primavera de 1902, después del turno en la fábrica, el joven estaba en su catre contemplando el dibujo de Trinidad. Estudiaba la llama de uno de los hornos botella pintada con la técnica que ella había llamado «claroscuro». Hubiera dado todo lo que tenía por hacerle mil y una preguntas sobre el claroscuro. También le habría gustado haber aprovechado mejor el momento en que la descubrió en el taller de azulejos pintando aquel impresionante paisaje de un rayo, sin ningún otro material que el hollín, ni ninguna otra herramienta que sus dedos. Trinidad era una virtuosa. No solo de la pintura, también de la música. Desde que la había escuchado tocar la guitarra se moría de ganas de cantar con ella y para ella.

Todo en Trinidad le fascinaba. Por eso la había bautizado como «La pintora de la luz», porque consideraba que la joven era capaz de atrapar o de manifestar una luz única en cualquier iniciativa creativa que se propusiera. Pero, principalmente, la asoció a la luz porque la consideraba *su* luz, la luz de su vida. Víctor comprendía que la había idealizado. Aunque le hacía feliz ser el responsable del apodo por el que todos la llamaban, y la cabeza pensante detrás de los planes que ella presentaba como suyos a la directiva de la fábrica, se daba cuenta de que ella no le veía, que no tenía ojos para el jovencito tímido.

Y, sin embargo, su gran martirio era que Trinidad Laredo amaba a Enrique Giner de los Cobos.

Víctor se maldecía de haberla subestimado. Sabía que era diferente a todas las demás mujeres, pero no imaginaba que tanto. Él creía que una joven como ella jamás consideraría a un pretendiente de extracción obrera, y al final los había sorprendido a todos con su romance con Enrique. Víctor se replicaba a sí mismo que Enrique tampoco se trataba de un albañil corriente: le llamaban «el Burgués» por los orígenes adinerados de su familia y su educación excelsa. A él, en cambio, le habían criado los gitanos de Triana y había recibido una formación básica que se había esforzado en ampliar por sus propios medios.

Pese a que las maneras del Burgués se habían embrutecido, solía leerles los periódicos a sus compañeros en voz alta para que no fuesen por la vida sin saber lo que sucedía en Sevilla ni en el resto de España. También compartía con ellos los textos de los grandes activistas anarquistas del momento, como Ricardo Mella o Pedro Esteve. Fue así como se ganó el aprecio de Nicolás el Triste.

Como el resto de los muchachos que trabajan en La Cartuja, Víctor siempre había admirado a Enrique. Pero cuando Trinidad empezó a frecuentarlo, por primera vez sintió envidia de él. Y celos. Notaba que le faltaba el aire cada vez que veía a su pintora de la luz con el Burgués. No cabía duda de que a Trinidad le gustaba Enrique. O, cuando menos, de que lo deseaba mucho. ¿Cómo culparla? Seguro que él sí le daba conversación y la adulaba y aprovechaba para hacer gala de sus propias virtudes; en definitiva, le permitía conocerlo. Víctor, en cambio, se escondía de ella.

Un día de mediados de junio, cuatro meses después de la primera vez que el Jilguero posó los ojos sobre Trinidad, la desesperación y la frustración que le producía ese enamoramiento inconmensurable hicieron que estallara y reaccionase. Había llegado el momento de abandonar su inmovilismo.

Decidió confesarle lo que sentía. Siguiendo el consejo de su amigo Mincho, pasó un buen rato escogiendo flores silvestres de los terrenos suroeste, la zona de la fábrica por donde más la había visto pasear encandilada. Se había propuesto coger una flor de cada color que la había visto vestir alguna vez.

«Le diré que es la más bella obra que ha puesto Dios sobre la Tierra, y cuando sienta el ardor de mis palabras, por fin me verá como a un hombre», cavilaba mientras trataba de componer el ramo más bonito que hubiera visto nadie nunca.

Pero no llegó a decírselo. Ni eso, ni nada.

Con las flores en una mano y el paso decidido, Víctor fue en busca de Trinidad. La divisó a lo lejos, estaba sentada a la sombra del árbol de Hernando Colón, pero no se encontraba sola. Estaba con Enrique. Los vio darse un beso. Más bien, fue Trinidad quien besó a Enrique. Víctor sintió que un rayo le atravesaba el corazón. Se le partió en dos como una losa de ladrillo. Consternado y arrepentido por haber tardado tanto en decidirse, arrojó el ramillete bien lejos y se alejó en dirección contraria sintiéndose el hombre más imbécil del mundo. Trinidad ni siquiera había llegado a enterarse de que existía. No era más que otro mozo de allí. Un jilguero sin voz.

A su pesar y en contra de sus intereses, Víctor la siguió amando en secreto. Estaba seguro de que lo que sentía era amor verdadero. La melancolía del otoño sevillano era un espejo del alma del Jilguero. Para colmo, durante esos días cada vez más breves y grises, en La Cartuja fueron testigos de la evolución de la pareja y de cómo la pasión de Trinidad cambió a Enrique. La británica había conseguido que el Burgués se sentara a hablar con los directivos de la fábrica, algo que no gustó a muchos.

Nicolás el Triste no hacía más que despotricar. Con o sin Enrique delante, acusaba a la inglesa de haber trastornado a su amigo.

—La burguesita y el burgués —se burlaba Mincho—, tal para cual.

—No entiendo que Enrique se deje engatusar de una forma tan necia —decía con rabia el Triste—. No fue fácil tomar la decisión de ir a la huelga hace un año, pero asumimos las consecuencias con dignidad a pesar del temor. Todavía hoy las padecemos: se han deteriorado las relaciones con otros trabajadores como los ceramistas, y los directivos nos miran con más recelo. Por no hablar de que siguen sin cumplir sus promesas y se hacen los locos mientras nos asfixiamos en el polvo blanco. Parece que se olvidan de que todos somos personas y que un día nos cansaremos de su desprecio y de las condiciones inhumanas en las que nos obligan a trabajar, cuando ellos no han dado un palo al agua en su vida.

Los demás obreros y operarias escuchaban su discurso improvisado embelesados. Por muy crudas que fuesen las palabras de Nicolás, la verdad y la pasión con las que las acompañaba hacían que su mensaje calara y los emocionase. Enrique era el cerebro instigador de las revueltas, pero Nicolás era el corazón.

Víctor siempre tuvo claro que las reivindicaciones del Triste perseguían la verdadera justicia, una sociedad igualitaria, mientras que Enrique estaba centrado en propósitos más concretos y a corto plazo, como ganar más dinero y tener más días de descanso. El Burgués había conocido la vida privilegiada, ¿por qué no se iba a centrar en recuperarla y en nada más? Cuando pensaba en esos términos, Víctor se regañaba a sí mismo porque intuía que esa opinión nacía de los celos y no de la razón.

Sin embargo, no podía obviar la actitud de Enrique en los últimos tiempos. Se comportaba de un modo extraño desde mediados de diciembre, y tras la reunión con la directiva parecía haberse alejado por completo de todo y de todos. Especialmente de Trinidad. Los obreros y la directiva llegaron a un acuerdo en enero para que en febrero se empezaran a materializar los cambios: se construirían los nuevos hornos, se destinarían recursos al taller de azulejos y se tomarían medidas para proteger a los trabajadores del polvo blanco.

—¡Por fin la encuentro! —gritó el Triste cuando divisó a Trinidad a lo lejos.

Se dirigió a ella a paso ligero con una expresión de máxima indignación. La joven estaba conversando con Mincho, Víctor y algunos jóvenes labriegos durante su descanso de la mañana. Nicolás le arrojó con saña a los pies un par de guantes destrozados.

—Vengo de las dependencias de los obreros que trabajan la mezcla de la loza —bramó furioso el sindicalista—, y resulta que llevaban días manipulando el polvo blanco con las manos desnudas porque los guantes apenas les duraron tres jornadas, pero lo peor es que cuatro de ellos, ¡cuatro!, han caído gravemente enfermos. ¡¿Quiere usted explicarme para qué narices la escuché o accedí a reunirme con su tan ilustre amiga, si nuestras peticiones más urgentes siguen sin resolverse?!

—Entiendo su malestar, Nicolás —repuso la británica en tono conciliador y tratando de sacudirse la incomodidad que le había producido la noticia—, pero recomendaría que no se altere tanto por un problema como el del mal estado del material, que podría ser puntual. En cualquier caso, yo soy una simple mediadora, ajena a esta empresa; debería informar a María de las Cuevas Pickman o a Enrique, que es el otro portavoz de los trabajadores.

Víctor se percató de que ese último comentario no estaba exento de rencor, pero Nicolás estaba demasiado enfadado y continuó desfogándose con ella:

—¡De sobra sabe que ninguno de los dos se encuentra en la fábrica! Su marquesa está almorzando en casa de otros pomposos burgueses y Bruno acaba de decirme que Enrique se ha despedido definitivamente de La Cartuja esta mañana.

Trinidad se puso lívida.

—¿Enrique ha dejado su trabajo en la fábrica?

—¿Por qué iba a seguir? —resopló él—. Ahora que tiene su propio taller no necesita compaginar nada que... ¿Usted no lo sabía?

Por primera vez desde que la trataba, Nicolás pareció sentir lástima por Trinidad. Miró fijamente sus ojos verdes y vio su desconcierto. La situación era tan lamentable que todos bajaron la cabeza y se volvieron discretamente a sus puestos. Víctor también se había incorporado de golpe. Apretó los puños sin dar crédito de aquel vil secretismo con la persona amada. Trinidad se marchó corriendo de la fábrica y Víctor no hizo nada. Una vez más.

La británica no necesitó que nadie le dijera dónde se había instalado Enrique. Fue a la calle Alfarería, al edificio que él siempre había soñado comprar. Aunque todavía faltaba mucho trabajo para que el taller fuera habitable, se lo encontró en la estancia principal pintando unos azulejos.

—Creía que nada me heriría más que haberme enterado

por otros —dijo ella con la voz rota—, pero lo que estoy viendo ahora...

Enrique no la miró, la vergüenza se lo impedía. Había temido aquel momento desde que tomó la decisión de aceptar el mecenazgo de don Roque de Benavides. Sabía que Trinidad no estaba interesada en conocer de dónde había sacado el dinero para el negocio. A ella le preocupaba qué había ofrecido a su mecenas a cambio. Ella era artesana y sabía cuál era la condición para ser considerado maestro: aportar una creación única y genuina. Las lágrimas corrían por el rostro de la inglesa mientras contemplaba los azulejos que estaba pintando Enrique con la técnica que ambos habían conseguido a partir de las instrucciones del cuaderno de Trinidad.

La culpa se atascó en la garganta del joven y le impidió hablar. El dolor de la traición hizo que las palabras saliesen solas por los labios de la británica:

—¿Cómo has podido?

—¡Lo he hecho por nosotros! —arguyó Enrique, fulminándola con sus ojos azules, también cristalinos por las lágrimas contenidas—. Porque si le hubieras cedido esta maravilla a tu amiga, nos habríamos enredado en negociaciones inútiles para no llegar a nada. Tú y yo logramos dar vida a esta técnica con el sudor de nuestra frente, ¡solos!, en un taller trianero, no en La Cartuja. ¡Lo he hecho por nosotros, Trinidad! —repitió—. Para que seamos independientes, ¡para tener por fin algo nuestro y de nadie más! Para que dejen de tratarnos como a parias desubicados y para salir del limbo que media entre los obreros y los burgueses.

Pese a que las lágrimas no cesaron, la joven cambió de expresión: de la tristeza, pasó a la rabia.

—Mientes. Tú no has hecho esto por nosotros, Enrique, lo has hecho por ti. Tú eres el único que se ve como un paria.

La respiración de él se alteró aún más y apretó la mandíbula desesperado.

—Necesitaba este negocio para tener algo que ofrecerte.

—¡Yo no necesito un negocio!

—¡Porque ya lo tienes! ¿Acaso olvidas que eres dueña del taller Laredo?

Hablarse a gritos los dejó conmocionados. Trinidad observó cómo una tímida lágrima se escapaba de esos ojos azules que tanto había amado. Fue una imagen desgarradora, pero ella estaba demasiado dolida para compadecerse.

—Has traicionado mi confianza, Enrique —dijo en inglés—. Hablas de construir algo juntos, un taller, un negocio, nada menos, pero resulta que la primera idea que he compartido contigo te la has adjudicado como propia sin consultarme y sin ningún miramiento.

—Ahora sí que hablas como una empresaria. —Enrique se limpió la lágrima esbozando su sonrisa felina—. Si le he robado a alguien esta técnica ha sido a tu estimada marquesa, no a ti. La Cartuja jamás te ha merecido, Trinidad.

—No, eres tú el que no me merece.

Ambos callaron; ella, porque la pena se le atragantaba, y él, porque le aterraba preguntar qué quería decir exactamente con eso.

—Tienes razón, no te merezco, ni ti ni a nadie que me

haya apoyado hasta ahora. Antes solo me tenía a mí mismo y mi talento. Y no era suficiente.

Trinidad estaba devastada; incluso en ese momento, él seguía dejándose llevar por su autocompasión. Harta, decidió salir de allí.

—Espera, Trinidad, sé que me he equivocado —dijo para retenerla—. Y entiendo que te he herido más como artista que como amante, lo cual es decir mucho, pero nada de esto debería perjudicar lo que tenemos. Tú eres y siempre serás el amor de mi vida.

La chica se giró despacio y le miró a los ojos. Escuchar sus embustes la empujó a herirle:

—Ahora más que nunca recuerdo lo que me contaste de tu padre. Tenías razón, Enrique: basta un error terrible para que se pierda la confianza en ti. Tu ambición ha destruido lo que construimos.

Enrique se quedó petrificado. ¿Trinidad le estaba comparando con su padre? ¿Tan despreciable le parecía? Sentía tal opresión en el corazón, que el trianero retrocedió unos pasos horrorizado y chocó contra el mueble donde descansaba su violín, con tal mala fortuna que este se precipitó al suelo.

El instrumento de madera se partió y un par de cuerdas saltaron.

A los dos se les cortó la respiración. Enrique se tiró al suelo y lo recogió, meciéndolo como si contuviese lo poco que le quedaba de orgullo. Ella contempló la escena sobrecogida de dolor.

—Será mejor… que te marches, Trinidad.

—Necesitas ordenar tus prioridades, Enrique. Y yo también —dijo la joven con la pena abrasándole la garganta.

Trinidad inspiró profundamente y se marchó, dejándolo solo.

Enrique no era mala persona, pero había cometido un error imperdonable, y por ello la había perdido.

Ya en la calle, la joven detuvo sus pasos. El aire fresco le aclaró las ideas y atemperó su rabia, lo cual le permitió escuchar su corazón. Recordó su propia exhortación a Enrique de ordenar sus prioridades. Ella también creía que el sevillano era el amor de su vida, así que se dio media vuelta y regresó al taller. Al llegar a la puerta descubrió que una chica se le había adelantado. No sabía quién era. Le pareció muy joven, pero no le pasó desapercibido cómo trataba a Enrique. La muchacha se sentó junto a él, que todavía acunaba el violín roto, y le apoyó una mano en la espalda para consolarle. Enrique Giner e Inés de Benavides intercambiaron una mirada que presagió su futuro juntos. A Trinidad le bastó ese gesto para decidirse a no entrar. Allí murió cualquier deseo de arreglar las cosas.

Con la respiración alterada y sintiéndose traicionada, Trinidad estuvo tentada de dirigirse al taller Montalván para llorar en las faldas de Justa. Pese a sus comentarios sarcásticos, para ella la anciana ceramista era calidez y ternura; de algún modo se había convertido en su familia de Sevilla. Trinidad sintió que apoyar la cabeza en su regazo sería lo único que la serenaría, si es que había algo que pudiese lograrlo. No obstante, sabía que antes debía ir a otro lugar.

Se había comprometido con María de las Cuevas Pickman y con La Cartuja a ofrecerles una técnica genuina de azulejo. Incluso les había hablado de lo que se traían entre manos y la marquesa se había mostrado muy ilusionada. Ahora la joven británica debía explicarle que Enrique se había atribuido esa técnica y se la había quedado para Triana.

Trinidad jamás olvidaría el cambio en el rostro de la aristócrata cuando le explicó lo sucedido con Enrique. De la sonrisa arrolladora, encantada de recibirla en su casa de forma inesperada, pasó al absoluto desconcierto, y luego a la rabia. Sus mejillas alborozadas tomaron el tono pálido de la loza.

—¡Eres una traidora! —le gritó con furia María de las Cuevas, que no refrenó su enfado.

Winston hizo por calmar a su señora, pero ella les ordenó a él y a las doncellas que las dejaran solas. La marquesa de Pickman no esperó a que salieran para seguir ensañándose con su invitada. Se levantó y comenzó a soltar sapos y culebras por la boca, poniendo en palabras el odio que sentía por Enrique Giner.

—Te advertí que no era de fiar, que te usaría y jugaría contigo como con todos nosotros.

Trinidad la escuchaba en silencio con los puños apretados y los ojos vidriosos, recordando la escena que había compartido con él apenas una hora antes.

—Lo siento —dijo al fin. Le hubiera gustado hablar antes, pero el llanto se lo había impedido.

—¡De nada me sirve que lo sientas! —bramó María de las Cuevas, intempestiva, inmersa en su espiral de rencor—. Teníamos una oportunidad de impulsar el azulejo de la fábrica y todo se ha echado a perder por culpa de tu estúpido encaprichamiento.

Esa fue la gota que colmó el vaso de la paciencia de Trinidad.

—Vuestro taller de azulejos seguiría muerto si no fuera porque yo te he insistido

—¡¿Y para qué?! Solo me has puesto la miel en los labios, ¡ya ves tú de qué sirve eso!

Las dos mujeres se lanzaron miradas desafiantes en el más demoledor de los silencios. Los bonitos ratos compartidos se resquebrajaron como la cerámica con apenas un par de frases mezquinas. Más allá de la animosidad del momento, no podían negar la decepción que ambas sentían.

—Dijiste que estabas en Sevilla para ayudarme, ¿no? —dijo la marquesa e inspiró por la nariz—. Pues ya has ayudado bastante.

Las lágrimas brotaron a raudales de los ojos de Trinidad. ¿Acaso quería decir que la estaba invitando a marcharse de la ciudad? Antes de que la joven pudiera preguntárselo, el mayordomo de la marquesa las interrumpió con todo el tiento de que fue capaz.

—Disculpe, señora, pero ha venido el cochero, don Baldomero. Afirma que es inaplazable que hable con la señorita Laredo.

Puesto que el tono sentido de Winston las inquietó a ambas, María de las Cuevas dio su permiso para que el trianero pasase. El hombre retorció su boina antes de hallar la voz para hablar:

—Es Justa, señorita Trinidad. Está muy delicada y…

Trinidad no le dejó terminar, se levantó, le tomó las manos y le rogó que la llevara al taller Montalván. La marquesa de Pickman cayó presa de la angustia, pues sabía cuánto quería su amiga a aquella vieja artesana de Triana. Comprendía que era un asunto de fuerza mayor, pero la idea de que la joven se marchase de su casa después de reñir con tanto ardor y sin haberlo arreglado le provocaba gran malestar.

—Espera, Trinidad, yo…

—Ahora debo irme, marquesa, ya hablaremos.

La joven ni siquiera la miró. No podía. No soportaba ver en los ojos de María de las Cuevas tanta inquina. Ya había tenido suficiente. Trinidad siguió a Baldomero hacia donde les esperaba la yegua Rubia con su carruaje y partieron a toda velocidad a Triana con el alma en vilo.

En cuanto se quedó sola, la marquesa de Pickman se derrumbó sobre el diván y lloró desconsolada largo rato, pero no por su querida fábrica ni por la traición, sino por el miedo de perder la única amistad verdadera que había conocido. Eso le fulminó el ánimo los siguientes días.

Trinidad no llegó a tiempo. Cuando apareció en el taller Montalván, la vida ya había abandonado a Justa. Milagros y Eleuterio velaban el cuerpo de la anciana, que parecía reposar en su butaca con los ojos cerrados, como siempre. La británica se dejó caer a sus pies. Apoyó la frente sobre su regazo y las lágrimas empaparon sus manos inmóviles. La escena la transportó al día más doloroso de su vida: la mañana en que encontró a sus padres entregados al descanso eterno. Igual que entonces, Trinidad se negó a dejar a Justa marchar. Se aferró a la manta que cubría sus piernas. Durante un buen rato, los sollozos de la muchacha fueron lo único que se escuchó en todo el edificio. Milagros suspiró, se agachó y tomó a la joven inglesa por los hombros para instarla a levantarse.

—No llores, mi niña, nuestra Justa por fin se ha ido con sus hermanas —susurró la mujer, con una sonrisa en los labios y la mirada igual de cristalina.

—Siento que hoy el corazón se me ha quebrado a cachos, en tres partes, como el plato de La dama de La Cartuja —replicó la joven, con la vista dirigida a la pared donde colgaba el viejo tesoro de loza—. Me duele tanto que no lo puedo soportar.

—Qué va, muchacha —dijo Milagros, abrazándola—. Dios nos envía desgracias para comprender lo fuertes que somos en realidad.

Al día siguiente, todos los alfareros de Triana se acercaron al taller a despedirse y compartieron anécdotas de la vieja artesana cuando era una artista indomable y enérgica, bella y desafiante, que se bastaba sola para poner a cualquiera en su sitio. Trinidad acarició la mejilla de Justa con delicadeza y encontró el consuelo en la expresión de paz de su rostro surcado de arrugas. Ya había tomado la decisión al salir de la casa de los Pickman, pero la muerte de Justa fue la señal que confirmaba que hacía lo correcto.

Su etapa en Sevilla había llegado a su fin.

Trinidad albergó la esperanza de que Enrique acudiera al sepelio para verlo por última vez y no partir en tan malos términos, pero tampoco en ese momento de tristeza y necesidad pudo contar con él. El Burgués se había encerrado en su nuevo taller, le dijeron algunos artesanos de Triana que fueron al velatorio, y Trinidad sintió que la decepción calaba en su alma.

Quien sí acudió al entierro de Justa, pese a que no se atrevió a acercarse, fue María de las Cuevas Pickman. La marquesa se avergonzaba de lo sucedido y se retiró antes de que su amiga le expresase su gratitud por haber ido a verla.

Unos días después del funeral, Trinidad fue a La Cartuja para anunciar que abandonaba la ciudad hispalense y que volvía a Inglaterra. Se presentó entonces en la fábrica con la maleta hecha, después de haber guardado cuidadosamente su plato con la dama en el compartimento para objetos delicados. Ese gesto de proteger el plato le reveló los motivos de su partida. No lo había superado. Viajar a Sevilla, descubrir la verdad de sus padres, le había servido como duelo, pero no se había recuperado de la pérdida. Trató de llenar el vacío que sus padres le habían dejado con lo que había descubierto en ese lugar mágico. Los misterios de su familia habían sido el motor que había hecho aflorar su instinto luchador, por eso buscó en la fábrica de La Cartuja y en María de las Cuevas nuevos enigmas que resolver y que le dieran un motivo para pelear por algo. Pero solo había conseguido que ambas acabaran lastimadas. Para revivir la inspiración que había creído muerta, consintió que Enrique le contagiase su pasión por el azulejo y se enamoró de él por el camino, todo para acabar enfrentados por algo que nada tenía que ver con el arte ni con eso tan bello que habían compartido.

Nada como la muerte para recordar lo efímera que era la vida.

Trinidad necesitaba abrazar a su hermano Fernando. Su libreta se lo dijo claro igualmente cuando leyó las últimas páginas:

A la hora de la verdad, la sangre importa. Antes de que esta vida frágil me separe del mundo, daría lo que fuera por volver a ver a mi sobrino.

Trinidad suspiró, conmovida por la confesión de la que fue una mujer cruel. Incluso en las personas más malvadas hay un resto de humanidad.

A la británica le había costado mucho separarse de Milagros y de Baldomero tras el entierro de Justa, por lo que deseaba evitar alargar el resto de las despedidas. Descartó acercarse al taller de Enrique, quien ni siquiera le había hecho llegar el pésame por la muerte de la anciana. En cuanto Trinidad conjuraba su recuerdo, le venía la imagen del violín roto y de aquella joven muchacha consolando las lágrimas de Enrique, de todos sus sueños haciéndose trizas en un instante. Estaba todo dicho y no había nada que añadir.

Sin embargo, y pese a su discusión con María de las Cuevas, sentía que tenían una conversación pendiente. La marquesa sí la había acompañado en el sentimiento por la pérdida de Justa, aunque no hubieran cruzado palabra. Trinidad esperaba de corazón que se encontrara en La Cartuja, junto a los demás Pickman y conocidos; deseaba agradecerles todo lo que habían hecho por ella.

—Mi sobrina lleva algunos días guardando reposo en casa, señorita Laredo —le informó don Guillermo—. Debe de tratarse de una indisposición no menor, porque apenas ha salido de su habitación.

La joven asintió y dio por hecho que el disgusto de la señora había sido importante. Se planteó que tal vez una cosa fuera asistir al funeral y otra que la marquesa quisiera reconciliarse con ella.

—Pero, señorita Laredo —dijo escandalizado el caballero—, ¿cómo va usted a marcharse de Sevilla sin hablar con María de las Cuevas?

—Sé que no me lo tendrá en cuenta. He alargado mi estancia demasiado tiempo, señor —dijo ella con una sonrisa—. Les agradezco enormemente lo que han hecho por mí, pero necesito regresar cuanto antes a Cheshire para reunirme con mi hermano.

Don Guillermo asintió y tomó sus manos con afecto.

—Sus padres estarían muy orgullosos de usted. Gracias a usted también por todo lo que ha hecho por nosotros, querida.

Trinidad contuvo las lágrimas; no estaba en absoluto de acuerdo con esas palabras. Afortunadamente, se encontraban allí muchas personas con las que había tratado, como don Lorenzo, los artistas y los grabadores de la loza, pero no fue a despedirla ninguno de los obreros y labriegos que más había tratado como mediadora en las conversaciones con la directiva. Tampoco hicieron acto de presencia Mincho ni el Triste. Creyó ver a este último de refilón por los pasillos de la fábrica, pero le dedicó su gesto más desdeñoso. Reacia a recrearse en el malestar, la británica tomó su equipaje y decidió marcharse sin mirar atrás.

Víctor observó de lejos a Trinidad con la maleta en la mano, un signo inequívoco de que esa visita no era como las demás. Las conjeturas se sucedían a toda velocidad en la cabeza del joven. ¿Acaso volvía a Inglaterra? ¿Por qué si no cargaría esa pieza de equipaje? El miedo se apoderó de él cuando vio que la británica besaba en ambas mejillas a don Guillermo. Eso era una despedida.

«Se va. Mi ninfa se marcha de Sevilla y yo nunca le he confesado mis sentimientos».

El chico anheló hallar el arrojo para lanzarse y contarle de un vez por todas lo que sentía por ella desde que la vio por primera vez; sin embargo, no abandonó el resguardo de la esquina y se acuclilló con las manos en la cabeza.

El joven albañil no imaginaba que otra persona había sido testigo de su tormento. El hombre se agachó para interesarse por el motivo de su malestar, pero Víctor no levantó la mirada. Cuando el caballero comprendió que se trataba de un mal de amores, le sonrió afable.

—«El verdadero amor nace del trato», ¿eh?

Víctor no se molestó en contemplar al caballero que seguía pendiente de él, su tono burlesco no podía herirle más de lo que ya lo estaba.

—«Lo demás es invención de los poetas, de los músicos y demás gente holgazana» —concluyó el resto de la cita.

—Vaya, ha leído a Benito Pérez Galdós —dijo el desconocido, gratamente sorprendido.

—He visto alguna de sus funciones teatrales —repuso el joven, algo huraño todavía—. Esa frase es de *La loca de la casa*, ¿no? Me encantaría leer sus *Episodios nacionales*, pero no me llega con lo que gano para comprarlos. De todas formas, ya le digo yo, señor, que aquí no hay trato, ni cotidianidad ni intercambio alguno.

—Así que sufre usted el peor de los males, que es el amor no correspondido.

—Hay uno todavía más terrible, que es el que ni siquiera se ha expuesto, el que desconoce por completo sus posibilidades.

—Bueno, ya dijo Miguel de Cervantes que «el amor es invisible, entra y sale por donde quiere, sin que nadie le pida cuenta de sus hechos» —trató de quitar hierro el caballero.

—También dijo que «el amor y la afición con facilidad ciegan los ojos del entendimiento».

—¿También sabe de Cervantes por el teatro?

—El *Quijote* se nutre del refranero español y viceversa, ¿no?

Luego Víctor miró al desconocido a los ojos por primera vez y el hombre rompió a reír.

—Sí, está claro que le tienen bastante distraído el amor y la afición. Es usted muy observador y goza de una memoria envidiable; no exageraban los que me hablaron de usted, señor Abad.

El joven arqueó una ceja.

—Sabe quién soy, pero yo desconozco por completo quién es usted, señor.

—Normal. Acabo de regresar a Sevilla después de una larga estancia estudiando en Madrid porque me han encargado realizar la plaza de toros de Osuna.

—¿Es usted constructor?

—Eso intento. Conseguí mi título hace apenas unos meses.

—Entonces es arquitecto. Vaya, muy admirable.

—No tanto, usted tiene la misma madera de arquitecto que yo.

—¿Yo, señor? No soy más que un humilde albañil.

—No creo que todos los albañiles de Sevilla recuerden citas de don Benito o de Cervantes.

—Es mucho lo que ignoro y lo poco que aprendo intento retenerlo bien.

—Confieso que estoy impresionado. He venido a La Cartuja a saludar a un par de viejos amigos y me han llamado mucho la atención los dos nuevos hornos que han construido. Los directivos me han contado que han sido fruto de la iniciativa de una señorita británica, que sospecho debe de ser la razón de sus angustias. Sin embargo, los obreros me dijeron que había sido un tal Jilguero Abad el que había dado las pautas necesarias para construirlos. Miedo me da preguntar por qué le llaman así. Seguro que tiene usted muchas más virtudes ocultas que las que he visto estos cinco minutos.

—Llámeme Víctor, señor, no soy más que un joven corriente.

El hombre le estrechó la mano.

—Encantado, joven Víctor, yo soy Aníbal González.

Don Aníbal llegó a la vida de Víctor el mismo día que Trinidad salió de ella.

Poco después de su encuentro en La Cartuja, el arquitecto le hizo una propuesta formal para que fuera su pupilo. La pérdida de su ninfa había apagado un poco su luz interior y el brillo de sus ojos, pero la oportunidad de formarse junto al alarife sevillano le devolvió parte de la alegría.

Sin embargo, por más empeño que puso y por más sitios en los que vivió o a los que viajó, Víctor nunca se olvidó de Sevilla ni de Trinidad.

16

Septiembre de 1911

Víctor Abad era el Jilguero.

Trinidad se había quedado catatónica después de que el estudiante de arquitectura abandonara el palacio de los Pickman entre improperios. Cuevas la encontró muy alterada cuando volvió de visitar a la condesa de Daoíz. La marquesa tardó un rato en conseguir que su amiga se explicara. Al parecer, Víctor se había enfadado con ella porque sostenía que ambos se conocían pero ella no lo recordaba.

En cuanto la joven concluyó su relato, Cuevas estalló en carcajadas y le contó todo lo que sabía sobre Víctor: que había trabajado en su fábrica como albañil desde muy jovencito y que don Aníbal lo reclutó en La Cartuja con apenas dieciséis años. La historia del joven estudiante de arquitectura era bastante conocida en Sevilla. Se le consideraba un genio hecho a sí mismo que había salido de lo más bajo y se había abierto paso entre la burguesía, igual que don Aníbal.

Trinidad no daba crédito. ¿Víctor era el Jilguero? ¿Víctor, su cisne negro, era el mozo humilde y desgarbado que se escondía bajo su boina y evitaba mirarla a los ojos cuando se acercaba a Mincho y a los demás albañiles?

Trinidad repasó en su memoria cada uno de sus encuentros desde su llegada en abril. Sin embargo, no tenía mucho con qué comparar. No se acordaba del Jilguero, pues apenas intercambiaron unas cuantas palabras. Sí tenía muy presentes sus ideas, sugerencias y aportaciones, que le llegaban casi siempre a través de Mincho.

«¡Cielo santo! Mincho».

Trinidad se tapó la cara con ambas manos. Por eso él y Víctor se habían abrazado con tanta efusividad en casa de don Aníbal. Ahora comprendía por qué Víctor se ofendió tanto cuando ella manifestó su sorpresa por que se conocieran. Cuanto más lo pensaba, más encajaban todas las piezas.

«Maldita sea tu estampa, Trinidad», se repitió para sus adentros atormentada.

Cuevas trataba de disimular, pero le resultaba de lo más entrañable ver a su amiga así.

—Debí suponerlo cuando lo confundiste con don Aníbal. Pero, querida, estaba convencida de que después le habías reconocido. Por supuesto, está mucho más alto y apuesto que en aquel entonces, y también más elegante, por no hablar de lo cortés e interesante, gracias a la educación privilegiada que ha recibido. No sé a quién compadecer más… A él, me parece. Víctor era uno de esos jóvenes que no podían contener los suspiros cada vez que te dejabas caer por la fábrica.

—¿Cómo? —Trinidad la miró espantada y le salió preguntárselo en inglés—: ¿Qué diantres dices ahora, Cuevas?

—Solo la verdad. Recuerdo bien cómo te seguían todos con la mirada cuando te paseabas por los terrenos de labrado, pero él, en concreto…, ¡madre mía! Es que parecía que se le iban a salir los ojos. Daba un poco de lástima que no fuese capaz de dirigirte la palabra pese a su fama de no callar ni bajo tierra. Menos mal que se ha soltado un poco, aunque creo que sigues cohibiéndolo bastante.

Trinidad se llevó las manos a la cabeza. Tenía que ser una broma.

—Oh, Dios mío, qué bochorno —reiteró, esta vez en voz alta.

—Mmm —murmuró Cuevas, levantando las cejas—. Me retracto. Creo que te compadezco más a ti, amiga. No te diste cuenta de nada porque estabas enajenada con el indeseable de Enrique.

La británica se estremeció. La escena con Víctor había eclipsado todo lo demás, incluso lo que había vivido con Enrique apenas unas horas antes. Ese hombre siempre era el causante de todos sus problemas, pero lo que había sucedido esa tarde… Cielos. Debería guardarlo en escrupuloso secreto el resto de su vida. Se había dejado llevar sin pensar ni saber lo que sentía.

Hacía tiempo que Trinidad había renunciado por completo a desear y a ser deseada por un caballero. Víctor había sido el único hombre que había suscitado su interés en mucho tiempo y ahora se enteraba de que no solo se conocían de antes, sino que él estaba enamorado de ella. ¿Lo seguiría estando? Pero Trinidad acababa de mantener relaciones carnales con otro hombre, que además estaba casado.

La británica se imaginó qué dirían sus padres si fueran testigos de ese circo. Su madre se reiría a carcajadas y su padre montaría en cólera. Luego se intercambiarían los papeles: su padre le enjugaría las lágrimas y su madre acabaría recordándole muy decepcionada que ella no la había educado para comportarse así.

«Oh, Dios mío. ¡Dios mío!».

Trinidad deseó que se la tragara el océano Atlántico y aparecer en Australia. Cuevas la sacó del trance de repente:

—Espero que no sea verdad lo que he escuchado sobre Enrique, Trinidad.

—¡Oh, Señor! ¿Qué has escuchado?

La miró aterrada. No era posible que lo supiera. No había duda de que Víctor se había enterado de que había estado en el taller Giner. ¿Lo sabría alguien más?

«Claro, qué idiota».

Si Víctor lo sabía es que alguien los había visto; a esas alturas ya lo sabría Triana entera y media Sevilla. Qué vergüenza, ya no podría desmentir los rumores con la cabeza bien alta.

Mientras Trinidad sucumbía al terror, Cuevas la miró extrañada y achacó el malestar de su amiga a que seguía dándole vueltas a lo del joven estudiante de arquitectura.

—Que te has empecinado en convencer a Enrique Giner de los Cobos para que forme parte del equipo del proyecto de don Aníbal.

Trinidad suspiró aliviada.

—Abandona esa ridícula idea ahora mismo, querida. Él

quiso apoyar a don Braulio y don Aníbal ha ganado, ¿por qué íbamos a necesitarle ahora?

—El propio don Aníbal se lo propuso, Cuevas —respondió Trinidad, tratando de serenarse.

—Pero no le precisa. Soto y Montalván son mucho mejores. Virgen santísima, hasta el joven Pedro Navia tiene más talento que él; también es mucho más soportable, y eso que no lo aguanta ni su madre.

—Cuevas… —la amonestó la británica con sus ojos verdes muy serios—, sabes que Enrique es un gran maestro cerámico. Entiendo que le guardes rencor por lo que ocurrió en el pasado, pero eso no debería nublarte el juicio ahora.

La marquesa de Pickman apretó los dientes.

—No es solo el pasado lo que me abrasa las entrañas.

Trinidad frunció el ceño. La aristócrata cambió de postura en el sofá antes de continuar:

—Tenías razón, Trinidad, hay algo que no te he contado. Sobre La Cartuja. Cuando Enrique se marchó de la fábrica para montar su propio taller, lo viví como una traición, pero es que además no dejó de instigar las protestas entre mis albañiles. De hecho, luego fue responsable de la marcha de muchos artesanos a la fábrica Sandeman. Aquello me descolocó por completo: todos conocíamos la historia de los Giner. ¡Cómo era posible que un Giner se fuera con los Sandeman! Los Pickman le habíamos dado trabajo cuando nadie le quería contratar y él se fue, y utilizó la excusa del polvo blanco para convencer a nuestros obreros de que se marcharan con él porque en la otra fábrica les darían guantes y paños de calidad. Fue una desfachatez por su parte, no me lo negarás.

—Pues eso en concreto sí que te lo negaría.

Cuevas parpadeó descolocada por su réplica y por el tono rotundo con el que le habló.

—De sobra sabes que ese asunto siempre fue vuestro talón de Aquiles. Los empleados se desgañitaron pidiéndoos esos guantes y paños únicamente para trabajar de forma más segura.

—Respondimos a su petición.

—No como debíais.

—¿Y de verdad crees que el resto de los empresarios se comportaron mejor? —bramó Cuevas—. Puede que la Sandeman sedujera a mis trabajadores con guantes, mejores sueldos o sabe santa María Magdalena qué más, pero la paz apenas nos ha durado una década. ¿De qué nos sirve a los Pickman que ya no arrojen sacos de polvo blanco a nuestra casa, si la producción está peor que nunca? Le guardan rencor a la alta clase sevillana en su totalidad. El clima hostil que presenciaste en La Cartuja hace nueve años se ha extendido al resto de Sevilla, tú misma fuiste testigo de ello la otra noche.

Trinidad se estremeció al recordarlo. Los huevos y la harina habían sustituido al polvo blanco, las muescas del palacio de los Pickman se habían convertido en escritos reivindicativos en otras mansiones del centro.

—La Exposición podría convertirse en una nueva oportunidad de reconciliarnos con el pueblo llano —prosiguió Cuevas—, pero para mí no es eso lo principal ni lo que me mueve a mediar: si ayudo tanto a don Aníbal es porque es el único caballero que me ha hecho recuperar la esperanza por esta ciudad, por la que ningún noble o burgués, ¡ninguno!, había hecho nada de verdad hasta ahora. Mucho menos Enrique. ¿Sabes que su mecenas es el señor Roque de Benavides? Sí, amiga, el padre de Inés —recalcó la marquesa ante el desconcierto de Trinidad—. Desde que lo supe ya no tuve dudas de que Enrique siempre había pensado en él y en sus intereses, nunca en sus compañeros huelguistas, en ti o en los Pickman, que tanto le dimos. Está claro que lo único que le importaba era recuperar el estatus que le habían arrebatado, se ganó a don Roque y sus favores para aprovecharse también de él. No me extraña que luego se casara con su hija, aunque tardara casi ocho años en conseguirlo.

—Espera, espera —la interrumpió la inglesa—, ¿dices que Enrique se casó con Inés hace tan poco?

La aristócrata se había alterado tanto tras compartir esa información que tuvo que respirar hondo.

—Tengo entendido que la muchacha le hizo ojitos durante bastante tiempo, pero era una niña. En Sevilla se hicieron muchos chistes sobre que la estaba dejando madurar, aunque todos sabíamos que la pobre Inés moría por sus huesos. Yo creo que él siempre prefirió ganarse al padre antes que a la hija, para recibir más dote. Siempre fue un mercenario. No me extrañaría que ahora aceptase la propuesta de don Aníbal.

Trinidad nunca se figuró ni remotamente que las cosas habían sucedido de esa manera. El discurso de Cuevas la dejó helada, en especial ese último detalle. Desde que había visto a la pareja había tenido la impresión de que eran un matrimonio bien avenido, de largo recorrido. Hasta entonces, Trinidad había imaginado que después de que ella se marchara de Sevilla, Enrique aceptaría gustoso los brazos de la primera joven que le demostrara amor. Tenía claro que Inés lo amaba, pero no podía decir lo mismo del ceramista. Mucho menos después de lo que había sucedido entre ellos. Cuando concluyó su fogoso encuentro, Enrique trató de abrazarla y de besarla de nuevo, pero Trinidad se apartó y salió huyendo como alma que lleva el diablo, sin mirar atrás.

El recuerdo la obligó a cerrar los ojos.

—Sea como fuere —dijo Cuevas, severa—, te ruego encarecidamente que desistas de convencerle para que se una al equipo de Aníbal González. Traicionó a los Pickman, te traicionó a ti y le traicionará a él si lo cree oportuno. Trinidad, te lo pido como amiga, aléjate de él. Además, tampoco te conviene alimentar los rumores maliciosos que circulan sobre vosotros.

La británica suspiró. Ese día los embustes se habían convertido en hechos y los rumores, en vergüenza. La joven tomó aire de nuevo y fue franca:

—En tanto que soy tu amiga, haré lo posible por satisfacer tu petición y mantendré las distancias. Como artesana, aceptaré la decisión que considere más oportuna don Aníbal.

Aunque la conversación no pareció complacer del todo a la marquesa de Pickman, sirvió de desahogo. Por otra parte, Trinidad no podía dejar de pensar en que Enrique había promovido que los albañiles de La Cartuja se trasladaran a la fábrica Sandeman por unas condiciones de trabajo supuestamente mejores. Todo lo relacionado con su antiguo amante eran verdaderos quebraderos de cabeza, pero Trinidad era consciente de que los asuntos que lo rodéaban eran mucho más importantes que él mismo y las acciones que hubiera llevado a cabo en beneficio propio.

Don Aníbal y su equipo estaban convocados en las oficinas de la Casa Consistorial de Sevilla una semana después de la resolución del concurso para la primera reunión con el señor alcalde y el resto de los comisarios de la Exposición Hispanoamericana. El anteproyecto pasaría a convertirse en proyecto y debían establecer cuanto antes el plan de obras.

Por orden del arquitecto, esos días fueron de asueto. Las dos mujeres agradecieron la oportunidad de descansar. Trinidad no estaba segura de si deseaba encontrarse con Víctor. A ratos la dominaba el bochorno que sentía, y a ratos ansiaba conversar con él cuanto antes.

Finalmente, llegó el día de la reunión y la joven apareció en el ayuntamiento de Sevilla del brazo de la marquesa de Pickman. Las dos estaban inquietas tras lo sucedido durante la cena celebrada allí, y se lo trasladaron a don Aníbal en cuanto este las saludó a la entrada del edificio.

—Quédense tranquilas —les aseguró muy sereno—, me he ocupado personalmente de tomar medidas para que no se repita.

—¿Qué tipo de medidas? —se interesó Cuevas.

—Ahora lo verán —respondió.

El arquitecto acababa de bajarse de un coche de caballos y les señaló su vehículo. Fue así como Trinidad volvió a ver a Víctor.

El estudiante se apeó del carruaje con su gracia habitual y Trinidad sintió que las mejillas le ardían; a pesar de que deseó con toda su alma que no se le hubieran teñido de rojo, sabía que era así. Su riña con él seguía latente, y solo podía pensar en que era el Jilguero, y en lo que le había dicho Cuevas sobre lo enamorado que parecía estar de ella. Víctor la miró contrariado.

—Hola —balbuceó Trinidad con torpeza.

Víctor se dio cuenta de la incomodidad de la británica y decidió ser igualmente cortés. Al observarla mejor, el joven se fijó en el rubor de su rostro.

—¿Hola? —saludó dubitativo.

El magenta que iluminaba sus mejillas se extendió al cuello y las orejas y terminó por contagiárselo a él. Víctor estaba convencido de que ella seguiría tratándolo con indiferencia y había decidido mostrarse distante con ella. Su dignidad primaría por una vez. Pero algo había cambiado en Trinidad. ¿El qué?

Víctor apretó la mandíbula enfadado por sucumbir una vez más al embrujo que ejercía esa mujer sobre él. No importaba lo que se propusiera, aquellos ojos color esmeralda siempre eran superiores a sus fuerzas.

Trinidad estaba nerviosa. Nunca lo había observado como entonces, sabiendo quién era en el pasado y en el presente.

La británica le sonrió confusa y estudió su rostro a través de sus pestañas. El gesto hizo a Víctor contener el aliento. Llegó a pensar que se quedaría sin aire en los pulmones. Aun así, apartó el rostro.

—Deberíamos entrar, maestro —dijo a don Aníbal.

Trinidad cerró los ojos, desolada.

—Oh, sí —asintió el arquitecto, apremiándoles—. Ya es la hora.

Accedieron a una de las salas de reuniones del edificio, decorada en el mismo estilo del salón donde cenaron con Alfonso XIII. Los recibieron algunos de los miembros del Comité Ejecutivo de la Exposición Hispanoamericana, junto con el resto de los integrantes del equipo de don Aníbal. A Trinidad le alegró constatar que habían asistido también representantes de la parte contratadora y obrera, depositarios, pagadores y gestores, portavoces de la mano de obra, entre ellos Benjamín Benjumea Gamín, Mincho, jefe de la más afamada empresa de peones albañiles, igual que otros portavoces de carpinteros, herreros e instaladores de alcantarillado.

Otra persona llamó la atención de Trinidad. Reconoció al caballero que había visto en el taller de Enrique, al cual había tomado en un momento dado por el joven Jilguero, por las gafas redondas. Fue entonces cuando Trinidad reconoció el rostro de Nicolás Descalzo. Dejando a un lado las tensiones, la británica se inclinó hacia Víctor para preguntar por la presencia del Triste.

—Nicolás es uno de los líderes del Sindicato de Peones Albañiles de Sevilla —respondió él, cortante.

—Supongo que su presencia nos evitará incidentes violentos.

—Estaba previsto que se incorporaran más adelante a las reuniones —le informó Víctor—, pero mi maestro habló con ambas partes para convencerlas de que asistieran desde hoy.

—No sabía que los sindicatos gozaban ahora de tanta influencia.

—Han cambiado muchas cosas desde que te fuiste.

Después de pronunciar esas palabras, Víctor la miró a los ojos y la extraña electricidad que solía circular entre ellos les sacudió con un calambrazo. Trinidad quiso mantenerle la mirada, pero una vez más él se negó a contemplarla más tiempo.

Mincho, que fue el único en darse cuenta de la tirantez reinante, se pegó a su hermano de corrala y le susurró por lo bajo:

—El día que volví a verte tan distraído que ni te percataste de mi presencia, le rogué al Gran Poder que te diese el valor de resolver de una vez todos tus asuntos del corazón. Veo que tendré que sacar al Cristo.

—Podrías hacer los pasos de rodillas y estaría más que zanjado, Mincho.

—Ya, y Alfonso XIII me nombrará heredero de la corona la próxima primavera.

—Le he visto tomar decisiones más excéntricas.

—Jilguero, tú eres esclavo de la señorita Trinidad. Lo fuiste en el pasado y en tu mirada veo que el roce con ella durante estos meses ha terminado por reavivar aquel amor desaforado que le profesabas. No entiendo por qué te atormentas de esta manera.

—Recuerdo que decías que mi estado era lamentable.

—Exacto. Qué patán has sido siempre para estos menesteres, niño. ¿Cómo puede ser que ahora sea ella quien no te quite los ojos de encima y tú quien la rehúya?

Víctor se sorprendió mucho con esas palabras. Escuchar que las olas del Mediterráneo alcanzarían Triana le hubiera impresionado menos. Desvió sus ojos negros hacia Trinidad lo suficientemente rápido para pillar *in fraganti* a aquellas dos esmeraldas vigilándole. Las mejillas de Trinidad se sonrojaron al ser descubierta. El joven estudiante creyó que iba a perder el sentido.

No podía ser verdad.

«Maldita sea mi estampa. No es posible».

Ya no fueron capaces de dejar de mirarse. Comenzó la reunión y a duras penas lograban prestar atención.

—El veinticinco de mayo del año que viene es la fecha límite para presentar el proyecto definitivo —anunció el conde de Urbina.

—¿Acaso lo que presentamos no les satisface? —preguntó don Aníbal con naturalidad.

—Por supuesto que sí, pero la comisión desea un resultado grandioso, por lo que necesitamos que concreten y detallen más todos los aspectos de su propuesta.

—Lo que quieren es incumplir con lo pactado —sentenció Nicolás.

Las miradas del conde de Urbina y del Triste chocaron.

—Nada más lejos de la realidad. Los presupuestos no cambiarán.

—Entonces solo confirma lo que suponíamos —dijo el Triste—. Añadirán materiales más costosos, más supervisores, se subirán su sueldo y el de los comisarios, como llevan intentando hacer desde hace meses, pero la mano de obra será la misma y, por tanto, el dinero que llegue a cada dedo será lo único que se vea perjudicado. Qué oportuno tildar de «grandioso» lo que se conoce como «conveniente».

Trinidad se fijó en que el veterano obrero de La Cartuja había evolucionado en esos años. Su mirada y su expresión fieras no habían mutado lo más mínimo, pero su oratoria había mejorado, su pronunciación se había refinado y hablaba como si hubiera leído y reflexionado para apuntalar las ideas que defendía.

—No ose insultarme, caballero —repuso don Federico con rabia—. Usted es todavía demasiado joven para entender la trascendencia de este proyecto para España.

—El proyecto será levantado en Sevilla por obreros sevillanos —saltó Nicolás, entornando los ojos y endureciendo el tono—. Quizá la otra noche no le llovieron suficientes huevos podridos, señor, para captar el malestar popular por este tema.

—¡¿Cómo se atreve?!

El conde de Urbina no pudo concluir, pues don Aníbal se interpuso entre él y Nicolás. La tensión se apoderó del ambiente por temor a que los dos hombres se enfrentaran. El Triste apretó los dientes y señaló al conde con el dedo.

—No aceptaremos de ninguna de las maneras que se cuiden más los materiales que a las personas.

—No será necesario tanto dispendio en materiales.

Todos miraron a la vez hacia la puerta de acceso a la estancia. Trinidad sintió que se le paraba el corazón al ver a Enrique. El artesano entró en la sala y empezó a caminar alrededor de la mesa. Víctor estudiaba cada movimiento. Trinidad pensó que la técnica de Enrique abarataba costes, así que sus palabras solo podían significar una cosa.

—Maestro Giner —le dijo don Aníbal—, ¿es posible que haya reconsiderado mi oferta de unirse al equipo?

Los ojos azules de Enrique se detuvieron en él, como si lo hicieran en sus propios pensamientos.

—Es posible, señor, sí. Aunque no aceptaré semejante honor hasta que usted evalúe mi contribución y crea que lo merezco de verdad.

El arquitecto lo miró sonriente y le tendió la mano derecha para estrechársela. Luego se dirigió a los miembros presentes del comité con el fin de solicitar un asiento para el ceramista. La presencia de Enrique también pareció apaciguar un poco los ánimos alterados de los trabajadores; solo Nicolás se mantuvo serio. Trinidad notó de pronto que la actitud del ceramista con él era más fría que en el pasado.

En un momento dado, ella y Enrique se miraron. Lejos de la complicidad que cabría pensar que tenían, se examinaron violentos. Aunque con matices diferentes, la culpabilidad los poseía.

La reunión duró mucho más. Durante la misma no faltaron ni las disputas ni los acuerdos, aunque siempre con cordialidad.

Trinidad seguía dividida sobre qué color le angustiaba más, si el celeste más turbio de Enrique o el negro más puro de Víctor.

Estaban a punto de levantar la sesión, cuando la puerta se abrió de par en par y apareció Torcuato Luca de Tena, blanco como el papel. El periodista parecía poseído por mil males y varios caballeros se levantaron para socorrerlo.

—¿Qué tienes, primo? —quiso saber don Aníbal.

Torcuato les transmitió con un gesto de la mano que necesitaba unos momentos para recomponerse. Entonces vio a Enrique y palideció aún más.

—Oh, Señor, la Providencia ha dispuesto que esté también usted presente para escuchar la desgracia, Enrique, pues dudo mucho que se encontrase aquí tan tranquilo si supiera lo que yo sé.

La inquietud general incrementó tras esas palabras.

—Por Dios, Torcuato —le apremió don Aníbal—, cuéntanos qué es eso que tanto te ha abrumado.

—Antes debo rogaros que os sentéis, como yo mismo pienso hacer. Enrique, le ruego encarecidamente que busque dónde apoyarse. Vengo del Guadalquivir, de la orilla de Betis. Me desplacé hasta allí porque mis informantes me avisaron de un suceso terrible acontecido en plena madrugada. El asunto me pareció tan truculento que decidí ir en persona. Sobre todo, porque, como supuse, la Guardia Civil estaría allí llevando a cabo las diligencias para el levantamiento del cuerpo.

—¡El cuerpo! —exclamaron varios al unísono.

—Por desgracia, sí —asintió el periodista, secándose el sudor de la frente—. Para cuando la sacaron del río, ya hacía rato que había muerto ahogada.

—¿Ahogada? ¿Una mujer?

Enrique pareció comprender algo que los demás no y su cuerpo se derrumbó sobre su asiento.

Trinidad lo imitó.

—Oh, cielos, sí, pero no cualquier mujer —añadió don Torcuato—. Es su esposa, Enrique, doña Inés de Benavides.

El rostro del marido se transfiguró, pero las caras de los demás no se quedaron atrás.

—Se dice que alguien la empujó del puente de Isabel II.

SEGUNDA PARTE

SEVILLA

Un futuro por construir

17

Octubre de 1911

Esa mañana de otoño, la Casa Consistorial de Sevilla se convirtió en un velatorio improvisado. La noticia que había llevado Torcuato Luca de Tena relegó el primer encuentro formal del plan definitivo de la Exposición Hispanoamericana a un segundo plano. En ese instante, al caballero le pudo más su rol de periodista que de comisario del proyecto. A pesar de que no era la primera vez que pisaba el escenario de un crimen, descubrir el cuerpo inerte de Inés de Benavides a orillas del río Guadalquivir le había causado una profunda impresión. Como no podía ser de otra forma al conocer el trágico final de una triste y larga historia. Los últimos meses habían circulado por toda Sevilla demasiados rumores sobre su vida privada. En ocasiones era más impactante conocer el fallecimiento de una persona cercana, de cuyas desventuras se tenía noticia, que saber del estallido de una guerra entre miles de almas desconocidas al otro lado del mar. Ninguno de los presentes en la sala se atrevió a hablar después de las palabras de don Torcuato, pero sí miraron a los otros dos implicados.

Trinidad y Enrique no se habían movido del sitio. El ceramista había recibido la noticia del fallecimiento de su esposa con espanto. La británica se había cubierto el rostro con las manos y negaba con la cabeza. Víctor quiso acercarse a ella para consolarla, pero se quedó donde estaba cuando vio que Cuevas, presa del horror, se le adelantaba para rodear los hombros de su amiga.

Muerta. Inés de Benavides estaba muerta.

Cuando Trinidad pensaba que ya no viviría más incidentes violentos, Inés de Benavides había aparecido muerta.

«Inés de Benavides está muerta», se repitió Trinidad.

Ninguno de los presentes daba crédito, pero las circunstancias eran aún más difíciles de asimilar.

—¿Y dicen que alguien provocó su muerte? —preguntó el conde de Urbina cuando le venció la curiosidad.

Don Aníbal le dedicó una mirada de amonestación, por su falta de tacto en semejante momento, con Trinidad al borde del colapso y Enrique enajenado.

—¡Dios santo, qué desgracia! —exclamó Antonio Halcón y Vinent, el alcalde de la ciudad—. ¿Qué habrá pasado?

—Lo están investigando —intervino don Torcuato—. Disculpen si me he precipitado al darles tan terrible noticia. La Guardia Civil está tomando declaración a los testigos desde bien temprano. Algunas personas aseguran que anoche vieron a doña Inés discutiendo con alguien en el puente de Triana.

—Entonces está diciendo que su caída no fue un accidente —concluyó Manuel Soto.

—Eso creen muchos.

—Y ¿qué estaría haciendo su señora a esas horas de la noche en el puente de Isabel II, don Enrique? —preguntó sin asomo de discreción don Federico.

—Su vivienda de la calle Pureza no está lejos —contestó Gestoso por él.

—Ya, pero ¿qué hacía allí a esas horas? —insistió el conde de Urbina.

—Señor, se lo ruego... —dijo don Aníbal en tono de advertencia.

Aunque el arquitecto se contaba entre las personas más jóvenes de las allí reunidas, no podía evitar ser proteccionista con quienes formaban parte de su equipo. Si bien era cierto que Enrique acababa de incorporarse, ahora era uno de los suyos y don Aníbal no iba a consentir que nadie tuviera un comportamiento inapropiado con él en tan penosas circunstancias.

La silla que ocupaba el ceramista chirrió con estridencia. Fue un ruido inesperado que atrajo todas las miradas. Enrique tardó unos segundos en ponerse de pie. Lo hizo con la cabeza gacha.

—Caballeros —dijo mirándolos uno a uno—, les agradezco la preocupación y su amabilidad. Me temo que, aunque quisiera, no puedo responder a sus dudas. Hace varias noches que no comparto techo con la señora De Benavides porque he estado durmiendo en mi taller —confesó con la mandíbula apretada. Sus ojos azules se posaron en Trinidad—. No me extrañaría que la Guardia Civil se haya personado allí al no encontrarme en mi residencia. Con su permiso, abandonaré la reunión para ir a mi taller y ponerme a su disposición.

—Faltaría más, señor —dijeron al unísono los presentes.

—Espero que este asunto se resuelva lo antes posible o empezarán las especulaciones —comentó don Federico.

—¿Qué importará eso ahora? —bramó Nicolás al conde de Urbina.

Trinidad había olvidado momentáneamente la presencia de los viejos amigos de Enrique. Mincho y Nicolás parecían muy afectados. El primero estaba al borde de las lágrimas, sobrepasado por la noticia. Como habitual del taller Giner, habría tratado a menudo a la esposa de Enrique. En cuanto al Triste, sus ojos negros se volvieron más opacos tras los cristales de las gafas, como si un segundo velo los cubriera. Parecía que percibieran algo más que el resto desconocía, una realidad inapreciable que alteraba la respiración. Traspasó a Enrique con la mirada.

—El señor Descalzo tiene razón —volvió a intervenir don Aníbal—. Estamos hablando de la muerte de una respetable y apreciada señora que todos conocíamos.

—Asesinato, podría ser.

—Lo que don Aníbal quiere decir —interrumpió Manuel García Montalván en su tono neutro habitual, pese a que si intervino fue porque debía estar ya al borde de un ataque de nervios— es que el maestro Giner debería marcharse cuanto antes.

—Y nosotros deberíamos dejar de elucubrar sobre este triste asunto que está en manos de las autoridades y que esperemos no acabe en los tribunales, o a saber —remató Soto.

—Virgen santísima —Cuevas se santiguó—, ¿es que el asunto podría empeorar?

—Eso siempre, señora marquesa —dijo Torcuato, que lo sabía por experiencia profesional, aunque no lo dijo por eso. Miró a las mujeres con gran pesar y, procurando que solo ellas le oyeran, añadió—: No sé cómo decir esto, pero de camino para acá me he enterado de que ya ha empezado a circular la teoría malsana de que fue la señorita Laredo quien empujó a doña Inés.

Trinidad siempre había creído que los rumores, por muy maliciosos que fueran, jamás podrían herirla. Baldomero solía repetir que la reputación te podía perseguir hasta las puertas de san Pedro, una frase que ahora le parecía un vaticinio. En Cheshire se hablaba bastante de su familia. La madre de Trinidad siempre le había contado que había nacido lo suficientemente tarde para no presenciar la difícil adaptación que experimentaron en Inglaterra, lo mucho que les costó habituarse a Ellesmere Port y que sus vecinos los aceptaran. Los Laredo siempre fueron los *Andalusians*: elegantes pero excéntricos, artistas pero terrenales, sociables pero independientes. Para Trinidad, aquellos comentarios eran medallas. Si ellos eran felices, poco le importaban los cotilleos y las habladurías, mucho menos sobre ella.

Mientras los chismes sobre su relación con Enrique fueron mentira, tuvo la conciencia tranquila. La lastimaban, pero era un daño superficial, eran comentarios infundados sobre algo que nunca había sido real. Hasta que lo fue. Trinidad apenas había tenido tiempo de hacer penitencia cuando había sucedido algo mucho peor e irreversible. Para colmo, todos los dedos de Sevilla la señalaban, culpándola de su muerte. En ese caso, el juicio público era demasiado hiriente, demasiado certero. Una parte de ella debía reconocer que había herido indirectamente a esa mujer al entrometerse en su matrimonio. Aunque no fuese intencionado, aunque jamás le deseara ningún mal. Tendría que haber frenado a Enrique. ¿Cómo iba a culpar a nadie por desconfiar de ella? Se lo merecía.

—¡Es un despropósito! —bramó Cuevas.

Se encontraban en la vivienda de don Aníbal. La inesperada muerte de la señora De Benavides les había dejado tan anonadados que la británica, la marquesa, el arquitecto y su discípulo regresaron en el mismo coche de caballos hablando del tema sin parar. Especialmente don Aníbal y doña María de las Cuevas. Trinidad se mantuvo en silencio todo el trayecto, con la mirada perdida, ligeramente vidriosa. Apenas se movió cuando notó que alguien cubría su mano, la cual descansaba sobre el asiento de cuero. Alzó la cabeza y, al mirar a su derecha, se encontró a Víctor observándola preocupado. Ella agradeció su contacto y su empatía como la luz del sol; sin embargo, era incapaz de sonreírle.

En cuanto llegaron a la vivienda, la actitud del estudiante de arquitectura cambió. Tomó asiento en el primer sofá que encontró, como si también él necesitara tiempo para asimilar la noticia. Trinidad permaneció de pie, mientras la marquesa y el arquitecto informaban a doña Ana y al joven Pedro de lo ocurrido. Los maestros ceramistas Soto y Montalván habían preferido regresar a Triana por si podían enterarse de algo más. En cuestión de horas el incidente trascendería y estaría en boca de todos.

—¡… pero querer cargarte a ti con el muerto! —despotricó Cuevas.

—Marquesa, ¡por favor! —la amonestó don Aníbal.

Trinidad también la fulminó con la mirada. No deseaba una defensa en semejantes términos.

—No quería decir eso, santo Dios —dijo Cuevas, cubriéndose el rostro, de verdad arrepentida—, perdonadme. Y que Inés, el Señor la tenga en su gloria, me perdone también. Pese a nuestras desavenencias, jamás le hubiese deseado un final tan terrible, era jovencísima. Apenas había cumplido los veinticuatro años —lamentó la marquesa con los ojos empañados por una tristeza honesta.

Trinidad sintió el calor de una lágrima quemándole la mejilla. Se la enjugó con pudor. Ni siquiera se merecía llorar por ella. En cuanto Cuevas se dio cuenta de su malestar, acudió frente a su amiga y la tomó del rostro.

—No dejes que esto te hiera, Trinidad. Tú no tienes la culpa de lo que le ha pasado a esa pobre muchacha.

Sus ojos verdes le sostuvieron la mirada como pudieron.

—La gente es muy mezquina —masculló don Aníbal, afectado—, además de morbosa. El maestro Giner apenas se acababa de enterar del suceso y los demás no hacían más que pedir detalles a mi primo Torcuato como si fuese aquello un patio de escuela o el asunto, cualquier nadería.

Trinidad no había dejado de pensar en Enrique. El ceramista había reconocido delante de todos que llevaba días sin dormir en su casa y ella misma había presenciado en más de una ocasión la tensión que había entre ambos. Saldría mal parado cuando prestara declaración a la Guardia Civil. Dados los rumores que circulaban, era posible que a Enrique no le quedara más alternativa que contar lo que había pasado entre ellos.

Qué espanto.

La británica se dejó caer hasta el suelo con la espalda apoyada contra la pared y hundió la cabeza entre las rodillas.

—Que cada uno lleve sus amarguras como pueda —dijo Cuevas, acuclillándose junto a ella—. Enrique Giner no es santo de mi devoción, pero toda su vida ha tenido que soportar las habladurías y es duro de pelar, eso lo sabemos de sobra nosotras. Tú céntrate en mantener la barbilla bien alta, Trinidad. En peores batallas hemos peleado. La gente tratará de justificar sus embustes recordándote de dónde vienes, pero tú debes estar por encima de todo eso.

Su amiga la miró de soslayo sin saber qué pensar. Esa era otra. Siempre había creído que su familia era la comidilla de la curiosidad malsana de los ingleses, hasta que llegó a España y conoció sus raíces sevillanas. Don Aníbal y Víctor permanecieron en silencio. Lo más seguro era que también estuvieran al tanto.

Trinidad quiso dejar de lado el pasado porque ya tenía suficiente con el presente, pero escuchar a Cuevas hablar de orgullo y buena moral le recordó una conversación muy violenta que mantuvo con su hermano Fernando hacía unos años.

Aquella vez la acusó de ser el colmo de la imprudencia

después de haberla pillado dejándose agasajar por uno de los proveedores del taller. Sucedió un tiempo después de su desengaño con el marinero irlandés, aunque Trinidad se había prometido que no volvería a flirtear con nadie y ni siquiera estaba muy interesada en ese hombre, si había sucumbido fue porque tenía debilidad por los caballeros zalameros. Con aquel proveedor no pasó nada, pero a Fernando le bastó presenciar su actitud coqueta para ponerse furioso.

—Ahora veo lo que te dedicaste a hacer en Sevilla —le dijo indignado—. ¿Para eso se esforzaron tanto nuestros padres en darnos una educación, Trinidad?, ¿para que tú te comportes como una cualquiera?

—¡Tú tampoco pudiste controlar tu ardor con tu esposa antes de casaros! —replicó ella.

Fernando se puso rojo de rabia, pero sobre todo estaba decepcionado por que Trinidad le hubiese echado en cara aquel secreto.

—¡No te atrevas a comparar lo que yo siento por la mujer de mi vida con tu caos interno! Siempre haces lo que te viene en gana, como te viene en gana o con quien te viene en gana, ¡sin pensar en las puñeteras consecuencias!

La voz grave de Fernando retumbó en la cabeza de Trinidad como un eco cruel. En eso se parecía mucho a su padre: su furia jamás era infundada y te hacía temblar. Su hermano tenía razón: Trinidad era una imprudente y nunca tenía en cuenta las consecuencias de sus actos.

La británica suspiró sentada en el suelo del salón de don Aníbal. No podía caer más bajo ni hacer más daño a la memoria de Inés. Luego miró a Víctor. Su jilguero estaba más ausente que nunca. Su belleza y su indiferencia le dolieron, la hicieron sentir todavía más miserable.

—Hablaré con el rey Alfonso —dijo Cuevas con resolución—. Seguro que él me ayuda a proteger tu reputación. Es importante esclarecer la muerte de Inés; sin embargo, estoy segura de que su majestad estará de acuerdo conmigo en que eso no es incompatible con mantener tu honor.

Trinidad casi no había tenido tiempo de parpadear al escuchar la mención al rey cuando las palabras de Baldomero resonaron en su cabeza: «La reputación te puede perseguir hasta las puertas de san Pedro». Entonces rezó por que su amigo estuviera equivocado y para que le enviase fuerzas desde el cielo.

—Maestro, debería renunciar a formar parte de su equipo —le dijo Trinidad a don Aníbal.

El arquitecto y Cuevas la miraron perplejos. Víctor también abandonó su estado de trance.

—No pienso permitir que mi implicación en este incidente tan desagradable perjudique su proyecto de la Exposición —insistió la británica, convencida—. No después de lo mucho que se han esforzado usted, Víctor y todos los demás.

El estudiante de arquitectura se levantó de golpe y se dirigió al centro de la estancia con los puños apretados. Parecía decidido a protestar enérgicamente, pero no fue necesario que interviniera. Don Aníbal alzó la mano pidiendo calma y la palabra:

—No esperaba que fuese usted de las que se echan atrás cuando ya se han comprometido con una causa.

—Pero, señor…

—La necesitamos —zanjó don Aníbal—. A usted y a ese cuadernito suyo que tan brillantes ideas le sugiere. Así que déjese de remordimientos infundados, señorita Laredo, y acuda al parque de María Luisa a hacer lo que mejor se le da, que es ser la luz y los ojos de todos nosotros. Víctor, tú irás con ella. Mañana mismo, bien temprano.

Trinidad y Víctor pestañearon azorados y luego se buscaron con la mirada. A ella le habían abrumado los ojos negros del estudiante desde el primer momento, pero ahora no estaba muy segura de poder soportar su juicio. Lo que halló en ellos fue compasión, un sentimiento que tampoco le agradó un pelo.

La británica no podía imaginar que Víctor no sabía cómo agradecer la petición de su mentor, mientras se esforzaba por ocultar su entusiasmo, que era de lo más inapropiado dadas las circunstancias y lo mal que lo estaba pasando ella.

—Iré al palacio de los Pickman a primera hora de la mañana para recogerla —anunció Víctor, serio, con las manos a la espalda.

Trinidad sintió que al menos su buena predisposición le daba una tregua a su espíritu.

—Me parece bien —asintió Cuevas, satisfecha—, pero debe devolvérmela antes del almuerzo. Tendremos que ir al cementerio de San Fernando.

En un primer momento, Trinidad no entendió qué quería decir, luego miró a Cuevas a los ojos y comenzó a negar. La aristócrata no le dejó abrir la boca, lo cual le confirmaba que su amiga hablaba en serio: asistirían al funeral de Inés de Benavides.

—Pero si ni siquiera sabemos si la van a enterrar allí ni cuándo —protestó Trinidad, e incluso miró a los dos hombres en busca de apoyo—. Quizá la Guardia Civil tenga que investigar un poco más antes de que se le pueda dar sepultura.

—Me informaré.

—Por favor, Cuevas…

—Trinidad, vamos a asistir a ese funeral para dar el pésame a la familia como haría cualquier persona de bien. Y para demostrar que tú no tienes nada que ocultar.

La británica decidió no discutir más y aceptó los castigos que la providencia parecía estar imponiéndole.

18

Octubre de 1911

Incluso en obras, el parque de María Luisa era un lugar bucólico. Mientras formó parte del jardín privado de los duques de Montpensier había sido un pequeño edén, pero Trinidad no era capaz de disfrutarlo. Tal como había predicho la británica, las autoridades no entregaron el cuerpo de Inés de Benavides para continuar investigando si las circunstancias violentas de su muerte encajaban con un homicidio. El entierro en el camposanto no sería hasta la mañana siguiente, de modo que disponían de toda la jornada para caminar por los terrenos donde se celebraría la Exposición Hispanoamericana. A pesar de que Trinidad había pasado meses deseando que llegara el momento de poner a prueba el par de ideas que había tenido con relación a las luces y sombras de los murales de azulejo, le resultaba imposible concentrarse.

Cuevas se había enterado por don Torcuato de que no habían hallado signos de violencia en el cuerpo de la víctima, pero de todos modos la Guardia Civil necesitaba el resto del día para realizar otras pruebas. El periodista les rogó discreción, ya que le habían prohibido publicar los detalles de la investigación en curso. En el periódico local, en la sección de sucesos, apareció una noticia breve sobre que «una mujer» había aparecido muerta a orillas del Guadalquivir, y que por el momento no se descartaba ninguna hipótesis. Ese mismo diario publicaba una esquela que rezaba: «Rogad a Dios por el alma de la Excma. Señora doña Inés de Benavides y Montoro. Nacida en Sevilla el 14 de noviembre de 1887. Fallecida en Sevilla el 2 de octubre de 1911. Su familia y allegados ofrecerán una misa para quienes deseen despedirla en el cementerio de San Fernando, mañana a las doce del mediodía». El triste anuncio iba precedido por un retrato de la joven, con la barbilla bien alta y la mirada desafiante. Habida cuenta de los rumores que circulaban sobre la infidelidad de su marido y las sospechas de que podrían haberla empujado al río, Trinidad se preguntó si habría alguien en la ciudad que no pensara que ambos hechos estaban relacionados.

También pensó en Enrique. Le preocupaba mucho cómo estaría viviendo él todo aquello. Sin duda sus emociones serían muy distintas a las de Trinidad, pero el secreto que compartían, el encuentro carnal y la culpabilidad que lo acompañaba, les uniría cruelmente en el dolor por lo que les quedara de vida.

Sea como fuere, la inglesa debía centrarse. Aunque estaba más que dispuesta a renunciar a participar en el proyecto solo por no empañar el trabajo de don Aníbal, este se lo había denegado; de hecho, le había exigido continuar y dar lo mejor de sí. A Trinidad no le quedaba otra que tragarse sus sentimientos de culpa y autocompasión. Ya tendría la mañana siguiente y el resto de su vida para lamentarse.

Ese día se centraría en la Exposición.

La amabilidad de Víctor fue un bálsamo. Trinidad no le confesó que estaba terriblemente afectada, pero el joven se percató de su paso lento y entendió que necesitaba tranquilidad durante esa excursión. A ella le conmovió su tacto, que evitara hablar de Inés y de Enrique a toda costa. El parque de María Luisa hizo las veces de refugio paradisiaco y Víctor se convirtió en un ángel custodio de bellas plumas negras.

Llevaban varias horas dando vueltas por el recinto cuando Trinidad sintió que le había exigido demasiado a su cuerpo, así que tomó asiento en el primer banco que encontró. Se quedó encandilada por la sombra que le ofrecía la frondosa arboleda y la hermosa alberca central. De pronto imaginó que en el futuro ese bonito rincón serviría para que los visitantes a la Exposición se sentaran a intercambiar impresiones de su visita y para descansar. Los terrenos del parque eran de una extensión impresionante y la británica se maldijo por haberse puesto los botines añiles de lazos grandes esa mañana. Hacían juego con su chaqueta gris y la ceñida falda color lapislázuli y solían ser bastante cómodos para un evento cerrado, pero siempre se le olvidaba que terminaban destrozándole los empeines cuando llevaba rato caminando. Lo extraño era que ese dolor la distraía un poco de la fatiga y de todas sus cuitas.

Justo entonces pasó muy cerca de ella uno de los preciosos cisnes blancos que nadaban en la alberca, y aunque el color del plumaje no era el mismo, cayó en la cuenta de que hacía rato que no veía a Víctor. Lo había perdido de vista más o menos a la altura del futuro *stadium*. El joven cargó gustoso con un fardo algo pesado que Trinidad había insistido en llevar al parque. Él no preguntó qué contenía y ella agradeció su ofrecimiento y discreción. A saber en qué estado lamentable se encontraría si hubiera tenido que portarlo ella. Tuvo que hacer un esfuerzo sobrehumano para levantarse y volver sobre sus pasos en busca de su compañero. Antes de verlo, le llegaron sus risas. Las de Víctor y las de sus acompañantes.

Trinidad parpadeó incrédula. El estudiante de arquitectura se encontraba en el centro de un corrillo de mujeres de todas las edades. Dos cargaban cestas de flores y otras tres, paquetes de frutos secos. Debían de ser vendedoras ambulantes. Por un instante, Trinidad pensó que quizá lo estaban atosigando con sus carcajadas y comentarios, pero no tardó en comprender que era él quien llevaba la voz cantante, nunca mejor dicho. De repente, Víctor se arrancó:

> *Los invisibles átomos del aire*
> *en derredor palpitan y se inflaman,*
> *el cielo se deshace en rayos de oro,*
> *la tierra se estremece alborozada.*
> *Oigo flotando en olas de armonías*
> *rumor de besos y batir de alas;*
> *mis párpados se cierran…*
> *«¿Qué sucede? ¿Dime?»…*
> *«¡Silencio! ¡Es el amor que pasa!».*

A la británica le sonaba ese poema, pero Víctor le había dado a cada verso otro ritmo, otra melodía, otra textura. Alargaba cada palabra como si fuese un velero a la deriva, lo guiaba con las caricias de sus manos, con ese deje de ave silvestre que conseguía detener la respiración. Trinidad sintió que se quedaba sin aire; no le extrañó que las cinco mujeres le aplaudieran atónitas. Luego el joven les dijo algo con ese gesto irónico y cautivador que a veces se le dibujaba en el rostro cuando dejaba volar su imaginación en voz alta y ellas volvieron a estallar en carcajadas.

—Pero ¡qué arte tienes, Jilguero! —le dijo una que llevaba almendras saladas y garrapiñadas. Era la más madura y muy hermosa.

—A ver si te dejas caer por alguna fiesta de Triana —comentó otra jovencita, rubia y de aspecto cándido, mientras mecía su cesta de flores, coqueta—. Se te echa de menos.

—Algunas más que otras, ¿eh, Rosaura? —bromeó la vendedora de claveles, que se llevó un empujón apurado por parte de la rubia.

Las demás rompieron a reír.

—Ningún tablao es ya lo mismo sin el Victorcito, ni siquiera la taberna de la Encarni —dijo la primera, mirándole con un gesto meloso.

Trinidad se quedó de piedra cuando vio que la mujer que debía de tener más de treinta años lo tomaba del rostro y le hacía una carantoña.

—Si es que no se puede ser más guapo, más listo, ni tener más talento. ¡Lástima que él no nos extrañe!

Lejos de rechazarla, Víctor le cubrió la mano con suavidad.

—Magdalena, señoritas, por favor, no me sean trastos —repuso Víctor, poniendo cara de niño bueno—. Cómo no iba yo a echar en falta a unas buenas amigas como ustedes, si a la vista está el trato delicioso que me dan. Deben perdonarme, tengo mis deberes con mi maestro y ahora mismo estoy en otros…

Justo en ese momento, Víctor se percató de la presencia de Trinidad. Se puso pálido cuando se dio cuenta de que sus ojos verdes llevaban rato observándolo. El cambio de su rostro fue tan dramático, que las cinco mujeres se volvieron raudas para mirarla. La británica estaba segura de que su sorpresa no podía ser mayor que la de ella.

Ni en mil años se hubiera imaginado esa faceta de Víctor. No le había parecido nada malo, en absoluto. Estaba encantada con la escena que había presenciado. Había visto a decenas de hombres petulantes, fanfarrones o libertinos, pero Víctor no transmitía eso, y le resultó realmente cautivador. Sus palabras podían dar la impresión de flirteo, pero sonaban a encanto y a cordialidad. Su sonrisa le pareció de lo más sugerente.

«Así que esa es su famosa elocuencia», se dijo.

Sintió un pellizco de celos, aunque solo porque había presenciado el despliegue de su personalidad a escondidas y con otras personas. Y deseó que le hablara así alguna vez. El solo pensamiento le produjo calor en las mejillas. Víctor, por su parte, parecía haberse quedado de veras sin capacidad motriz. Esa reacción sí que asombró a sus amigas. Magdalena, que era avispada, se carcajeó a su costa.

—¿No vas a presentarnos, Jilguero?

—Oh, sí. Sí, sí, claro, claro, discúlpenme…, Magdalena, Angelines, Rosaura, Francisca, Adelfa, ella es Trinidad Laredo, artesana británica y miembro del equipo del arquitecto Aníbal González para el proyecto de la Exposición Hispanoamericana.

Algo de lo que escucharon puso en guardia a las mujeres. Trinidad supuso el qué. Los rumores sobre su amistad con la marquesa de Pickman o la aventura ilícita con Enrique llevaban tiempo circulando por Triana. Rezó por que no lo hubieran hecho las últimas desgracias. Cualquiera sabía. Magdalena riñó a las más jóvenes por cuchichear y le dedicó una sonrisa honesta a Trinidad.

—Tanto gusto, señorita. Así que usted es esa moza inglesa tan *apañá* a la que llaman «La pintora de la luz». Nosotras conocemos al Victorcito desde chiquitillo, desde que mi santa madre, la Rufina, que en gloria esté, le cambiaba los pañales a él y al Mincho.

Trinidad alzó las cejas curiosa y Víctor pareció rogarle mesura a la mujer, pero fue en balde.

—Jamás lo había visto tan callado, debe de respetarla mucho a usted.

El joven se sonrojó y su apuro pareció herir a Rosaura. La británica no sabía dónde meterse.

—Encantada, doña Magdalena. Señoras, siento muchísimo haber interrumpido su conversación. Por favor, continúen, yo pensaba dirigirme al centro del parque. Ven cuando quieras, Víctor.

Le supo mal haberle dejado el fardo e hizo ademán de recogerlo del suelo para librarle de esa carga. Él se negó enfáticamente y se lo retiró; todavía le duraba la impresión de haberla visto aparecer y apenas le salió un conato de voz. Magdalena se moría de risa, lo mismo que Francisca y Adelfa.

—Anda, ten, niño —le dijo la última, que llevaba un paquete de castañas asadas—, ahora ya sabemos por qué preguntaba si teníamos algo para comer.

—Sí, el Jilguero nunca ha sido famoso por su apetito —contó Magdalena—, sin duda se preocupaba por el suyo, señorita Trinidad.

En efecto, Víctor se había percatado del malestar de su compañera. Cuando vio a sus antiguas vecinas de corrala, imaginó que ellas tendrían algo de comer. La vendedora de almendras garrapiñadas le dio un beso en la mejilla al estudiante y le guiñó un ojo a la inglesa. Después tiró de sus cuatro amigas para dejarlos solos. Se marcharon muy cantarinas.

Las melodías populares le recordaron a Trinidad cómo había llegado hasta allí y aunque Víctor continuaba ruborizado, quiso salir de dudas.

—¿Era de Bécquer? —preguntó cuando al fin consiguió que la mirara—. Lo que les estabas cantando antes. Algunos versos me sonaban bastante.

Víctor asintió con timidez.

—Parecía otra cosa, un cante genuino. O quizá —meditó ella— es porque le diste su tono de verdad.

—Es la magia del flamenco —dijo él, serio pero halagado—. No sé por qué, pero saca todo sentimiento que llevo dentro.

—¿Bueno?

—No siempre.

—Aun así, resulta bello.

Víctor volvió a asentir agradecido.

—¿Y por qué Bécquer?

Víctor señaló un monumento en el que Trinidad todavía no había reparado. A pesar de que estaba cubierto por unas telas para protegerlo de las inclemencias del tiempo, dedujo que la estatua representaba al famoso poeta sevillano, acompañado por tres mujeres a su izquierda con un querubín con arco, Cupido, y otra figura yaciente a su derecha, también alado. Víctor se animó a explicarle la historia del conjunto:

—Esta es la pieza más romántica y reciente del parque, y está dedicada a Bécquer. De hecho, está previsto que se inaugure el mes que viene. El caballero alado en bronce que se encuentra tumbado representa el amor herido, y las tres féminas en una sola pieza de mármol, el amor que llega, el amor presente y el amor perdido.

Después de su explicación, Víctor miró a Trinidad sosegado. Ella, en cambio, sentía un entusiasmo singular al escuchar hablar a Víctor. Se le aceleraba la respiración y notaba el calor en las mejillas, sobre todo cuando le dedicaba sus discursos solo a ella. Siempre había pensado que su madre era una exagerada por suspirar cada vez que su padre arrancaba a hablar haciendo gala de sus inabarcables conocimientos. Cada vez que se burlaba de ella, la mujer solía responderle: «Tu arrogancia habla por tu corazón, niña mía. Cuando te topes con un hombre apuesto que tenga algo que enseñarte, se te van a caer los cucos».

Se hizo un silencio al que Trinidad quiso poner fin con una broma:

—Y la mujer de antes, ¿era «el antiguo amor»?

Víctor alzó las cejas.

—Magdalena. He visto cómo te acompañaba a las palmas. Le has cantado a ella la rima de Bécquer que inspira la estatua. Casi nada.

—No vine a buscar a nadie para cantarle —se defendió él, tendiéndole el paquete de castañas que le había dado Adelfa—, sino a por algo de comer porque te noté desfallecida. Dio la casualidad de que nos encontramos justo aquí y ellas preguntaron por el monumento, porque les picaba la curiosidad sobre qué sería, así que les hablé de Bécquer y de la rima. Magdalena era la hija mayor de la mujer que nos adoptó a Mincho y a mí. Es muy dada a tomarse confianzas con cualquiera y a crear situaciones incómodas. Yo quería recitarle el poema sin más, pero ella me retó a que lo cantara y las demás metieron cizaña para que picara.

Trinidad se tapó la boca para contener la risa. «Dios mío, no se puede ser más adorable», pensó.

—Entonces no era «el antiguo amor», solo uno concreto. ¿Tal vez el primero?

Víctor se sonrojó violentamente, tal como pretendía Trinidad. Pensó que ese era su jilguero, el que poco o nada tenía que ver con el caballero desenvuelto que había presenciado desde su escondite.

—Magdalena tenía locos a todos los mozos de la corrala. Solo nos hacía caso a los jóvenes para atormentarnos —le confesó Víctor—, aunque en realidad eso a Mincho y a mí nos encantaba.

«Qué interesante», se dijo complacida Trinidad.

—Vaya, vaya. Entonces ¿tengo que azuzar tu orgullo para que me honres con alguna actuación becqueriana?

—No sería necesario, te cantaría las rimas completas... —Dejó la frase en el aire hasta que añadió—: Solo para borrarte esa sonrisilla de enterada de la cara.

No fue necesario que le recitara nada para que la sonrisa de la británica se volatilizara. Víctor recogió el fardo y dejó a Trinidad atrás. La joven permaneció un instante más en silencio, anonadada.

La admiración era un sentimiento extraño, pensó. A diferencia del amor o el odio, era simbiótico. Podía solaparse con los demás, amplificarlos, pero jamás resultaba excluyente. Ella apreciaba a Víctor como erudito, como artista y como hombre. Era imposible negarlo.

Trinidad lo siguió rauda. El desenlace de la conversación le había parecido tan confuso que prefirió dejarlo estar. Estaba muy agradecida de que la tratase con naturalidad y de que no pareciera dar importancia a los rumores de su supuesta implicación en la muerte de Inés.

No obstante, sí que le afectaban las habladurías malévolas. Víctor estaba preocupado, aunque jamás se lo reconocería por discreción y también para velar por el bienestar de Trinidad. El estudiante de arquitectura no dudaba de su inocencia en lo relativo a la muerte de Inés, pero no podía decir lo mismo sobre su relación con Enrique.

No podía olvidar que ella había ido al taller Giner para hablar con él y que había mentido para que nadie se enterara. Era posible que lo hubiera ocultado solo para ahorrarle el disgusto a su amiga la marquesa, que odiaba al ceramista, pero Víctor no sabía qué pensar. Le corroían las dudas y no sabía qué le intranquilizaba más: si la sospecha de que Trinidad hubiera retomado algún tipo de intimidad con Enrique o saber que este volvía a estar libre de compromiso gracias a su viudedad.

Esos temores empujaban a Víctor a mantener las distancias, y aunque su orgullo lo frenase, bastaba que Trinidad lo mirara o le hablase para cubrirla de atenciones.

La inglesa le dio alcance y se dispusieron a atravesar el parque. Cruzaron una glorieta coronada por una pequeña cascada artificial, bautizada como monte Gurugú. Trinidad admiró su coqueto cenador y la graciosa caída de agua. Los arbustos y árboles eran de lo más acogedor.

Como caminaban mirando al cielo, recreándose en la imagen de los naranjos en fruto, no notaron que tenían compañía. Trinidad no pudo evitar un gesto de desagrado al comprobar que un gatito atigrado le rondaba los tobillos en pleno ronroneo.

—Siempre se te acercan —rio Víctor—. Pareces gustarles a los gatos sevillanos.

—No más que tú a las sevillanas.

Él calló apurado. Trinidad sonrió. Pese a su primera reacción, se agachó para acariciar al minino, que no tardó en alejarse satisfecho después de los mimos y las carantoñas. El joven pensó que era un felino afortunado.

—No sé si lo recuerdas, pero cuando practicábamos para el partido de tenis, te mencioné que no los soporto. A los gatos.

—No veo por qué —se burló Víctor—. Son mulliditos y muy suaves.

—Prefiero las plumas; las aves les dan mil vueltas a los felinos. Hasta las plantas son mejor compañía. Sobre todo los naranjos, me encanta su aroma.

—Lo sé.

Ella le miró curiosa.

—Quiero decir... He notado que usas perfume de azahar.

—Vaya, ¿tanto se nota?

Trinidad se llevó la muñeca a la nariz y un rubor poseyó las mejillas de Víctor.

—Mi madre me regaló su perfume de azahar cuando era muy niña y desde entonces nunca he dejado de usarlo; solía decir que las ranas no tenemos aroma.

—¿Ranas?

—Sí, bueno, es una vieja broma nuestra. La rana es el símbolo de mi familia, del taller Laredo. Todos nos considerábamos ranas.

—Así que yo te parecí un cisne negro y tú piensas en ti como en una rana. Fíjate que yo estaba convencido de que eras una ninfa de otro mundo.

Trinidad lo miró perpleja y Víctor recurrió al humor:

—Por tu comportamiento de artista extravagante, quería decir.

—¿Como por ejemplo? —Se cruzó de brazos fingiéndose ofendida.

—Te encontré haciendo contorsiones en bañador.

—Calistenia. Y conseguí que me acompañaras.

—Reconozco que eso fue divertido. Tanto ponernos bocabajo como verle la cara a la marquesa de Pickman.

—Eso fue algo muy excepcional. Para otros menesteres puedo ser incluso aburrida.

—Cuesta creerlo.

—¿No discrepas?

—Tal vez si me pones un buen ejemplo…

—Pues encuentro sugerente la idea de vivir en una casita en mitad del campo, lejos del alboroto urbano, donde la quietud me empuje a pasar días enteros encerrada, sin dejar de dibujar. ¿Tal vez una cosa sea consecuencia de la otra?

—Ahora sí que discrepo: no encuentro mejor ejemplo de actitud extravagante que el que me acabas de poner.

Cruzaron una mirada cómplice.

—Pero no me lo creo. La joven artista británica que yo conocí no era una persona que buscara el aislamiento. Podía ser enigmática, estar ausente a veces, pero jamás hubiera cambiado una buena conversación por estar apartada en el campo. De hecho —su mirada refulgió con una intensidad especial—, la chica que recuerdo estaba dispuesta a dejarlo todo por ayudar a quien lo necesitaba. ¿Por qué quisiste cambiar, Trinidad? ¿Fue por lo que te dijo el Triste aquella vez?

—Yo… Tú… estabas allí, sí.

La había pillado desprevenida. Víctor desvió sus ojos negros como la noche, dolido. Trinidad no podía seguir postergándolo.

—Siento no haberte reconocido.

El estudiante se debatía entre el pudor y el rencor, pero cuando ella le sonrió, él la imitó.

—Reconocerás que no dejaste que te viera tanto como ahora, Jilguero.

—Tú sigues siendo la misma que cuando te conocí, Trinidad.

—¿No acabas de preguntarme que por qué he cambiado?

—No. Te he preguntado por qué quisiste cambiar, pero no he dicho en ningún momento que lo hayas hecho. Te vistes de un modo diferente y eres incluso más directa que en el pasado, pero no has cambiado, Trinidad. No para mí.

—Quizá no me estás mirando bien —murmuró despacio, con torpeza.

Víctor la observó confuso y ella se explicó:

—Nicolás el Triste fue el primero en acusarme de burguesa para desmerecer mi capacidad, artística y profesional. Lo cierto es que, por entonces, yo no sabía quién era, y en muchos sentidos me comportaba como una caprichosa. Todavía hoy trato de encontrarme a mí misma, pero me niego a aceptar que ninguna faceta de mi vida condicione al resto. No sé quién o qué soy, pero desde luego soy mucho más de lo que los demás, e incluso yo misma, pueden ver a simple vista. Te invito a que tú hagas lo mismo.

Él no esperaba esa reflexión. Siempre la había tenido por una joven orgullosa, pero al escucharla admiró aún más su coraje.

En realidad, los dos habían cambiado en esos últimos nueve años, sobre todo en lo que respectaba a cómo se trataban el uno al otro.

Horas después, Trinidad y Víctor seguían en el parque de María Luisa. Se habían comido las castañas mientras paseaban. Ella le confesó a su compañero que necesitaba hacer tiempo hasta que cayera la tarde porque debía comprobar algo importante. Así descubrió Víctor qué había en el fardo que había cargado todo el tiempo.

Extrajo una serie de azulejos de arista con distintos efectos y texturas. Un par con fondo blanco y tres oscuros. Todos ellos con vívidos colores y esmaltes, entre ellos, el reflejo de cobre. El estudiante de arquitectura le preguntó de dónde los había sacado y se sorprendió de que Trinidad fuese la autora. Le pareció divertido que el maestro Soto mediara para que la joven pudiese disponer de los hornos de la viuda de Gómez para hornearlos.

Trinidad colocó las cinco piezas en el asiento de un banco de hierro y las apoyó en el respaldo. Tardó en decidirse por ese en concreto, y la única explicación que le dio a Víctor fue que estaba rodeado de vegetación. Luego le pidió que la acompañara y se situaran más lejos. Eran unos dibujos preciosos, pero después de tanto tiempo observándolos en silencio y a una distancia prudencial, él no pudo contenerse. No solo le preguntó qué hacían exactamente, sino qué pretendía colocándolos así. Trinidad se limitó a mirarlo de lado.

—Lo sabrás cuando caiga el sol, mi querido Jilguero.

Víctor enmudeció. Era una joven imponente, la personificación de la determinación, algo que no era común en una mujer y que lo tenía tan abrumado como cohibido. Sabía que Trinidad jamás hacía algo sin un buen motivo. Entonces tomó su libreta. Lejos de su discreción habitual, Víctor se asomó por encima de su hombro. Le sorprendió que Trinidad se lo mostrase.

Para conseguir los propósitos personales, nada como enfrentar a las partes de un conflicto.

«Qué mezquino», pensaron ambos. Consciente de que los ojos negros de Víctor seguían posados en aquellas páginas y que ella deseaba enseñarle unas notas más positivas, decidió pasar las hojas y sonrió al dar con las últimas, junto a las que aparecía el retrato de un hombre. Un hombre perturbador. Su rostro era bello, pero su expresión era demasiado seria. El estudiante desconocía que ese dibujo era obra de la anterior dueña del cuaderno, y, tomándolo de la mano de Trinidad, lo evaluó preocupado, devolviéndole la pregunta que ella le había hecho antes:

—¿Un antiguo amor?

—Oh, desde luego. Mi padre. Pero yo no dibujé este retrato.

El estudiante arqueó las cejas, curioso. Puesto que ella no le aclaró nada más y decidió mantener el misterio, se limitó a opinar sobre lo que veía:

—Tu padre era un hombre apuesto.

—Tanto él como mi madre murieron unos meses antes de que llegase por primera vez a Sevilla.

—Lo siento mucho.

Su notable malestar la obligó a sonreír, no deseaba incomodar a Víctor.

—Aunque era el hombre más bondadoso del mundo, tenía un aspecto aterrador; mi hermano Fernando y yo teníamos escalofríos cuando hacíamos alguna trastada por si él nos pillaba. Entiendo que también fue una persona importante para la dueña de este cuaderno.

—¿No lo has escrito tú? Creí que trasladabas a estas páginas tu conciencia —dijo él—. Entonces, en lugar de un «algo» es un «alguien».

—¿Qué si no eso es un libro? —rio ella—. Esta mujer fue una persona… cuestionable, pero también una gran artista y filósofa. Con el tiempo, superé el rencor que le guardaba. Ahora ya no veo a la mujer, sino su mente; ya no veo solo su oscuridad, también veo su luz. Me ha iluminado muchas veces. De algún modo, a través de esta libreta, se ha convertido en mi maestra. Si se enterase mi madre, ¡clamaría al cielo! Pero —se encogió de hombros— ella también me enseñó a ver el lado bueno de todo.

—En mi caso, diré que por fortuna don Aníbal siempre ha sido un hombre muy respetable.

—Un maestro no tiene por qué ser ejemplar, sino alguien del que poder aprender. Y tú, ¿por qué quieres ser arquitecto?

—Es una pregunta interesante. La arquitectura llegó a mi vida por casualidad, pero hay algo más. La cultura, la literatura y el arte siempre me habían gustado. A mucha gente se le olvida que cualquier tipo de arte surge en un taller o en un espacio concreto para pensar. Sin los arquitectos, esos lugares no existirían; nuestro fin es construir un espacio idóneo donde el artista se sienta en su plenitud para crear.

Trinidad permaneció un instante en silencio.

—Curioso… Precisamente por eso a mí me acabaron enamorando los azulejos; me di cuenta de que permiten convertir cualquier estructura en una obra de arte, y eso, a su vez, puede servir de inspiración a quien se encuentre cerca.

Pero es cierto que cuanto más bonita sea la base, más lucirá la obra del ceramista.

La expresión soñadora de Trinidad puso a Víctor nervioso. Estuvo a punto de dar rienda suelta a su ardor, de decirle que construiría hermosos edificios para ella, unos que fueran dignos de llevar los azulejos que solo ella podría crear.

«No», se dijo. No caería en eso. Pecó de mudo en el pasado, ahora no podía excederse por impetuoso. Por fin estaba logrando tener un trato normal con ella, así que prefería caer fulminado por un rayo antes que volver a hacer el ridículo delante de Trinidad.

—Nos esforzaremos para que la Exposición Hispanoamericana ofrezca lo mejor de nosotros —dijo Víctor, refugiándose en la profesionalidad.

Trinidad parpadeó. Algo había cambiado en él. Algo que no le gustaba nada. De nuevo estaba ahí esa barrera que tendía a levantar cuando se aproximaban.

Sin embargo, no le dio tiempo a profundizar.

Fijándose en el brillo de su corbata, se dio cuenta de que la luz se había atenuado y de que el cielo había comenzado a teñirse de naranja. Trinidad alertó a Víctor zarandeándolo del brazo, rogándole que no perdiera detalle. Él todavía no sabía a qué se refería la británica. Se fijó en que ella se limitó a contemplar muy atenta sus cinco azulejos.

Víctor no se acababa de acostumbrar a presenciar el don de visualización de Trinidad, cuando alzaba las manos y movía los dedos como si tejiera el aire. Esa tarde le resultó tan mágico como aquel momento que la descubrió en el taller de azulejos de La Cartuja pintando sola, sirviéndose únicamente del hollín del suelo. Cuando la bautizó como La pintora de la luz. Cuando Trinidad se le presentó en forma de arte puro.

Primer parpadeo: atardecer. Segundo: crepúsculo. Tercero: la noche. Ella lo presenció en fotogramas; él, de forma continua. La inglesa se volvió hacia su compañero.

—Lo ves.

Trinidad no lo preguntó, porque el gesto de Víctor se lo dijo todo. Por supuesto que lo había entendido. Ella había dado a cada uno de esos azulejos unos efectos determinados, porque quería comprobar cómo cambiaban con la luz. Con el paso del día a la noche. El equipo de don Aníbal había sido escéptico con las teorías de Trinidad, pero Víctor jamás había dudado de ella; intuía que se traía entre manos algo muy interesante. Sin embargo, le faltaba dar un verdadero salto de fe.

El joven estudiante también cerró los ojos y permitió que Trinidad lo iluminara con lo que veía:

—Fíjate en cómo los recubrimientos hacen que los edificios brillen de un modo distinto en función de las horas del día. El efecto cobrizo resulta especialmente perturbador. Casi reluce más de noche. Y los azulejos con ilustraciones oscuras también adquieren una textura mística y enigmática.

Víctor asentía mientras iba viendo en su cabeza muy nítidamente el emplazamiento imponente del que Trinidad les había hablado más de una vez. Ese que debía ocupar el espacio del estadio deportivo. No era un lugar para realizar actividades bajo la mirada del público, antes al contrario; era un espacio para que el público caminase a través de él, por su amplio suelo de adoquines, disfrutando de los monumentos de alrededor charlando, riendo o cantando. En mitad de ese despliegue de imágenes y sonidos, Víctor sintió cómo Trinidad le tomaba la mano para que la acompañase por completo en sus sensaciones. Durante un buen rato sintió que caminaba con ella a través de aquella plaza.

El estudiante salió del trance empujado por el ansia de contemplar a su ninfa. Trinidad abrió los párpados un instante después y se miraron con complicidad. Víctor asintió, y cambió la postura de la mano para que sus dedos se entrelazaran mejor con los de la inglesa.

No cabía duda de que una ceramista como ella y un aspirante a arquitecto como él podían convertir ese lugar en el monumento más importante de Sevilla, pero Víctor solo tenía ojos para su principal instigadora. Estaba completamente embelesado. Cómo no estarlo.

«Más vale que me caiga el rayo ya», pensó él, «o lo que siento por esta mujer volverá a condenarme a un martirio lento y doloroso».

19

Octubre de 1911

A Trinidad no le gustaban los cementerios, pero los consideraba lugares donde el alma hallaba un remanso de paz. El
camposanto de San Fernando era bonito. Ella y Cuevas llegaron hasta allí tras un largo trayecto en coche de caballos,
pues estaba lejos de lo que se consideraban los límites originales de la ciudad. Desde principios del siglo XIX, Sevilla había tenido más de un cementerio, y con el cambio de siglo
San Fernando pasó a ser el oficial de la ciudad. Al acceder a
él, la británica sintió que ese espacio había concentrado toda
la belleza y la paz de los demás. Piedra, mármol, tierra, flores. La muerte también estaba allí; sin embargo, resultaba
sencillo olvidarla, o verla de otro modo. A Trinidad no le
gustaban los cementerios, pero detestaba aún más los funerales. Sabía que el de ese día en particular sería un verdadero
tormento para ella. No porque fuera el velatorio de la joven
Inés, ni porque tuviera que volver a ver a Enrique. El tormento era que siempre que alguien moría, Trinidad recorda-

ba a sus padres y la tristeza se apoderaba de ella. Allí, en Sevilla, se acordaba con claridad de lo difícil que había sido para ella el duelo, cómo se extendió en su corazón y en el tiempo como la ponzoña. Especialmente cuando regresó a Inglaterra.

No olvidaba los pensamientos que la atormentaron aquellos primeros días. Se sintió sola e incomprendida, se convenció de que nadie volvería a amarla. Pasó todo el viaje de regreso dándole vueltas a las palabras crueles de Enrique y de María de las Cuevas. Se culpaba por no haberles ayudado como debía, por haberse implicado en sus vidas para acabar hiriéndoles y, de paso, haciéndose daño a sí misma.

Al llegar a su casa de Ellesmere Port, recorrió cada estancia sin prisa hasta que vio a su hermano a lo lejos. Él estaba hablando con unos empleados en el jardín del naranjo. En cuanto volvió la cabeza, la vio. Entonces ya fue imposible para Trinidad controlarse más. Dejó su maleta con cuidado en el suelo y corrió a los brazos de Fernando. No hubo tiempo para hacer preguntas, el llanto desconsolado de su hermana pequeña lo dejó perplejo, y la abrazó mientras ella hundía la cabeza en su pecho. Con el paso de los días, las lágrimas remitieron y llegaron las preguntas, pero no las respuestas. Imperó el silencio. Fernando consiguió que le hablara sobre la ciudad de Sevilla, sobre la fábrica de La Cartuja y sobre sus padres, pero no logró sonsacarle ni una palabra de María de las Cuevas y aún menos de Enrique.

No tardaron en llegar noticias de la marquesa. Apenas un par de meses tras su retorno a Inglaterra apareció la primera carta. En ella, la aristócrata se disculpaba. Se arrepentía de haberle gritado, de pagar con ella sus frustraciones, de que esa hubiese sido la última imagen que conservaría.

Trinidad no contestó. No por castigar a la sevillana, ni mucho menos, pues recordaba su presencia en el funeral de Justa, sino porque no sabía qué decirle.

Llegaron más misivas, a cada cual más penitente y dolida. Solo en una ocasión, María de las Cuevas se mostró digna y molesta y le escribió que le parecía inmaduro por su parte no responderle. Apenas unos días después recibió otra carta retractándose de la anterior, como si la hubiese redactado casi de inmediato.

En esa, Trinidad descubrió un par de gotas secas junto a la firma y un ruego muy concreto: «Perdóname». Fue la primera vez que Trinidad vio a la nueva Cuevas. Al comprenderlo, la británica tomó papel y pluma y le escribió disculpándose también. No solo por su comportamiento distante, sino por todo lo que había sucedido entre ellas.

Dejaron de tratarse como meras conocidas. Su amistad había florecido. Se tuteaban, bromeaban. La palabra escrita dio lugar a una autenticidad y una libertad que no habían tenido de viva voz o bajo las miradas inquisidoras.

Sin embargo, Trinidad no volvió a saber de Enrique, y mucho menos por Cuevas. De todos modos, continuó muy presente en su vida, porque su relación amorosa la había marcado profundamente, y su relación profesional también, hasta tal punto que afectó a su manera de relacionarse con los demás. Nunca dejó de tener la sensación de que jamás la trató como a una igual y le costó recuperar la confianza en sí misma, como mujer y como artesana.

Fue más duro volver a encontrar la inspiración.

Tras la experiencia con Enrique había perdido por completo la seguridad. Estuvo mucho tiempo sin coger un lápiz ni un pincel, como si cualquier idea que se le ocurría fuera algo sin interés que ni siquiera merecía el intento de plasmarla. Tampoco le atraía la idea de colaborar. Su hermano Fernando la animaba a trabajar en el taller, pero a Trinidad le daba vértigo. Sus padres habían sido el núcleo central del negocio, y por más que se esforzara por compensar y honrar su ausencia, constatar a diario que no volverían aniquilaba su motivación. Los problemas con Cuevas y la traición de Enrique le provocaron una fobia a trabajar en equipo. Con los años, acabó recuperando el hábito porque Fernando se lo exigió y porque entendió que no podía darle la espalda al negocio familiar, pero la soledad se había convertido en un refugio demasiado cómodo. Trinidad se recluía en su habitación y pasaba allí más horas que en ninguna parte.

Por aburrimiento y por necesidad de contacto con el mundo exterior, terminó recurriendo de nuevo al diario de Brígida. Gracias a él se rompió la espiral de autocompasión.

Un día, Trinidad pasó las páginas y volvió a ver los diseños de azulejo. Fue como si el color regresara a su vida. Había pasado casi un año desde su regreso a Inglaterra y se dio cuenta de que lo extrañaba muchísimo: la sensación de pasear por la calle Alfarería, o sentarse en el centro del taller Montalván y estar rodeada de todas aquellas obras de arte coloridas y relucientes. Comprendió que echaba de menos los azulejos, así que no dudó en proveérselos ella misma. Ya fuese en su alcoba o en el taller Laredo, Trinidad se dedicó a fabricarlos. Sabía perfectamente cómo hacerlo, había presenciado el proceso cientos de veces. Junto a Enrique.

Ni siquiera fue consciente de la facilidad con la que dibujó sus primeras geometrías o de que lo hizo descalza. Enrique había dejado su impronta en ella en cuanto a hábitos, vicios y pautas; las ideas genuinas de Brígida hicieron el resto. Dos personas que la habían herido en el plano sentimental fueron su salvación en el creativo. «Quienes nos lastiman nos enseñan mucho también», se decía Trinidad. Se obsesionó con el azulejo hasta dominarlo. Era la única que los fabricaba en el taller. No se dio cuenta del talento genuino que estaba desarrollando. Escuchaba a sus empleados adularla, como siempre habían hecho desde muy niña. «La pequeña de los Laredo es una virtuosa», dijeron desde sus primeros pasos, «domina la música, el arte y la oratoria». Sin embargo, la soledad y las dudas campaban a sus anchas en su alma. Sentía el peso de las expectativas de la gente y el terror de defraudarlas.

Como toda persona insegura, Trinidad se escudó en un falso amor propio, que acompañaba de su presencia imponente y de respuestas y miradas ladinas. Se obsesionaba con retos imposibles que nunca culminaba, para no afrontar la soledad que se había instalado en un corazón que, estaba segura, había dejado de latir. Trinidad necesitaba esa introspección, aunque ni su hermano ni nadie lo entendiera. Aquella joven se había convertido en una mujer portentosa, pero por más que se viese distinta, se seguía sintiendo un ser condenado a ser herido y a herir a los demás.

Independientemente de lo ocurrido hasta la actualidad o

de lo que pensara de sí misma, Cuevas tenía razón: la británica debía acudir ahora al funeral de Inés. Ella no tenía nada que ver con el trágico incidente que había causado su muerte y deseaba presentar sus respetos y expresar sus condolencias a la familia. Trinidad no se apreciaba mucho a sí misma, ni se consideraba fuerte, pero entendía que ese esfuerzo era lo mínimo por sus faltas.

Desde que entraron en la capilla del cementerio donde se celebraría la misa del funeral, un montón de miradas se posaron sobre ellas. Había numerosos asistentes de alta alcurnia de Sevilla, desde burgueses hasta nobles; también gente más modesta del entorno de la fábrica Sandeman. A Trinidad le sorprendió que Nicolás el Triste estuviera al lado del director. El sindicalista contemplaba el féretro con una expresión indescifrable. Luego depositó un humilde ramillete de nardos junto al resto de las coronas pomposas. El Triste levantó la vista y miró a Trinidad por encima de las gafas, extrañado de verla allí. Como muchos de los presentes. Algunas mujeres hacían comentarios indignados: «Pero ¿cómo se ha atrevido a venir?», «Cielo santo, con todo lo que se dice de la inglesa y del marido, ¿es que no le queda nada de decencia?», «Peor sería que fuese verdad lo que sostienen las malas lenguas, que la pintora la empujó para quedarse con el ceramista».

Trinidad agachaba la cabeza y Cuevas se aferraba a su brazo exigiéndole dignidad, que no hiciera caso de nada de lo que se decía. La británica no sabía cómo afrontarlo; esperaba el rencor y el morbo más mezquino, pero vivirlo resultó insoportable.

Justo entonces apareció Enrique por la puerta.

Tenía un aspecto lamentable. El cabello de león revuelto, la barba descuidada, el traje arrugado y la corbata mal anudada, como si se le hubiese olvidado cómo vestirse. En cuanto posó sus ojos en ella, su azul pareció recuperar la vida. Se miraron largo rato y a duras penas lograron tragarse las emociones. A Trinidad le hubiera gustado acercarse o consolarle sin provocar la indignación de nadie.

—¡¡Tú!! —bramó un caballero corpulento y muy bien ataviado, pero con el rostro roto de dolor, desgarrando el silencio que imperaba.

Se abrió paso entre los presentes para llegar hasta el viudo. Se trataba de Roque de Benavides, el padre de Inés. Se abalanzó sobre su yerno con los ojos inyectados en sangre y las mejillas surcadas por las lágrimas. Enrique dejó que lo zarandeara por el cuello de la camisa.

—¡Esto es culpa tuya, desgraciado! Te entregué a mi niña, lo que más quería de este mundo, ¡y tú has permitido que muera! ¡Tú y solo tú la has matado! ¡Yo te maldigo, Enrique Giner de los Cobos! ¡Te maldigo…!

El ceramista habría permitido que lo golpeara; de hecho, lo estaba deseando. En su lugar, vio cómo el pobre hombre se doblaba de agonía y acababa deslizando las manos hasta el suelo. Un par de caballeros se adelantaron para ayudarlo a incorporarse. Trinidad se llevó las manos a la boca, incapaz de contener el malestar. Creía que sabía lo que era la lástima hasta que vio a ese padre llorando por su hija. La pena inconsolable.

Luego miró a Enrique, que había buscado apoyo en uno

de los muros de la iglesia. Don Roque no solo era su suegro, también su mecenas, y lo había decepcionado, traicionado y herido de por vida.

En un intento de sobrellevar los sollozos de ese hombre tan importante para él, Enrique buscó la mirada de Trinidad y la contempló sin prisa en mitad de los cuchicheos crueles de la gente que los rodeaba:

—El Burgués nunca quiso a su esposa.

—Nunca olvidó a la pintora.

—Seguro que ambos la humillaron en vida.

Aquello fue demasiado, la culpa era demasiada.

Trinidad se desprendió del brazo de Cuevas y salió corriendo de la capilla. Dejó atrás nichos y columbarios; sentía que incluso los muertos la juzgaban. Se apoyó en el primer mausoleo que encontró con ganas de vomitar. No se merecía ni ese desahogo. Sin embargo, su alma atormentada le arrancó las lágrimas. Estaba convencida de que su corazón estaba muerto desde hacía mucho. Le pareció cruel que despertara entonces. Tal vez era su castigo.

Cuevas no tardó en alcanzarla. No dejaba de hablar, triste por lo presenciado, pero también indignada porque todas esas personas mezquinas seguían ultrajando el honor de su amiga. La marquesa la defendió con uñas y dientes: ¿quiénes se creían para decir que ella había vuelto a sucumbir a Enrique?

—No son rumores, ya no —dijo Trinidad con la voz estrangulada por la angustia—. Cuevas, a ti no te puedo mentir.

No le quedó más remedio que confesarlo. Cuevas primero calló; luego la miró espantada hasta que volvió a encontrar su voz.

—Trinidad, ¿qué quieres decir exactamente con eso?

—Yací con él —dijo por fin mirándola a los ojos—. Unos días después de la cena por nuestra victoria en el concurso fui a su taller. Y pasó.

Cuevas se estremeció y se llevó una mano al pecho. Negó varias veces. La fulminó con una mirada cargada de rabia, con una mezcla de sentimientos, ninguno bueno. Quiso hablar, se contuvo, bufó desconcertada.

—Una parte de mí, esa que te considera una hermana pequeña, quisiera cruzarte la cara. Pero la otra, la que te conoce bien, esa a la que ya decepcionaste una vez, se limitará a guardar silencio. Por Dios, Trinidad.

Ella no pudo replicar nada. Estaba todo dicho, no podía defenderse. María de las Cuevas Pickman negó otra vez y le dio la espalda para regresar al velatorio.

Trinidad no fue capaz. Decidió salir del cementerio y buscar un coche de caballos que la acercase al centro de Sevilla, aunque no supiera a dónde ir. No se sentía digna de pisar el despacho de don Aníbal en esos momentos y aun menos de encontrarse cara a cara con Víctor. La ignorancia del estudiante la haría sentir más ruin. Pero quedarse en el cementerio no era una opción.

Los funerales servían para honrar a los muertos, ofrecerles un último respeto. ¿Para qué iba a querer Inés que la respetara muerta, si no la había respetado en vida?

20

Octubre de 1911

Trinidad no tardó en regresar a la vivienda de Aníbal González para seguir aportando cuanto pudiese al proyecto de la Exposición Hispanoamericana. Se había ausentado unos días por indisposición. Todos sabían lo ocurrido en el entierro de Inés, aunque no habían coincidido con ella. La desafortunada y triste escena de Enrique y su suegro fue la comidilla. En circunstancias normales, Cuevas les habría contado todos los pormenores, pero la marquesa envió una nota anunciando que se ausentaría esa semana. Argumentó que tenía mucho trabajo del que ocuparse en La Cartuja y que estaba tranquila porque el proyecto ya había quedado en manos de don Aníbal y de su equipo. Nadie estaba al tanto de la disputa entre ella y Trinidad; sin embargo, el rostro afectado de la británica cada vez que mencionaban a la aristócrata sevillana les daba a entender que había ocurrido algo entre las dos mujeres. Por supuesto, el dolor por lo sucedido con Enrique y su esposa siempre estaba de fondo, como una sombra mezquina.

Los días posteriores, Víctor observó a Trinidad con recelo y evitó preguntar o comentar nada sobre lo sucedido en el cementerio. Trataba de distraerla hablándole de nuevas ideas para los pabellones y los entornos colindantes. Trinidad pensó que el trabajo era la mejor medicina. No curaba los problemas, pero ayudaba a apartarlos por periodos breves, lo cual era un alivio.

También agradecía el ambiente distendido que reinaba siempre en el despacho de don Aníbal. Podían estar discutiendo acaloradamente, pero el tono se parecía más al de una riña familiar que al de un conflicto de verdad. Como el desencuentro que estaban protagonizando en esos momentos el joven Pedro Navia y el veterano José Gestoso.

Aunque el caballero ostentaba muchos cargos ligados al Comité Ejecutivo del proyecto, Trinidad no tardó en darse cuenta de que, bajo las apariencias, cargos y honores, seguía habitando un apasionado ceramista. Eso explicaba que un estudioso de su edad se ofuscara tanto por lo que le decía un zagal como Pedro, el cual acabó sentándose enfurruñado, esforzándose por ignorarle, cosa difícil tratándose de Gestoso.

—Que quiere hacer figuras de cerámica a tamaño natural, ¡de heraldos reales!, dice el muy insensato —resopló el erudito—. Y encima pretende colocarlas en un lugar preferente y bien alto, como si fueran gárgolas.

—A don Alfonso le gustará —dijo Pedro y chasqueó la lengua, sin mirarlo.

—Y si por él fuera, que lo inmortalizásemos en arcilla, ¡acabáramos! Aníbal, este majadero no puede tomar decisiones por su cuenta, ¿es cierto que le vas a dejar hacer mosaicos de mapas de los recintos? De entrada, ¿para qué son tan necesarias tantas ilustraciones de los edificios?

—¡Es una buena idea! —bramó Pedro.

—No es mala, la verdad —dijo don Aníbal y se encogió de hombros.

—Es buenísima.

—Es una idea pésima —replicó enfadado Gestoso—. ¿Qué será lo próximo? ¿Mosaicos de mapas de los países o de las ciudades?

—Lo cierto es que lo estábamos barajando para algunos puntos estratégicos del adoquinado —intervino el maestro Manuel García Montalván sin alzar la mirada de sus láminas.

—¡Para los suelos! —exclamó cortante Gestoso—. Están ustedes dementes.

—Ojalá —insistió Pedro con aires de grandeza mientras se ponía en pie para salir de la estancia—. Ser un incomprendido, ¡eso sí que resulta agotador!

Hasta el maestro Soto, que se caracterizaba por alterarse pronto, presenció la escena perplejo. Montalván se había aislado del mundo volcado en dibujar la ilustración de una fuente. Trinidad estaba sentada a la misma mesa haciendo el diseño de un mural de azulejos que ya verían dónde colocar. La británica se inclinó hacia don Manuel para sugerirle que su fuente llevase ocho ranas y, en el centro, algún tipo de ave. Ese pensamiento le hizo mirar a Víctor; se sonrieron fugazmente, porque tuvieron que volver a ponerse serios por la bronca.

—No sé por qué tiene a este mozuelo atolondrado pululando por aquí, Aníbal. Debería meterlo en cintura —le dijo Gestoso al dueño de la vivienda.

—Y yo no entiendo cómo es tan celoso a su edad, don José —replicó el arquitecto.

—¿Celoso yo?

Hasta Soto debió contener la risa.

—No tengo motivos para estar celoso.

—Por supuesto que no —cedió don Aníbal—. Tiene más reconocimientos y títulos que nuestro regente. ¿De verdad le molesta que preste atención a un muchacho que posee mucho más talento del que usted o yo teníamos a su edad?

Se hizo el silencio. Independientemente del carácter molesto de Pedro Navia, todos sabían que el joven llegaría muy lejos, a su personalidad solo le faltaba un hervor. Un genio sabía reconocer a otro.

—Hable por usted, Aníbal —masculló Gestoso, ofuscado, aunque su tono parecía más suave—. Esa actitud es justo la que exaspera al francés Forestier. Bien capaz que sería de retomar la construcción de la Torre de Babel y concluirla solo por su testarudez.

—Y porque le tendría a usted y a los demás presentes en esta estancia para conseguirlo, mi buen amigo —dijo don Aníbal y le dio una palmada en la espalda al anciano.

—Lo mismo me da que hablemos de ladrillo que de cerámica.

—Maestro —intervino inesperadamente Soto, en tono amonestador—. Usted siempre fue famoso por enfrentarse a las viejas generaciones que recelaban de las especulaciones idealistas y preferían valorar las obras arquitectónicas desde un sentido práctico. Es decir, que, en realidad, no solo no está tan en contra de las ideas de Pedro, sino que muy probablemente festeje su insolencia creativa. Eso o se está convirtiendo en un fósil gruñón.

La carcajada general fue apoteósica. Trinidad no conocía el revés humorístico del maestro Soto. El artesano esbozó una sonrisa que Gestoso secundó. Se acercó a su discípulo más maduro y le frotó el hombro en un gesto paternal. La británica rio largo y tendido; tanto, que por un instante llegó a olvidarse de su horrible situación.

Miró a Víctor confusa. Él también le transmitía sensaciones contradictorias.

Por un lado, estar con el joven estudiante era tan entretenido que conseguía olvidar sus problemas. Al mismo tiempo, siempre estaban presentes. De alguna manera, su *affaire* con Enrique, el haberse dejado llevar con él a pesar de su matrimonio con Inés, se hacía todavía más difícil por la presencia de Víctor. Temía que el estudiante la tratara de otro modo. Con lo que le había costado que se relajara con ella, no quería darle motivos para que dejara de hablarle.

—Víctor, Trinidad —los llamó don Aníbal, que notó tensión entre ellos—, ¿por qué no me hacéis un favor y vais a La Cartuja?

—¿A La Cartuja, señor?

—Sí, he concertado una reunión con la empresa de peones albañiles dentro de unos días, pero no me vendría mal tantear el terreno antes. Me consta que Benjamín va a estar hoy por allí para hablar con la directiva. Y de paso hacéis una visita a nuestra querida marquesa.

Trinidad no se esperaba esa propuesta. No sabía que Mincho siguiera trabajando para la fábrica de loza de los Pickman, pero le resultó fascinante que don Aníbal le estuviese proponiendo atacar los tres frentes que más la preocupaban: evitar el descontento de la futura mano de obra; ver en qué estado se encontraba el enfado de Cuevas, quien se las había ingeniado para esquivarla todos esos días en el palacio de los Pickman, y acercarse a Víctor.

El arquitecto no daba puntada sin hilo, se dijo Trinidad. O tal vez se le daba bien el billar y pretendía marcarse una carambola.

Volver a pisar los terrenos de La Cartuja le produjo a Trinidad una sensación extraña, como si no hubiera transcurrido el tiempo. No se habían hecho muchas modificaciones en los últimos años y el trasiego de empleados era constante. Quizá más numeroso y fluido que como lo recordaba. Casi todos con los que se cruzaban saludaban a Víctor, alegres de ver al Jilguero por allí. Eso reavivó su malestar por no haberle reconocido, y deseó que se la tragase la Tierra.

—Es curioso, y yo que creía que estaba irreconocible —bromeó Víctor, que se imaginó la razón de la cara de preocupación de Trinidad.

—¿Me vas a echar eso en cara ahora?

—¿Tal vez tanto tiempo con don Aníbal me ha hecho parecerme a él?

—No te ensañes encima.

—Y yo que quería dejarme bigote. No es buena idea, ¿verdad?

—Por piedad.

Víctor le sonrió. Una sonrisa preciosa que Trinidad observó muda. Era imposible confundir ese rostro con ningún otro, cada rasgo resultaba inolvidable.

Luego caminaron en silencio, mirándose de reojo de vez en cuando; se sentían afortunados de estar juntos. Tan encandilados estaban el uno con el otro, que Trinidad se tropezó. Víctor se adelantó asustado por que cayera al suelo, aunque ni siquiera dio un traspiés, pero él no desaprovechó la oportunidad de cogerla de la mano. Ella no se lo impidió. A ambos les hormigueaban las palmas desde que entrelazaron sus dedos aquella tarde en el parque de María Luisa.

Levantaron la cabeza a la vez y se contemplaron preocupados por la reacción del otro. El verde y el negro de sus ojos se buscaron con necesidad.

—¡Ey, pero si es mi pareja favorita de Sevilla!

Trinidad y Víctor se soltaron al momento.

Habían olvidado por completo el motivo por el que habían ido a La Cartuja, pero Mincho los vio de lejos por los jardines del oeste y los llamó para que se reunieran con él, que justo en ese instante hablaba con la marquesa de Pickman y con algunos empleados más.

Cuevas calló abruptamente en cuanto llegaron ellos dos. La aristócrata desvió la mirada, claramente disgustada. Las dos mujeres se saludaron con bastante frialdad.

—No sabía que seguías trabajando para la familia Pickman, Mincho —dijo Trinidad para cambiar el foco de atención.

—En los negocios, uno siempre trata de mantener abiertos todos los frentes posibles. La diferencia es que ahora estamos organizados.

—Demasiado, para mi gusto —le interrumpió la marquesa, tajante—. Como si no fuera suficiente con tener que aceptar la fuga constante de mis empleados a la fábrica Sandeman o a cualquier otro destino, encima he de soportar quejas cada dos por tres, señor Benjumea. Da la sensación de que no importa lo que se les ofrezca, que nunca tendrán suficiente.

Trinidad recordaba que a Mincho no le gustaba que le llamaran por su primer apellido, pero se dio cuenta de que era muy posible que Cuevas estuviera pagando con él sus frustraciones.

—Pensaba que estaba contenta con la idea de que algunos de sus albañiles trabajaran en el proyecto de la Exposición, marquesa —medió Víctor.

—Querido, el único consuelo que tengo es que sé de primera mano, nunca mejor dicho, lo que se va a hacer allí.

—En ese caso, no tienes motivos para recelar, Cuevas —dijo Trinidad—. Qué mayor garantía de confianza que conocer a esas personas.

—La confianza está sobrevalorada —replicó ella, mordaz—, y mejor no me hagas hablar de lo que opino sobre conocer o no a la gente.

Dicho eso, la marquesa les dio la espalda y sus acompañantes la siguieron. Víctor, Mincho y Trinidad los observaron marcharse en silencio.

—Perdonadla, tiene unos días malos —comentó Trinidad.

—Yo diría más bien que tiene unos años nefastos —bromeó Mincho—. Aunque en realidad puedo comprenderla un poco. La marquesa de Pickman no es la señora capitalista más desagradable con la que debemos lidiar, por eso no entiendo que el Triste se haya negado a volver a pasar por aquí.

—¿Nicolás ya no va a supervisar las reuniones de La Cartuja? —preguntó Víctor.

—Pero yo creía que era uno de los principales jefes sindicalistas —añadió Trinidad.

—La cosa está un poco tensa en Sevilla últimamente, ya habéis tenido ocasión de comprobarlo —reconoció el Gallito—. El proyecto de la Exposición promete mucho, pero los trabajos no se iniciarán hasta dentro de bastante tiempo y la gente necesita ganarse el sustento cada día. Es como si todos los nobles, políticos, burgueses y empresarios de la ciudad solo tuvieran en mente el proyecto y se olvidaran de todo lo demás. El Triste no se lo perdona y no quiere que el resto tampoco lo haga.

—Pero ¿qué tiene eso que ver con Cuevas? —se indignó Trinidad.

—¿Su abolengo quizá?

La británica no daba crédito. La alta clase de Sevilla estaba dando la espalda al pueblo llano; sin embargo, la gente tampoco estaba siendo justa. Su amiga no se merecía que la castigasen por lo que pudieran estar haciendo mal otras personas de su estamento social. Así se lo transmitió a Mincho.

—A mí no me mire, señorita Trinidad, yo soy un mandado. Hace tiempo que dejaron de convencerme las posturas extremas. A muchos la Semana Trágica nos hizo reflexionar.

Mincho se refería a los incidentes acontecidos en Barcelona y otras ciudades de Cataluña entre julio y agosto de 1909. El presidente de entonces decidió enviar a hombres humildes de clase obrera como refuerzo a la guerra de Melilla, quienes, en muchos casos, eran responsables del único ingreso de dinero en sus hogares. Aquella fue la gota que colmó el vaso. Los sindicatos convocaron una huelga general, a la que el Ejército respondió con mano dura. Murieron decenas de personas.

—Mincho —intervino Víctor—, ¿no podrías hablar con Nicolás para calmar un poco los ánimos?

—Tú lo conoces tan bien como yo, Jilguero. El Triste es un hombre curtido y razonable, pero no cederá en este asunto. Desde luego, no sin negociar.

Dicho eso, Mincho les anunció que debía marcharse, luego le guiñó un ojo a su antiguo hermano de corrala y se quitó la boina para hacerle una reverencia sobreactuada a Trinidad.

—Apuesto a que si ella te dice «vuela», tu replicarías «¿hasta dónde?» —le dijo al oído a Víctor.

El estudiante de arquitectura le fulminó con la mirada. La británica no se había percatado de lo sucedido entre los amigos porque estaba absorta en sus reflexiones.

—Quiero ir al Sindicato de Peones Albañiles —dijo Trinidad cuando se decidió a compartir su plan.

—Sin duda has debido de perderte en algún momento crucial de la conversación —respondió Víctor con cara de espanto—. Vivimos en el tiempo de las organizaciones obreras, Trinidad. Cuando era un muchacho, esto hubiese sido impensable; pero, desde lo de Barcelona, las cosas no han vuelto a ser las mismas. Han tomado un cariz peligroso, mucho más allá que un puñado de polvo blanco o de huevos podridos.

—¿Sabes dónde se reúnen?

—Todo el que haya sido alguna vez albañil en Sevilla lo sabe —replicó él a su pesar.

—Llévame.

Víctor no podía creer que alguien fuera tan inconsciente, pero Trinidad no estaba dispuesta a dejarse amedrentar.

—De sobra entiendes que el mayor reto de este proyecto nunca ha sido la arquitectura, el arte cerámico, ni siquiera el presupuesto, sino la mano de obra. Lo sabemos desde que hablamos con el rey y con Luca de Tena. Me temo que en Sevilla se esté fraguando una situación de malestar con los futuros trabajadores que puede terminar provocando que no haya personas para levantar la Exposición.

—No es buena idea, Trinidad. Por una condenada vez, escúchame.

A pesar del daño que había hecho el incidente con Enrique e Inés a su reputación, a ojos de los obreros la británica seguía siendo una señora de clase alta. Especialmente por los más radicales. Víctor tenía claro que eso último no era seguro para ella.

Sin embargo, Trinidad había dicho «vuela» y Víctor de

verdad estaba valorando hasta dónde. Luego recordó el resto de lo que Mincho les había comentado.

La miró sereno y le ofreció otra alternativa:

—Te llevaré a un lugar mejor.

21

Octubre de 1911

Cuando Víctor le dijo a Trinidad que se vistiera como para ir a un baile, la joven le puso muy mala cara. Ella le había pedido que la llevase al sindicato donde trabajaba Nicolás el Triste, no a bailar.

—Hay que estar preparado para todo —le dijo el estudiante con una sonrisa.

Ella no supo qué replicar. Cuando le sonreía así, la desarmaba. Pese a todo, se mantuvo firme. Los asuntos de la Exposición no eran para tomárselos a risa, menos aún los que tenían que ver con los trabajadores. El joven la miró conmovido por su sincera empatía.

—Confía en mí —le pidió.

Trinidad no estaba muy convencida, pero confiaba en él. ¿Cómo iba a negarle algo a su jilguero?

No se quitaba de la cabeza esos enormes ojos negros mientras hurgaba en el armario de una de las habitaciones de invitados de la mansión de los Pickman. Cuevas le había dicho que podía tomar prestado cualquiera de sus conjuntos si precisaba alguno. En el momento, Trinidad le respondió que contaba con ropa suficiente y que, de necesitar algo más, ella misma se lo compraría. No obstante, dada la urgencia, recurrió al ropero, lo que fue un acierto.

Encontró una falda de vuelo color verde petróleo y una camisa de lo más apropiada para bailar, también unos zapatos que le estaban bien. Se preguntó si serían de Cuevas, lo que ya no le extrañaría tanto como en el pasado, pues su amiga se había vuelto tan singular como ella. Justo entonces pasó la marquesa de Pickman por el pasillo. Trinidad sintió que la había invocado con sus pensamientos. La señora seguía molesta con ella, así que la inglesa le preguntó si le parecía bien que hubiera hurgado en sus pertenencias.

Cuevas, con un inalterable gesto soberbio, permaneció callada y escuchó serena la explicación de Trinidad. La británica esperaba que le hiciese algún comentario sobre su poca decencia o alguna otra mezquindad propia de la aristócrata; en su lugar, la marquesa le pidió que la acompañara a su alcoba y le ofreció un mantón bellísimo con flores bordadas que guardaba para ocasiones especiales.

—¿Estás segura, Cuevas?

Ella asintió comedida.

—¿No vas a criticar que salga con Víctor?

—Trinidad… Ojalá salieras todo el tiempo con él.

Fue la primera vez en muchos días que se miraron a los ojos y que Cuevas le volvió a sonreír escueta. Trinidad se ruborizó y le dio las gracias por la prenda, que combinaba con el conjunto. Esa breve concesión no bastó para restaurar por completo la cordialidad con su amiga, aunque sí fue una tregua y una oportunidad para hacerle saber que no la odiaba, que le seguía deseando lo mejor. Y lo mejor, en ese caso, era Víctor.

Trinidad no estaba segura de si hubiera sido preferible el desdén que hablar directamente del objeto de sus sofocos.

Dio fe de su fortuna en cuanto lo encontró esperándola en la cancela principal del palacio. Se quedó sin palabras. El joven vino ataviado como antaño, con la ropa rudimentaria de un sevillano medio, incluida la boina. A Trinidad se le puso la piel de gallina. Una sensación que resultó novedosa al tiempo que nostálgica. No cabía duda de que era el Jilguero. Más alto, más corpulento, más maduro. Sonrió. Entonces Víctor la miró y pareció quedarse sin aire.

—Estás muy... apropiada.

—No sabría decir, la única pista que me diste fue el baile. Por tu atuendo parece que fuéramos a volver a La Cartuja.

—Casi.

Después recuperó la compostura y le tendió el brazo para que lo siguiera hasta un coche de caballos que había mandado llamar a la plaza de Santa Cruz. Desde uno de los balcones de la casa, Cuevas vio cómo el coche de la pareja se perdía por las calles sevillanas. Dirigió una mirada a lo alto y se santiguó. Después echó las cortinas.

El vehículo de hermoso corcel negro les condujo bordeando los jardines del Alcázar y el paseo de Colón hasta el puente de Isabel II que daba al barrio de Triana. Trinidad no podía dejar de pensar en la tragedia de Inés cuando lo cruzaron; tuvo que concentrarse en respirar y mantener la calma para impedir que le afectase más de lo que ya lo hacía. Debía centrarse. Miró a Víctor con curiosidad, casi con exigencia; quería saber de una vez por todas a dónde iban y qué demonios tramaba. Sin embargo, antes de que él le señalara su destino, Trinidad escuchó música y jolgorio.

Por un instante, la abrumó el ambiente festivo de esa noche en el Altozano. Todos los edificios estaban decorados con guirnaldas y lucecitas, había varios corrillos de músicos tocando y, a su alrededor, decenas de personas, la mayoría en pareja, que traducían en movimientos esos golpes de guitarra, palmas y cantes.

Trinidad observaba la escena fascinada y sonriente. Cuando se apearon del vehículo casi había olvidado sus verdaderos propósitos. Gruñó al darse cuenta:

—Esto sigue sin ser el sindicato.

—Perdona, Trinidad, ¿qué dices? No te escucho.

Ella dio un tortacito en el brazo por su broma, y él se rio. Le parecía encantadora la expresión que Trinidad había puesto nada más llegar.

—Víctor, esto no es el sindicato —repitió.

—No, es una verbena —replicó él, tan pancho—. A veces organizan saraos de estos para subir un poco la moral del barrio.

—Como vuelvas a ignorar mi comentario, te pienso dejar aquí plantado.

—Trinidad…

Al ver que de verdad se iba a marchar, Víctor la retuvo por la cintura. Aprovechó para ascender por la espalda y acariciarle el hombro sutilmente, aunque disimuló las confianzas que se había tomado colocándole el mantón. Trinidad notaba el rastro de su mano por la sensación abrasante que le había dejado. Los ojos de ónice del joven parecieron sonreírle más que sus labios.

—Confía en mí.

Aquello era nuevo. Ese era el Víctor que solían ver los demás. El Jilguero. Ese que era zalamero pero honesto, cercano; de fiar, sí. Después de mucho dudar, Trinidad aceptó el brazo que le ofrecía y se aferró a él, confiada.

Víctor la condujo a una cantina concreta de esa calle donde se sucedían las tabernas. Trinidad la había visto alguna vez al pasar por Triana, pero no había tenido el gusto de entrar. La taberna de Berrinche hacía esquina con la calle de San Jorge y la de San Jacinto. Su fachada principal daba a la plaza del Altozano y era todo un espectáculo de ladrillo y azulejo. Se trataba de un edificio precioso de varias plantas y balcones de hierro forjado acristalados. El Berrinche era una de las tascas más antiguas de Sevilla, núcleo central de reuniones desde hacía mucho. Trinidad seguía sin entender qué hacían allí.

—¡Jilguero, dichosos los ojos! —le gritó una voz femenina.

Trinidad reconoció enseguida a Magdalena. La hermana adoptiva de Víctor estaba tocando las palmas en uno de los corrillos verbeneros, acompañada de Rosaura y Adelfa. Las dos mujeres de más edad se alegraron mucho de verlos juntos, pero la rubita joven tuvo que ahogar un puchero al descubrir que el estudiante estaba acompañado por la misma mujer con la que lo había visto la última vez. Trinidad sabía de sobra que no se hallaba allí en calidad de nada, pero no pudo evitar sentir un pellizco de orgullo al comprobar que su amigo levantaba tantas pasiones entre las mozas con las que se cruzaban.

—No me digas que has venido a obsequiarnos con unas coplillas —dijo Magdalena.

—No, claro que no —respondió Víctor—. Hoy hemos venido solo a bailar.

Trinidad se giró de sopetón hacia él y este la ignoró, igual que Magdalena.

—¡Quédeme muerta! Claro que sí, para qué si no se viene a una verbena. No sabía que supiera usted bailar el zorongo gitano, señorita Trinidad.

Ella amplió la sonrisa de sus labios y volvió a asentir de forma automática. Víctor aprovechó que las tres mujeres cotilleaban para preguntarle por lo bajo:

—¿Conoces el zorongo?

—Ni siquiera sé qué demonios es eso —masculló Trinidad sin abandonar su sonrisa forzada.

Víctor soltó una carcajada y la inglesa ya no estaba tan segura de que le gustase esa faceta de listillo suya.

—¿Cómo es que no la hemos visto antes por las verbenas del Berrinche, señorita? —preguntó Rosaura en un tono malicioso.

Trinidad y los demás enseguida entendieron por dónde iba la pregunta y les cambió el rictus.

—He oído que usted ennovió con el Burgués en el pasado.

La sola mención de Enrique hizo que a Trinidad le volvieran todos los males.

—¡Rosaura! —la amonestaron al unísono Adelfa y Magdalena.

Víctor apretó la mandíbula.

—Solo tenía curiosidad —se excusó ella, temerosa de la reacción del joven—. Se decía que la inglesa venía mucho por Triana.

—Sí, niña —le confirmó la más resuelta—, pero sabes que el Burgués no era de pasarse por aquí. Al menos no antes. En mi opinión, ha elegido un día peculiar para habituarse.

—¿Enrique está aquí? —preguntó Trinidad, que se había puesto pálida.

—Más o menos —respondió enigmática Magdalena.

A saber qué quería decir eso. Luego les señaló el interior del local. Trinidad y Víctor se miraron y sin mediar palabra decidieron que tenían que entrar. A la británica también le impresionó el establecimiento por dentro: los techos altísimos con sus lámparas exuberantes, la cantidad de hombres y mujeres repartidos por las mesas y la barra, charlando, bebiendo y picoteando pinchos de tortilla, chistorra y otros manjares. Las puertas y ventanas eran lo suficientemente amplias para bailar y seguir conversando entre risas con la gente de fuera. Sin embargo, Trinidad ya no sentía el ánimo en el cuerpo.

—Por favor, dime que Enrique no es la razón por la que me has traído a este lugar.

—Por supuesto que no —respondió Víctor con mucha seriedad, y miró a los lados como si temiera que los escucharan, lo cual resultaba difícil dada la algarabía—. Hemos venido por los asistentes, eso es cierto, pero no tenía ni idea de que él en concreto acudiría esta noche. Es una verbena y acaba de enviudar... Por todos los santos, ¡¿a quién se le ocurre?!

Trinidad no podía estar más de acuerdo; sin embargo, no tardaron en entenderlo. La inglesa también comprendió a quién esperaba encontrar Víctor. Enrique, Mincho y Nicolás estaban acodados en la esquina más apartada de la barra. A ella le horrorizó ver a su antiguo amor tan desmejorado y borracho. Nicolás el Triste lo acompañaba con el rictus que inspiraba su apodo y Mincho trataba de impedir que siguiera bebiendo.

—Dejadme ya, ¡diablos! —gritó el ceramista con la voz alterada—. Bastante tengo con encontrarme a toda la ciudad de fiesta. Si lo llego a saber, me hubiera quedado empinando el codo en mi casa. Bueno, la que era mi casa. —Se carcajeó haciendo más patente su estado de embriaguez—. ¡Ya van dos! Se ve que estoy destinado a que me la quiten.

—¿Don Roque te ha echado de la vivienda de la calle Pureza? —preguntó Trinidad, que se había acercado al grupo con Víctor a su lado para que el barullo no les impidiera escucharlos.

Los tres se volvieron y se asombraron al ver a la pareja. Enrique los observó con cara de asco.

—¡Mira, los que faltaban! Sí, Trinidad —dijo él—, mi suegro tiene sed de venganza y amenaza con quitarme hasta el taller. He oído que tu marquesa lleva unos días enfadada contigo. ¿Vosotros también habéis venido a ahogar las penas? Dado lo arreglados y risueños que llegáis, lo dudo, pero si es el caso, ya veis que no es el mejor ambiente para hundirse en la miseria.

—Por Dios, Enrique…

A Trinidad le dolió encontrarse con esos ojos azules tan vidriosos. Él apartó la cara y evitó su mirada, avergonzado sin duda por que lo hubiese pillado en un estado tan lamentable.

—Tampoco es que estéis en una situación como para celebrar nada —masculló Nicolás el Triste—. A saber qué estáis tramando.

—Tenemos todo el derecho del mundo a disfrutar de la verbena —replicó Víctor, manteniéndole la mirada. Y, sin soltar a Trinidad, se dirigió a Enrique—: Todos sentimos el fallecimiento de la señora De Benavides, pero, más allá del luto, no tenemos nada que lamentar.

—No es eso lo que dicen en los mentideros —dijo el sindicalista con el tono más hiriente que pudo. Parecía afectado de una forma muy particular.

Enrique miró a Trinidad de soslayo. Ese gesto y el comentario de Nicolás Descalzo le dieron a entender a la británica que seguramente no era el único que pensaba que su presencia era inapropiada, más teniendo en cuenta que había llegado del brazo de un joven caballero y que su supuesto amante estaba allí bebiendo como si no hubiera un mañana. Entonces afloró la parte más humana de Trinidad, que antepuso la tristeza del ceramista a todo lo demás.

—Enrique, siento mucho lo que ha pasado. Lo siento de corazón. Pero no debes permitir que esto te hunda. Ni mucho menos que te impida seguir haciendo lo que más te gusta hacer. Habías decidido colaborar en el proyecto de la Exposición.

—De modo que eso era —intervino Nicolás—. No se te escapa una, Jilguero. Sabes que mi gente se suele reunir aquí y esperabas encontrarme. Ya me dijo Mincho que os llevasteis un disgusto al no verme en la fábrica de La Cartuja esta mañana.

El aludido se disculpó ante ellos con la mirada, tratando de mantenerse al margen. Trinidad observó a Víctor, que seguía en silencio, y aprovechó esos momentos para mirar a su alrededor. Se dio cuenta de que había bastantes personas estratégicamente situadas observándolos de lejos. El Berrinche hacía las veces de centro de reuniones del Sindicato de Peones Albañiles.

—No sé a qué te refieres, Triste —replicó Víctor, muy serio—, Trinidad y yo hemos venido a bailar.

El Triste soltó una risotada mordaz.

—No te negaré que nos llamó la atención que no estuvieras en La Cartuja, del mismo modo que también nos asombró que no fueras a la última reunión con el resto de los responsables de la mano de obra que intervendrá en el proyecto.

—Habrá que ver si vuestra tan ilusionante Exposición se hace al final —dijo el Triste sin disimular el disgusto que sentía—. Me dan bastante igual esas dichosas reuniones que no llevan a ninguna parte. No estoy de humor para seguir ilusionándome con fantasías y, si puedo, no permitiré que otros pobres desgraciados lo hagan tampoco.

«Oh, cielos. Con que eso ocurre», comprendió Trinidad. «Están convencidos de que la Exposición Hispanoamericana no se hará». La inglesa no salía de su asombro. ¿Ese era el problema? Nicolás parecía afectado. Siempre había mostrado un carácter combativo, pero esos días se le notaba especialmente molesto, rabioso, casi dolido, como si de verdad hubiese perdido la fe en todo lo que creía.

—¿Dónde están los contratos? —insistió el sindicalista—. ¿Dónde están los cuartos para invertir en materiales e ir preparando los terrenos? De momento, todo, todo ha sido una promesa incumplida tras otra. ¿Sabes quiénes sí llevan viendo el parné desde hace tiempo, Jilguero? Los comisarios de la Exposición como Gestoso, el insufrible conde de Urbina o vuestro querido Aníbal. Incluso vosotros dos. —Ambos quisieron interrumpirle, pero él no les dejó—: ¡Maldita sea mi estampa! No sé cómo he aguantado tanto, hasta el listillo de Luca de Tena es un burdo embustero.

—Mincho, dile que exagera —le rogó Víctor—. Sabéis que el proyecto es una realidad.

El joven pelirrojo parecía haber perdido la alegría además de la melena.

—El proyecto puede, lo que promete… es otro cantar, Jilguero.

Víctor frunció el ceño, no se esperaba el escepticismo de Mincho. Enrique guardó silencio como si supiera los motivos que habían propiciado aquella desconfianza.

—Cuando los pactos empiecen a cumplirse, creeremos, futuro arquitecto —prosiguió Nicolás—. Pero nada, ¡nada!, vosotros a lo vuestro. Porque habéis venido a bailar, ¿no? Porque los lutos y las miserias ajenas no van con vosotros, ¿verdad?

Los dos hombres se fulminaron con la mirada.

Víctor tomó la mano de Trinidad y la arrastró hacia el corrillo más cercano, donde varias personas danzaban por sevillanas. Él la miró preocupado, recordando que ignoraba algunos bailes, pero ella lo tranquilizó con un asentimiento: esos los conocía. No es que fuera muy diestra, pero su madre le enseñó lo suficiente para defenderse. Le preocupaba más el estado de Víctor, que parecía dolido. Como si sus amigos le hubiesen rechazado de la forma más denigrante. Trinidad conocía esa sensación.

—Podemos irnos si quieres —le dijo en pleno giro, cuando se encontraron a mitad de camino—. He entendido al momento que este era el propósito de venir, ver al Triste y averiguar qué ocurría. —Otra vuelta; en esa se rodearon el uno al otro la cintura con un brazo sin tocarse—. Está más alterado de lo que esperaba, casi irreconocible. Pero ya hemos cumplido con nuestro objetivo, Víctor.

—Quiero bailar contigo —dijo él sin más.

Trinidad se sonrojó. Se notaba que al estudiante no le habían dejado indiferente las palabras del Triste, un hombre a quien había admirado siempre; aun así, sus dotes de bailarín eran asombrosas: ejecutaba los pasos con la misma destreza que cantaba. Ella deseaba corresponderle. De pronto volvió la cabeza hacia la barra y descubrió que no les quitaban el ojo de encima, especialmente Enrique, como si la detestase por acompañar a Víctor esa noche. Aun así, decidió bailar sin lamentarse.

En esos momentos, sin embargo, el estilo de música cambió. A Trinidad le pareció que se sumaban algunas castañuelas más y varias trompetas en las que ni siquiera había reparado. Jamás había oído ese estilo de música.

—¿Tampoco has escuchado nunca un pasodoble? —le preguntó Víctor, preocupado.

Trinidad negó.

—Podemos marcharnos si quieres.

Ella volvió a negar.

—Me dejaré llevar.

La británica se ofreció con las palmas abiertas, dando a entender que agradecería que le indicase lo que debía hacer. No se esperaba que Víctor se pegara a ella y la tomase de la mano y de la cintura, como en una danza más clásica. Era un baile de contacto. Por un instante, le recordó a los valses que vio bailar a su padre y a su madre más de una vez. Pero ese baile era mucho más provocador. Trinidad tragó saliva. No sabía cómo enfrentarse a los ojos negros de Víctor cada vez que la tocaba y la conducía en esos movimientos sugerentes. Lo mismo se separaban para erguirse y girar, que se aproximaban tanto como para percibir el roce de sus respectivas respiraciones. Los costados pegados, avanzando por la pista, sin perder el contacto visual. La británica hizo lo que pudo por imitarle, por estar a la altura. Se sintió muy torpe al principio, pero no tardó en soltarse, en dejarse mecer por él mientras notaba el calor de sus dedos. Al poco les hicieron hueco para que se lucieran. Ella, en cambio, solo estaba pendiente de Víctor y de la sonrisa que se fue dibujando en su semblante concentrado. Estaban disfrutando.

La música se fue haciendo más lenta y contundente, hasta que la mano de Víctor le indicó que la canción debía estar por concluir, pues la giró sobre sí misma muchas veces y acabó tomándola por la espalda y la cadera para inclinarla hacia atrás. Trinidad permaneció quieta un segundo hasta que él volvió a alzarla. Ni siquiera los aplausos de los espectadores que los rodeaban la sacaron de la burbuja de energía que habían creado. Rompió a reír a carcajadas y Víctor se contagió de su risa.

Entonces se escuchó un fuerte ruido de cristales rotos.

Al mirar en dirección al escándalo, descubrieron que Enrique se había puesto de pie. Los observaba lleno de ira. Los trozos de vidrio y sus pies mojados evidenciaban que había sido él quien había estrellado su vaso contra el suelo. Un silencio tenso se extendió por todo el Berrinche. Trinidad le mantuvo la mirada a lo lejos hasta que el hombre salió del establecimiento como alma que lleva el diablo.

—Enrique, espera, por favor —rogó Trinidad, que lo había seguido sin pensar.

Ya en la calle, él le bufó y quiso ahuyentarla; ella comprendía que se había excedido.

—Sé que lo de ahí dentro no ha estado bien dadas las circunstancias. Víctor y yo hemos venido solo por ver a Nicolás.

—Trinidad, no empieces con esa dichosa cantinela —le dijo lleno de rabia—. Puede que yo estuviese ahogando mis problemas en plena verbena, pero al menos no me dio por ponerme a bailar.

—Lo siento, Enrique, yo... En eso tienes razón, pero no en cómo estás gestionando el duelo. No dejes que la muerte de Inés te envenene así.

—Es difícil cuando la culpabilidad pesa sobre tus hombros.

Se miraron fijamente. Muchas personas que estaban en la calle los vieron discutir y se quedaron a mirar. Ese tipo de peleas de pareja eran muy típicas en los saraos, el problema fue que algunos los reconocieron. Eso amainó los ánimos. Trinidad necesitaba que Enrique no sufriera más, al menos no por su causa.

—Habla conmigo. Entiendo que estés desolado, tienes motivos, pero…

—Olvidas que nos señalan con el dedo.

—Ni la desgracia más horrible justifica tu comportamiento violento y autodestructivo. Deberías venir mañana al despacho de don Aníbal, así te darías cuenta de que no tienes nada de lo que preocuparte profesionalmente.

—¡¿Por qué no lo dejas estar de una vez, mujer?! —terminó por exasperarse—. Mira que eres terca. Además de egoísta. ¡Cómo no! Te has buscado una distracción estupenda, y no me refiero precisamente a la Exposición.

Señaló a Víctor, que acababa de llegar hasta la acera donde ellos discutían, con Nicolás y Mincho a la zaga. Pese a que deseaba ser cruel, Enrique se expresó en inglés para que solo ella le entendiera:

—Primero yo y ahora un perrito faldero. Qué bien, Trinidad, parece que te van los imbéciles.

Trinidad y Víctor entornaron los ojos. Ella se ofendió por los dos, contestándole también en la lengua que ambos compartían:

—No le insultes. Ni tampoco te comportes de esta manera tan desagradable. Si tú no quieres participar como un miembro más del equipo de don Aníbal, al menos deja en paz a mis compañeros.

—Compañeros… —dijo Enrique y chasqueó la lengua, irónico, frenético—. Sí, seguro que vosotros dos sois solo eso.

Trinidad lo miró con las lágrimas a punto de sucumbir por sus mejillas. Dirigió un breve vistazo a Víctor, que permanecía a su lado callado y confuso. Lo compadeció porque era injusto, Enrique no decía más que necedades. Pero eso ya no era asunto suyo.

—Tú mismo terminaste con lo nuestro hace mucho tiempo, Enrique —dijo Trinidad después de tragar saliva y enjugarse las lágrimas—. Rehiciste tu vida con otra persona y no entiendo por qué te molesta tanto la idea de que yo también pueda hacer lo mismo.

El ceramista parpadeó varias veces, despacio. ¿Aquello quería decir lo que se estaba imaginando? Deseaba que fuese cosa del alcohol. La misma rabia lo llevó a fruncir el ceño y a apretar los dientes antes de volver a bramar.

—Si tienes alguna estupidez más que añadir, habla claro para que lo entendamos todos.

Enrique y Trinidad se sorprendieron de la intervención de Víctor, que además fue en inglés, lo cual les daba a entender que había seguido toda la conversación. La británica se puso roja hasta el nacimiento del pelo y su reacción despejó las dudas de Enrique. Constriñó tanto la mandíbula que pensó que se la partiría.

—No te tenía por un cobarde, Enrique —dijo Víctor en castellano.

Al instante, la respiración del ceramista se descompasó y fue directo hacia él. Víctor parecía deseoso de enfrentarse a Enrique, pues ya lo esperaba con los puños cerrados. Tuvieron que retenerlos: Mincho a su hermano y Nicolás a Enrique. Pese a ello, fue el Gallito quien se dirigió al Burgués, intentando convencerlo para que él y el Triste lo acompañaran hasta su taller:

—Venga, camarada, tú andas mejor entre trabajo y pintura que entre verbenas y alcohol.

—Demasiado tiempo hace ya que él no es de los nuestros, Benjamín.

Ni siquiera en semejantes condiciones, Nicolás fue menos duro con su amigo. Micho lo fulminó con la mirada, transmitiéndole que reprobaba la crudeza de su trato. El penoso estado de Enrique y la actitud dolida de Víctor y Trinidad llevaron al sindicalista a incluir a la pareja en sus críticas.

—Y ella, por más que intente serlo, tampoco lo es —dijo el Triste, señalándola despectivo—. No es más que otra señorita de buena familia que nos mira por encima del hombro. Ya sacó tajada de nuestra situación en el pasado y ahora la historia se repite. Parece que le agrade marear la perdiz haciéndonos creer que le importamos. De eso sabe mucho mi buen amigo el Jilguero, ¿verdad? Todavía recuerdo cómo la perseguías por los terrenos de La Cartuja.

Víctor y Trinidad se sonrojaron abochornados. Mincho riñó a Nicolás esa vez y Enrique sacudió la cabeza. Siempre había sido consciente de lo que algunos chavalillos de la fábrica pensaban de su novia. Le hervía la sangre. Recordaba perfectamente al Jilguero cuando llegó con doce años a La

Cartuja, él tenía dieciocho y le veía como a un hermano pequeño. Ahora el muy traidor le robaba vilmente lo que era suyo.

Los dos albañiles apartaron a Enrique de Trinidad y de Víctor. Cada uno lo cargó por un brazo para asegurarse de que no se volvía a abalanzar sobre nadie. La bebida y el cansancio lo habían alterado de veras.

—Cuanto más bajo te veo caer, más lástima siento por la memoria de la señora De Benavides —le dijo Nicolás—, y eso que su amor por ti la condenó del mismo modo que a ti tu ambición.

—No te atrevas a hablar de mi esposa, Nicolás.

El Triste ensombreció la expresión.

—Qué más dará ya.

Trinidad observó la escena desconcertada y luego miró a Víctor temiendo que hubiese entendido de verdad todo lo que ella le había querido decir a Enrique. Era cierto que habían tenido un escarceo en el momento más inadecuado, pero hacía mucho que su corazón no pertenecía al ceramista. Víctor se ofreció a acompañarla de vuelta al palacio de los Pickman sin mencionar una palabra sobre el asunto.

La mañana después, Trinidad se presentó a primera hora en casa de don Aníbal para comunicarle lo que habían averiguado hablando con Nicolás. Sin embargo, para asombro del arquitecto y de la británica, Víctor no solo no le había mencionado a su mentor la incursión en el Berrinche del Altozano, sino que había salido temprano de la vivienda para no encontrarse con nadie. Había dejado una nota informándoles de que pasaría la jornada en el parque de María Luisa. La mañana siguiente puso otra excusa. Y a la siguiente, otra. Don Aníbal no se lo explicaba. Trinidad, sí.

La estaba evitando. Era la única explicación posible.

Al cuarto día, Trinidad llegó a casa del arquitecto a la hora habitual, confiada en que se encontraría al equipo reunido como siempre, pero la recibió doña Ana sola con Pedro y los niños, y le contó que la subcomisión de Hacienda había convocado a su marido y al resto del equipo bien temprano y por eso no la habían avisado antes. No obstante, don Aníbal se había cruzado con Víctor cuando estaba a punto de salir y le había ordenado quedarse en casa a esperar que llegara ella, puesto que doña Ana debía salir a hacer unas diligencias con los niños y se llevaría a Pedro para acompañarla. Trinidad sintió que la angustia mordía sus entrañas. Eso quería decir que se quedarían Víctor y ella solos.

Todavía no se había recuperado de la vorágine emocional de la verbena. Esa noche, Cuevas se había quedado esperándola en la biblioteca, donde había compartido una copa nocturna con su tía, y se preocupó al verla llegar. «Por los clavos de Cristo, qué cara traes, criatura, ¿qué has hecho ahora?». La marquesa sintió que sus plegarias antes de que su amiga marchara esa noche no habían servido de nada. Trinidad dejó que rodaran las lágrimas amargas por su rostro y Cuevas abrió los brazos para ofrecerle su pecho como paño de lágrimas, demostrándole que el afecto podía convivir con el enfado. La británica le contó a grandes rasgos lo ocurrido, pero fue incapaz de confesarle que le había insinuado a Enrique que se estaba ilusionando con Víctor, entre otros motivos, porque no se lo había terminado de reconocer a ella misma, y porque se moría de vergüenza solo de pensar que el joven estudiante también lo había escuchado.

La esposa de don Aníbal acabó de prepararse para salir y Trinidad, ante la idea de quedarse a solas con Víctor, notó hasta náuseas de los nervios. No alcanzaba a explicárselo. Los años la habían vuelto decidida en su trato con los hombres; de hecho, nunca había tenido una reacción física así, ni había sentido tanta inseguridad, ni siquiera con Enrique, que fue su primer amor.

Al percibir su inquietud, doña Ana le hizo una caricia en la mejilla sin añadir nada.

—No sé qué ha pasado —se atrevió a aconsejarle Pedro justo antes de salir—, pero yo le diría algo al sabelotodo para que no termine enrareciendo su trabajo.

—¿Qué te hace pensar que yo tengo la culpa? —repuso Trinidad al darse cuenta de que se refería a Víctor.

—Solo se enfurruña así cuando discute contigo.

Trinidad calló; sin embargo, un visible rubor le cubrió las mejillas.

Cuando se marcharon doña Ana, Pedro y los niños, ella anduvo despacio por el pasillo de la casa hasta la alcoba de Víctor. Inspiró hondo, tocó la puerta y abrió sin esperar que le diera permiso haciendo gala del temperamento resuelto que la caracterizaba. Se lo encontró vestido con chaleco y corbata, leyendo sentado en un pequeño sofá que había junto a la estantería.

Él se limitó a saludarla con un escueto gesto de cabeza. Trinidad notó que estaba tenso.

«Lo sabe», se dijo. «O, por lo menos, lo ha entendido». Le dolió que esa fuera su respuesta.

—¿Vas a ignorarme a partir de ahora?

Víctor la miró confuso, lo cual la irritó.

—Tú mismo, lo digo solo por acostumbrarme. Ah, no, que ya me tenías habituada al mutismo.

—No sé a qué te refieres —dijo y volvió a concentrarse en el volumen que tenía en las manos—. Pero no es momento de discutir, Trinidad. Lo de Nicolás me dejó muy preocupado, y no hago más que pensar en una...

—Entendiste perfectamente lo que le dije a Enrique sobre nosotros, eso y no otra cosa es lo que te turba, el motivo por el que me evitas. Le llamaste cobarde, ¿y tú qué? ¿No tienes nada que decir?

Él alzó la vista del libro, sus impresionantes ojos negros le parecieron más profundos que nunca, como si le reprocharan cien cosas de mil maneras distintas. Sin embargo, ninguna tomó forma de palabra. Trinidad estaba al borde del colapso, lo cual despertó en ella algo muy perverso.

El hartazgo la volvió osada, anduvo rauda hacia Víctor y se sentó en el apoyabrazos del sofá más pegado a él, arrinconándolo contra el respaldo.

—¿Q-Qué haces? —preguntó Víctor, alterado por su inesperado movimiento.

—Obligarte a hablar.

—Lo dices como si mi silencio te ofendiera.

—Por supuesto que me ofende. —Apretó los labios, paseando sus ojos verdes por el bello rostro del joven—. El Jilguero te llaman, porque dicen que no paras de parlotear y de cantar. Yo apenas he podido constatarlo, porque por lo visto soy la única a la que tratas de un modo diferente.

Su cercanía hizo que las pulsaciones de Víctor se dispararan, así que intentó alejarse, pero ella no le dejó. Se dejó caer sobre él con las manos posadas en su pecho. El aroma a azahar envolvió al joven.

—Así que, si vas a rechazarme, prefiero que lo hagas cuanto antes, porque no soporto más tus idas y venidas.

Víctor parpadeó descolocado, no daba crédito a lo que oía. Volvió a flaquear al notar que ella se pegaba todavía más a su cuerpo. Le desarmó su repentina expresión compungida.

—Eres un absoluto misterio para mí. Con esa mirada tan viva, esa pose distinguida cuando quieres, ese cuello de ave. También…

Los dedos se deslizaron hacia arriba, pasando por encima de la corbata. La nuez de Víctor se contrajo al tragar. Trinidad llegó a su barbilla y le acarició el labio inferior con el pulgar.

—… veo una boca muy sugerente, que conmigo prefiere mostrarse fría como el hielo.

Él blasfemó. Atrapó su mano y tiró. Cuando Trinidad quiso darse cuenta de qué acababa de pasar, estaba tumbada en el sofá bocarriba, con Víctor sobre ella. El joven la aprisionaba con el peso de su cuerpo. Sus ónices la observaban con tanta intensidad que Trinidad sintió que le faltaba el aire.

—Sabes que el hielo puede quemar más que el fuego,

¿verdad? —le susurró sereno, pero con la respiración entre-cortada.

—Más quisiera, hace demasiado tiempo que soy incapaz de arder.

—Discrepo.

Dicho eso, Víctor se inclinó hacia ella. Pareció que iba a besarla, apenas rozó sus labios con el aliento, pero en el últi-mo momento se decantó por su cuello. Muy despacio, tor-tuosamente despacio, le pasó la lengua desde la clavícula hasta la base de la oreja derecha. Ese reguero húmedo y ca-dencioso llegó a un punto muy concreto. Exacto, perfecto. Trinidad jadeó cazada. Esa zona era su parte más sensible, secreta incluso para el único amante que había tenido. Aun así, Víctor la tenía más que estudiada. La británica se solía acariciar el lóbulo de la oreja cuando estaba inquieta; en rea-lidad, el hueco de justo detrás. El joven había deseado cada una de esas veces acariciarla, besarla, lamerla. Al notar cómo se estremecía Trinidad, sonrió satisfecho e intensificó el ges-to, mordiéndola con suavidad. Ella volvió a gemir, presa de una plenitud desconocida.

—Para ser tan ignífuga, qué fácil ha sido hacerte combus-tionar —le dijo entre dientes. Él era así, podía dominar lo que fuera, aunque jamás presumiría de ello; sin embargo, en ese momento necesitaba como el respirar que ella entendiera que estaba más que preparado para desmentir sus absurdas supo-siciones—: ¿Ignorarte? ¿Rechazarte? ¿Yo? Como si pudiera. Y menos después de… —aspiró su aroma mientras paseaba la mirada por toda su figura; esos ojos negros se habían con-vertido en cerillas a punto de prender de verdad cada porción donde se posaban— que me lleves al límite. Te gusta ponerme a prueba, Trinidad, y te aseguro que puedo encarar cada uno de tus envites. No creo que guardes para mí ya ningún secreto.

La atención era la mejor maestra, y Víctor era experto en prestársela a Trinidad. Sin embargo, no era consciente de que se había sentido afrentada por su decisión de tomar distancia, pensó que lo agradecería. Se había equivocado. Creía que podía haber malinterpretado lo que interceptó de su conversación con Enrique, porque tampoco dominaba el inglés. Víctor a veces era torpe para descifrar los sentimientos de Trinidad, pero leía su cuerpo a la perfección. Lo deseaba.

La boca del estudiante pareció tomar vida propia y demostró la verdad de todas sus palabras, fundiéndose por fin con la de Trinidad. Fue un beso lento, húmedo, indecente, y a la vez cargado de devoción y de promesas de ternura.

Trinidad, por mantenerse en sus trece y demostrarle que todavía había mucho que desconocía de ella, llevó la mano suavemente a una parte muy concreta de la anatomía masculina. Víctor tuvo que dejar sus labios, ese tacto meloso lo hizo liberar un jadeo ronco. La excitación desatada por lo inesperado del gesto.

Él se separó un poco de ella.

—Discrepo —murmuró Trinidad, más seria que pudorosa.

Por un instante pensó que lo había espantado, que la tacharía de indecorosa o algo peor. No se esperaba que Víctor endureciera la expresión ni que buscara sus muslos para alzarla, sin dejar de mirarla a los ojos; casi tuvo que ahogar un grito. Con ella en brazos, el estudiante fue hasta la cama y se dejó caer de espaldas contra el cabecero y los almohadones.

La contempló desafiante desde abajo. Trinidad dudó un instante con las manos apoyadas sobre sus hombros. Veía muchas cosas en ese rostro hermoso, su expresión era una respuesta a su gesto osado, parecía decirle: «¿Crees que me asustas? Te reto a que hagas lo que te plazca, lo aguantaré. Eso es justo lo que deseo».

Trinidad cerró los ojos un momento. Luego le dedicó una sonrisa diabólica. Sus piernas se acomodaron mejor encima de él, percibiendo su ardor. Sin dejar de sostenerle la mirada, le deshizo el nudo de la corbata, le desabotonó el chaleco y la camisa, y acarició su pecho en sentido descendente, arañándole un poco en el camino, haciéndolo suspirar. Víctor era tan hermoso como suponía. Por su forma de ser y por sus reacciones. Trinidad no se detuvo al pasar el ombligo, porque él no se lo impidió, y lo libró de la botonadura de sus pantalones con la misma cadencia, para terminar de exponer su desnudez. Él sintió bastante pudor, ya no había manera posible de disimular su excitación, pero estaba demasiado ocupado contemplando cada movimiento que las hábiles manos de Trinidad le dedicaban a sus partes más sensibles. Víctor se quedó quieto, consintiendo que ella hiciese con él lo que quisiera. Apretaba los dientes y se dejaba hacer, resoplando y conteniendo las ganas de cerrar los párpados, de abandonarse a esa bendición. Solo se permitió agarrarla de las caderas cuando sus caricias se hicieron más rudas, pero ni muerto apartaría la mirada. No cuando parecía que ella también estaba disfrutando tanto como él, lo cual lo tenía fascinado.

Trinidad percibió su lucha interna y sonrió halagada por la libertad que le estaba concediendo. Sintió que solo Víctor aceptaba esa parte de su ser, esa que estaba deseando explorar, el anhelo de profundizar en lo que dos cuerpos podían compartir sin juzgarse. Ese encuentro estaba siendo una sedosa caricia entre dos almas afines.

Entonces ella lo soltó y se deslizó un poco hacia atrás, para inclinarse. Sin mediar palabra, atrapó despacio su excitación con la boca. Víctor jadeó por la impresión de lo que veía y por las sensaciones desconocidas. Lo encontró tan delicado como pecaminoso, una maravilla. Sintió que perdía la cabeza. Estaba a punto de abandonarse, fue el único momento en que movió las manos, pero ella le retuvo las muñecas en un gesto dulce, acariciándole las palmas con los pulgares en pequeños círculos. Quería que la dejase hacer. Víctor no pudo contenerse más y liberó las manos para hundir los dedos en sus muslos. Trinidad se recreó en el sabor de su placer y se incorporó para deleitarse en su rostro alborozado al terminar, sobrepasado por lo que acababa de hacerle. Ella misma estaba gratamente sorprendida.

Víctor estaba agotado, en cuerpo y mente. No estaba preparado para ver cómo Trinidad se lamía los labios orgullosa. En ese instante supo que seguiría prestándose a todo lo que ella desease, aunque fuera atormentarlo hasta que suplicara clemencia.

Luego ella se quitó el vestido por la cabeza y lo arrojó lejos, quedándose con el corsé y la falda interior; ambas prendas eran bastantes ligeras y dejaban muy poco a la imaginación. Víctor se zambulló en esa visión; notó que le agarraba las manos para gobernarlas y rezó por que ambos estuvieran pensando en lo mismo. Le tentó guiándolo por todo su busto y su cintura, mostrándole el estremecimiento que le provocaba su contacto. Acabó introduciendo las manos por debajo de la tela del dobladillo, para dejarlas posadas donde acababa su espalda y empezaban sus piernas.

Él quiso palpar el contorno de sus nalgas y ella le mordió el labio inferior, rogándole sin palabras que mantuviera los dedos fijos ahí. Víctor estaba encantado con la idea. Trinidad se alzó ligeramente para apartar la ropa interior que los separaba y volvió a pegarse a él. El joven no se dio cuenta de que estaba excitado de nuevo hasta que la sintió piel contra piel. Los roces se hicieron más íntimos; las manos, obedientes.

Un edificio y sus azulejos terminando por encajar.

Trinidad se inclinó hacia delante, buscando un ángulo de fricción concreto, y le rodeó el cuello con sus brazos, hundiendo los dedos en su precioso plumaje. La intención fue mejorar el agarre, pero sus ojos negros embelesados y el sonrojo de sus mejillas le confirieron una ternura extrema a ese encuentro carnal. Los labios de Trinidad buscaron los de Víctor con la misma entrega que les había poseído en el sofá. La humedad y el calor concedieron a ese beso la misma cadencia tórrida que estaban compartiendo sus caderas.

La británica se separó apenas unos centímetros para dar margen a los jadeos, para evaluar su reacción por el ritmo que le estaba imponiendo. Danzaban coordinados. Apoyó frente con frente, clavó su mirada en la de él. Víctor leyó claramente en el verde de sus ojos lo que ella le ordenaba: «Vas a decirme lo que piensas sobre mí. Con palabras, con tu cuerpo, como te dé la gana, pero vas a confesarme todo lo que te has estado callando durante estos últimos años».

Y Víctor supuso que la conversación sería larga, pues se lo diría de cada forma que sabía.

22

Octubre de 1911

A Víctor le vino a la cabeza un recuerdo del verano que vivió en Madrid. Tenía veintidós años y estaba en la casa de campo de los Gómez Millán, los suegros de don Aníbal. Había encontrado un lugar confortable a la sombra de un manzano donde sentarse a dibujar. Esbozó un retrato. Era una joven de rasgos llamativos. Víctor se los sabía de memoria. Desde que había aprendido a dibujar no había dejado de retratar a Trinidad cada vez que tenía ocasión. Sin embargo, el de ese día, la mañana después de haber intimado por primera vez con una mujer, era especial. La noche anterior había conocido a una tabernera vivaracha. Se lo pasaron muy bien juntos, pero cuando se quedó solo, la amargura le asaltó. Antes de marcharse, la joven le había propuesto retozar de nuevo otra tarde, pero él lo declinó, educado aunque rotundo. No había superado a Trinidad, o, al menos, la frustración de haber amado tanto sin ser correspondido. No había vuelto a sentir lo mismo por nadie, y empezaba a pensar que jamás lo haría.

«La esperanza es lo último que se pierde», reflexionó. «Pero el verdadero amor es una adicción difícil de superar».

—Supuse que estarías aquí.

Víctor levantó la cabeza al escuchar aquella voz y comprobó que su mentor se había acercado hasta el recodo del jardín donde se había refugiado.

—Doña María Dolores no sabe ya cómo explicarte que eres su invitado —le dijo el arquitecto sonriendo—. Por mucho que te guste ordenar tu habitación o la biblioteca, al menos podrías dejar lo de cortar la leña al servicio de la casa.

Víctor se contempló descamisado junto al montón de madera que había preparado bien temprano. Doña Ana y sus padres le habían dicho cientos de veces que no tenía por qué hacer nada a cambio de vivir con ellos. Era uno más de la familia y su labor era estudiar, lo cual, le aseguraban, ya era suficiente. Víctor no lo veía así.

—Algunos viejos hábitos no cambian.

Don Aníbal se inclinó para ver qué había dibujado.

—No, ya veo que no —le dijo burlón.

El joven resopló y pasó la página de su cuaderno para que la ilustración quedase oculta.

—¿Esa es la moza británica de Sevilla que se marchaba de La Cartuja cuando nos conocimos? —preguntó el arquitecto—. Me contaron que estaba en relaciones con un ceramista de Triana. Sabía que eras un romántico, Víctor, pero no tanto.

—Eso fue hace mucho tiempo —le cortó incómodo—. No hay nada más estúpido que entregar tu corazón a una mujer que no te corresponderá nunca.

—Un poco tarde —expresó su mentor con una sonrisa compasiva.

Aquellas palabras se le quedaron grabadas como una profecía cruel.

Víctor se había acordado de aquella conversación mientras observaba a Trinidad dormitando desnuda junto a él. Parecía feliz enroscada entre sus sábanas. Se fijó en el precioso hombro descubierto, en las marcas que sus dientes le habían dejado, un camino de muescas entre el centro de la espalda y el punto mágico del lóbulo de la oreja. Víctor suspiró recordando el momento exacto en el que se las hizo. Había creído que Trinidad le exigiría que permaneciera inmóvil todo el tiempo, pero en cuanto le susurró que se dejara llevar, Víctor perdió la cabeza y se convirtieron en un huracán de manos, besos y jadeos descontrolados. No quiso dejar ni una porción de su cuerpo sin probar y cada vez que ella le volvió a pedir algo, él la obedeció gustoso. Víctor no se consideraba un donjuán, nunca había servido para eso: le sobraban dedos de una mano para contar las mujeres con las que se había encamado. Dos habían sido encuentros puntuales y fugaces, sin grandes pretensiones. Hasta entonces había pensado que tenía la experiencia suficiente para dominar la dinámica básica, pero después de lo que había compartido con Trinidad, se sintió bastante ingenuo. Su ninfa no era un hada indefensa, sino una mujer ardiente y entregada. Era tan especial como siempre había intuido y se sintió afortunado. Al erguirse, notó un escozor en el pecho. Comprobó que tenía sus uñas señaladas. Los pectorales y la clavícula no eran el único lugar que Trinidad había marcado. Prefirió evitar mirarse para que no le asaltaran más escenas. Le quedó claro que a la inglesa le agradaba su anatomía, no había tenido reparos en demostrarlo. Pero por mucho que él le gustase a ella, jamás podría competir con lo que Trinidad le hacía sentir.

Despertar en los brazos de tu diosa después de haber retozado con ella durante horas no era una experiencia corriente. No pudo evitar mirar a Trinidad como si fuese algo aterrador. El temor era estar soñando, haberlo soñado todo. Había imaginado muchas veces aquella situación, tantas que había perdido la cuenta. La realidad había superado sus fantasías. Eso le atormentaba. Ella solo despegó los labios de su piel o de su boca para pedirle mayor intensidad, para exigirle otras atenciones. Él, en cambio, solo habló para adularla. La diferencia fue más que evidente. Se le había escapado sin cesar lo hermosa que la encontraba, cuánto adoraba su olor, lo desesperado que estaba por sentirla aún más. Cada beso, cada roce, cada bocado le sabía a poco. Por más que la hizo gemir o ahogar su nombre, le supo a poco.

Y sabía bien por qué. Se había condenado. Otra vez.

Víctor se frotó la sien.

Menos mal que no dijo eso que no debía decirle bajo ningún concepto. Eso mucho más violento e impropio que todas las palabras morbosas que habían intercambiado.

—Hola —susurró Trinidad para hacerle saber que estaba despierta.

Habían caído extenuados a media tarde, cuando el silencio reinante en la vivienda les dio la tranquilad de remolonear. Ella se notó algo entumecida al desperezarse y, al incorporarse, algunas partes de su cuerpo se quejaron un poco, lo cual le agradó, porque era la prueba de que todo había sido real. Alargó un brazo y acarició los músculos del costado de Víctor. Él retuvo su mano para que no volviera a alcanzar su zona más íntima. Trinidad se lo tomó como pudor y rio divertida. Víctor le dio la espalda con suavidad.

Ella abandonó toda contención. Lejos de su mirada oscura, sonrió melosa, rodeó su cintura y abrazó su pecho desde atrás; luego apoyó la mejilla en su hombro.

A Trinidad le tranquilizó que Víctor ignorase lo que significaba ese gesto. El joven, en cambio, cerró los ojos, frustrado. Devastado. No había soledad más grande que estar con quien amas sabiendo que no te ama ni te amará jamás.

Ella se inquietó al notar que este se levantaba de la cama.

—Deberíamos vestirnos —dijo Víctor, serio—. Doña Ana puede volver en cualquier momento con sus hijos. Los demás también. Es mejor que esto quede entre nosotros.

«¿Esto?», repitió para sus adentros Trinidad.

Lo miró desconcertada, pero él evitó su rostro. Se puso los pantalones de espaldas. El impacto de la súbita distancia fue tal, que la británica se cubrió con las sábanas y procedió a vestirse con el runrún de la duda atormentándola.

¿Para él no había sido más que un arrebato de pasión?

Eso exactamente fue lo que pensó Víctor, que para Trinidad aquello no había sido más que un encuentro carnal. ¿Qué si no podía ser, dada su historia? Él, entre gemido y gemido, caricia y caricia, casi cien veces había estado a punto de decirle eso tan obsceno y desagradable que jamás podría confesarle, inseguro de cómo reaccionaría o le trataría a partir de entonces si lo hiciera.

Trinidad y Víctor habían hecho bien en vestirse, porque don Aníbal y su equipo se presentaron en la vivienda apenas una hora después. La británica agradeció la distracción de que les contaran lo sucedido en la subcomisión de Hacienda. Pese a que el conde de Urbina formaba parte de la misma, a Trinidad le sorprendió gratamente enterarse de que el caballero estaba promoviendo la instauración de una suscripción pública abierta para conseguir un mayor número de adhesiones al proyecto de la Exposición que permitiese una mejor financiación.

No cabía duda de que muchos aspectos de la iniciativa seguirían sin convencer a Nicolás el Triste y a sus sindicalistas; para empezar, que sus efectos no se notarían hasta mucho más adelante, y también que fuera una propuesta de don Federico, que no pensaba renunciar a su elevado sueldo. No se podía negar que, si bien había signos de que el aristócrata estaba tomando conciencia de la situación precaria de los trabajadores sevillanos, también le seguía faltando mano izquierda.

Cuando ella buscó la complicidad de Víctor, se encontró con que este evitaba mirarla al hablar con don Aníbal, Soto y Montalván. El arquitecto y los maestros, convencidos de que la pareja seguía reñida, hacían ver que no se percataban por discreción. Trinidad, angustiada, empezó a asumir que su encuentro fogoso lo había complicado todo aún más.

Varios días después, las cosas no habían cambiado; Víctor seguía muy tenso y distante con ella. El trabajo en la Exposición no lograba distraer a Trinidad y sentía que su angustia era mayor cada jornada.

¿Tal vez se había excedido con él? ¿Quizá se dejó llevar demasiado? Tenía que haber sido eso. Seguro que la había tomado por una fresca, capaz de hacerlo con cualquiera. Hubo una época en la que un par de caricias bastaban para tentarla, una nociva debilidad que, por fortuna, había quedado muy atrás. No podía negar que había sucumbido cuando Enrique le demostró que la seguía deseando, pero con Víctor no había sido así. En absoluto.

¿De veras Víctor no entendía que si se había dejado llevar había sido solo porque se trataba de él? ¿Que fueron su mente y su alma, no su cuerpo, los que provocaron que ella se derritiera entre sus brazos?

Trinidad no clamó al cielo ni rogó la mediación divina, tampoco se atrevió a abrir la libreta de Brígida por temor a que le dijese algo que no deseaba oír. Seguramente, ya se estaba riendo de ella allá donde estuviera. La señora dejó escritas algunas reflexiones sobre las relaciones pasionales, a cada cual más deprimente. Una la recordaba bien:

Pocos caballeros son capaces de amar a una mujer apasionada, pero nosotras tampoco necesitamos mediocres que nos hagan perder el tiempo.

Esa era la que más perturbaba a Trinidad. Hasta entonces no la había entendido del todo. Nunca hubiera imaginado que Víctor reaccionaría como lo había hecho después de lo que habían compartido. Era cierto que fue ella la que lo puso contra las cuerdas, exigiéndole que la rechazara o que la aceptara de una vez, pero... Suspiró.

«Qué cruel es la pasión, que se disfraza de romance cuando le conviene».

Trinidad cerró los ojos con fuerza y se pellizcó el entrecejo.

—¿Te duele la cabeza, querida? —le preguntó Cuevas, preocupada.

—No, no —respondió casi con apuro—. Es solo... una leve fatiga.

Ese día la marquesa la había acompañado a la casa de don Aníbal y ambas se habían instalado en el salón. Trinidad les había cedido el espacio del despacho a los cuatro hombres, más por dejar de ver a Víctor que por tomarse un descanso, como le había dicho al arquitecto y a los ceramistas. La británica estuvo hablando con la marquesa, con Pedro y con doña Ana largo rato, hasta que estos se retiraron a sus quehaceres y dejaron solas a las dos amigas. Ahora que había recuperado la cordialidad con Cuevas, Trinidad se maldecía por haber echado a perder su relación con Víctor. Tenía un talento natural para espantar a quienes quería.

Pensaba que la aristócrata sevillana querría escuchar los pormenores de los desencuentros entre el conde de Urbina y el Sindicato de Peones Albañiles, sobre todo porque afectaban a sus trabajadores de La Cartuja, ya que en general los ánimos estaban muy caldeados.

Pero, una vez más, la marquesa salió por donde menos sospechaba:

—Doy gracias al cielo por que tu desagradable recaída carnal con Enrique quedara en algo anecdótico.

—¡Cuevas! —la riñó Trinidad.

—Compréndeme, querida, llegué a pensar que la viudedad del infeliz podría nublarte el juicio del todo —explicó la marquesa, que seguía sin darse cuenta de la indiscreción que estaba cometiendo al hablar de ese tema allí—. Ese pudo tener la crianza que fuera, pero es evidente que se embruteció de manera irremediable, porque volvió a prosperar y se quedó igual. Víctor es lo opuesto, se crio prácticamente en la calle y ahí lo tienes, convertido en la viva imagen de la educación y la elegancia. Me alegra que hayas encontrado un buen mozo que te distraiga de la idea nefasta a la que estabas a punto de lanzarte de cabeza.

Trinidad se sonrojó al pensar que esa distracción había ido mucho más allá de lo que su amiga imaginaba. Agradeció más que nunca que nadie las escuchara.

Sin embargo, sí que las escucharon.

Víctor estaba escondido tras el quicio de la puerta. Había estado a punto de entrar para ofrecerles un té por petición de doña Ana. Con la mandíbula y las manos bien apretadas, contuvo la pena que le abrasaba la garganta.

No se había equivocado. Acababa de confirmar sus peores suposiciones. Una parte de él se estuvo riñendo esos días por ser tan pesimista, por ponerse en lo peor y dudar de las intenciones de Trinidad. Pero no, no se había equivocado. Eso era él para ella, una distracción para no recaer en quien de verdad le importaba. Había hecho bien en marcar las distancias e interrumpir sus relaciones con Trinidad.

Enrique, siempre Enrique.

«Qué bien, Trinidad, parece que te van los imbéciles», había dicho el ceramista.

Sí, así se sentía Víctor. Un completo imbécil.

Notó que una lágrima escapaba a su control y brotaba directa del párpado al suelo.

El joven se planteó salir y saltar ofendido. La había creído suya mientras la poseyó en su lecho. ¿Cuántos necios como él habrían caído en ese mismo error a lo largo de la historia? Gracias a eso no se sintió tan desolado y miserable.

Aunque dolía, vaya si dolía. Sintió que el corazón se le rompía en mil pedazos. Menos mal que no se lo había dicho. Entre gemido y gemido, caricia y caricia, casi cien veces, casi mil veces estuvo a punto de decirle eso tan hediondo que jamás podía confesarle.

«Te amo. Te amé hace años y te amo hoy con todo mi ser. Jamás he dejado de hacerlo. Y ahora que te tengo entre mis brazos sé que nunca dejaré de amarte mientras viva».

Notó que alguien lo agarraba de la chaqueta. No se esperaba que Pedro Navia lo encontrara allí. El muchacho lo miró preocupado, no había escuchado la conversación de las mujeres, pero sí se percató de la tristeza de Víctor cuando atravesaba el pasillo de la vivienda. La preocupación de Pedro devolvió al joven a la realidad. Inspiró profundamente por la nariz y le dedicó una sonrisa forzada. Tenía todo el derecho a estar triste y penar por su alma destrozada de rabia e impotencia, pero no podía alarmar a los demás ni perjudicar su trabajo. Diez años de dolor habían sido más que suficientes.

A veces no podemos tener al amor de nuestra vida, concluyó. A veces, el amor de nuestra vida anda entretenido con otra persona que no la merece.

A pesar de su juventud, Pedro percibió el volcán de emociones que bullía en el interior de Víctor. Sin embargo, el sonido de la puerta interrumpió sus intenciones de preguntarle y las voces de doña Ana alertaron a todos cuantos se hallaban en la casa. Don Aníbal se apresuró a salir del despacho con Soto y Montalván a la zaga.

—Querido, es la Guardia Civil.

Dos agentes del orden saludaron al arquitecto, así como a su discípulo y a los tres ceramistas que también estaban en el pasillo. Sus trajes azules de pechera roja y detalles plateados resultaban tan intimidantes como sus expresiones inflexibles. Justo en ese momento, Trinidad y Cuevas se asomaron por la puerta del salón, gesto que aprovechó uno de los guardias para dirigirse a ella:

—¿La señorita Trinidad Laredo?

Ella asintió confusa. El guardia más corpulento se adelantó y la tomó del brazo.

—Le ruego que nos acompañe.

—Necesitamos tomarle declaración como principal sospechosa del asesinato de doña Inés de Benavides —informó el otro.

23

Noviembre de 1911

Pese a las objeciones que pusieron todos los presentes, Trinidad tuvo que acompañar a los dos guardias civiles en su automóvil. Siempre había pensado que la primera vez que se subiría a un trasto de esos sería en circunstancias más agradables, o, por lo menos, asociadas al ocio y no a una obligación tan incómoda. Con gusto habría acompañado al rey don Alfonso en su Hispano-Suiza. El vehículo de la Benemérita no dejaba de ser encantador, como una pequeña cabinita de metal oscura suspendida por dos pares de ruedas y con dos grandes faros a modo de ojos. Al volante había un tercer hombre uniformado que gastaba una expresión aún menos amigable que los que la custodiaban.

El destino, el cuartel de la Guardia Civil de la Cava.

Don Aníbal y Víctor trataron de impedir que se la llevaran como a una vil criminal. Cuevas armó un escándalo e incluso recurrió a su apellido para advertirles que se cuidasen de humillar a una amiga suya. Nadie entendía por qué la llevaban al cuartel de la Cava cuando había otras comisarías más cercanas y sobre todo más adecuadas para recibir a una invitada de la marquesa de Pickman y colaboradora del prestigioso arquitecto Aníbal González.

Al final, los guardias civiles tuvieron a bien explicarles que el cuartel era el correspondiente al barrio donde residía el otro arrestado, al que tenían retenido desde el día anterior.

—El señor Giner no ha querido hablar de usted sin que se encuentre presente —dijo uno de los agentes, que procedió a darles razón de lo que estaba pasando.

Enrique y Trinidad eran los principales sospechosos de la muerte de Inés. Él, porque los testigos no sabían decir si fue un hombre al que vieron con la joven en el puente de Isabel II la noche que se precipitó al Guadalquivir, y ella, porque se rumoreaba que era la amante del ceramista.

Trinidad se hundió. Su arresto en casa de don Aníbal había sido horrible, la experiencia más incómoda y degradante que había vivido jamás, pero lo peor fue la expresión de Víctor, que se le quedó grabada. En particular, cuando los guardias dijeron que varios testigos habían descrito algunos «detalles extraños» en la vestimenta de la británica después de que saliera del taller de Giner.

—¿Qué quiere decir? —exigió saber Cuevas, casi amenazante.

El guardia de aspecto más intimidante carraspeó apurado antes de contestar. Trinidad agachó la cabeza intuyendo lo que iba a revelar.

—Una costurera de Triana sostiene que vio a la señorita Laredo caminando apresurada por la calle con un mantón encima y con la falda del vestido manchado de barro en ciertas... zonas.

El agente carraspeó de nuevo al tiempo que su compañero sonreía pérfido. Trinidad sintió que la sangre le abandonaba el rostro. Lo guardias civiles se habían asegurado de no dejar ni un asomo de duda de que ella y Enrique habían yacido juntos.

Cuevas se tapó el rostro con las manos. Don Aníbal y su esposa suspiraron, y los tres ceramistas, incluido el más jovencito, no supieron dónde meterse.

A Trinidad no le importaban sus reacciones, solo buscaba a Víctor con la mirada, pero este se la negó. El estudiante frunció el ceño. Los ojos negros mostraron una oscuridad hasta entonces desconocida, perdida en la nada. Oprimió tanto los puños que los nudillos se le pusieron blancos. Trinidad lloró de vergüenza.

No obstante, tampoco le pasó inadvertido el gesto de aceptación del joven estudiante, como si ya esperara esa decepción.

Esto reconcomía las entrañas de Trinidad camino del cuartel de la Guardia Civil. Dejó que el traqueteo del automóvil hiciera rodar las lágrimas por sus mejillas. El agente de aspecto amenazador demostró no serlo tanto cuando le ofreció su pañuelo al bajar del vehículo.

—Siento haberla expuesto de esa manera, señorita. ¿Por casualidad está ennoviada con alguno de los caballeros que se encontraban en la vivienda?

—Eres demasiado blando con los sospechosos, Aurelio —dijo el otro, el rubio de apariencia afable, que resultó no serlo tanto—. Si está ennoviada o casada, lo mismo le dio, porque mantuvo relaciones con el otro preso, que además estaba casado.

—Facundo, no es necesario que seas tan mezquino. De momento, esta mujer y el detenido son presuntos culpables.

—¿Presuntos? —repuso este—. A la muy fresca la pillaron con las enaguas hasta arriba de barro por retozar como una gorrina con el alfarero, y después aparece la esposa muerta en el río. Qué conveniente.

—Nuestro trabajo no es elucubrar —lo amonestó con contundencia su compañero, al ver que las lágrimas de Trinidad no dejaban de fluir a pesar de que mantenía la barbilla bien alta—, ni tampoco vejar a los detenidos.

—Tampoco nos pagan para ser amables con ellos —masculló Facundo, tirando del brazo de Trinidad de malas maneras para entrar en el cuartelillo—. Seguro que tu querido te está esperando con los brazos abiertos. Ah, no, que está esposado.

—Lo siento —le dijo Aurelio a Trinidad, inclinándose hacia ella.

Pero esta no respondió ni a la crueldad ni a la bondad.

Jamás había estado en un cuartel y le resultó muy impactante. Al principio parecía un entorno de lo más funcional, casi burocrático. Su decoración no difería mucho de la de cualquier oficina, pero el ambiente sí que era muy distinto a cualquier otro que ella hubiera conocido: era lo opuesto a la hospitalidad. Justo la idea contraria que inspiró a Víctor para dedicarse a la arquitectura y construir espacios que fomentaran la creatividad.

Recordar el rostro abatido de su jilguero volvió a entristecer a Trinidad.

Veía pasar a más guardias con otras personas arrestadas, hombres y mujeres, unos con aspecto de criminales y las otras de señoritas de la calle. Los había también que no tenían tan mal aspecto, pero sus miradas eran de lo más perturbador. Todos iban esposados menos Trinidad, aunque ella se sentía tan pecadora como cualquiera que estaba allí.

La condujeron por un par de pasillos hasta una sala. Abrieron la puerta y allí se encontraba Enrique, sentado en un taburete y con las manos engrilletadas a la espalda. Tenía un par de cortes en la ceja y en el labio. Su pelo de león se veía muy alborotado, la barba descuidada y el rostro demacrado; la sucesión de disgustos le había pasado factura. Cuando se percató de la presencia de Trinidad, sus ojos azules vibraron tan emocionados como asustados, pero también furiosos.

—Cuando dije que no hablaría de lo nuestro a sus espaldas, no quería decir que la trajeran hasta aquí, desgraciados —siseó Enrique entre dientes al hombre que estaba sentado frente a él en la única mesa que había en la estancia.

—No está en condiciones de exigir nada, señor Giner, y aún menos de insultar.

El hombre se levantó. No iba uniformado como los demás, sino de traje de chaqueta y corbata. Su bigote de largas puntas horizontales, el gesto autosuficiente y el respeto con el que Facundo y Aurelio se dirigieron a él le dieron a entender a Trinidad que debía de ser alguien de más rango, sospecha que confirmó cuando el guardia civil más desagradable se refirió a él como inspector Moyá.

—Señorita Laredo —la saludó ofreciéndole asiento en una silla libre—, sea bienvenida. Sé que no es el entorno más agradable para una señorita de su condición, pero me figuro que estará dispuesta a colaborar en todo lo posible para resolver las dudas que sobrevuelan la muerte de una mujer tan joven como usted.

Trinidad estudió sus ojos castaños. La mirada de Gaspar Moyá desprendía inteligencia y estaba exenta de la maldad que se percibía en Facundo, pero era evidente que ese hombre no dudaría en manipular las palabras cuanto fuese necesario para averiguar lo que necesitaba saber. Sin embargo, como ella estaba verdaderamente dispuesta a ayudar, aceptó gustosa la silla y tomó asiento en silencio al lado de Enrique, que la miró presa de la incertidumbre.

El inspector Moyá agradeció su colaboración, se apoyó en el borde de la mesa lo justo para poder cruzar las piernas, suspiró y los observó a ambos fijamente.

—Me alegra que usted sea más sensata que el señor Giner. Al igual que le he dicho a él, la informo de que esta reunión no tiene en principio ningún otro objetivo que el de tomarles declaración. Lo único que necesitamos es que nos contesten a un par de preguntas. Si no tienen nada que ocultar, no veo la razón de negarse, caballero.

Enrique rezongó.

—Me obligan a deducir que sí que tienen algo que esconder.

—Déjese de circunloquios, inspector —dijo Trinidad sin apartar la mirada de su interlocutor—, y tampoco es necesario que haga preguntas capciosas. Yo misma le contaré lo que quiere saber: Enrique y yo fuimos pareja en el pasado, y además yacimos juntos en su taller pocos días antes del fallecimiento de su esposa. Somos adúlteros, no asesinos.

La templanza y voz clara de Trinidad causaron una profunda impresión en los presentes, en especial en el inspector.

—Le agradezco su claridad, señorita Laredo, pero entiéndanos, no es la primera vez que una persona casada y su amante cometen un crimen contra quien se interpone en su relación.

—No es el caso —insistió ella.

—Podría serlo.

—¿Acaso tienen pruebas de nuestra culpabilidad más allá de lo que creyeron ver los testigos esa noche?

El inspector Moyá movió los labios de un lado para otro, como si el bigote le picara.

—Varios testigos aseguran que la señora Inés de Benavides se encontraba con alguien pasadas las dos de la madrugada en el puente de Isabel II, pero todos coinciden en que estaba demasiado oscuro para saber si su acompañante era varón o hembra; aun así, confirman que doña Inés y esa persona parecían discutir. Por otro lado, me he informado sobre su familia, señorita Laredo.

Trinidad fulminó al inspector Moyá al escuchar esa mención.

—Digamos que la suya es una historia... singular, cuando menos.

La británica ahogó un lamento y vio de reojo la mirada confusa de Enrique. Él conocía los rumores sobre su familia, pero ella jamás le contó los detalles. En su momento se sintió mal por ocultarle algo tan importante, pero hacía mucho que le daba igual.

—Usted no sabe nada.

—Oh, sí, sé bastante —dijo Moyá—. Esa fue la razón de que sus progenitores se marcharan de Sevilla, ¿no es así? Y tirando del hilo también he descubierto algunas cosas sobre la familia de su padre. Permítame decirle que pertenece usted a un linaje que es una auténtica caja de sorpresas.

—¿A dónde quiere llegar?

Parecía que habían alcanzado el punto álgido del interrogatorio. El inspector se apoyó en los brazos de la silla y se inclinó tanto hacia ella que Enrique se revolvió en el asiento, luchando contra las esposas. Facundo se adelantó para inmovilizarle la cabeza. Trinidad, indiferente a lo que sucedía a su lado, no apartó la mirada del inspector.

—La muerte es algo extraño, señorita Laredo. Todos deberíamos tenerla muy presente porque es consecuencia de la vida y, sin embargo, nos espanta. Usted, en cambio, la ha visto muy de cerca, directa e indirectamente. ¿Es posible que esas experiencias la hayan empujado a relativizar la muerte hasta el punto de que no vea mal acabar con la vida de una mujer que no era amada por su marido cuando ustedes sí que se querían?

—¡Eso es absurdo!

Trinidad no fue capaz de continuar rebatiendo la descabellada teoría del inspector. Se giró hacia Enrique esperando hallar su estupefacción y lo encontró completamente hundido. Había aguantado que le acusaran del asesinato de su esposa, pero ahora parecía agotado. Trinidad estaba indignada.

¿Acaso creía de verdad que había sido ella quien había matado a Inés?

—Enrique… —le imploró con los ojos arrasados por las lágrimas.

Él la ignoró.

—Mírame.

Volvió a hacerse el sordo.

—Mírame, Enrique. Mírame.

El ceramista tuvo que reunir toda fuerza de voluntad para volver la cabeza y mirarla. Nunca el celeste de sus ojos le había parecido a Trinidad más gris y opaco.

—Por todo lo que vivimos, por todo el amor que compartimos en el pasado, juro que yo no fui.

Enrique le sostuvo la mirada. Tomó una profunda bocanada de aire y, decidido, se dirigió a los guardias y al inspector Moyá:

—Caballeros, les ruego que liberen a esta mujer, pues su único delito fue que yo la amara. Yo y solo yo propicié la muerte a Inés de Benavides, mi esposa, para poder estar con Trinidad Laredo.

24

Noviembre de 1911

Trinidad no podía creer lo que acababa de escuchar.

Enrique podía tener comportamientos radicales, pero no era capaz de hacer algo así. Desde su regreso a Sevilla, Trinidad había intentado fingir que no se daba cuenta de los sentimientos de su antiguo amante. Desde la recepción en el Real Alcázar comprendió que su presencia había alterado su vida y que había reavivado unas emociones que nunca se habían desvanecido. En un primer momento lo tomó más por encaprichamiento que por un afecto real, entre otras cuestiones, por su estado civil. Cada vez que se vieron, sintió que él seguía pensando en ella. Cuando Cuevas le contó que se había casado hacía poco, confirmó sus sospechas de que a Enrique le había costado olvidarla.

Sin embargo, Trinidad se negaba a creer que su primer amor fuese un hombre capaz de lo que fuera por complacer sus propios deseos. Era hombre propenso a equivocarse, pero asumía las consecuencias de sus errores. El castigo por tramar a espaldas de Trinidad y apropiarse de sus técnicas de azulejo fue perderla y la penitencia había sido continuar solo muchos años hasta que aceptó el amor de Inés. Un amor que no pareció convencerle ni llenarle. Bastó que Trinidad regresara a Sevilla para asumirlo.

No obstante, Enrique era completamente inocente de las acusaciones que lo señalaban como asesino de Inés. El ceramista y la inglesa la habían humillado pública e íntimamente y la habían herido sentimentalmente, pero eso distaba mucho de que hubieran sido capaces de hacerle daño físico. Por triste que fuera, él habría permanecido casado toda la vida con ella solo por cumplir con sus votos. Jamás la hubiera abandonado.

Trinidad estaba convencida de que debía de haber alguna razón de peso para que Enrique se inculpara. De pronto detectó un brillo particular en el azul de sus ojos y entonces lo comprendió. Al ver que la Guardia Civil la estaba acusando a ella, el ceramista se había incriminado para que la liberaran sin sospechas. Era su manera de redimirse por su traición del pasado.

Cuando el inspector Moyá ordenó a Facundo que se llevase a Enrique al calabozo, Trinidad se levantó de sopetón. Aurelio trató de retenerla, pero hizo cuanto pudo por zafarse. No era justo.

Por primera vez desde que la habían detenido, la británica miró a ese hombre aterrador pero compasivo a la cara. Tal y como sospechaba, Aurelio cedió a su súplica y la soltó, ignorando la cólera de Facundo y la molestia del inspector Moyá.

En cuanto se vio libre, Trinidad se lanzó a abrazar a Enrique.

—Encontraré al verdadero culpable —le susurró al oído, conteniendo las lágrimas—, te doy mi palabra.

—No hagas nada —dijo él en el mismo tono bajo—. Trinidad, quienquiera que la matara se preocupó de que nos incriminaran a ti y a mí. Desea perjudicarnos a los dos y también al proyecto de don Aníbal. Esa gente no se anda con tonterías, ya lo estás viendo.

—¿A qué gente te refieres?

—Fuiste al Berrinche para hablar con ellos y no te sirvió de mucho.

—¿Te refieres al Sindicato de Peones Albañiles?

Trinidad estaba atónita. Ese triste asunto ya no era un trágico incidente ni un crimen pasional. Enrique le estaba diciendo que sospechaba que la muerte de su mujer podía estar relacionada con sus compromisos laborales y sociales.

En ese instante, el ceramista aprovechó su confusión para darle un beso fugaz en los labios. Luego apoyó su mejilla contra la de ella.

—Dijiste que éramos dos simples artesanos que pretendían rescatar a esta ciudad que tanto amaban del juicio del mundo, ¿no?

El inspector Moyá y el guardia civil que lo agarraba parecieron hartarse del jaleo que estaban armando y arrastraron a Enrique fuera de la sala.

—Pues sálvala, Trinidad, devuélvele a Sevilla la luz que le arrebataron —dijo el ceramista antes de desaparecer por el pasillo que conducía al calabozo.

25

Noviembre de 1911

Apenas una hora después, Trinidad irrumpió en la vivienda de don Aníbal como un toro de Miura. La noche había caído hacía rato, pero parecía que el tiempo no hubiese transcurrido entre esas cuatro paredes, pues la inglesa se los encontró tal y como los había dejado. Histéricos. El arquitecto, la marquesa de Pickman, Víctor y los demás se sorprendieron de verla, y, además, de verla libre.

Enseguida comenzaron a preguntarle a la vez y de muchas formas distintas qué había pasado, la mayoría preocupados por el trato que le habrían dado en el cuartel. Víctor permaneció muy callado, esperando a que ella hablara; en cambio, María de las Cuevas apenas le permitió decir nada. Le contó que no habían escatimado esfuerzos y contactos para lograr su liberación. A pesar de lo mucho que la quería, a Trinidad se le hizo eterna la perorata de Cuevas.

—Qué valiente has sido, querida —le dijo la marquesa, acariciándole la mejilla—. ¡Serán animales! ¡¿Cómo se atre-

ven a llevarte al cuartel como si fueras una vulgar criminal?!
¡Qué suerte tienen de que seas toda una señora!

Ella sintió que no merecía esos elogios.

Nada más salir del cuartel de la Cava, Trinidad sintió el impulso de salir huyendo, como hacía siempre que la abrumaba la realidad. Lo hizo cuando sus padres fallecieron y cuando se sucedieron la traición de Enrique, la pelea con Cuevas y el fallecimiento de Justa. No era en absoluto una persona valerosa; de hecho, se consideraba una cobarde sin remedio. Pero a pesar del miedo y de la falta de confianza, su sentido de la justicia siempre había prevalecido. Conocer la verdad de su familia la condujo hasta Sevilla, aunque se cumplió el temor de averiguar una realidad terrible. Luego vio que podía hacer algo con esa verdad tan dolorosa: ayudar a los Pickman y su legado. Por el camino conoció a Enrique y afianzó su relación con Cuevas. Ante las circunstancias difíciles, Trinidad tenía un primer impulso de fuga y de aislamiento, pero al final siempre afrontaba los problemas. En esa ocasión no le costó comprender que no debía marcharse bajo ningún concepto.

No podía dejar que Enrique se responsabilizara de la situación ni que fuese inculpado por un delito que no había cometido. Se negaba a aceptarlo.

Tomó un coche de caballos para regresar a casa de don Aníbal y en el camino pensó mucho. Extrañó a Baldomero; su sabiduría le habría hecho bien en ese momento, estaba segura. Le hubiera bastado con su compañía y el trotar de la yegua Rubia. Entonces Trinidad hurgó en el bolsillo de su falda para sacar el cuaderno de Brígida. Recordaba haber leído hacía poco una frase muy concreta con Víctor, cuando fueron al parque de María Luisa a comprobar los brillos de los azulejos en función de las horas del día.

Para conseguir los propósitos personales, nada como enfrentar a las partes de un conflicto.

Esas palabras habían terminado de iluminar la oscuridad. Enrique le había confesado que sospechaba de los sindicalistas, pero ¿para qué matar a Inés si estaban descontentos con la gestión del proyecto de la Exposición? La burguesa no tenía nada que ver, salvo que era la conexión entre su marido y Trinidad, aparte de la Exposición. Enrique tenía razón al afirmar que su asesinato les perjudicaría a ambos. El porqué parecía evidente, la pregunta clave era el quién.

Entonces siguió leyendo el resto de la página del cuaderno:

El éxito ajeno tiene en las personas el efecto contrario a la muerte: no hay nada mejor que morirse para que hablen bien de ti, pero si triunfas, quienes creías que te apreciaban lo mismo te sorprenden.

Trinidad maldijo. Tuvo la tentación de llorar, pero la rabia contuvo las lágrimas. Era pronto todavía para sacar conclusiones, todos los indicios le señalaban a la misma persona.

Ya en la casa de don Aníbal, alzó la mano para callar a su amiga Cuevas y hablar con claridad:

—Tengo una idea de lo que pudo pasar la noche en que Inés murió, y voy a ir ahora mismo a buscar respuestas.

Lo dijo mirando a Víctor, suponiendo que sería el que más se disgustaría con su decisión. No se equivocó; la frustración lo consumía, Trinidad lo vio en sus ojos oscuros. Cuevas tampoco se quedó atrás, y empezó a chillar agitada que qué clase de majadería era aquella.

—Como si fuera a consentirlo… —añadió con un fuerte pisotón.

Trinidad suspiró y se vio obligada a contarles lo sucedido en el cuartel de la Cava.

—Ahora no debería haber prioridad más importante que demostrar la inocencia de Enrique —concluyó.

—Me personaré en el sindicato —dijo don Aníbal tras un largo silencio.

—Querido, no —le imploró su esposa—. Si esa gente de verdad tiene algo que ver en todo esto, no están en sus cabales.

—Enrique es un completo idiota. —Soto se frotaba las sienes y acabó tirándose de los pelos—. ¡¿Cómo se le ocurre inculparse de un asesinato?! Si tenía tan clara la pista de los verdaderos criminales, se lo tenía que haber dicho a la Guardia Civil. Siempre ha sido un idiota, ¡pero esta vez se ha lucido!

—Más bien es un inconsciente —intervino el maestro Montalbán, con las manos metidas en los bolsillos—. ¿Y si lo condenan al garrote vil?

—¡Don Manuel! —exclamó Cuevas, escandalizada.

A Trinidad se le revolvieron las tripas y a punto estuvo de desmayarse.

—No van a hacerle nada porque yo no pienso permitirlo —zanjó el arquitecto.

—Pero, señor, usted ya no goza de tan buena fama entre los sindicalistas —terció Pedro, asustado—. Aunque la mayoría le respetan, bastan unas pocas manzanas podridas para que todo el cesto se corrompa.

—Por eso debo ir sola —insistió Trinidad.

—¡De ninguna manera! —dijeron don Aníbal y Cuevas a la vez.

—Yo soy el principal garante de la Exposición y si el proyecto ha derivado en descontentos tan graves como para propiciar la muerte de una persona, pienso asumir toda la responsabilidad al respecto.

—Pero esto también me afecta a mí, señor; olvida que el propósito era meterme a mí también en la cárcel. Enrique se ha sacrificado para liberarme. Tengo que estar ahí. ¡Exijo estar ahí!

—En ese caso, iremos juntos —dijo resignado el arquitecto.

—Si vais a ir, tendréis que llevarme a mí también —requirió la marquesa de repente—. Yo sí que estoy hasta las narices de esos rufianes. Bastantes insolencias y despropósitos les he consentido ya. ¡Esto es el colmo!

Trinidad no sabía cómo explicarles el despropósito del plan que proponían. Precisamente don Aníbal y Cuevas estaban en el punto de mira de los radicales.

Pero no le dio tiempo a poner en palabras sus objeciones, pues un fuerte golpe en la mesa del salón hizo que todos volvieran la cabeza.

El puño de Víctor había estado a punto de reventar la tabla. Trinidad lo observó con el ceño fruncido. En ningún momento se había olvidado de él; sin embargo, el silencio que había guardado le había hecho temer su reacción más que la de cualquiera.

—Yo les haré de emisario. No olviden que yo sí que fui uno de los suyos, y sigo siéndolo. Seguro que Mincho nos ayudará a esclarecer este asunto de una maldita vez. —Víctor habló despacio, con tiento. Su tono sonó amenazador, dejando claro que no iba a aceptar más discusiones.

El primer sorprendido fue don Aníbal; su discípulo era ejemplo de moderación, nunca lo había visto así. Trinidad tampoco, pero había detectado cómo mutaba su cara mientras les contaba el gesto de amor que Enrique había tenido con ella al entregarse para protegerla. Cabían dos explicaciones: o le conmovió el honroso comportamiento de Enrique o le produjo sensaciones desagradables, completamente opuestas.

Víctor salió decidido del salón y tomó el abrigo para marcharse de la vivienda. Solo Trinidad lo siguió para retenerlo. La mirada fulminante le confirmó sus temores.

—Espero que tu conducta airada no sea producto de los celos —le dijo ella, sulfurada.

—Como si te importase —replicó él en tono helado—. Voy a hacer lo posible para que tu querido Enrique quede libre, ¿qué más quieres de mí?

Trinidad lo miró dolida. «No, no, no». Otra vez había vuelto a malinterpretarla. ¿O acaso en esa ocasión sí tenía razón? Debía reconocer que le había asombrado que su primer amor todavía la quisiera tanto. En ese instante no sabía lo que sentía.

Pero por muy cobarde que fuese y por muy confundida que estuviese en ese momento, había cuestiones mucho más importantes que las sentimentales. Necesitaba tomar el control. Todavía era pronto para compartir con Víctor las teorías que había barajado desde que salió del cuartel y sabía que, dadas las circunstancias, él no daría crédito a nada de lo que dijera, pero no podía ignorar lo que sabía. Miró al estudiante con una seguridad nacida de las entrañas.

—Necesito hablar con esos hombres también por mí. Siento que les debo algo, que tengo que implicarme más de lo que lo hice en su momento. Tú eres el ejemplo viviente de que pasé por alto demasiadas emociones importantes del pasado. Víctor, por favor, deja que intente compensarlo.

La taberna de Berrinche parecía otra. La preciosa fachada de azulejos del edificio estaba iluminada por las farolas de la plaza del Altozano y por algunos farolillos, pero en el interior había una décima parte de las personas que había la vez anterior. Los techos le parecieron mucho más altos y la barra de ébano, más larga. Cuando Víctor y Trinidad cruzaron el umbral, la docena de hombres que se encontraban en su interior bebiendo, charlando y fumando se volvieron hacia ellos con cara de muy malas pulgas. Y cuando aparecieron Aníbal González y María de las Cuevas Pickman, los parroquianos se tensaron visiblemente. Ni el estudiante de arquitectura ni la británica pudieron hacer nada para que se quedaran en casa; se empeñaron en ir con ellos. Trinidad se repitió para sus adentros que era una idea nefasta.

Los cuatro entendieron que estaban en el sitio adecuado cuando vieron quiénes se hallaban allí. Nicolás y Mincho estaban en un corrillo de albañiles. Trinidad endureció el gesto y alzó la barbilla. Uno había representado siempre la voz de la frustración, y el otro, la de la moderación; como la máscara triste y la máscara sonriente del arte dramático. La segunda dejó que la primera hablara.

—Vaya, el admirado arquitecto Aníbal González y la estimada marquesa de Pickman —dijo Nicolás Descalzo con gran artificio, alzando su chato de vino—. ¿A qué debemos este privilegio? ¿Y qué hay de vosotros, parejita? —preguntó dirigiéndose a Víctor y a Trinidad—. ¿Venís otra vez a bailar? Hoy tendréis que hacerlo sin música.

—Déjate de tonterías, Nicolás —le espetó Víctor—, y tú también, Mincho. Para la lengua tan suelta que tienes, me sorprende todo lo que le toleras al Triste.

—No eres quién para criticar a nadie, hermano. —Mincho le guiñó un ojo mientras señalaba con su jarra de barro a Trinidad.

Ella permaneció en silencio, al igual que sus tres acompañantes. Nicolás chasqueó la lengua.

—Empiezo a cansarme de que vengáis a buscarme en mis ratos de ocio para conversar —dijo molesto—. No son horas de visita, y menos para dos señoras.

—A lo mejor no estaríamos aquí a estas horas si usted no hubiese dejado de acudir a las reuniones formales, señor

Descalzo —dijo la marquesa, incapaz de seguir conteniéndose.

—¿Se refiere a esas donde ni usted ni sus accionistas prestan la más mínima atención a lo que los trabajadores llevamos años reivindicando? —le espetó Nicolás, agresivo como un lobo—. ¿O a las del comité de la Exposición? —preguntó apuntando a don Aníbal con un dedo acusador—. Ah, la Exposición… Lo bonito que sonaba todo al principio. «¡Vamos a enaltecer Sevilla!», dijeron. «Conseguiremos que la ciudad salga de su decadencia»… Me pregunto para qué carajo querrán que los edificios sevillanos brillen tanto si su gente se muere de hambre.

—Está usted exagerando, caballero —le recriminó el arquitecto.

—¡Exagerando, dice! —exclamó el Triste, furioso.

Sus hombres lo secundaron con berridos. Nicolás los hizo callar levantando el brazo, luego apuró su bebida y habló arrastrando la lengua:

—Me dan ganas de echarlos a todos de aquí a patadas.

Un par de albañiles se acercaron un poco a ellos y Víctor les advirtió con una mano que ni se les ocurriera dar un solo paso más, aunque no dejó de fulminar a su viejo compañero con sus ojos oscuros.

—Cálmate, Nicolás, solo hemos venido a hablar.

—No me toques la moral, Jilguero. Lo de ellos tiene un pase, han vivido desde muy niños en su mundo de privilegios. Pero ¿tú? ¿Los libros y la buena vida te han hecho olvidar el hambre y la miseria?

—Mincho —apeló Víctor a su amigo, ya que Nicolás no parecía razonable.

A pesar de que el Gallito sonrió, parecía estar de acuerdo con el líder sindicalista.

—El Triste tiene razón, Jilguero, y en el fondo lo sabes. En esta ciudad la gente muere de pobreza, desnutrición y desesperanza cada día. Yo siempre había admirado de ti, hermano, que parecías alimentarte de tus ansias por aprender más que de otra cosa, y la adversidad jamás te pasó factura. No todos lo llevamos igual. Y menos cuando nos hacemos adultos. Un niño todavía despierta la compasión de las personas; después, los hombres podemos morir como perros en la calle sin que nadie lo lamente.

El pesar se apoderó de los rostros de Víctor y Trinidad, porque ambos lo querían y habían visto los estragos que los reveses de la vida habían dejado en él.

A don Aníbal y a Cuevas les conmovió escuchar a alguien a quien habían tratado con frecuencia hablar en términos tan tristes con esa sonrisa tan bella y resignada. A Nicolás no pareció hacerle ninguna gracia la compasión que vio en las caras de los recién llegados.

—Todos ustedes, la clase alta española, nos tratan como si fuéramos utensilios. O peor, porque con las herramientas al menos se tiene en cuenta el desgaste. A nadie le importa que reventemos como chicharras, que muramos asfixiados por el polvo blanco o por la inmundicia de esta ciudad. ¡Insectos! Eso es lo que somos para ustedes. Considerarnos seres humanos les resulta impensable, incluso vulgar y patético. ¡Queremos trabajo, no limosna!

Los demás obreros presentes lo vitorearon y aplaudieron.

—¡Así se habla, Triste!

—¡Ponlos en su sitio, Nicolás!

Y él no necesitó llevarse la mano al corazón para que las palabras siguieran emergiendo desde dentro:

—Sueño con un día en el que los hombres no tengan que mendigar un salario digno, en el que no tengan que arrodillarse ni para pedir ese dinero ni por el sobreesfuerzo de cargar un saco. Anhelo que las mujeres no deban sufrir por dejar a sus hijos solos en casa para darles de comer. Ansío que los niños puedan estudiar y aspirar a una vida mejor que la que tuvieron sus padres. Deseo con toda el alma que obreros y patronos puedan llegar a mirarse alguna vez a los ojos sin hostilidad, que puedan compartir una conversación como iguales. Quiero de corazón que llegue el momento en el que todas las personas nos comportemos como tales las unas con las otras. Sueño, no puedo evitarlo, porque soy un simple hombre. Sueño con que un día podamos soñar sin restricciones, sin límites de clase. Libres, honrados y plenos.

Trinidad apretó los labios para contener las lágrimas. No fue la única a la que Nicolás impresionó con su discurso. Víctor, Aníbal y Cuevas se sintieron tan emocionados como responsables por la parte que les tocaba. Sus hombres, aturdidos, tardaron un poco en aplaudirle. Mincho asintió y bebió de su vaso.

—Todo eso está muy bien, Nicolás, nadie te lo niega —se animó a intervenir Víctor de nuevo—, pero ningún fin, por muy necesario y justo que sea, justifica todos los medios. Mucho menos la violencia.

—Si te refieres a lo relacionado con los incidentes de Barcelona, poco tengo que decir: «la ciudad de las bombas», la llama la burguesía; «la rosa de fuego», se enorgullece la CNT. Como si se pudiese abarcar tanto dolor con un solo nombre. Tampoco nos interesan las medidas que se están tomando en toda Andalucía desde hace tiempo. Ya le dije a ese metomentodo chupatintas de Torcuato Luca de Tena, y a todo el que preguntó, que mi gente no tenía nada que ver, que fueran a entrevistarse con ese jurista malagueño que está ahora tan puesto en esos menesteres con el Ateneo de Sevilla. Blas Infante, creo se llama. Puede que la Mano Negra no sea tan mito como sostienen algunos. Nosotros no somos partidarios de ir por ahí proclamando el caos, pero un poco de agitación tampoco viene mal.

—No hace tanto tú mismo compartías nuestros ideales, Jilguero —dijo Mincho con una cordial sonrisa—. ¿O es que has olvidado las noches que pasábamos en los dormitorios de La Cartuja comentando los textos anarquistas? Enrique fue el primero que nos los enseñó y todos nos quedamos fascinados.

Trinidad recordaba muchas de esas conversaciones en las que labriegos y trabajadores de la fábrica escuchaban las palabras de los anarquistas de moda en labios de Enrique con los ojos llenos de esperanza. Ni Víctor ni ella se contagiaron nunca del todo, ni de la ilusión ni del desencanto rabioso que producían esos discursos. Comprendían y empatizaban con muchas de esas proclamas; sin embargo, las acciones violentas que llevaban a cabo agrupaciones como la agreste Mano Negra les provocaban un rechazo absoluto.

—Justamente has ido a mencionar a la persona adecuada

—dijo Víctor—. Enrique. —Aguardó un momento—. ¿En serio habéis sido capaces de condenarle, a vuestro amigo y compañero, solo por darle un escarmiento?

A Mincho y a Nicolás les cambió la cara.

—Está en el calabozo, a unas pocas calles de aquí. Acusado de ser el asesino de su mujer, cuando es más que obvio que él jamás le habría tocado un mísero cabello para lastimarla.

—¿Han encerrado a Enrique en la Cava? —preguntó Mincho, escandalizado; tanto, que incluso se levantó del taburete.

La reacción de este y los murmullos de los sindicalistas que se encontraban allí terminaron de decidir a Trinidad. Anduvo varios pasos hasta quedar de frente con el único individuo que no se había sorprendido por esa información, el individuo sobre el que recaían todas sus sospechas.

—¿Fue usted?

Los ojos verdes de Trinidad se enfrentaron a los de Nicolás.

—¿Cómo dice?

—¿Fue usted quien empujó a Inés para que muriera ahogada en el Guadalquivir y así inculparnos?

Nicolás enrojeció de cólera. Trinidad le mantuvo la mirada. Desde que Enrique la puso sobre la pista, estaba convencida de que solo el Triste podía haber sido el autor de aquel asesinato. La última vez que habían hablado en esa misma taberna, el sindicalista se refirió a Inés y su matrimonio con Enrique en unos términos muy exaltados. Nunca había llevado bien que las mujeres le nublaran el juicio a su amigo ni que lo distrajeran de las causas sociales. Tampoco parecía alegrarse de sus éxitos y progresos en la vida, como si le tuviese una envidia malsana.

La respiración de Nicolás se aceleró y se puso en pie para enfrentarse a aquella británica que no soportaba.

—Esa mujer no necesitó que nadie la empujara.

Todos, incluido el líder del sindicato, se volvieron hacia la persona que había pronunciado esas palabras. Trinidad creía haber visto antes a ese hombre, pero no terminaba de caer en quién era. Se trataba de un peón albañil más, como tantos. Mirándolo con detenimiento, se dio cuenta de que se trataba de uno de esos tiernos albañiles de La Cartuja de hacía nueve años atrás, conocido por su carácter cordial. En ese momento, su rostro era pura ira.

—Doña Inés se bastó ella solita para caer al río.

Los que lo acompañaban lo miraban con los ojos como platos. Hubo un momento más de silencio, tan sepulcral como el que podía reinar en un cementerio.

—¿Y cómo sabes tú eso, Bruno? —exigió saber Nicolás.

Este los miró lleno de repugnancia antes de responder:

—Porque era yo quien la acompañaba esa noche.

26

Inés no era feliz. No recordaba la última vez que lo había sido. Desde que se casó con Enrique todo había ido a peor. Creía que el enlace la haría la más dichosa de las mujeres. Había amado al ceramista desde que lo vio por primera vez en el patio de su casa, cuando todavía no era más que una muchachita de quince años.

Escuchó a su padre hablar y la voz de Enrique acarició sus oídos como la melodía de un arpa. Luego lo vio frente a su progenitor. Siempre había pensado que don Roque era un hombre alto y fuerte, pero aquel joven le causó el primer impacto de su vida como mujer. Quedó hipnotizada por su figura y por su cabello salvaje. Inés estaba habituada al trato con los caballeros serios y refinados, y Enrique los eclipsó a todos. Fue sonreírle con aquella boca grandiosa y su mundo se llenó de luz. Inés deseó con todo su ser que esos ojos azules profundos y misteriosos la mirasen toda la vida.

En aquella época, Enrique estaba ennoviado con una joven británica de ascendencia sevillana que era conocida en la ciudad por su amistad con María de las Cuevas Pickman. Inés sería joven, pero no una ilusa. Enrique le sacaba ocho años, era atractivo y tenía fama de seductor; seguro que había intimado con muchas más mujeres aparte de la inglesa. La muchacha jamás le dio importancia a ninguna de ellas porque en su fuero interno sabía que estaban predestinados. «Solo una doncella tonta aspira a ser la primera en la vida del hombre al que ama», se decía, «pero una mujer cabal a lo que aspira es a ser la definitiva».

La diferencia de edad también la dotó de cierta paciencia, pues, aunque Inés había sido presentada en sociedad, Enrique no dio muestras de verla como a una mujer. Eso no la ofendió. Pese a su carácter rudo, lo tenía por el más respetuoso caballero, sobre todo con su padre. Esa era otra. Enrique estaba profundamente agradecido por el mecenazgo de don Roque y lo recibía en su taller con más afecto que ceremonia. Inés vio lógico que jamás se le ocurriera pretenderla, a riesgo de afrentarles a alguno de los dos.

—Mi taller no es el sitio más indicado para una señorita como usted, Inés —le decía él con frecuencia—, podría mancharse esos preciosos vestidos que su padre le obsequia con tanto cariño.

—¿No crees que tenemos ya confianza suficiente para tutearnos, Enrique?

Aquella fue la primera ocasión en que el ceramista la miró con sus ojos azules e Inés sintió que la veía de verdad. Tenía apenas dieciocho años, pero el tono de insinuación de su voz fue el adecuado para que él la captara.

Pese a ello, Enrique continuó tratándola con distancia. Accedió a tutearla, porque era su deseo, pero jamás le siguió el juego en sus intentos por conquistarle. Los años empezaron a desesperar a Inés. Además, era consciente de que el hombre que amaba llevaba de vez en cuando a alguna mujer al taller para desfogarse. Supuso que también lo haría fuera. Le hervía la sangre no tanto porque se entregara a los placeres carnales, como porque hubiera blindado su corazón, como si no consiguiera olvidar a alguien en concreto.

Un día, poco después de su vigesimosegundo cumpleaños, el corazón pareció pedirle socorro de una forma desconocida. Enrique apenas había permanecido unos minutos en su casa, a pesar de que don Roque había preparado una fiesta por todo lo alto. A Inés poco le importaban los cien invitados que se quedaron, le habría bastado con él.

Lo encontró como siempre en su taller, trabajando completamente solo. Los pies descalzos y la cabeza en otra dimensión. A Inés le costaba creer que pudiese ver en mitad de aquella oscuridad.

—Te vas a dejar tus ojos de cristal en estas cuatro paredes.

—No deberías estar aquí para ser testigo de ello.

—Yo iré allí a donde tú vayas.

Enrique pareció sulfurarse. Se había marchado de la vivienda de los De Benavides el día de la fiesta precisamente por lo mucho que le incomodaban las miradas anhelantes de Inés y sus intentos por acariciarlo. Ya no era una niña. Siempre resultaba difícil para un hombre impulsivo como él que una mujer bella se le insinuara. Le estaba poniendo en un compromiso serio.

Fue a dejárselo claro, pero Inés ya se había aproximado lo suficiente y le enmudeció con sus labios. Apretó su tierno cuerpo contra el suyo y Enrique ya fue incapaz de controlarse. Se notaba que era inexperta, pero su deseo por él lo excitó. Antes de darse cuenta, la estaba conduciendo al lecho donde solía dormir, la desvistió y la hizo suya con menos cuidado del que debería haber tenido. Ella tampoco parecía querer que se contuviera. De hecho, apenas sus cuerpos entraron en contacto, comprendieron que eran más que compatibles.

Después de yacer juntos, Inés lo abrazaba desnuda, mientras él mantenía la mirada fija en la mancha de sangre que había dejado la virtud de la joven en sus sábanas.

—¿Qué he hecho? —se lamentó atormentado, hundiendo la cabeza entre las rodillas.

—Lo que ambos deseábamos.

—No, Inés, ¡la vida no funciona así! —le dijo zarandeándola y clavándole una mirada de desasosiego—. Yo no soy más que el desgraciado empleado de tu padre que te ha arrebatado lo que más valoraría de ti un posible marido.

—Pues responsabilízate —concluyó ella, sonriente, tras una leve pausa.

Enrique arrugó el ceño.

—Pídele mi mano a mi padre —insistió Inés, cada vez más segura de su victoria—. Dile que nos amamos. Él sabe que yo te adoro desde que te vi, solo le faltaba tu opinión.

El ceramista maldijo. No detestaba a Inés ni mucho menos, pero tampoco la amaba. La quería y la apreciaba mucho, pero nada más. Sin embargo, ya no podía enmendar su error de otro modo. Qué más le daba, se dijo. Hacía mucho tiempo que le había entregado su corazón a una mujer, y esta se lo había llevado bien lejos, a Inglaterra, de donde jamás regresaría. Qué importaba si se desposaba con Inés o con cualquier otra.

Don Roque se sorprendió, pero no demasiado, pues conocía la tenacidad de su hija, y no se opuso a que se casara con el hombre que llevaba amando tanto tiempo. En verdad, él también apreciaba a Enrique desde el principio, se había encariñado con él y no le costó empezar a tratarlo como a un hijo.

Y el yerno aceptó resignado su nueva vida. Agradecía el afecto de los De Benavides y el amor de Inés, pues sabía que era honesto. También abrazaba agradecido su entrega carnal. Ella lo buscaba a él mucho más que él a ella, pero Enrique no tardaba en dejase llevar, sorprendido por lo bien que congeniaban en todos los aspectos. No podía quejarse de nada.

O eso pensaron los dos.

El matrimonio Giner de Benavides no contaba con que Trinidad Laredo volviera a Sevilla.

Mucho antes de aquel reencuentro, Inés había comprendido que Enrique jamás la correspondería por completo. Él solo había tenido ojos de verdad para Trinidad. Así que esperó pacientemente a que él la olvidara. Nunca fue así. Se esforzó por hacer sus días dichosos, por enamorarlo. Su sonrisa era comedida, pero se la había dedicado muchas veces, Inés accedía a todos sus deseos, también porque era el rol que le gustaba como amante. Luego debía reconocer que había encontrado un placer inesperado en el oficio de su marido; más en los negocios que en la cerámica. Enrique era dejado para los asuntos materiales, prefería pasar las horas creando en el taller o realizando cualquier trabajo manual. Muy poca gente lo sabía, ni siquiera don Roque, pero Inés acabó haciéndose cargo de muchas cuestiones económicas del taller de su esposo, hasta el punto de que comenzó a tratar con frecuencia a sus empleados y trabajadoras, a los que veía a veces más que a Enrique. Así pasó Inés su matrimonio. Era una esposa autoritaria e inflexible de día, y sumisa y complaciente de noche. Existían las felicidades plenas y también las felicidades moderadas.

Era indiscutible que en el plano sentimental no estaba del todo satisfecha, pero su marido no daba para más. Esperaba que algún día les sorprendiera la buena nueva de la paternidad, pero no acababa de pasar, y ella terminó convenciéndose de que le bastaban las cosas tal y como estaban. Había conseguido su principal propósito desposando al hombre que amaba; tarde o temprano conseguiría que él la quisiera tanto como ella a él.

Entonces aquel fantasma horrible reapareció en sus vidas. Inés se dijo que no debía preocuparse. Había pasado mucho tiempo. Coincidía además la circunstancia de que Enrique y Trinidad trabajarían en anteproyectos rivales para la Exposición, ni siquiera tendrían por qué coincidir.

Jamás se había engañado tanto como entonces.

Tuvo que soportar los continuos acercamientos entre ellos, sobre todo por parte de su marido. Inés no sabía qué pensar de los sentimientos de Trinidad; los de Enrique eran mucho más evidentes. El colmo era aguantar las miradas de sus conocidos y empleados, como si la compadecieran. Los ojos de Nicolás, por ejemplo, siempre le parecieron insidiosos, pero aquellos días se le hicieron especialmente insufribles.

Luego se desataron las habladurías por toda Sevilla. Lo peor fue que su marido se negaba a aclarárselo.

—Dime que ya no la amas —bramó la noche que regresaron de la cena de la resolución del concurso, la misma en que la frustración y la rabia pudieron con ella.

Su silencio la mató. Hizo por tocarlo, por besarlo. Pero él la rechazó. Sintió una humillación sin mesura. Si ya ni siquiera la deseaba, ¿qué le quedaba?

Le golpeó el pecho con saña.

—Por tu honor, Enrique, ¡dime que ya no la amas!

Pero él continuó callado y eso desquició a Inés.

Teniendo en cuenta que Enrique había legado sus responsabilidades empresariales en su esposa, hubo muchas maniobras por parte de ella de las que jamás fue consciente. Por ejemplo, las conversaciones que mantenía con los albañiles a su cargo o con los antiguos obreros de La Cartuja. Resentida por los recuerdos que aquel lugar le traía a Enrique de su relación con Trinidad, Inés se esforzó por fastidiar a la máxima rival de la fábrica Sandeman, aunque en verdad lo llevaba haciendo desde mucho antes de que considerara enredarlo para que se casaran. Siempre había sido ella quien alentaba a los operarios de los Pickman a cambiar de fábrica con promesas de mejores condiciones y de salario, algo que se comprometió a cumplir personalmente. Fue por eso por lo que ella y Nicolás se conocieron. El sindicalista desconfiaba de

Inés y no tardó en darse cuenta de sus intereses egoístas. Le sorprendió que la burguesa no se lo ocultara.

—Lo hago por mi marido, ¿y qué? ¿Acaso no estoy contribuyendo a que estemos todos contentos? No se queje si no quiere que no vuelva a permitirles utilizar las oficinas del negocio.

Esa era otra. Hasta que se casó, Enrique había continuado relativamente implicado con la causa obrera. Se había alejado en cuanto su situación económica fue más holgada gracias al mecenazgo de don Roque de Benavides. Sus facetas de artista y de esposo eclipsaron todas las demás, y ahora era Inés quien rendía cuentas con sus amigos y viejos compañeros de lucha. Muchas veces recibía a Nicolás y a Mincho, o se preocupaba de proveerles de lo que necesitaran para que sus distintos negocios y proyectos en común no decayesen.

Cada vez que el Triste estaba con la señora De Benavides, esta le daba golpecitos en la solapa de la chaqueta y le advertía muy clara:

—Vosotros centraos en vuestras batallas, que yo lo haré en las mías.

Que la británica regresase a la ciudad hispalense fue la causa de que Inés tomase otras medidas. Terció para que el proyecto de la Exposición Hispanoamericana se complicase, incitando a los futuros albañiles al inconformismo y a la revolución.

El día de la cena en la Casa Consistorial, después de la resolución del concurso de proyectos y antes de marcharse a su vivienda para discutir con Enrique, presenció cómo se formaba aquella turba de ciudadanos furiosos y los animó a esperar a que se abrieran las puertas.

—Podríais tirarles huevos y harina —les sugirió resentida—, para que entiendan de una vez la humillación a la que os tienen sometidos.

Inés pretendía ponerles las cosas difíciles a Enrique y a Trinidad, para que estuvieran lo suficientemente ocupados para no volver a mirarse. Se dio cuenta de que ellos compartían la debilidad por el trabajo. Eran polos idénticos, se dijo, y estaban condenados al fracaso. Incluso cuando don Aníbal planteó la posibilidad de que Enrique también participara en el mismo equipo en el que estaba Trinidad, Inés se aferró a la idea de que lo suyo no funcionaría, como había sucedido en el pasado.

Aun así, la actitud de su marido le escocía. Las atenciones que le dedicaba a la británica eran degradantes para ella. Tuvo aquella terrible pelea con Enrique y lo echó de su cama y de la casa. Su único consuelo aquellos días fue no tener que pisar el taller para no encontrárselo.

Inés llevaba algunas noches viéndose con los peones albañiles más radicales en lugares discretos; sabía que no tramaban nada bueno. A esas alturas estaba tan desesperada que solo quería sacudir las aguas hasta generar un tsunami. Compartía muchas de aquellas ideas después de conversar con Nicolás y Mincho, ¿por qué no subvencionarles? Aquel obrero, Bruno, fue de los pocos que aceptaron su dinero de forma clandestina, a espaldas de los líderes sindicalistas como el Triste. Así fue como concertaron una cita en plena madrugada.

Esa fatídica madrugada de principios de octubre en el puente de Isabel II.

Por alguna razón, Inés sintió que tenía la suficiente confianza con aquel joven para desahogarse en voz alta. Se quejó casi al borde de las lágrimas de los horribles rumores que corrían por ahí sobre su marido y la británica, como si Enrique de verdad pudiese condenarlos de esa manera tan burda.

—¿Cree que siento alguna pena por usted? —le dijo Bruno mientras contaba indiferente las pesetas que le acababa de dar—. Ustedes las burguesas son todas igual de estiradas. Si la inglesa terminó con el vestido manchado de barro fue porque Enrique estaría harto de soportar el frío de su lecho.

Ni se le había pasado por la cabeza que Bruno le tuviese tanta inquina.

El rostro de Inés palideció.

Su corazón terminó por quebrarse. Metafórica y físicamente. Y con el rostro cubierto de lágrimas por la agonía más cruel, exigió a aquel hombre que se explicase.

27

Noviembre de 1911

—Y lo hice —concluyó Bruno el relato de lo acontecido aquella madrugada.

El corazón roto de la joven esposa engañada fue el único y verdadero asesino.

La taberna del Berrinche se sumió en un silencio consternado. Trinidad se mostraba horrorizada, con las manos en la boca, igual que Cuevas. El resto de los presentes estaban sin aliento.

—Ya les digo que se agarró el pecho, como si el disgusto le hubiese provocado un ataque, y luego cayó al río —añadió Bruno—. Si se estaba muriendo o si deseó la muerte ella misma y se arrojó, lo ignoro. Lo mismo me da. Como tampoco me importa que Enrique pase unas cuantas noches en el cuartelillo recordando lo que es la miseria. Los burgueses se merecen todo lo malo que les pueda suceder.

Nadie era capaz de mover ni un músculo.

Trinidad sintió que le ardían los pulmones, se le aceleró

el pulso. Sin pensarlo un segundo más, anduvo hacia el hombre y le cruzó la cara con todas sus fuerzas. Cuando Bruno asimiló que la británica le había pegado, fue a devolverle el golpe, pero Víctor se interpuso y lo alzó por el cuello de la camisa.

—Miserable...

Algunos lo retuvieron y lo apartaron de él; los demás seguían inmóviles. Trinidad sentía que le quemaban los párpados. No quería pensar en el dolor que sentiría Enrique cuando se enterase.

—¡Tú tampoco eres nadie para reprocharme nada, Jilguero! —gritó Bruno, alterado—. Y tú, Triste, reconocías que tanto el amor como el dinero habían cambiado al Burgués y al estudiantucho de arquitectura. Ninguno de nosotros les importábamos lo más mínimo ya. ¿Nicolás?

Todos le miraron entonces.

Nicolás Descalzo era el que había tenido la reacción más desconcertante, porque no tuvo ninguna. Su rostro parecía completamente inanimado, hasta que brotaron un par de lágrimas de sus ojos. Y continuaron hasta formar un torrente imparable. El Triste cayó de rodillas y se llevó las manos a la cabeza.

Nicolás llevaba tiempo observando a Inés. Al principio acudió a ella con desconfianza, como era la naturaleza del Triste. Había pasado hambre y humillaciones, no se fiaba de los burgueses porque había padecido su arrogancia. Que Inés se hubiese apoderado de los negocios de Enrique solo confirmaba su ambición y egoísmo. Necesitaba llevar las riendas.

Luego descubrió que no era exactamente así.

«Lo hago por mi marido, ¿y qué? ¿Acaso no estoy contribuyendo a que estemos todos contentos?», le dijo rotunda.

Inés de Benavides no era la típica señora. Podía comportarse como una hipócrita en determinadas reuniones sociales, pero con ellos, con sus empleados, siempre fue honesta. A él jamás le mintió, le decía las cosas tal y como las pensaba. «Soy una egoísta, supérelo», se vanagloriaba. Pero no lo era en absoluto. Podía encenderse en un abrir y cerrar de ojos y soltar mil culebras por la boca, pero al final cumplía con su palabra y cuidaba de la gente que trabajaba para ella. En cuanto se enteraba de que algún albañil o su familia pasaban por apuros, no dudaba en ayudarles, con dinero o con lo que hiciera falta.

Fue ella la que les proveyó de guantes y paños de calidad para que se protegieran del polvo blanco, y la que pagaba tratamientos y buenos médicos que se ocuparan de quienes no habían tenido esa suerte.

Inés restaba importancia a sus actos y a la vez confiaba en que Enrique los valoraría. Porque, además, aquella mujer dejó los prejuicios de lado y se enamoró ciegamente de un hombre que no podía ofrecerle nada a nivel social, ni siquiera unos apellidos dignos.

Hacía demasiado tiempo que Enrique solo se preocupaba por él mismo, por mucho que siguiera llenándose la boca con la lucha obrera. Inés, en cambio, la criticaba, pero en muchos sentidos la ponía en práctica. «Vengo de casa de los Menganitos o de los Fulanitos», les informaba, «y se han pasado la tarde entera echando pestes de sus pobres empleados. Si queréis saciar vuestra sed de justicia, ya tenéis una vivienda que merece quedar como los zorros». Inés fingía ser una burguesa más en los eventos para enterarse de las bajezas de sus paisanos adinerados y corría a compartirlas con los radicales para que les dieran un escarmiento, y se hacía cargo cuando los más vulnerables salían perjudicados. Proteger a los demás de sus males la aliviaba de los suyos, e implicarse en la causa de los trabajadores la hacía sentirse necesitada y útil como no le sucedía en su casa.

Nicolás lo sabía porque la observaba, sobre todo cuando se aproximaba a él y lo miraba con aquellos ojos grandes y sinceros o cuando su mano severa lo tocaba.

—¿Enrique no ha vuelto a casa todavía? —le preguntaba cuando la veía alicaída.

¿Qué otra razón tendría Inés para enfurruñarse así? El desinterés del Burgués por ella era lo único que desarmaba aquel gesto fiero suyo.

—Debería cuidar su corazón, señora —añadía él cuando ella guardaba silencio afligida.

Muy pocas personas sabían que el corazón de Inés era más delicado de lo que parecía; de hecho, incluso Enrique lo olvidaba a menudo. Don Roque de Benavides se había obsesionado con su bienestar porque sabía que la existencia de su hija era un regalo del cielo. Su madre falleció tras un parto complicado. Inés se debatía entre la vida y la muerte, en tan difíciles condiciones que el médico vaticinó que la criatura no viviría muchos años a causa de una afección cardiaca. Pero ahí seguía ella, autoritaria e inflexible.

La amenaza continuada de la muerte da fortalezas insospechadas a quienes las padecen. Pero si confiar obraba milagros, la desesperanza podía sembrar tragedias.

—Métase en sus asuntos, señor Descalzo —le espetaba la burguesa al sindicalista, acercándose todo lo posible a él.

Nicolás pensaba que si la verdad tuviera rostro, sería el de Inés. Desagradable pero hermosa.

El Triste llevaba algún tiempo desconcertado por sus propios sentimientos. Inés, que había valorado más un amor no correspondido que los privilegios de cuna, le parecía más auténtica y pura que ninguna persona que hubiera conocido hasta entonces.

En la última conversación que mantuvieron, Nicolás llegó a ofenderla tanto con su compasión, que ella le amenazó con abofetearle para que dejara de mirarla así. Él atrapó su muñeca y se la llevó despacio a la nariz para oler su perfume de nardos con mimo. Sus labios rozaron ligeramente su piel e Inés se ruborizó. Se desprendió de él contrariada, titubeó un instante y huyó. Nunca más volvió a verla.

El día que Nicolás se enteró de su muerte, pensó que jamás había sentido un dolor así. No creyó ninguna de las versiones que circularon porque no se las merecía. Ella no se merecía un final así.

Consideraba que nada podría hacerle más daño que haberla perdido, pero se equivocaba.

Cuando Bruno concluyó su relato, comprendió que el corazón de Inés había colapsado por la pena y el Triste supo de veras lo que era el sufrimiento.

Todos en el Berrinche lo contemplaron desolados. No conocían su historia, pero les bastó presenciar su reacción.

Trinidad no se equivocaba: el Triste envidiaba a Enrique, pero no por lo que ella imaginaba. A la inglesa se le saltaron las lágrimas al ver sollozar a un hombre al que siempre había considerado imperturbable. Era el vivo rostro del desconsuelo.

—Dios mío, Bruno —susurró Nicolás, apretando los dientes—, ¿qué hiciste? ¿Cómo llegó tu corazón a enturbiarse tanto? En algo así poco importa hablar de ricos y pobres, de merecer o no las inclemencias de la vida. Un hombre inocente se encuentra encarcelado injustamente, y tú... —gimoteó—, tú has privado al mundo de la verdad más pura.

Esa noche, Nicolás Descalzo, el sindicalista más inflexible con la alta clase social sevillana, lloró desconsolado por una burguesa.

Su llanto terminó por extenderse entre los demás. Incluso Bruno, avergonzado, se dejó caer también de rodillas y lloró arrepentido.

No todos los días se veía llorar a la tristeza.

28

Febrero de 1912

En noviembre de 1911 se resolvió el misterio de la muerte de Inés, pero afloró la dolorosa verdad. Cuando los ánimos se templaron tras la conversación en la taberna del Berrinche, don Aníbal instó a Bruno y a Nicolás a presentarse en el cuartel de la Cava para prestar declaración con tacto pero firmeza. Víctor le tendió la mano a Bruno y lo ayudó a levantarse del suelo. El albañil se conmovió por su amabilidad después de lo cruel que había sido. Arrepentido, aseguró que declararía ante las autoridades lo que hiciera falta para que liberasen a Enrique.

—Yo os acompañaré —dijo Nicolás—. Me siento responsable también en muchos sentidos.

Trinidad le ofreció un pañuelo con una sonrisa agradecida en los labios. Nicolás el Triste inspiró profundamente y aceptó la prenda para secarse las lágrimas. Volvía a mostrarse sereno como siempre, pero las heridas tardarían en cicatrizar.

El inspector Moyá se quedó asombrado al ver regresar a Trinidad acompañada de Víctor, el arquitecto y la marquesa, y también del sindicalista y el albañil que había presenciado la caída de Inés.

—Si viene a traer más testigos para demostrar la inocencia de su amante ceramista, señorita Laredo, le advierto que tengo ya suficientes.

—Inspector, haga el favor y honre a la justicia escuchando el único testimonio que realmente debería escuchar —le rogó Trinidad.

El caballero hizo ademán de ofenderse por las palabras de la británica, pero acabó por asentir conforme. En realidad, había un detalle de la muerte de Inés que no había dejado de perseguir al inspector Moyá. En la autopsia no se hallaron signos de violencia previos a que la mujer se ahogara en el río, como golpes o señales de estrangulamiento. Sin embargo, los médicos aseguraban que el corazón había colapsado. Cuando el albañil Bruno contó lo que había pasado aquella noche, las nubes de Moyá se despejaron y las piezas sueltas encajaron como en un puzle.

Unos minutos después, Facundo y Aurelio pusieron a Enrique en libertad. El ceramista fue el último en conocer la verdad. Miró a los guardias civiles desorientado cuando le quitaron los grilletes y apenas le dio tiempo a reaccionar cuando Trinidad se le echó encima para abrazarlo. Víctor vio la escena desde la esquina opuesta de la estancia de la comisaría en la que se hallaba y tuvo que apartar la mirada. Don Aníbal le dio una palmada en la espalda a su discípulo y lo invitó a que salieran de allí mientras el resto charlaban. Por una vez, Cuevas aceptó que Trinidad necesitaba intimidad.

—De todas formas —le dijo la noble al arquitecto—, nosotros también tenemos una serie de conversaciones pendientes con las personas oportunas, ¿no le parece?

Don Aníbal asintió conforme. Escuchar el discurso de Nicolás el Triste había sido decisivo.

Este último y Bruno permanecieron a una distancia prudencial de Trinidad y de Enrique, que no podía apartar los ojos de la británica. Ella rompió el abrazo y le apartó algunos mechones de pelo encrespado de la frente. Él, que comprendió la situación de inmediato, tomó el rostro de ella.

—No hace ni un día que te pedí que no hicieras nada y aquí estás —sonrió enternecido—. Qué obstinada eres, inglesita. Te preocupa más cumplir con tu palabra que arriesgar el pellejo. Has debido encontrar al verdadero culpable, no veo otro motivo para que me liberen.

Trinidad ni siquiera fue capaz de asentir ni de hablar. Sus ojos verdes enrojecieron por el llanto y Enrique supo que no le gustaría nada lo que ella le iba a contar. Fue entonces cuando el ceramista se percató de la presencia de Nicolás y de Bruno, que los observaban estrujando sus boinas.

Pese a su tacto a la hora de relatar los últimos momentos de Inés, no lograron mitigar la pena de Enrique, que cayó al suelo, roto.

—Don Roque tenía razón —murmuró—. Yo permití que muriera. Yo y solo yo la maté.

Trinidad volvió a abrazarlo. Ella tampoco estaba exenta de culpa, pero debía centrarse en consolar a Enrique. Bruno se despidió con tacto y abandonó el cuartel. Nicolás se quedó un momento más. ¿Quién era realmente culpable de no amar? El amor no puede comprarse, no puede forzarse, no puede trasplantarse de una persona a otra. En eso Inés era tan culpable como Enrique. El Triste no dejaba de pensar que si ambos se hubiesen dado cuenta antes de ello, quizá las cosas habrían terminado de otro modo.

«Pero es tarde», se dijo Nicolás. El daño estaba hecho.

Con el paso de los días y de los meses, Trinidad y el equipo de don Aníbal fueron recuperando la normalidad en el trabajo. Les costó muchísimo centrarse. La verdad sobre el caso de Inés se extendió por Sevilla. Los malpensados siguieron dando coba a los rumores que sostenían que Enrique, Trinidad o un conocido suyo la había empujado desde el puente de Isabel II.

La persona más importante que debía enterarse de lo ocurrido recibió la visita de Enrique acompañado por el inspector Moyá y Nicolás al día siguiente de la puesta en libertad del ceramista. Don Roque escuchó sin ganas a los tres hombres en el sofá de su salón principal, donde los atendieron los criados, porque ni siquiera el luto o la pena le habían hecho olvidar la etiqueta, y eso que el buen hombre había perdido el interés por todo desde que su hija falleció. La sola visión de su yerno le hacía hervir la sangre.

—¿Cómo me traes a este desgraciado, Gaspar? —se dirigió Roque al inspector, al que conocía bien y a quien había pedido expresamente que se encargara del caso—. Me llamaste para comunicarme que lo habías metido entre rejas y ahora lo traes a mi casa como si nada.

—En el fondo, tú también estabas esperando a que te informase de mi error, Roque —dijo el inspector Moyá—. Sabías que el señor Giner no era el verdadero responsable.

La expresión sosegada del actual dueño de la mansión de la calle Pureza dio a entender que así era. Eso hizo que Enrique se arrodillara ante él. Las lágrimas le impidieron hablar o suplicar perdón. Don Roque pareció contagiarse.

—Sí que es responsable, sí que lo es —dijo con la voz quebrada—. Sabía que le rompería el corazón a mi niña tarde o temprano, pero podría haberlo hecho cuando yo estuviese delante, para que al menos hubiera tenido la oportunidad de ayudarla a recomponer los pedazos.

Aquel día se fundieron los sollozos del suegro y el yerno, y ambos emprendieron el largo camino del duelo. El dolor jamás se iría, menos el de don Roque. Las personas que le rodeaban y querían se esforzaron por que viese la luz al final del túnel. Enrique, el primero. Fue comprensivo y paciente con él; garantizar el bienestar de don Roque y no olvidar jamás a Inés sería su penitencia.

Don Aníbal también jugó un papel importante. Él no creía que Enrique fuese responsable de la muerte de su mujer y, por tanto, tampoco entendía que tuviese que renunciar a su vocación. El arquitecto deseaba seguir contando con él para el proyecto de la Exposición Hispanoamericana. Logró convencer a don Roque antes que a Enrique, lo cual le hizo sospechar que el mecenas gaditano estaba empezando a perdonar a su yerno, cosa que el propio ceramista no conseguía.

A veces el perdón hacia uno mismo es el más difícil de conceder.

Así llegó la primavera de 1912 a Sevilla. Y las ideas, los planos y las maquetas del proyecto de la Exposición se fueron afianzando.

Además, se produjeron otros cambios importantes.

Cuevas también realizó sus movimientos y llamadas oportunas. El arquitecto y la aristócrata se habían comprometido a tomar cartas en el asunto sobre las condiciones de los trabajadores. Ni la nobleza ni la clase alta hispalense estaban obrando bien con el pueblo llano. Si adoptaban medidas que no se materializarían hasta más adelante, tenían la responsabilidad de procurar el bienestar de las clases trabajadoras hasta entonces. María de las Cuevas y don Aníbal habían logrado imponer la obligación de que los representantes de los sindicatos fueran debidamente informados.

—Pero ¿para qué? —preguntó el conde de Urbina, indignado—. Los comisarios del Comité Ejecutivo garantizamos que los puestos de trabajo se concederán y los sueldos se cobrarán. Pasará algún tiempo, ¿y qué? Las primeras obras se iniciarán en junio, después de que Aníbal González entregue el proyecto final. ¿No pueden esperar los albañiles sevillanos hasta entonces?

—Esa es una reflexión de lo más lógica, don Federico —dijo Alfonso XIII, quien había organizado el encuentro entre el conde y la marquesa de Pickman—. ¿Qué tal si se abstiene usted también de cobrar sus honorarios hasta entonces?

El rey esperó la respuesta con la ceja alzada, pero el conde de Urbina había enmudecido. Se encontraban en el jardín inglés del Real Alcázar, disfrutando de una opípara merienda y rodeados de todos los lujos. Entonces don Federico entendió al fin lo que don Alfonso trataba de decirle: a ellos no les preocupaba ese tiempo porque gozaban de muchas comodidades, pero no era el caso de la gente trabajadora de Sevilla.

Cuevas apretó con cariño el brazo del monarca. Desde que le había contado todo lo sucedido, el rey se había implicado sin reservas. Nadie estaba tan ilusionado como él con la Exposición de Sevilla y deseaba que todo el mundo la disfrutase plenamente.

Así se fueron tomando medidas para satisfacer las necesidades de la población, para garantizar que el proyecto seguía adelante y que los ingresos y trabajos que se prometía eran verdaderos.

Trinidad continuó dedicada por entero a la Exposición. Se encerró en sí misma y ni siquiera buscó desahogo en Cuevas, por más que su amiga se dio cuenta de que lo necesitaba e hizo cuanto pudo por que hablasen. Tampoco se abrió la inglesa en las cartas dirigidas a su hermano Fernando, que solo deseaba leer el anuncio de su regreso a Inglaterra. Trinidad estuvo tentada de marcharse en más de una ocasión.

En esa época conversaba más con Enrique que con Víctor, y eso que el primero trabajaba casi siempre en su propio taller. Ella veía al joven estudiante de arquitectura prácticamente todos los días, en casa de don Aníbal o en el parque de María Luisa, y suspiraba ante la más mínima oportunidad de observarlo de cerca o de robarle una conversación.

Sí que se trataban y se consultaban cuestiones de trabajo. Como compañeros, fluían, pero Víctor jamás volvió a mirarla de verdad a los ojos. Una vez, ella hizo por recuperar su confianza.

—¿Puedo ayudarte con este boceto? —le dijo Trinidad, deslizando los dedos por la piel de la mano que sostenía la plumilla.

—Estoy terminando, gracias —contestó Víctor, zafándose de su gesto con suavidad, sin alzar la cabeza.

Nunca la delicadeza de trato le había dolido tanto a Trinidad. Nada había vuelto a ser lo mismo entre ellos desde que Víctor se enteró de que ella había mantenido relaciones con Enrique aquella tarde en su taller.

Había días en los que la británica creía que aquella mañana que compartieron en su habitación no había sido más que un sueño. Un sueño bonito, pero a la vez doloroso. Trinidad comprendió que todo estaba roto entre ellos.

Una tarde en que ella le estaba dando muchas vueltas al asunto, Víctor y Pedro abandonaron juntos el despacho de don Aníbal y a Trinidad se le fueron los ojos tras él. El gesto no pasó desapercibido para el arquitecto.

—Lo terca que es para unas cosas y lo rendida para otras, muchacha.

Como habían estado hablando de los planos definitivos de la Exposición y del planteamiento de edificio que iba a convertirse en el estadio deportivo que había ideado el arquitecto, Trinidad necesitó un instante para comprender a qué se refería.

—Hablen —insistió el hombre—. Esto que se traen usted y mi discípulo está durando demasiado.

—Señor... Lo he intentado, pero...

—Usted no ha intentado nada. Él no le ha dicho que la odia o que se siente decepcionado, y, sin embargo, usted se comporta como si lo hubiera hecho. Es extraordinaria para ver las ideas y las obras de arte, señorita Laredo, pero he de decir que con las personas erra bastante.

—Sé que él preferiría que yo no estuviese aquí.

—Discrepo.

Don Aníbal consiguió sacarle una tímida sonrisa al emplear la respuesta favorita de Víctor. Luego recuperó el tono severo:

—Señorita Laredo, he pasado los últimos años de mi vida con ese muchacho y le he instado muchas veces a que la olvide. Por muy dolido que esté, no dejará de quererla, se lo aseguro. También sé que es tozudo como una mula, diez años enamorado y no se había dignado a hablarle, y eso que no calla ni...

—Ni bajo tierra —acabó ella la frase.

—Quizá solo necesite un último empujón. Diría que en terquedad le gana usted: ¿cuántas veces le he dicho que no a su idea del edificio semicircular y cuántas veces ha insistido usted?

—A lo mejor el terco aquí es usted, señor.

El arquitecto sonrió y se abstuvo de responder.

—Don Aníbal, así cabría mucha más gente paseando...

—No me cambie de tema, Trinidad.

—Fíjese, por favor.

El caballero volvió a dirigir la vista a los planos para darle un respiro a la británica, cuyos ojos verdes se habían llenado de lágrimas, lo cual le rompía el corazón.

Puesto que todos sus anteriores intentos de convencerlo habían fracasado, Trinidad recurrió a ejemplos en el extranjero, edificaciones con una disposición similar a la que ella proponía. En ese caso, le había seleccionado algunas obras del norte de Italia.

—Todo buen arquitecto que se precie sabe que Las Barchesse de Villa Trissino son una genialidad arquitectónica, Trinidad, pero no deja de ser una propuesta de *villa* —señaló don Aníbal—. En nuestro caso, eso se convertiría más en zona de tránsito que en un edificio que ocupar. ¿Sería algo como una plaza? —elucubró divertido—. Estamos listos. Si no le ponemos muros, esta ciudad sería capaz de intentar meter a los ciudadanos de todo el país en el mismo espacio.

Trinidad le siguió el juego:

—Todos no sé, pero seguro que vendrían montones de cada zona del país al ver que la plaza los recibe con los brazos abiertos.

—Necesitaríamos bancos para sentarlos. ¡Muchos! Forrados de azulejo, ya puestos.

—Y que cada uno fuese temático de cada provincia.

—¡Sería la plaza de España! —exclamó don Aníbal.

Al arquitecto le cambió la cara, igual que a Trinidad. Los dos se miraron muy serios y acabaron por sonreír. Él le tomó las manos para besárselas y luego salió corriendo a su mesa de trabajo, loco de emoción. Necesitaba plasmar cuanto antes lo que acababa de visualizar en su cabeza entre chiste y chiste.

Unos días después, Trinidad fue al taller Giner. Ya lo había hecho en un par de ocasiones en los últimos meses, pero esa vez fue diferente. Nada más entrar, oyó un sonido mágico. El mismo que le acompañaba cuando lo conoció. Enrique estaba en el centro del taller principal, solo, descalzo y con los ojos cerrados, tocando el violín rodeado de las notas, los colores de la pintura y el aroma de la arcilla y del óxido. Parecía en paz.

Cuando notó la presencia de Trinidad, se detuvo, pero no la miró. Enrique había asumido que le alteraba su presencia cuando compartían un mismo espacio. Podía sentirla en cuanto entraba. Siempre enrarecía el ambiente, y ella no estaba dispuesta a importunarlo.

—Así que te has puesto a hacer escalas.

Comprendiendo Enrique que Trinidad se estaba burlando con cariño de la excusa que le puso para no volver a tocar el violín, esbozó una tímida sonrisa. El añil de sus ojos era un mar de melancolía. Le mostró el instrumento; era de un color bastante más oscuro que el que Trinidad recordaba.

—Nunca será como el de mi abuelo, pero yo tampoco soy el mismo.

—Cualquier melodía suena mucho más hermosa si se toca al violín.

—¿Y lo dice una guitarrista?

Ella levantó las cejas divertida.

—No sé si sufrirá el instrumento más que yo —dijo él, recuperando el tono alicaído.

—Si te esfuerzas por disfrutarlo, no.

—Tampoco sé si alguna vez recuperaré la capacidad para disfrutar de algo de verdad.

—Lo harás. Igual que recobrarás tu sonrisa felina de soñador.

Intercambiaron una expresión a medio camino entre la complicidad y la incomodidad.

—¿Crees que eso estamos haciendo en Sevilla, Trinidad? ¿Construir una especie de país de los sueños?

Pensaron en Nicolás y en cómo les habría mirado solo por insinuar semejante disparate dadas las circunstancias tan difíciles que seguía atravesando la clase trabajadora sevillana.

—Lo intentaremos —dijo ella—. O, por lo menos, trataremos de dar lo mejor de nosotros a la ciudad. Iba a decirte que los maestros Montalván y Soto están realizando bocetos prodigiosos, pero los tuyos no se quedan atrás.

Trinidad contempló varios cuadros que él debió de pintar esos días, ideas para los murales de azulejo. Le conmovió la escena para Cádiz, la promulgación de la Constitución de 1812; o la de Oviedo, solo en azules, donde se veía a Pelayo jurar defender las tradiciones del pueblo. En ambos dibujos, las figuras protagonistas tenían el rostro de Nicolás. La británica también se fijó en varias propuestas protagonizadas por mujeres. En el mural de Ávila aparecía Ximena Blázquez, gobernadora que defendió su ciudad de la invasión musulmana en 1110. Se parecía a *La Libertad guiando al pueblo* de Delacroix. Otra mujer vestida de verde, con aspecto melancólico, asistía al casamiento de Felipe II con Isabel de Valois en Guadalajara. Trinidad no necesitó preguntar a Enrique para saber quién era. Inés aparecía en todo su esplendor.

Después se fijó en una escena costumbrista en un patio, donde había muchas señoras conversando, almorzando y trasteando paños. En el centro se veía a una mujer amamantando a un bebé y a las más próximas contemplándola con cara de felicidad.

—En cuanto me llegó la propuesta de los bancos temáticos para la plaza de España, empecé a esbozar sin parar —admitió Enrique—. Pensé que, ya que no pude hacer nada por mi hermana Candelaria en su momento, qué menos que su recuerdo quedase inmortalizado en uno de esos respaldos.

—¿Y de ella no vas a decirme nada?

En esa misma ilustración, una de las mujeres sonrientes del centro guardaba un gran parecido con Inés. Trinidad tampoco pudo obviar reconocer su propio rostro en una esquina, más apartada y cubierta con un velo. Enrique había plasmado a las cuatro mujeres más importantes de su vida en la misma composición: su madre, su hermana, su primer amor y el último. Trinidad le había indicado la figura más sonriente, pero él apenas la miró de soslayo. Tampoco se atrevió a nombrarla.

—Por más que rehaga su expresión, nada me parece adecuado. Seria, suave, sonriente. Todo homenaje a su recuerdo me parece... vacío. Puede que incluso deteste que me esté atreviendo a plasmarla después de lo que le hice. Me acostumbré tanto a su amor que jamás lo valoré como ella se merecía. Igual... que hice contigo. —Apartó la vista de la imagen—. O eso pensaba.

Enrique miró a Trinidad de verdad por primera vez en mucho tiempo. Ella, en cambio, arrugó el gesto, en silencio, instándole a que se explicara. Él apretó los puños.

—Vamos, Trinidad, ¿en serio llegaste a amarme?

Como si no diera crédito a lo que acababa de preguntarle, Trinidad achicó la vista. Enrique bufó una risa amarga, miró al suelo y sacudió la cabeza.

—En mi caso, no fue amor a primera vista, lo reconozco.

—Qué poético.

—No he terminado. —La fulminó con sus ojos azules. Difícil saber si se prendieron en llamas o si se mostraban fríos como témpanos—. Llamaste mi atención con tu destreza a la guitarra, y luego tu determinación acabó por hechizarme. Siempre tuve la sensación de que nos unía más el amor que sentíamos por el arte que el que compartíamos nosotros. Me mirabas con admiración, como si yo pudiera hacer todo lo que tú no podías y eso te diera una libertad que no eras capaz de concederte.

—Te amé, Enrique —lo interrumpió molesta esta vez, más indignada que nunca—. Por supuesto que te amé, ¡con todo mi ser! Yo estaba rota en ese momento por la muerte de mis padres, y me quedaba mucho por conocer sobre el mundo y sobre mí misma, no lo niego, pero ¡claro que te amé! Y si ya estaba destrozada, tú terminaste por destruirme con tu traición. Ni siquiera alcanzo a comprender cómo fui capaz de recomponerme. —Inspiró profundamente, tratando de recuperar la compostura—. Así que ni te atrevas a dudar de lo que sentía por ti.

Él calló un instante y suspiró de nuevo, manteniéndole la mirada.

—«Te amé»... «Sentía»... Entiendo. ¡¿Quieres que hablemos de quién hizo más daño a quién?! Puede que yo me equivocara entonces, pero por más que me esté esforzando por compensarlo, ¡nada parece ser suficiente!

Trinidad volvió a negar. No podía estar hablando en serio. No a esas alturas, no después de tanto sufrimiento. Pero a Enrique tampoco le quedó más remedio que ser sincero, pues comprendió que ella le estaba diciendo adiós desde que había entrado por la puerta de su taller. Y no podía consentirlo, no otra vez.

—¡Lo he perdido todo, Trinidad! Porque comprendo que mis logros siempre estarán ligados a ti, porque la mejor versión de mí mismo murió el día que te marchaste, porque tú... —se le quebró la voz—, tú sí que fuiste y serás eternamente el amor de mi vida.

Ella enmudeció y la vista se le comenzó a emborronar. Enrique bajó la cabeza, se pellizcó el puente de la nariz y resopló resignado.

—Recuerdo bien cómo él te miraba de muchacho.

La mención de Víctor les produjo un estremecimiento a ambos.

—Me aterraba la idea de que te dieras cuenta. Yo jamás habría podido competir con aquella idolatría, era imposible que no desearas corresponderla. Y supongo que ahora lo que te resultará insoportable será compartir el mismo espacio que él. Dados tus antecedentes, qué raro que estés tardando tanto en echar a correr.

—Si te refieres a si regresaré a Inglaterra —consiguió hablar ella, arrastrando las palabras—, algún día tendré que hacerlo. Mi verdadero hogar sigue estando allí, Enrique; mi estancia actual en Sevilla será tan temporal como la primera.

—¡A eso me refiero, demonios! —Tiró varios tarros de pintura al suelo—. ¡Huiste entonces de mí y ahora lo haces de él! Tenía yo razón… —Las lágrimas acabaron por desbordarle—. En cuanto te dieras cuenta de lo que él sentía, ¡le preferirías a mí! Aunque él ya ni siquiera te mire.

Harta de aquel intercambio de reproches, y herida por tantas razones que ya no era capaz ni de asimilar, Trinidad tomó aire de nuevo y se apartó el llanto de la mejilla tratando de mostrarse lo más serena posible:

—Solo he venido a tu taller para darte ánimos en el trabajo y desearte lo mejor. De verdad espero que algún día vuelvas a sonreír como antes, Enrique.

—Trinidad…

Ella le dio la espalda y tomó la puerta para salir. La respiración de Enrique se alteró.

—¡Trinidad! Espera, Trinidad, ¡no he terminado! —repitió, esta vez furioso.

«Yo sí», pensó ella.

Los gritos desesperados del sevillano no consiguieron frenar a la británica. Quizá en otra época lo hubieran hecho, aquella en la que de verdad él llegó a ser lo que más le importaba, pero en eso Enrique no estaba equivocado. Ahora era otro el motivo por el que Trinidad debía contener sus ganas de huir de Sevilla antes de lo debido.

29

Septiembre de 1912

Con el paso de los meses, la ciudad de Sevilla recuperó una calma que la había rehuido durante un largo periodo. Llegó el día de la entrega del proyecto definitivo de la Exposición, que pasaría a llamarse Iberoamericana para que reverberara en su nombre la presencia de todos los pueblos de la península ibérica. Un proyecto que había surgido entre tantas dificultades y disputas se convertiría en un ejemplo de unión y colaboración entre ciudades y lugares muy distintos.

Trinidad no se había equivocado al pronosticar que Aníbal González acabaría necesitando la intervención de prácticamente todos los alfareros y ceramistas de Sevilla. Los ebanistas hicieron verdaderas obras de arte para las puertas y los techos, y los herreros, preciosas virguerías para rejas y balcones, además de farolas, porque el alumbrado fue determinante en los pabellones y la plaza de España.

Cuando hablaron por primera vez de las farolas de azulejo, a los artesanos les pareció una excentricidad, pero ahora estaban todos entusiasmados con sus juegos de relieves, en blancos, azules, amarillos y verdes. Hubo ideas mucho más descabelladas que el comité de la Exposición tuvo que pelear con el ayuntamiento y los entendidos más puristas de la ciudad. Por ejemplo, las torres que querían levantar en los extremos norte y sur de la plaza de España. Siempre había existido en Sevilla la normativa de que ningún edificio nuevo podía ser más alto que la Giralda. Don Aníbal necesitó del respaldo de muchos arquitectos de renombre para defender el planteamiento de sus torres.

A ello se le sumaría una ría en imitación de los canales de Venecia y una serie de bellos puentes de azulejo. En el plano eran ocho, pero se quedaron en cuatro, que dedicaron a los primeros reinos de Aragón, Castilla, León y Navarra. Soto y Montalván fueron los maestros que dirigieron al inmenso equipo de artesanos que ejecutó hasta el último detalle.

Los bancos de las provincias fueron otro quebradero de cabeza. A sus exquisitas ilustraciones se añadiría otra ambiciosa ocurrencia del arquitecto: cada banco contaría con dos estanterías de cerámica en las que se colocarían libros y diarios de cada región, para fomentar la lectura y el conocimiento comunitario. Ya sobre el papel resultaba una idea descabellada: cada respaldo, sus dos correspondientes casilleros y sus suelos serían muy diferentes entre sí. Don Aníbal y su equipo no tuvieron ninguna duda de que la variedad y la riqueza de las ilustraciones sería precisamente lo que dejaría sin palabras a todo aquel que pasase por delante.

Sin embargo, ni siquiera el apoyo de Alfonso XIII libró al equipo de las continuas discusiones.

Una tarde, Trinidad se encontraba con el maestro arquitecto de visita en La Cartuja, porque María de las Cuevas Pickman los había invitado a tomar el té en el templete de las santas Justa y Rufina, en el jardín norte de la fábrica. También había ido con ellos el joven Pedro Navia, que deseaba consultar a los moldistas de la empresa para aumentar sus todavía incipientes conocimientos sobre figuras de gran tamaño, y José Gestoso, este último más en calidad de amigo del constructor jefe que como representante del comité. Aunque la invitación era para una merienda de ocio, al final terminaron hablando de la Exposición y de la plaza de España.

—No sé cómo no se desanima con tantas críticas, don Aníbal —dijo Trinidad en un ataque de sinceridad.

—Eiffel también tuvo muchos detractores cuando construyó su torre —se burló él.

—Sí, y fíjense —comentó Cuevas—, más de veinte años después y todavía echan pestes.

Gestoso se rio tanto que su grueso bigote se sacudió.

—Bueno, ni Eiffel ni yo buscamos contentar a nuestros coetáneos —repuso don Aníbal—, ni a sus hijos, que probablemente carguen con los mismos prejuicios.

—Entonces, ¿qué buscan? —preguntó Trinidad, intrigada.

—Trascender —respondió enigmático el arquitecto—. Solo después de muchos años se puede saber hasta qué punto una idea merece pasar a la posteridad, y a veces los espectadores del futuro valoran más la belleza de un monumento transgresor.

—Creo que nunca se lo dije, señorita Laredo, pero siendo muy mozo conocí a algunos miembros de su familia —reveló Gestoso para sorpresa de Trinidad—. A su padre lo tenían por un hombre sombrío, porque iba siempre de negro, pero estaba lleno de bondad. De su tía doña Brígida Urquijo se decían cosas muy turbias a pesar de que era bella y muy colorida. Desde niña destacó por un talento muy peculiar: era dada a jugar con los negros y sacar de ahí los colores. Por eso, aunque la apodaban «la Gorgona» por su obsesión con la cerámica, quienes conocían su faceta pictórica la llamaban «La pintora de la oscuridad». Y ahora usted hereda su talento, aunque un apodo más amable.

A la británica se le hizo un nudo en la garganta. Asintió agradecida y palpó el bolsillo de la falda donde guardaba el cuadernito de Brígida, presa de una batalla de sentimientos contradictorios. Entonces notó que Cuevas le cubría la mano. Al mirarla, su amiga le sonrió orgullosa.

—¿De verdad no va a poner nada en el centro de la plaza, maestro? —preguntó Pedro Navia de repente.

A los cuatro les sorprendió la observación del jovencito ceramista.

—¿Cómo que en el centro? —requirió don Aníbal.

—En el centro del gran peatón de la plaza de España. Es enorme.

—El gran peatón no es un escenario de nada, Pedro, sino donde se coloca el público a observar. ¿Qué demonios íbamos a poner ahí?

—No lo sé. ¿Una fuente, por ejemplo?

—¡Una fuente! —bramó el arquitecto—. Cielo santo, qué espanto, como si no tuviéramos bastante agua con la ría.

—No tienes que ser tan duro con la juventud, mi buen amigo —lo pinchó Gestoso, irónico.

—Hablando de jóvenes problemáticos, ¿saben ustedes que mi pupilo ha decidido regresar a Madrid?

—¿Víctor?

Trinidad detuvo su taza de La Cartuja en el aire, incluso temió por la integridad de la loza, que dejó al momento sobre el plato para que el temblor de su mano no tentase la suerte. Se retorció los dedos en un intento de controlar el nerviosismo.

—Sí, Víctor —asintió don Aníbal con total naturalidad y fingido desinterés—. En fin, él estaba en Italia completando su formación cuando yo solicité su presencia aquí. Ahora que hemos entregado el proyecto definitivo de la Exposición, siente que no tiene nada más que hacer en Sevilla. Incluso se plantea prepararse ya para presentarse a la universidad; en cualquier caso, desea volver con los Gómez Millán.

El rostro de Trinidad perdió el color. Su respiración se aceleró, pero ella parecía haberse vuelto de cerámica. Los dos caballeros y el joven la observaban atentos a su reacción. Al final fue Cuevas quien llamó su atención, cariñosa pero contundente:

—Trinidad, cielo, nuestra amistad ha pasado por momentos muy difíciles, bien lo sabes, hasta el punto de que ambas creímos que sería irrecuperable —le sonrió afectuosa—. Con lo mucho que has cuidado siempre en tu vida la amistad, no entiendo qué narices estás haciendo ahora, querida. —Tomó su barbilla para apretarla con ternura, viendo que la mirada de Trinidad se empañaba—. Independientemente de lo que haya ocurrido entre vosotros, Víctor Abad ha demostrado ser un buen amigo, ha estado a tu lado cuando más lo necesitabas y ha soportado duros envites. ¿No crees que se merece que al menos le digas lo que sientes antes de que os perdáis el uno al otro para siempre?

Trinidad se levantó tan rápido que su silla cayó tumbada sobre la hierba, y sin decir palabra, salió corriendo.

La dirección desconcertó a algunos de los presentes.

—¡Trinidad, la Puerta del Río se encuentra en la dirección contraria! —le gritó don Aníbal, tan confundido como los otros dos.

Solo Cuevas sonrió dando un sorbo a su taza de flor de lis.

—Irá a buscar alguna prueba que refuerce la honestidad de su decisión.

—¿Decisión? —alzó Gestoso las cejas—, ¿qué decisión?

La marquesa de Pickman guardó un silencio enigmático. El joven Pedro sonrió contento para sus adentros. No tenía ni idea de qué prueba usaría Trinidad, pero tenía muy claro lo que iba a decirle al joven estudiante de arquitectura. Conociéndolo, cualquiera sabía cómo se lo tomaría.

Víctor estaba a solas en el parque de María Luisa. Desde hacía algún tiempo había cogido la costumbre de pasar sus ratos libres allí; concretamente, en los bancos de hierro que se encontraban justo delante de donde iría ubicada la entrada de la plaza de España. Su propósito principal era evitar en la medida de lo posible pasar tiempo con Trinidad. Aun así, ella estaba presente todo el tiempo: cuando no la veía, ocupaba sus pensamientos. Resultaba muy doloroso. En esos momentos se entretenía dibujando en un cuaderno. El maestro Tova Villalva se haría cargo del banco de Álava, que contendría una ilustración bellísima en colores oscuros de la entrega de la ciudad a la Corte de Castilla en 1332; sin embargo, puesto que sería la primera composición que se encontrarían los visitantes desde la torre norte, el ceramista confesó que le gustaría añadir algunos dibujos que sirvieran de marco a la escena. Y don Aníbal, conociendo la destreza de su pupilo, se lo propuso a él, quien no supo negarse.

Víctor había dibujado dos pajes reales, armados y muy bellos. El de la izquierda sostenía un escudo con una torre luchando contra un león y la palabra JUSTICIA. El rostro del paje se asemejaba al de Mincho de jovencito, cuando sus cabellos eran todavía de un cobrizo luminoso y la orfandad le provocaba tristeza. El paje de la derecha le estaba costando más. Le puso el escudo con los cuatro reinos principales, pero le bastó visualizar la toga que ceñía su cuerpo de verde para comprender que estaba tomando la pose sugerente de Trinidad. También esbozó sin darse cuenta esa expresión que solía poner cuando meditaba, con sus pestañas tupidas y sus labios carnosos. Víctor la miró atormentado y, molesto consigo mismo, tuvo el impulso de arrancar el papel y estrujarlo.

Trinidad lo estuvo observando mucho rato a una distancia prudencial. Primero con la respiración acelerada de haber corrido hasta encontrarlo desde que el cochero la dejó a la entrada del parque, luego entrecortada por la duda.

Víctor era tan hermoso que le dolía. Lo amaba, no tenía dudas. Se preguntó si merecía siquiera su amistad después del calvario que le había hecho pasar.

Sintió un hormigueo en el oído. La voz de su padre.

Calidez en la mano derecha. El apoyo de su madre.

Ellos la habían enseñado a ser valiente, también moderada. ¿Estaba a punto de hacer lo correcto? ¿Qué dirían de ella si vieran en qué se había convertido?

Trinidad recordó su libreta de cuero. La sacó y la abrió por uno de sus pasajes preferidos, sobre la confianza en uno mismo:

Por mucho que te ofusques, lo que no sea para ti, nunca lo será, y lo que deba serlo, lo será. Aunque el éxito requiere persistencia y resistencia.

Sonrió y se le saltaron las lágrimas.

—Maldita Brígida, bruja arrogante…

Hay realidades del pasado que preferiríamos borrar, pero se aprende más de los errores que de los aciertos.

Esas palabras le hicieron recordar irremediablemente a esa otra mujer testaruda y brava, a la que tampoco pudo conocer en todo su esplendor, pero a quien también estaba muy agradecida por todas las lecciones que le había enseñado.

«¿Desde cuándo hemos necesitado las mujeres como nosotras que nadie nos diga lo que tenemos que hacer?». La voz de Justa sonó en su cabeza, rotunda, mandona, como si la abofeteara para que espabilase de una vez.

«Cuatro contra una», pensó Trinidad, resoplando.

Cuando Víctor sintió que alguien lo miraba y se detenía justo delante, alzó la cabeza. Al descubrir que se trataba de Trinidad, su rostro se ensombreció. La visión de su tristeza al verla le rompió el corazón, pero ella empleó las pocas fuerzas que le quedaban para tenderle un ramito de flores que había escondido a la espalda con una sonrisa. Él ni las miró y continuó estudiando sus ojos verdes, muy serio. Luego arrugó el ceño, pero siguió sin decir nada.

—Supongo que te sorprenderá que una mujer le obsequie flores a un hombre. Diré en mi favor que no es lo más extravagante que me has visto hacer. Mincho me contó que una vez intentaste darme un ramo parecido a este, recogido de los campos de La Cartuja. No te enfades con él, pues peor es lo mío, que ni siquiera me enteré. Bueno, de eso y de otras tantas cosas que hiciste por mí. Desconozco qué flores recogiste aquel día, pero he hecho mi selección basándome en el plumaje de un jilguero. Quizá te desagrade, pero...

—Discrepo.

Víctor se puso en pie, despacio, con una cadencia aletargada casi amenazante. La intimidó con su mirada oscura.

—Nada de lo que has hecho conmigo desde que nos conocemos me ha desagradado, Trinidad. Especialmente las cosas que me pillan completamente desprevenido.

Ella enrojeció. Supuso que se refería no solo a lo cotidiano, sino también a lo más íntimo.

—Es evidente que el problema soy yo, que no parezco causarte la misma impresión. Lo suficiente para que otro llegue y...

—Me impresionas, me impresionas y mucho —se apresuró a decir ella.

Él puso cara de incredulidad.

—No creo que exista ninguna mujer con la que te topes a la que puedas dejar indiferente, Víctor —continuó ella sin permitir que la interrumpiera—. Y antes de que digas que soy distinta, porque, además de serlo *per se*, lo estropeé todo dejándome llevar con Enrique incluso cuando ya era consciente de lo mucho que me gustabas —ahí Víctor dio un respingo, como si no hubiese escuchado bien—, quisiera tener al menos la oportunidad de alegar que ni se me pasaba por la cabeza que yo pudiese interesarte a ti lo más mínimo. Madre mía, eso ha sonado a que hice aquello por despecho, y un poco sí, pero creo que no es excusa y que lo estoy empeorando. Empezaré de nuevo.

—Trinidad, espera, ¡por todos los santos, para! —Víctor la interrumpió con los ojos desorbitados—. Vienes a buscarme hasta aquí, como si tal cosa, después de meses tratándonos como meros conocidos, con flores y un discurso que está claro que no termino de entender ni de asimilar.

Se quedaron mirándose en silencio, perplejos. Trinidad tampoco terminaba de comprender lo que Víctor trataba de decirle. No sabía si la acababa de alabar o si deseaba que lo dejase tranquilo.

—¿Eso quiere decir que...?

—Que me vuelves loco.

La fulminó con la mirada. A pesar de parecer una declaración de amor, sonó de lo más ofuscada, porque en esos momentos era una queja.

—Me vuelves loco, Trinidad —repitió exasperado—. En el mejor y en el peor sentido. Y no lo soporto más.

Víctor avanzó con intención de rebasarla. Pese a que Trinidad se había mentalizado para aceptar esa reacción, se lo impidió agarrándole del brazo.

—No te vayas, por favor. Necesito que me mires, Víctor.

—He estado más de una década mirándote —murmuró, aun dándole la espalda—. Un año completo mientras te paseabas por La Cartuja, otros ocho sin verte, pero sin poder olvidarte, y ahora este año y medio a tu lado, que ha sido el más tortuoso porque no hay quien te entienda: te entregaste a Enrique, pero ¿pensabas en mí? Te entregaste a mí, pero removiste cielo y tierra para protegerlo a él de los demás y de sí mismo. ¿De verdad esperas que comprenda en qué estado se encuentra ahora tu impulsivo corazón? Todas las personas tenemos un límite de lo que podemos soportar cuando tratar a alguien que nos importa no nos lleva a ninguna parte.

A Trinidad le ardían las mejillas de vergüenza y de tristeza. Anhelaba consolarlo por todo lo que había aguantado.

—¿Y si me esforzase para que me entendieras? ¿Y si ahora fuera yo la que te mirase solo a ti?

—¿Para qué? Perderías el tiempo.

—Estaría dispuesta —dijo apretándole el brazo—. Si tú has pasado diez años mirándome, yo invertiré otros diez, veinte, ¡treinta!, sin esperar nada a cambio. No me queda otra, en cualquier caso.

—Lo superarás, ya lo has hecho antes.

—Antes ni siquiera alcanzaba a imaginar lo que acabaría sintiendo por ti.

—Me cuesta creer que ahora sientas algo de verdad.

—Pero ¡¿qué demonios quieres?! —gritó, zarandeándole desesperada—. ¿Que te pida perdón? ¿Que suplique? Porque ya lo estoy haciendo.

—No se trata de eso.

—No, claro que no, tú prefieres callar y observarme de lejos, para que yo no pueda ser más que una idealización o una decepción.

—¡Tú nunca serías una decepción, maldita sea! —La miró entonces, los ojos negros relucientes como ópalos—. Eres la mujer más fascinante, genuina y atrevida de la Tierra, puede que del universo, y yo te he tenido entre mis brazos, como siempre soñé. ¿Cómo demonios voy a seguir viviendo a partir de ahora sabiendo que jamás me corresponderás? Porque, créeme, Trinidad, sientas lo que sientas por mí, ¡es imposible que tú me ames como yo a ti!

Ella lo miró en silencio e hizo aquello que acostumbraba a hacer con las personas a las que más quería. Solo que, esta vez, de frente. Se abrazó a él lentamente pero con todas sus fuerzas, estrujándose contra su pecho como si pretendiera traspasarlo. Lo necesitaba. Víctor se quedó rígido, no estaba preparado para que ella tomara su rostro con ambas manos.

—Tienes tan asumido que me amas que ni siquiera te has dado cuenta de que es la primera vez que me lo dices, ¿verdad?

El joven se sonrojó de tal forma que Trinidad tuvo que ponerse de puntillas para besarlo en los labios. Con ese beso quiso decirle lo equivocado que estaba. Ella apoyó frente con frente, aprovechándose de que lo había enmudecido.

Por primera vez entendió su agonía. Víctor había pasado más años ignorado por ella que sintiéndose querido. Era imposible saber si le daría otra oportunidad. La espera sería un martirio para Trinidad, pero aguardaría su respuesta horas, días, años. Lo que fuese necesario. Él lo había hecho por ella.

Con esa promesa en el aire y la certeza de haberle transmitido que, en igualdad de condiciones o no, amarlo lo amaba, Trinidad sonrió a Víctor desde el corazón y le dijo:

—Dame tiempo, Jilguero. Dale tiempo a esta extravagante ninfa tuya.

Epílogo

Sevilla, mayo de 1929

Trinidad contemplaba la plaza de España el día de su inauguración. Todo era jolgorio, barullo y risas. Habían transcurrido muchos años de trabajo y esfuerzo, pero también de emociones y alegrías. Ver cobrar forma a los sueños tiene dos caras, de felicidad y de angustia, hasta que todo está acabado y en condiciones. Esa jornada estaba resultando grandiosa, habían acudido un número asombroso de personas que paseaban por la enorme explanada del gran peatón y por los numerosos pasillos y balcones del impresionante edificio semicircular. Trinidad estaba segura de que nunca había contemplado un monumento más magnífico. Cada vez que lo miraba le resultaba especial. Antes de que se iniciaran las obras, ella había visualizado su esplendor y el impacto que causaría en el público, pero fue mucho mejor que en su visión. Se admiró de la torre norte y de la torre sur, con sus ladrillos vistos y sus azulejos resplandecientes. Un juego de marrones y vivos colores a plena luz que sorprenderían cuando cayese la noche. Los rostros de algunos de los personajes más importantes del pasado imperio español, inmortalizados en cerámica blanca a lo largo de la fachada de los edificios centrales, también parecían vigilarlos a todos ese día, y lo seguirían haciendo durante siglos.

Alfonso XIII estaba a punto de pronunciar su discurso en el escenario principal acompañado de su consorte Victoria Eugenia, algunos miembros del Comité Ejecutivo de la Exposición, así como otros personajes relevantes de la política española.

A Trinidad se le escapó una tímida lágrima al pensar en don Aníbal. En los últimos tiempos su enfermedad se había visto agravada y el arquitecto no pudo asistir a la culminación de la gran obra de su vida. Sin embargo, el legado de Aníbal González era ya inmortal. Contemplando la plaza de España, Trinidad estaba convencida de que poco más majestuoso que aquello se construiría en Sevilla.

Una risa familiar la sacó entonces de sus pensamientos.

—Pero bueno, Fina, ¿se puede saber dónde estabais? ¿Y tu padre?

La niña de apenas cinco años y enormes ojos negros no le respondió, solo le apretaba la mano y señaló a su espalda. Su hija era mimosa, aunque bastante callada. Trinidad estaba preparándose una buena reprimenda por haberla dejado sola con tantísima gente aglomerada. Se echó a reír al ver la cara de espanto de su marido.

—Perdona, querida, juro que la tenía bien agarrada, pero ha sido verte de lejos y salir corriendo a buscar…

Trinidad lo silenció con un beso. Nunca se terminaba de acostumbrar a su ternura, tampoco a su labia atropellada. Víctor le sonrió. Él tampoco se habituaba a los impulsos de su esposa, lo cual no dejaba de agradarle.

—Puaj, madre le está pidiendo a padre otra hermanita.

—Sí, madre, debería usted moderarse cuando estemos en público.

Trinidad les hizo una mueca burlona a sus otras dos hijas. La mediana, Justa, contaba ya once años, pero su carita de duende y su sonrisilla enterada la hacían parecer mucho más infantil. Disfrutaba demasiado burlándose de los demás o sacándoles los colores con comentarios fuera de lugar; en eso se parecía a la vieja alfarera de Triana de la que había recibido su nombre. La mayor de las hermanas, en cambio, siempre fue más seria. A sus trece años, Macarena parecía ya una señora; vivía preocupándose por los demás.

—A nosotras nos encanta verlos tan acaramelados a padre y a usted —le dijo esta última con su mirada verde intenso—, pero piense en el pudor de sus discípulos. ¿Les haría gracia que sus profesores se pasasen el día entero besuqueándose?

Trinidad miró a su marido con complicidad y le dieron la razón a su primogénita entre carcajadas.

Fue mencionarlos y aparecieron, entre risas y apuro por estar a punto de perderse la inauguración. Entre muchos «disculpe, maestra, maestro» y «nos entretuvimos comprando esto o lo otro», los trece estudiantes de la Escuela Roberts y Urquijo se excusaron con el matrimonio, mientras se acusaban los unos a los otros por la demora, hasta que Trinidad tuvo que llamarlos al orden, con la suerte de que no tardó en llegar una amonestación extra.

—Vamos, vamos, chicos, que parece esto un gallinero. Y tú, Maca, deja que tu madre haga lo que le apetezca. Total, lo va a seguir haciendo le digamos lo que le digamos.

—En eso no puedo estar más de acuerdo con usted, madrina.

El rostro de María de las Cuevas Pickman sonrió divertida por los comentarios de su ahijada, y las estrujó a ella y a su madre con ternura. Las adoraba con locura.

En esos momentos, Trinidad estaba rodeada de las personas que más quería. Observó orgullosa a los más jóvenes y los instó a que callaran y se colocasen en un buen lugar para presenciar el acontecimiento. Tuvo que disimular la risa cuando su marido la rodeó por la cintura.

Trinidad no regresó nunca a Inglaterra, porque ella no fue capaz de volver a dejar Sevilla. A Víctor le pasó algo parecido. Fue un proceso mucho más natural del que se esperaban: no tardaron en amarse sin reservas. Poco después de casarse, adquirieron el que fue el edificio de la antigua escuela de diseñadores de vajilla que dirigió doña Brígida, la dueña de ese cuaderno que tantas revelaciones le había brindado a Trinidad a lo largo de los años. Bajo el liderazgo de la inglesa, la institución Roberts y Urquijo ahora instruía en todo tipo de disciplinas, todas ellas relacionadas con el arte y la arquitectura. También introdujeron un cambio importante: la escuela no solo recibía a estudiantes de buena familia, sobre todo se hacía cargo de jóvenes talentosos sin recursos, pues Trinidad tenía grabada a fuego una frase de su libreta:

Los orígenes no hacen al genio, una persona puede llegar todo lo lejos que su talento le permita.

Víctor lo había vivido en sus carnes. Estaba muy agradecido a Aníbal González y a su familia política, pero después de licenciarse como arquitecto en la capital, como estaba previsto, deseó permanecer en Sevilla con Trinidad. Aunque la británica estuvo muy ocupada con el proyecto de la Exposición, ningún día fue más importante para ella que aquel en que Víctor le aseguró que jamás volverían a separarse. La Escuela Roberts y Urquijo era su proyecto en común, su gran familia. Trinidad miraba a sus pupilos con el mismo instinto maternal que profesaba a sus propias hijas. Se había dado cuenta de que todos los pasos que había dado hasta ese momento la condujeron a ese fin.

Brígida Urquijo acabó por odiar la vida porque le resultaba frágil como la loza; en cambio, Trinidad Laredo había aprendido que esa fragilidad era una enseñanza para afrontar los golpes del destino. Como la artesana que nunca se rinde por mucho que algunas piezas se quiebren.

Con esa reflexión en la mente y en el corazón, y con la visión de la plaza de España en todo su esplendor tal y como la había imaginado, pero esta vez ante sus ojos, Trinidad sonrió feliz y agradecida una vez más a don Aníbal.

Gracias a ese paraíso sevillano, había podido conocerse al fin. A la mujer, a la británica, a la sevillana, a la amiga, a la amante, a la hija, a la madre, a la visionaria, a la maestra, a la ceramista, a la pintora, a la artista.

Trinidad era todas y cada una de ellas, como las muchas geometrías que componen un azulejo precioso y bien trabajado. Ahora ya sí, por fin, se había encontrado a sí misma.

Nota de la autora

La plaza de España de Sevilla es un paraíso de azulejo. Pocos lugares impresionan tanto cuando los visitas, porque hay sensaciones que van más allá de la experiencia o del conocimiento. Están en la piel, en el alma, ambas se te remueven un poquito cuando te pones delante de una obra como esa. El tema me ha apasionado desde que me puse a investigar y me ha sorprendido en muchos sentidos. Casi todo lo que cuento con relación a la Exposición Iberoamericana de 1929 es real, salvo lo que compete a Trinidad y a Víctor, por supuesto, en tanto personajes inventados. Por darle alas a su historia de ficción me he tomado algunas libertades que quiero aclarar.

María de las Cuevas Pickman falleció en mayo de 1909; por lo tanto, ni siquiera llegó a vivir el concurso de proyectos. Mi debilidad por este miembro tan misterioso y fascinante de la familia Pickman hizo que decidiera mantenerlo en el arco argumental de 1911 y que la vinculara a Aníbal González y a Alfonso XIII.

La pintora de la luz es una oda al arte alfarero de Triana y cómo se terminó dando vida a uno de los entornos más bellos del mundo, la plaza de España de Sevilla, que vio la luz gracias a un arquitecto y a un rey muy peculiares.

Hablemos del arquitecto. De Aníbal González se sabe mucho en Sevilla, pero menos a nivel nacional y global, si bien su obra es conocida en todo el mundo. Sin embargo, su estilo de vida austero le hizo pasar desapercibido. *El Liberal* dijo de él que era «suave, fino, delicado, humildísimo, afable en grado extremo, rimando de un modo admirable con su figura menudita y recortada, ingrávida y casi inmaterial, era un dechado de corrección, de caballerosidad y de honradez...». Esta descripción, su legado urbanístico y arquitectónico, sus dibujos y la grandísima admiración con la que todos los académicos hablan de él me inspiraron para ponerlo en escena como lo he hecho en estas páginas. Don Aníbal fue muy querido en Sevilla por implicarse en la vida de sus trabajadores, y que el Sindicato de Peones Albañiles atentara contra su vida en 1920 se asocia más a un hecho aislado por llamar la atención de las autoridades políticas de la ciudad que por herirle de verdad. También fueron reales los problemas intestinales que acabaron con su vida poco después de que se inaugurara su mayor obra, o la buena relación que mantuvo siempre con don Alfonso.

Hablemos del rey. Alfonso XII falleció mientras la reina María Cristina de Habsburgo estaba embarazada, por lo que ella fue la regente hasta la coronación de su hijo a los dieciséis años. Desde muy joven, don Alfonso XIII fue conocido por su personalidad singular y su carácter extrovertido y excéntrico. Es sabido que se involucró mucho con la ciudad de Sevilla y con el proyecto de la Exposición Iberoamericana.

Prueba de ello es que existen multitud de fotografías en las que aparece charlando entusiasmado con Aníbal González y el resto de los miembros del Comité Ejecutivo.

Prácticamente todos los caballeros que aparecen mencionados en la novela relacionados con la Exposición son personajes reales. Pedro Navia era todavía un aprendiz en 1911, pero me pareció interesante que interactuase con Manuel Soto, Manuel García Montalván y José Gestoso. Ha sido un privilegio darles vida y destacar su inmenso talento. Lo he hecho desde el cariño y la admiración, y cada una de sus intervenciones está dedicada a sus descendientes, algunos de los y las cuales he tenido el honor de conocer.

Es cierto que la plaza de España fue de lo último que se decidió de todo el proyecto de la Exposición. En los primeros planos, cuando don Aníbal ganó el concurso, aparecía como *stadium*. El concurso de la Exposición es un pasaje extraordinario de la historia española, de ahí que decidiera centrarme en él. Otra anécdota que me resultó fascinante fue que el tercer candidato que se presentó junto con don Fermín y don Aníbal no firmase con su nombre, sino con esa cita burlesca relacionada con el César, lo que produjo su descalificación. Me inspiró para imaginar a ese tercer concursante, sirviéndome de excusa para introducir a Enrique de nuevo en la vida de Trinidad.

Otro asunto crucial en las primeras décadas del siglo xx es la lucha obrera. De esta época, me parece interesantísima la multitarea que se vieron obligados a afrontar todos los artistas y trabajadores de Triana. Hoy en día vivimos en la era de la especialización: se puede saber mucho de todo, pero los oficios están muy acotados. La libertad creativa y cómo muchos artesanos se buscaron la vida de muy diversas formas es uno de los aspectos que me resultaron más sugerentes del tránsito del siglo xix al xx.

Llego al momento de dar las gracias a todas las personas que me han ayudado a construir esta historia. Empiezo por una gratitud más académica. Gracias a Alfonso Pleguezuelo, que no solo destaca como erudito en sus extensos conocimientos, sino que es la clase de bella persona que no duda en llamarte un domingo si tienes una duda sobre azulejos. Gracias al Archivo Municipal de Sevilla. A la Fundación FIDAS y al Colegio de Arquitectos de Sevilla por conservar los diseños de Aníbal González, y a su nieto, del mismo nombre, que ha puesto todo de su parte para que la gente conozca al gran hombre que fue su abuelo. A todos los y las ceramistas de Triana, por vuestro cariño y buen recibimiento, y por explicarme cuanto necesitaba saber. El Centro Cerámica Triana es un legado precioso que debemos visitar. Gracias a Casa Montalván, porque es pura fantasía; y a Casa Berrinche, porque es un lugar con solera e historia y un hogar donde también se come de vicio. Gracias también a los Pickman de la actualidad, que me recibieron con cariño y me hablaron gustosos de sus antepasados. Y gracias a Manolo, el entrañable antiguo carpintero de La Cartuja, por contarme sus vivencias en la fábrica de mediados del siglo xx, o por hablarme de la silicosis, el mal del polvo blanco, que me inspiró para esa parte de la trama.

Aunque esta novela está dedicada a la ciudad de Sevilla, me gustaría expresar también unas palabras a otras personas importantes, sin las cuales yo no habría podido escribirla. A mis padres, por su eterna paciencia y comprensión. A mis tíos y primos, porque se reparten con ellos el cuidarme y aguantarme; gracias sobre todo a mi tía María José, por presentarme hace tantos años el género romántico, y a mi tío Óscar, por exigirme leer en esta última etapa maravillas literarias como *Los miserables*, pues sin este combo no me encontraría donde estoy.

En estas páginas he tenido especialmente presente a los arquitectos con los que crecí, a los que están y a los que ya no están, pero que siguen viviendo en mi memoria. Gracias a mi abuela, por leerme con ganas. A Isa, porque es la prueba de que una bella artista puede ser también una diestra violinista, así como una mejor amiga. A todos mis amigos de la tertulia, incluidas mis primeras betas: siempre seréis ese oasis de lecturas y café al que puedo recurrir cuando más lo necesito. Gracias a mi agente Alicia, por ejercer como madre intelectual de mis obras y por aparecer cuando más lo necesitaba como autora. A todo el equipo de Ediciones B, porque sois los mejores. Gracias a mi editora Ana, porque ama el universo de *La dama* tanto como yo, porque me da la libertad de ser yo misma en cada página, y porque si me corrige es solo para que brille. Gracias a Carmen, por creer tanto en mí. Gracias a Toni, por ser mi lobo-Pepe-Grillo-diablillo de las letras. Gracias a mi revisora Gabi, porque coge mis obras con ganas desbordantes a pesar de que sé que mi caos interno debe de generarle pesadillas; y a Marta y a Sergio, por repasar al milímetro cada letra, punto y coma para que todo esté donde debe. Gracias a Nuria y a Jimena, de Comunicación y Marketing, porque sois mis ángeles de la guarda, que lo mismo me dais soporte en cada entrevista que me lleváis a comer sushi para coger fuerzas para las firmas. Gracias a todos y cada uno de los y las comerciales que me habéis respaldado en todas las presentaciones. A los libreros y libreras que me habéis escrito o que habéis defendido mis obras. Gracias de corazón a todos los y las críticas, periodistas, *youtubers, influencers* e *instagrammers* que me habéis apoyado, me habéis hecho muy feliz cada vez que me decíais emocionados: «Te acabo de descubrir».

Gracias a cada uno de vosotros, mis lectores y lectoras.

Gracias, gracias por encontrarme y por darme la oportunidad de compartir con vosotros mis historias. Espero que me sigáis acompañando en este camino de palabras e ilusiones.

Queremos compartir más momentos contigo.

Únete a la comunidad de Penguin Libros
y encuentra tu siguiente lectura.

¡Únete hoy!

Penguin
Random House
Grupo Editorial